Christian Mähr

Der Jüngste Tag des Peter Gottlieb

Roman

CHRISTIAN MÄHR

Der Jüngste Tag des **Peter Gottlieb**

Roman

braumüller

Bibliografische Information der Deutschen Nationalbibliothek
Die Deutsche Nationalbibliothek verzeichnet diese Publikation in der Deutschen Nationalbibliografie; detaillierte bibliografische Daten sind im Internet über http://dnb.d-nb.de abrufbar.

1. Auflage 2018

Servitengasse 5, A-1090 Wien
www.braumueller.at

Coverfotos: © Shutterstock, STILLFX; © iStock, SvetlanaK
Covergestaltung: Manfred Poor
Druck: FINIDR, s.r.o., Lípová 1965, 737 01 Český Těšín
ISBN 978-3-99200-203-0

I

Es wäre vielleicht alles anders gekommen, wenn er an diesem Tag nicht so nervös gewesen wäre. Wer so nervös ist, dass er Mühe hat, seine motorischen Fähigkeiten zu kontrollieren, sollte nicht Auto fahren. Dabei war er nicht betrunken. Er hatte, um genau zu sein, an diesem Tag noch überhaupt keinen Alkohol getrunken. Man muss zugeben, die Straße war kurvig, lief durch den Wald und es war dunkel. Außerhalb der Scheinwerfer pechschwarz.

Als es dann passierte, lief nicht alles wie in Zeitlupe ab, auch das Leben zog nicht an ihm vorbei, warum auch? Er war ja nicht in Gefahr. In Gefahr war nur der andere. Er sah ihn nicht einmal im Scheinwerferlicht auftauchen, da „tauchte" gar nichts auf, kein Schatten, keine Gestalt. Der andere krachte gegen die Windschutzscheibe und flog über das Dach nach hinten. Dann fiel er auf den Boden, der Aufprall mischte sich mit dem Geräusch der Bremsen. Ich habe ihn umgebracht. Das war das Erste, was er dachte. Ich habe den Idioten, verdammt noch mal, umgebracht! Es kann nicht anders sein. Was war er gefahren? Höchstens sechzig. Sechzig reicht. Er schaltete den Motor ab und stieg aus.

Man kennt das: Fußgänger haben keine Chance. Sie werden nicht das Opfer von Rasern, sondern von ganz normalen Typen, die mit fünfzig, ja, auch mit sechzig durch Ortschaften cruisen. Sie laufen einem rein. Da hat niemand eine Chance. Der Fahrer nicht mit dem Bremsen, der Idiot nicht mit dem Überleben. Der Typ lag weit hinter dem Wagen. Erstaunlich … so erstaunlich auch nicht, dachte er, der Anhalteweg. Fahrschulwissen. Tachowert durch zehn mal drei, plus Tachowert durch zehn zum Quadrat. Macht bei sechzig km/h achtzehn plus sechsunddreißig, gleich vierundfünfzig Meter. Wenn man keine volle Schrecksekunde rechnet, ein bisschen weniger. Egal: Vierundfünfzig Meter sind zu viel, wenn das Hindernis zwei Meter vor dem Kühler auftaucht. Er wunderte sich, was ihm durch den Kopf ging. Das ist der Schock, nur der Schock, das Hirn schützt sich selber. Nach ein paar Minuten werde ich zusammenbrechen und wimmernd neben dem Opfer kauern. Oder durch den Wald laufen, mich verirren. Zwei Tage später unterkühlt aufgelesen werden.

Er hatte eine grotesk verdrehte Gliederpuppe erwartet, eine Blutlache, ein bisschen Hirnmasse, warum nicht? Darauf kam es auch schon nicht mehr an. Aber der Mann lag einfach auf der linken Seite, das Gesicht abgewandt, nur der weißhaarige Hinterkopf war sichtbar. Beim ersten Hinsehen konnte er keine anatomisch falschen Winkel feststellen, alles war an der richtigen Stelle richtig rum angebracht. Vielleicht verdeckte der schwarze Anzug ja einiges. Die Leiche machte von hinten einen … ja, was für einen Eindruck? Als ob er sich grad umgedreht hätte. Vorher lag er auf dem Rücken, jetzt hat er sich auf die Seite gedreht. Bequemer so. Wo waren überhaupt die Arme? Vom einen sah er nur den Oberarm, den unteren Teil verdeckte der Körper, der andere war nicht sichtbar. Bis auf die Hand. Die lag unter dem Kopf. Damit der nicht auf dem harten Asphalt liegt. Merkwürdig. Er ging um die Leiche herum. Der Typ lag auf der Seite und hatte den Arm angewinkelt, damit er den Kopf auf die Handfläche legen konnte. Das sah nicht aus wie eine Leiche. Sondern wie jemand, der sich auf die Straße gelegt hat, um ein Nickerchen zu machen. Dazu passte, dass sie die Augen aufschlug, die Leiche, und sagte: „Entschuldigung."

Er sagte nichts. Das Gefühl der Erleichterung überwältigte ihn, er brachte kein Wort heraus. Der Mann rappelte sich auf, stand dann vor ihm, klopfte mit der flachen Hand die Hosenbeine ab, wie man es tut, wenn man etwas Staubiges gestreift hat, einen Zaun, eine Mauer.

„Es tut mir leid", sagte er. Die Stimme klang brüchig, rostig. „Ich hab Sie nicht gesehen …"

„Macht nichts, es ist ja nichts passiert."

„Ich werde Sie in ein Krankenhaus fahren. Sie müssen sich untersuchen lassen nach dem … dem Aufprall."

„Das ist nicht nötig, glauben Sie mir. Aber ich hätte nichts dagegen, wenn Sie mich ein Stück mitnehmen könnten. Ich heiße übrigens Hildmeyer, Lukas Hildmeyer."

„Mein Name ist Peter Gottlieb", antwortete er und gab dem Mann die Hand. „Bitte, steigen Sie ein." Er machte dem Anzugträger die Tür auf, der stieg mit solcher Behändigkeit ein, dass Gottliebs Zweifel über den Gesundheitszustand des Unfallopfers verschwanden. Man hörte immer wieder Horrorgeschichten, dass solche Leute, nachdem sie der Laster überfahren hat, putzmunter aufstehen, etwas reden und ein paar Schritte gehen, bevor ihnen das dampfende Gekröse durch die geplatzte Bauchdecke auf die Straße fällt. Aber dass sie in ein Auto einsteigen und Konversation machen, hatte Peter Gottlieb noch nie gehört. Das nämlich tat dieser Herr Hildmeyer. „Ich kannte einen Gottlieb", sagte er, „aus Holzgarten. Sind Sie mit dem verwandt?"

„Ich bin der Neffe."

„Ah, verstehe! Sie treten das Erbe an!"

„Woher wissen Sie das?" Peter startete den Wagen und fuhr los.

„Das wissen alle. Holzgarten ist ein Dorf. Man hört es nicht so gern, aber es stimmt. Alle wissen alles übereinander. Oder glauben es wenigstens."

„Haben Sie meinen Onkel gekannt?"

„Flüchtig. Ich bin nicht oft ins Wirtshaus gegangen."

„Sie gehen lieber in der Nacht spazieren."

„Nein, eigentlich nicht, ich hab das früher nie gemacht. Ich weiß nicht, was heute über mich gekommen ist. Ich hatte einfach Lust, zu gehen, wissen Sie, einfach gehen …" Er verstummte. Peter Gottlieb musterte ihn mit Seitenblicken. Rotes Gesicht, geplatzte Äderchen auf den Wangen, aber nicht von dem Unfall. Die Augenfarbe war im Dunkel des Wageninneren nicht zu erkennen. Hoher Haaransatz, weiße Haare. Entweder war er Mitte sechzig und hatte ungesund gelebt. Oder er hatte mäßig gelebt, dann konnte er auch achtzig sein. Unter dem schwarzen Anzug trug er eine Weste in hellerem Ton, beige vielleicht, und eine rote Krawatte. Nicht die Adjustierung für nächtliche Ausflüge. Konnte ja sein, dass das mit der Wanderung gar nicht stimmte und der etwas demente Herr Hildmeyer aus einem nahen Pflegeheim entlaufen war. Der Gedanke gefiel Peter Gottlieb nicht. Er hasste Scherereien. Scherereien würden aber auf ihn zukommen, wenn Hildmeyer ein abgängiger Pflegefall war.

„Wo soll ich Sie absetzen?", fragte er.

„Fahren Sie einfach in den Ort. Dort können Sie mich rauslassen."

„Wohnen Sie in Holzgarten?"

„Ja, ja. Ich wohne in … Holzgarten." Das Zögern kam Peter seltsam vor. Der gute Hildmeyer schien nicht zu wissen, wo er wohnte. Peter Gottlieb seufzte. Das war doch typisch für Demente: Sie vergessen ihre Adresse. Also würde er den alten Herrn nicht einfach vor dem „Lamm" absetzen können und seines Weges ziehen, weil das auf Im-Stich-Lassen einer hilflosen Person hinausliefe, oder unterlassene Hilfeleistung oder weiß der Geier, wie das genau hieß, etwas mit Hilfe auf jeden Fall, und dafür gab es einen Paragrafen. Es gab für diese Dinge immer einen Paragrafen. So ländlich ruhig konnte Holzgarten gar nicht sein, dass ihn nicht jemand beobachten würde, wie er den armen Herrn Hildmeyer mitten auf der Straße aussetzte und davonfuhr. Seine Laune wurde schlechter. Er musste den Unfall der Polizei melden, schon um den dementen Passagier loszuwerden. Und um keine Fahrerflucht zu begehen. War das nicht überhaupt schon Fahrerflucht, was er hier durchzog? Er war schließlich, ohne irgendwelche Stellen zu verständigen, vom Unfallort weggefahren. Ja, schon – mit der Einwilligung des Unfallopfers, sogar mit dem Unfallopfer selber, aber reichte das aus? Ab wann galt ein Verhalten als Fahrerflucht? Es hatte keinen Zweck, sich damit zu befassen, er steckte jetzt drin und musste schauen, wie er ohne große Scherereien wieder herauskam.

„Wie weit ist es noch bis Holzgarten?“, fragte er.

„Nicht sehr weit. Fünf Kilometer oder so.“ Jetzt waren sie aber schon eine Zeit lang unterwegs. Zehn Minuten? Das konnte hinkommen. Und das wollte dieser Hildmeyer gegangen sein, einfach so? Das glaubte kein Mensch. Sie waren sicher an der Einfahrt zum Hospiz vorbeigefahren, natürlich war es so gewesen, ein oder zwei Kilometer vor der Unfallstelle. Oder dahinter, spielte keine Rolle, er war daran vorbeigefahren. Jetzt hatte er ihn am Hals. Hildmeyer schien die Fahrt zu genießen. Er lächelte. Die lassen sie nicht raus, dachte Peter Gottlieb, die haben nicht viel Abwechslung in solchen Heimen, das kennt man doch, zu wenig Personal, keine Mittel … da war Hildmeyer einfach abgehauen, auf Wanderschaft gegangen. Und von einem Glückskind namens Gottlieb durch die Nachtluft katapultiert worden. Er hätte nicht fahren sollen. Renate hätte ihm abgeraten, das wusste er; sie riet bei Sachen dieser Art immer ab. Aber Renate hatte ihn vor langer Zeit verlassen, und nicht im Guten. Er hatte nicht um Rat fragen können. Brauchte er ja nicht, er wusste, was sie gesagt hätte. „Du hast *was* geerbt? Ein Dorfgasthaus? Und willst dort hinziehen? Bist du total bescheuert?“ So etwa. Und sie hatte Recht. Einerseits. Andererseits gab es noch Hildegard, seine Frau. Hildegard war skeptisch gewesen, als er mit dem Plan daherkam, sogar sehr skeptisch. Aber sie war verbindlich, sie drosch nicht gleich mit verletzenden Worten auf einen ein, sie war auch der bessere Mensch, keine Frage. Er verstand nicht, warum ihm bei solchen Gelegenheiten immer als Erstes Renate in den Sinn kam: Was würde Renate dazu sagen, davon halten? Sie war Geschichte … es beunruhigte ihn. Hildegard hatte er überreden können, sich auf das Abenteuer einzulassen, die Klausel im Testament zu akzeptieren. Das war eben der Unterschied zwischen diesen Frauen. Mit Renate wäre aus dem Plan nichts geworden,

Hildegard war bereit, es zu versuchen. Auf ihre bedächtige Art war Hildegard die Draufgängerin und die extrovertierte Renate im Grunde die langweilige Konservative, starr und beharrend. Er konnte sich glücklich schätzen, dass jetzt Hildegard an seiner Seite war. Ja, er konnte sich glücklich schätzen …

Der Wald neben der Straße wich zurück, Häuser tauchten auf. Der verlassene Platz in der Mitte markierte das Zentrum von Holzgarten. Auf der einen Seite lag die Kirche, Peter Gottlieb fuhr langsam auf den Platz, in der Mitte hielt er an. „Holzgarten Zentrum“, sagte er. „Ich danke Ihnen!“, rief Herr Hildmeyer und öffnete die Tür. Er stieg mit erstaunlicher Behändigkeit aus und wandte sich zum Gehen.

„Moment! Wo wollen Sie denn jetzt hin?“

„Nach Hause!“, sagte der alte Mann. Dann begann er zu singen: „Nach Hause, nach Hause, spricht er mit frohem Sinn!“ Peters Mund öffnete sich, es kam aber nichts heraus.

„Das Lied“, erklärte Hildmeyer, „verstehen Sie? Wenn ich den Wandrer frage … das Lied! Da kommt das her … kennen Sie nicht? Na macht nichts, ist heute nicht mehr so bekannt … schönen Dank fürs Mitnehmen!“ Er drehte sich um und ging auf die Kirche zu, Peter schaute ihm nach. Kurz vor dem Tor wandte sich Hildmeyer nach links und bog um die Ecke. Dann war er verschwunden. Peter Gottlieb fuhr weiter in eine Seitengasse. Dort lag das Wirtshaus „Lamm“, das aber seit Jahrzehnten kein Wirtshaus mehr war, der Onkel, der nie Wirt gewesen war, hatte es geerbt, sich aber geweigert, das Schild mit dem Lamm inmitten labyrinthischen Schmiedeeisenzierrats abzumontieren. Für Holzgarten genügte schon damals das Wirtshaus am Marktplatz; er war aber nicht sicher, ob die „Krone“ inzwischen ihre Pforten nicht auch geschlossen hatte. Die Einwohnerzahl des Ortes nahm ab, das ging seit vielen Jahren so, langsam, aber stetig immer weiter nach unten.

Er hielt vor dem „Lamm“ an und stieg aus. Links und rechts einstöckige Häuser. Alle Fenster dunkel. Keine Straßenbeleuchtung. Peter Gottlieb schloss das Haus auf und verfrachtete die beiden Koffer in den Flur. Jedes Geräusch hallte in der Straße wider. Den Kofferraum schloss er mit sanftem Druck, um niemanden zu wecken. Denn ringsum verharrte die Welt in völliger Stille. Er blieb vor der Tür stehen und lauschte. Nichts. Absolut nichts. Er entspannte sich. Diese Stille hatte er gesucht. Er erinnerte sich an die lautlosen Nächte seiner Ferien. Wenn das Fenster offen stand, hörte man jeden Passanten auf dreißig Meter. Man hörte sogar das Tappen von Hundepfoten. Es gab keinen akustischen Hintergrund, nicht das Rauschen der Stadt, keinen Verkehrslärm, nicht von fern, nicht gedämpft. Wenn etwas rauschte, war es der Wind in der Linde hinter dem Haus.

Er ging wieder ins Haus, zwang sich, nicht auf leisen Sohlen herumzuschleichen, wie es sich aufdrängte. Hier war niemand außer ihm, es war sein Haus, er konnte herumpoltern wie er wollte. Er schleppte die Koffer in den ersten Stock. Die Zimmer oben waren klein, das würde man ändern müssen, aber das hatte noch Zeit. Eins nach dem anderen. Er wählte eines der Gästezimmer zum Übernachten. Fenster zum Hof. Es roch muffig, er lüftete durch. Im Erdgeschoss rechts vom Flur lag das Wohnzimmer, in dem sich der Onkel die letzten Jahre aufgehalten hatte. Auch geschlafen hatte er hier, weil er mit dem Wasser in den Beinen keine Treppen steigen konnte. Das Feldbett war schon weg, auch die anderen Möbel. Das hatte Peter vor einem Vierteljahr erledigt, gleich nach Antritt des Erbes. Man konnte nicht im Gastraum eines Dorfwirtshauses wohnen, das war es früher gewesen; der Onkel hatte fast nichts verändert, obwohl zu seinen Zeiten die Wirtschaft schon geschlossen war. Der Wohnzimmertisch war ein Wirthaustisch für zwölf Personen, dahinter eine Bank, davor Wirtshausstühle. Der Onkel hatte nur die übrigen Tische und überflüssigen Stühle entfernt, die Theke aber belassen, auch das Spirituosenregal dahinter. Es hatte furchtbar ausgesehen.

Peter Gottlieb hatte sich dafür entschieden, die Klausel zu erfüllen. Und hier zu wohnen. Auf Dauer. Auch jetzt bereute er es nicht, als er in der leeren Wirtsstube stand. Der Tisch war noch da, aber mit einer schönen Decke, die Theke war noch da, das Regal mit den Schnapsflaschen durch eine Schrankwand ersetzt, die Hildegard ausgesucht hatte. Peter zweifelte, ob dieses Möbel eine so große Verbesserung darstellte, hatte aber jede Kritik vermieden, um nicht Hildegards Zustimmung zum Umzug zu gefährden, die ohnehin erst nach langen Überredungsphasen erteilt worden war und, fürchtete Peter Gottlieb, auch wieder zurückgezogen werden könnte, wenn sie es gar nicht aushielt mit dem Leben auf dem Land. Er verdrängte den Gedanken und ging in die Küche. Die war redimensioniert. Normaler Herd, Geschirrspüler, Mikrowelle. Die Küche war, was ihn wunderte, eher ein Pluspunkt für das Haus gewesen; Hildegard hatte gelächelt, als sie den Raum zum ersten Mal betrat, daran erinnerte er sich noch. „Viel Platz", hatte sie gesagt, „da kann man nicht meckern!" Vielleicht hatte ja die Gasthausküche den Ausschlag gegeben. Jetzt sah sie leer aus, geeignet für Hallenfußball. Das rot-weiße Schachbrettmuster des Fliesenbodens glänzte im LED-Licht; die trüben Funzeln der Originalbeleuchtung waren ersetzt worden.

Peter machte sich Kaffee mit der neuen Espressomaschine. Kein Gastromodell natürlich, eins für Normalhaushalte. Er setzte sich an den Küchentisch. Die Küche gefiel ihm. Eine Wohnküche würde dennoch nicht daraus werden, dazu war sie zu groß; um den Raum zu füllen, fehlte Personal. Aber sie bot Raum, war Raum. Das hatte Hildegard am Schluss überzeugt: Sie hatten zum ersten Mal Platz, richtig Platz. Das Haus war in allem das Gegenteil ihrer Drei-Zimmer-Wohnung in der Stadt.

Natürlich war es, wenn man es so verkürzt betrachtete, schiere Verrücktheit, deswegen in ein aufgelassenes Wirtshaus zu ziehen. Alle ihre Freunde hatten mehr oder weniger heftig den Kopf geschüttelt. „Ihr seid ja wahnsinnig, in dieses Kaff, was glaubt ihr denn, was dort für Leute wohnen? Es hat noch nicht einmal einen Eintrag bei Wikipedia!" Und so weiter … Dann war da noch die Klausel des Onkels, aber die hatten ihnen die Gottliebs verschwiegen. Nein, nein, dachte Peter, es war ein guter Plan, es war ein Angebot, das man sozusagen nicht ablehnen konnte, wenn man seine fünf Sinne noch beisammen hatte.

Das Handy läutete. Also gibt es ein Netz, schoss ihm durch den Kopf, das hatten die Warner auch moniert: „Die haben doch dort kein Netz, ihr seid von allem abgeschnitten!" Er nahm ab.

„Wie ist es?", fragte Hildegard. „Wo bist du grade? Noch unterwegs? Dann ruf ich später an ..."

„Bin eben angekommen. Es ist toll, glaub mir! Alles still, eine göttliche Ruhe, ich erhole mich jetzt schon!"

„Das ist schön, aber um Erholung geht's ja nicht. Nicht in erster Linie." Da hatte sie Recht, sie hätte es nur nicht in diesem Augenblick erwähnen müssen. Er verdrängte den aufkeimenden Ärger. Gerade zur rechten Zeit – Hildegard sagte, ihr gehe es nicht so blendend, Halskratzen ... Er bat sie, sich zu schonen und erst später nach Holzgarten zu kommen, er komme schon allein zurecht. Dann verabschiedeten sie sich.

Peter spürte Enttäuschung, gleichzeitig vage Erleichterung. Wie bei einer verschobenen Prüfung, auf die man sich vorbereitet hatte. Er war das Vorauskommando, der alles in Ordnung bringen und das Haus bis zu ihrem Eintreffen herausputzen sollte. Obwohl ihm nicht klar war, welche Art Schmutz sich in einem leeren Haus in den paar Wochen, seit die Handwerker draußen waren, hätte ansammeln sollen. Ihm fiel nur Staub ein. Also würde er Staub saugen. Damit hatte es jetzt keine Eile mehr.

Er packte die Koffer aus. Im einen lagen obenauf die Bilder. Fotos in Rahmen zum Aufstellen. Er brachte sie in den Gastraum. Vater und Mutter als Hochzeitspaar, die Großeltern von beiden Seiten als Einzelporträts, leichter Braunstich, steifleinen. Ein Onkel und eine Tante von der Mutterseite. Und ein kleines Bild, das einzige Farbfoto. Zwei Babys auf einer grünen Wiese. Das eine blau gekleidet, das andere rosa. Das blaue Baby war er. An das rosa gekleidete, die Zwillingsschwester, konnte er sich nicht erinnern.

Die Personen auf diesen Fotos waren bis auf ihn selbst alle tot. Aber das bedrückte ihn nicht. Bilder von Toten stellte man auf. Um sich an sie zu erinnern. Damals war das üblich. Wenn Lebende auch abgebildet waren, handelte es sich um einen Zufall. Er betrachtete das Doppelporträt. Die Babies sahen gleich aus, ohne die Farben der Strampelanzüge hätte er nicht sagen können, wer wer war. Die Bilder machten ihn nicht traurig. Sie gehörten zu seinem Leben, seit er denken konnte. Sie standen für Kontinuität, sie strahlten Ruhe aus. Hildegard verstand das nicht; von ihrer Familie gab es keine Fotos. In Alben schon, aber keine in Rahmen. Er hatte nie beobachtet, dass sie ihre Fotoalben angeschaut hatte.

Der Kaffee war keine so gute Idee gewesen. Er war hellwach. Wie im Urlaub, dachte er. Man kommt an und lässt fünfe grade sein, macht Sachen, die man zu Hause nicht tun würde. Bohnenkaffee um elf Uhr nachts. Da konnte er genauso gut einen Spaziergang machen. Er verließ das Haus.

Der Ort hatte sich verändert. Er ging über den Kirchplatz, bog in eine Seitengasse ein. Das Eckhaus war das Gemeindeamt, ein Bau aus den Sechzigerjahren, schlicht und *modern*, wie man es damals verstand, viel Glas, und wenn es sich irgendwie machen ließ, freitragende Vordächer. Das war beim Gemeindeamt nicht der Fall. Die Polizei war auch hier untergebracht. Er musste den Unfall melden, gleich morgen früh, schon wegen der Versicherung. Musste er? Er war sich nicht sicher. Aber besser, sich als Neubürger mit der Exekutive gut zu stellen. Er ging weiter, an der Kirche vorbei. Dahinter lag der Friedhof. Er lief an der Friedhofsmauer entlang, hier hatte es ein Tor gegeben … es war noch immer da und stand offen. Er ging hinein. Die Beleuchtung von der Straße war so stark, dass er in den ersten beiden Reihen die Inschriften auf den Grabsteinen lesen konnte; nicht alle, aber die jüngeren, unverwitterten. Die Namen sagten ihm nichts. Ein paar weckten vage Erinnerungen aus der Kindheit. Holzer. Baumann. Mikulisch. Personal des Ortes von vor vierzig Jahren, die irgendeine Funktion oder Bedeutung gehabt hatten, aber welche, war ihm entfallen. Er ging die Außenreihe entlang. Fast am Ende, an der hinteren Umfassungsmauer, fiel ihm ein Name auf, den er erst heute gehört hatte. Hildmeyer. *Lukas Hildmeye*r stand da auf einem Granitstein. Darunter *1919–1975*. Sonst nichts. Auf dem Grab wuchs eine Staude, die er nicht identifizieren konnte. Gepflegt sah es nicht aus. Offenbar der Vater. Dann hätte er heute Lukas Hildmeyer den Zweiten kennengelernt. Es warf kein gutes Licht auf diesen Herrn, dass er das väterliche Grab vernachlässigte. Wo er doch im selben Ort wohnte. Peter Gottlieb ging mit raschen Schritten zurück. Seine Stimmung sank. Das war schon das zweite Mal an einem einzigen Abend, seinem ersten in Holzgarten, dass ihm dieser Lukas Hildmeyer die Laune verdarb. Peter schlurfte heim und ging ins Bett, ohne die Heizung zu kontrollieren, was er eigentlich noch vorgehabt hatte. Sie war neu, erst vor zwei Monaten eingebaut worden, Stückholzvergasung am neuesten technischen Stand, sie hatte auch schon funktioniert, aber bevor Hildegard kam, wollte er das Ding auf Herz und Nieren prüfen. Holzgarten wirkte, wie er es aus der Kindheit gewohnt war. Hier schlief man gleichsam schon beim Hinlegen ein, bevor noch der Körper in der Horizontalen war.

Er erwachte ohne Wecker gegen acht, stand sofort auf, machte sich Kaffee und aß einen mitgebrachten Nussgipfel. Er wusste, wo die Bäckerei war, nicht weit vom Haus, aber ob sie noch existierte, wusste er nicht. Das zu prüfen, hatte er bei allen Vorbereitungen vergessen. Hildegard wäre das nicht passiert, aber Hildegard hatte ihm klipp und klar verdeutlicht, dass sie sich nicht an der „Renovierung des Kastens", wie sie das Wirtshaus nannte, beteiligen werde. Er trank aus, schluckte den letzten Bissen und verließ das Haus.

An die Polizeistation hatte er keine deutliche Erinnerung, er war nie drin gewesen; er wusste nur noch, dass man damals *Posten* gesagt hatte, heute hieß es *Inspektion*. Der einzige Beamte war ein hochgewachsener Blonder, der auf Peter zutrat.

„Ich möchte einen Unfall melden“, begann er. „Gestern Nacht. Mir ist jemand vors Auto gelaufen …“

„Und da kommen Sie jetzt erst?“

„Es ist nichts passiert, keine Verletzung, nicht einmal eine Schramme! Ich hab ihn dann hierher nach Holzgarten gefahren und am Kirchplatz abgesetzt. Er wollte das, kein Spital oder so.“ Der Beamte setzte sich an den Computer, begann die Unfallaufnahme. Beim Namen „Peter Gottlieb“ fragte er: „Sie sind der Erbe?“

„Ja, in der Tat, der bin ich, der Erbe vom Lamm. Aber woher wissen Sie das?“

„Hier weiß man so was, hat nichts mit der Polizei zu tun. Wo war der Unfall?“

„Auf der Landstraße, fünfzehn Kilometer von hier …“

„Fünfzehn Kilometer, aha. Dann schildern Sie doch einmal den genauen Hergang, Herr Gottlieb.“ Peter tat, wie ihm geheißen. Die Erwähnung des Namens Lukas Hildmeyer rief amtlicherseits keine Reaktion hervor. Das irritierte ihn.

„Ich möchte ihn aufsuchen und nachschauen, wie es ihm geht“, sagte er. „Ich meine, es war nichts zu erkennen an ihm. Er ist auch selber aufgestanden, hat sich entschuldigt …“

„Ja, das haben Sie ja schon angegeben. Mir ist ein Lukas Hildmeyer aber nicht bekannt. Holzgarten ist nicht sehr groß, aber auch nicht so klein, dass die Polizei jeden persönlich kennen müsste.“ Er hantierte an seinem Computer, blickte auf. „Bei uns wohnt niemand mit diesem Namen.“

„Wie kommt er dann darauf? Er war ja schon ein bisschen komisch …“

„Inwiefern?“

„Er hatte einen schwarzen Anzug an. Mit Krawatte. Damit geht er mitten in der Nacht auf der Landstraße spazieren! Ich hab mir gleich gedacht, er ist vielleicht aus einem Heim – kann das sein? Gibt es so was in der Gegend?“

„Nein, auch nicht in der Region. Ist alles in der Stadt konzentriert.“ Das Gespräch erlahmte. Wahrscheinlich heißt das, ich soll gehen, dachte Peter Gottlieb. Aber so war es nicht. Ein zweiter Beamter kam herein. Der erste informierte ihn über Peters Angaben. Der zweite sah dem ersten so ähnlich, dass Peter später Mühe gehabt hätte, sie richtig zuzuordnen, wenn sie ihm allein begegnet wären. Beide groß, blond und auf vage Art gutaussehend, der, mit dem er gesprochen hatte, ein bisschen kleiner. Der Neue gab ihm die Hand. „Mittenwald. Das ist der Stieger." Er deutete auf den anderen. „Chef bin ich." Er lächelte. Peter kam nicht dazu, sich selber vorzustellen, denn Mittenwald fuhr fort: „Wenn Sie einen Mann angefahren haben, Herr Gottlieb, müsste an Ihrem Auto was zu sehen sein. Schauen wir uns das doch an!" Er wandte sich zur Tür, Peter folgte ihm. Chef Mittenwald wusste nicht nur, wie Peter Gottlieb hieß, er wusste auch, wo das Auto stand. Direkt vor dem *Lamm*. Jeder hier weiß es, dachte Peter. Dass ich einen Mitbürger angefahren habe, gleich am ersten Abend, weiß sicher auch schon jeder. Also ist es klug gewesen, den Unfall zu melden. Sehr klug. Inspektor Mittenwald inspizierte Peters Wagen. Peter kannte die korrekte Bezeichnung nicht; Inspektor als Oberbegriff war sicher richtig, aber da gab es doch mehrere Arten. Revierinspektor fiel ihm ein, Rayonsinspektor … gab es so was bei uns überhaupt? Mittenwald hatte den Amtstitel nicht genannt, Peter beschloss zu fragen, aber dazu kam es vorerst nicht, denn Mittenwald erhob sich aus der hockenden Position vor Peters Kühlerhaube und machte ein ernstes Gesicht. „Da sind tatsächlich Spuren", sagte er. „Eine Delle in der Stoßstange und Stofffetzen. Kein Blut. Aber das werden wir noch genauer untersuchen. Sie müssen noch das Protokoll unterschreiben, Herr Gottlieb. Und das Auto müssen wir vorläufig behalten."

„Was? Wieso denn? Ich habe diesen Unfall gemeldet, freiwillig, und jetzt …"

„Ja, schon, Sie haben ihn gemeldet, aber ein bisschen spät, oder?"

„Das war mitten in der Nacht. Wen hätte ich anrufen sollen?"

„Ich würde sagen, uns. Die Polizei."

„Um halb elf? Da ist der Posten doch nicht besetzt."

„Inspektion. Es heißt jetzt Inspektion. Und Sie wären automatisch an eine Stelle außerhalb vermittelt worden."

„Ja, ja, das ist mir schon klar! Aber der Herr Hildmeyer war ja nicht verletzt! Ich hab ihn dann mitgenommen und am Kirchplatz rausgelassen. Er hat nicht einmal gehinkt …"

„Gut. Das ist Ihre Version. Was allerdings als Tatsache feststeht, sind die Stoffspuren an Ihrem Auto. Bei dieser Spurenlage ist es völlig ausgeschlossen, dass der Betreffende keine deutlichen Verletzungen davongetragen hat. Wie schnell sind Sie gefahren?"

„Sechzig ungefähr …"

„Also eher siebzig, aber das spielt keine Rolle, ich ziel nicht auf überhöhte Geschwindigkeit ab oder so. Sechzig reicht völlig."

„Er ist mir …"

„Direkt reingelaufen, okay, das glaub ich Ihnen. Sie laufen einem immer rein. Dem Autofahrer kommt das so vor, er sieht es so. Das ist nicht das Problem. Das Problem ist, dass Ihr Unfallopfer erhebliche Verletzungen davon getragen hat – wenn sich der Unfall so abgespielt hat, wie Sie ihn geschildert haben."

„Hat er aber nicht, Verletzungen, meine ich …"

In Mittenwalds Stimme begann sich eine gewisse Ungeduld einzuschleichen, wie bei Lehrpersonen, die einem begriffsstutzigen Schüler etwas erklären wollen und einsehen, dass es keinen Zweck hat. „Das sagen Sie! Das kann nach Lage der Dinge aber nicht sein. Es ist höchst unwahrscheinlich bei diesen Spuren. – Jetzt begleiten Sie uns erst einmal zum Unfallort." Peter Gottlieb sagte nichts mehr. Er hatte sich, das sah er nun ein, reingeritten, aber so richtig. Er hätte nie zur Polizei gehen dürfen. Oder nicht mit der Wahrheit. Die Wahrheit war, im Licht des hellen Tages, gar nicht möglich. Das war das Problem. Ein großes Problem. Es gibt gar kein größeres Problem, dachte er, als eine Wahrheit, die einerseits wahr ist – drum heißt sie ja *Wahrheit* – und andererseits nicht möglich ist. Realisten mögen so was nicht. Genau genommen ist es das, was sie von allen unangenehmen Dingen am allerwenigsten mögen.

Vor der Inspektion Holzgarten stiegen alle drei in das Polizeiauto und schlugen die Straße ein, die Peter Gottlieb die letzte Nacht in der Gegenrichtung befahren hatte. Nach etwa zehn Minuten schweigender Fahrt stiegen sie aus und gingen zu Fuß weiter. Peter Gottlieb erkannte nichts wieder. Links und rechts Wald, zahllose Kurven, es sah alles gleich aus. Stieger entdeckte die Bremsspur. Sie wurde vermessen. Abdrücke eines menschlichen Körpers fanden sich nicht, dafür undeutliche Fußspuren im Moos; sie führten aus dem Wald heraus und kamen von einem Waldweg, der parallel zur Straße verlief. Da war jemand gegangen, dann in den Wald abgebogen und nach kurzer Strecke auf der Straße gelandet. Dort war er Peter Gottlieb vors Auto gelaufen. Das konnte man nicht beweisen, es gab nur Gottliebs Aussage, die Bremsspur auf der Straße und die Fußspur aus dem Wald. Peter merkte, wie sich die Atmosphäre entspannte. Er fand das paradox. Mittenwald lächelte. Es war das erste Mal seit Beginn ihrer Bekanntschaft.

„Also, Herr Gottlieb, es scheint so, dass doch alles eher glimpflich abgelaufen ist. Was Sie uns geschildert haben, weist auf einen schweren Unfall hin. Aber davon sehen wir hier nichts.“

„Versteh ich nicht, ehrlich gesagt …“

„Wenn ein Körper über das Auto geschleudert wird“, erklärte Stieger dem begriffsstutzigen Bürger Gottlieb, „dann gibt es Spuren, wenn er auf der Straße aufschlägt. Abreibungen von der Kleidung, Anhaftungen von Blut, weil der ungeschützte Kopf irgendwie in Kontakt mit dem Boden kommt. Das ist gar nicht anders möglich.“ Ah so! dachte Peter Gottlieb, ein Blutfleck auf der Straße ist kein ordinärer Fleck, sondern eine Anhaftung. Und wenn der Schädel platzt, gibt es darüber hinaus eine Anhaftung von Hirngewebe …

„Außer bei einem Stuntman“, sagte Mittenwald. „Die sind darauf trainiert.“

„Das war eher das Gegenteil von einem Stuntman …"

„Sehen Sie, da ist Ihnen einfach eine Fehleinschätzung unterlaufen, Herr Gottlieb. Es gab wahrscheinlich einen Unfall, der aber nicht so dramatisch abgelaufen ist, wie Sie das eingeschätzt haben." Peter Gottlieb beschloss, zu schweigen. In seiner Lage brachte es gar nichts, auf seinen Eindrücken zu beharren. Er wunderte sich, warum den Herren von der Exekutive nicht die naheliegende Frage eingefallen war, wie jemand, der sich einen schweren Unfall einbildet, überhaupt noch zur Lenkung eines Kraftfahrzeugs befähigt war; konnte es doch sein, dass er aufgrund derselben Störung nächstens einen verursacht, einen schweren Unfall nämlich … es war besser, die beiden nicht auf diese Fährte zu locken.

„Ihr Unfall, wenn man das überhaupt so nennen will, war eine Bagatelle", erklärte Stieger. „Schon deshalb, weil in keinem Krankenhaus in der Umgebung jemand eingeliefert wurde. Das hab ich überprüft. Niemand, gar niemand, verstehen Sie? Es war eine ruhige Nacht. Ist doch schön!" Er grinste. Sie stiegen ins Polizeiauto und fuhren nach Holzgarten zurück. Peter Gottlieb saß wieder hinten, die Atmosphäre war entspannter als bei der Hinfahrt. Stieger und Mittenwald sprachen halblaut über einen Basar, der in zwei Wochen stattfinden sollte, es ging um Details der Organisation, in die beide Beamte offenbar eingebunden waren, ein Thema von exemplarischer Belanglosigkeit. Sie setzten ihn beim „Lamm" ab und verabschiedeten sich.

Er hatte keine Gelegenheit, die Vorkommnisse des Tages zu überdenken, denn Hildegard rief an. Ihre Stimme klang schwer verkühlt, sie krächzte und hustete, sodass er sie beschwor, sich zu schonen und keinen Anruf zu tätigen, dessen Inhalt doch nur sein konnte, dass sie demnächst nicht in Holzgarten auftauchen würde. Er empfahl ihr, ins Bett zu gehen und viel zu trinken, wie jedes Mal. Mit den ersten Anzeichen des Herbstes war sie krank. Atemwegsinfektion, sobald die Tage merkbar kürzer wurden. Das war jedes Jahr so und dauerte zwei bis vier Wochen, je nach Witterung. Sorgen machte er sich nicht, er hatte es schon oft erlebt, es lief immer gleich ab. Er hatte gehofft, die Herbsterkältung werde erst nach ihrem Umzug ausbrechen, dann hätte er sich um sie kümmern können.

„Ich komm heim", sagte er, „ich kann gleich losfahren!"

„Auf keinen Fall! Du bleibst, ich komm zurecht, Mathilde hilft mir." Mathilde war ihre Nichte. „Wenn du jetzt gleich wieder wegfährst, gibst du denen nur Munition wegen der Klausel. Ruf mich heute Abend an!" Sie legte auf. Das mit der Munition war eine fixe Idee. Es war ihm nie ganz klar, wer *sie* eigentlich waren, denen man, durch welches Verhalten auch immer, *Munition* liefern könnte. Hildegard schien die Gesamtheit der Holzgartener darunter zu verstehen, denen sie vor allem Missgunst unterstellte. Er hatte sich daran gewöhnt, dass ihm die Gedankengänge seiner Frau in manchen Dingen fremd blieben; nun schien sie anzudeuten, dass eine Rückfahrt so kurz nach seiner Ankunft das Eingeständnis frühen Versagens sein könnte, eines Unvermögens, die Klausel zu erfüllen. Der Gedanke ärgerte ihn. Und ihre Neigung, hinter den harmlosesten Vorgängen geheime Bedeutung zu wittern.

Er hatte nicht lang Zeit, sich verdrießlichen Gedanken hinzugeben. Die Türglocke läutete. Draußen stand Herr Hildmeyer. Im selben Anzug wie gestern. An beiden Hosenbeinen sah Peter einen Stoffschaden, eine Druckstelle mit Riss. Das hatte dann wohl zu der textilen Anhaftung auf seiner Stoßstange geführt. Der Anblick erheiterte ihn, er wusste nicht, warum.

„Ich habe mich gefragt, ob Sie mich vielleicht ein Stück hinausfahren könnten", sagte Hildmeyer, „bloß ein paar Kilometer."

„Kommen Sie erst einmal rein! Ich mach uns Kaffee. Sie trinken doch Kaffee?"

„Natürlich, sehr freundlich von Ihnen!" Hildmeyer trat ein. Peter schaltete die Kaffeemaschine ein. „Milch? Zucker?"

„Schwarz, Herr Gottlieb, ganz schwarz. Wie die Hölle …" Er setzte sich an den Riesentisch. Peter bezwang seine Neugier, bis er zwei Tassen serviert und sich dem Gast gegenüber gesetzt hatte.

„Wo kommen Sie denn her?", fragte er.

„Jetzt grad?"

„Ja."

„Von zu Hause. Wie in dem Lied, erinnern Sie sich?" Er begann zu singen: „Von Hause, von Hause, spricht er und seufzet schwer …"

„Ja, ja, Emmanuel Geibel, das hatten wir schon. Und ich seufze auch schwer, Herr Hildmeyer, ich hatte nämlich eine unangenehme Diskussion mit der Polizei. Ihretwegen!" Hildmeyer sagte nichts, blickte nur auf seine Tasse und nahm einen Schluck.

„Die Polizei kennt Sie gar nicht. Die sagen, in Holzgarten wohnt kein Lukas Hildmeyer. Was also …"

„… der Breiner vielleicht?", unterbrach der Gast.

„Was? Nein, die hiesigen Polizisten halt. Stieger heißt der eine. Jetzt frage ich mich …"

„… die halten nichts von mir."

„… frage ich mich, wer Sie wirklich sind, Herr Hildmeyer!"

„Seit der Festnahme haben die einen Hass auf mich, so was vererbt sich hier, müssen Sie wissen. Aber sie konnten mir halt nichts nachweisen, das haben die nicht vergessen!" Er lachte in sich hinein.

„Sie sind verhaftet worden?"

„Festgenommen, Foto, Fingerabdrücke, dringend tatverdächtig …"

„Wen haben Sie umgebracht?"

„Guter Witz, wirklich. Es ging – halten Sie sich fest – ums Schwarzbrennen! Die haben getan, als sei ich der größte illegale Schnapsbrenner überhaupt. Besonders der Breiner war hinter mir her …"

„Die heißen Stieger und … und Mittenwald, jetzt fällt's mir wieder ein."

„Nein, nein, das sind jetzt andere. Natürlich sind das jetzt andere." Seine Stimme erstarb, ein Schatten legte sich auf sein Gesicht. „Ist ja eine Weile her …"

Peter Gottlieb war irritiert wie bei seiner ersten Begegnung mit dem Herrn Hildmeyer, allerdings hatte sich die Irritation nun verstärkt. Der Mann machte ihn verrückt.

„Heißen Sie wirklich Hildmeyer?"

„Ja, natürlich!"

„Warum weiß die Polizei dann nicht, dass Sie hier wohnen?"

„Ach, Herr Gottlieb, hören Sie auf! Die haben doch Mühe, ihren eigenen Hintern zu finden. Drum heißt es ja ‚Zivilversager' …"

„Wie bitte?"

„Kennen Sie den Ausdruck nicht? Wenn jemand keinen Job in einem Zivilberuf findet, geht er zum Staat, meistens zum Militär. Polizei oder so geht auch. Drum der Ausdruck …" Hildmeyer verstummte, blickte Peter an. In seinen Zügen stand ein gewisser Zweifel, wie er einen befällt, wenn man entdeckt, dass der Gesprächspartner minderbemittelt ist. Das merkt man oft nicht gleich; Peter Gottlieb hatte das selber schon erlebt. Bei Hildmeyer war das Gefühl peinlicher Betroffenheit durch den Umstand ausgelöst worden, dass er den Begriff „Zivilversager" erklären musste. Schlimm genug, wenn jemand bei einem Witz nicht lacht, schlimmer, wenn er nicht lacht, weil er ihn nicht verstanden hat.

Aber da konnte ihm Peter Gottlieb auch nicht heraushelfen. Abneigung gegen Exekutivorgane findet sich naturgemäß häufig bei Personen, die mit ihnen als Amtsbehandelte zu tun hatten. War Hildmeyer ein Krimineller? Dass er Kontakt mit der Polizei gehabt hatte, glaubte ihm Peter. Nur die Sache mit dem Schwarzbrennen war eventuell geschönt. Oder überhaupt erfunden.

„Ich glaube nicht, dass die Polizei so unfähig ist, wie Sie andeuten, Herr … Hildmeyer. Ich habe diesen Namen gestern rein zufällig auf dem Friedhof gefunden. Lukas Hildmeyer, ein Grab ganz außen an der Mauer …"

Hildmeyer nickte.

„Kennen Sie das Grab?"

„Sicher."

„War Lukas Hildmeyer Ihr Vater?“

„Nein. Mein Vater hieß Johannes, er liegt nicht auf diesem Friedhof.“

„Dann ist es Ihr Onkel?“

„Nein.“

„Wer liegt denn dann in dem Grab?“, schrie er und erschrak vor der eigenen Stimme. Hildmeyer schien es nicht zu stören.

„Na, jetzt wohl niemand“, sagte er und trank den Kaffee aus.

Ach so.

Ein Verrückter. Aber doch besser nachfragen. „Sie meinen, Sie selber liegen … oder lagen …“

„Nein, nein, Herr Gottlieb, ich meine nicht, ich weiß. Ich lag dort drin, jetzt aber nicht mehr.“

„Dann sind Sie ein Zombie?“ Das war ihm so rausgerutscht, er schämte sich dafür. Man soll mit einem geistig Beeinträchtigten keine Scherze treiben.

Hildmeyer starrte ihn an. „Ich bin was?“

„Nur ein Scherz, vergessen Sie's …“

„Nein, das interessiert mich. Ich hab das noch nie gehört.“

„Was haben Sie noch nie gehört?“

„Dieses Wort: Zonbie.“

„Nicht *Zonbie.* Zombie … *Zombie*, mit einem ‚m‘ in der Mitte …“

„Aha. Und was ist das?“

„Zombies sind lebende Tote, die aus ihren Gräbern steigen und andere Menschen angreifen. Sie haben Hunger auf Menschenfleisch …“

„Ich hab keinen Hunger auf Menschenfleisch. Ich hab überhaupt keinen Hunger …“

„Noch einen Kaffee?“

„Gern, wenn es Ihnen keine Umstände macht. – Diese Zombiesache, das ist doch wieder so ein amerikanischer Blödsinn?“

„Könnte man sagen …“ Peter Gottlieb ließ sich Zeit mit dem Kaffee. Das brachte eine halbe Minute zum Überlegen. Es gelang ihm nur nicht, sie zu nutzen, die halbe Minute. Sein

Kopf war leer bis auf die eine Frage, die darin wie ein Karussell rotierte, immer dieselbe Frage: Wie reagiert man auf so was? Er servierte Hildmeyer den Kaffee. Und sagte: „Demnach wären Sie also auferstanden, Herr Hildmeyer."

„Ja, natürlich …" Hildmeyer schien überrascht.

„Wann denn?"

„Vor ein paar Tagen. Ich hab nicht genau aufgepasst, ich war … verwirrt."

„Ah ja. Und … wie hat sich das abgespielt?"

„Die Auferstehung? Ach, das ist … irgendwie … verstehen Sie mich recht, ich will mich nicht beklagen, ich muss das eindeutig feststellen – aber wenn Sie mich schon fragen: enttäuschend …"

„Wie bitte?"

„Na ja, ich bitte Sie: Auferstehung! Da stellt man sich doch was Besonderes vor …"

„Sie meinen: Posaunen?"

„Ja, zum Beispiel, es müssen auch keine Posaunen sein, ich will jetzt nicht auf den Posaunen rumreiten, aber da war akustisch überhaupt nichts, keine Posaunen, keine Trompeten, nicht einmal Blockflöten!" Er lachte.

„Keine Engelschöre?"

„Gar nix. Ich stand einfach auf dem Friedhof. Neben dem Grab. Ich musste mich nicht aus der Erde wühlen oder so …"

„Was haben Sie dann gemacht?", fragte Peter Gottlieb.

„Ich bin nach Hause gegangen – also, wo ich früher gewohnt habe. Kreuzgasse 20." Er verstummte.

„Und?"

„Was und? Das war sowieso eine Schnapsidee. Ich bin nicht reingekommen. Ich hatte ja keine Schlüssel. Sie werden nicht mit dem Hauschlüssel begraben, verstehen Sie? – Das Haus war auch umgebaut. Das ist jetzt eine Buchhandlung. Galmei."

„Was?"

„Galmei. So heißen die Leute. Von der Buchhandlung. Steht an der Tür. Ich kenn sie nicht, die waren zu meiner Zeit noch nicht da."

„Ah ja … was haben Sie dann gemacht?“

„Ich bin spazieren gegangen.“

„Im Wald?“

„Ich hatte das Bedürfnis. Ist schon komisch. Ich war früher eher bequem, verstehen Sie? Kein Sport oder so. Aber jetzt …“ Er sagte nichts mehr, trank den Kaffee aus. Dann stand er auf. „Können wir?“

„Was, bitte?“

„Sie wollten mich doch ein Stück hinausfahren.“

„Ach ja … das überrascht mich jetzt. Sie gehen in der Nacht kilometerweit zu Fuß und jetzt wollen Sie gefahren werden?“

„Ist doch nicht wegen mir. Wegen Ihnen … damit Sie nicht so weit laufen müssen. Sie sind doch weit laufen nicht gewöhnt …“

„Da haben Sie Recht, aber ich will ja gar nicht laufen – Sie wollten doch irgendwohin!“

„Was? Ja, schon … nein, also: Ich will Ihnen etwas zeigen, deshalb müssen Sie mit.“ Er stand auf und wendete sich zur Tür. Peter Gottlieb folgte ihm. Er wollte schon fragen, warum man als Auferstandener nicht über die Fähigkeit zur Levitation verfüge – also einfach hinfliegen – und einen gewöhnlichen Erdenbewohner unter den Arm geklemmt mitnehmen könne, unterließ es aber. Man soll Wahnideen nicht gewaltsam mit der Realität konfrontieren, die Reaktionen sind nicht vorhersehbar. Gleichzeitig wunderte ihn, warum er sich überhaupt darauf einließ. Hildmeyer war offenbar irgendwo „entsprungen“, wie man das früher genannt hat, da hätten die Inspektoren Stieger und Mittenwald nur genauer nachforschen müssen. Es gab sicher eine Anstalt, halt ein bisschen weiter weg, Patient Hildmeyer war ja gut zu Fuß. Warum geh ich darauf ein? dachte Peter. Weil ich neugierig bin, ganz einfach.

Im Auto wurde nichts gesprochen. Die Fahrt ging, gesteuert durch knappe Gesten des Herrn Hildmeyer, wieder ins Waldgrüne, diesmal auf einem anderen Weg. Nach zwei Kilometern bogen sie auf einen Seitenweg ein und erreichten eine große

Lichtung. Am Waldrand stand eine Hütte. Hildmeyer deutete darauf. Sie stiegen aus. Hildmeyer ging auf die Hütte zu.

Um mir die Überreste der sieben Personen zu zeigen, die er in den letzten Jahren auf grausame Weise ermordet und in der einsamen Hütte verscharrt hat, dachte Peter Gottlieb. Der frühpensionierte Buchhändler wäre dann das bedauernswerte achte Opfer ... Peter kannte die Dramaturgie einschlägiger Kriminaldokuformate. *Als sie sich der Hütte näherten, erfüllte ekelerregender* Fäulnisgeruch die Luft ... und so weiter.

Als sie sich der Hütte näherten, erfüllte frischer Waldgeruch die Luft, Hildmeyer griff in ein Versteck zwischen den Brettern, zog einen Schlüssel heraus, öffnete das Vorhängeschloss an der Tür und machte auf. Drin war es dunkel, heraus strömte kein faules Miasma, sondern ein schwacher, süßlicher Duft, der Peter an irgendetwas Angenehmes erinnerte, er kam nicht gleich drauf, was es war, auf jeden Fall etwas Harmloses. Sie traten ein. An der Wand gegenüber der Tür standen Bienenkästen in zwei Reihen über die ganze Breite. Es mussten Bienenkästen sein, der Geruch passte dazu, eine Honignote, die Kästen hatten hinten Türen. Altes, poliertes Holz. Peter entspannte sich.

„Das sind Hinterbehandlungsbeuten", erklärte Hildmeyer. Er öffnete eine der Türen. Im schwachen Licht, das von der Türöffnung hereinfiel, erkannte Peter zwei Abteile, eines oben, eines unten, getrennt durch ein Brett und von einem Drahtgitter nach hinten abgeschlossen. Peter sah sich um. An der rechten Schmalseite ein großer Schrank, links ein Arbeitstisch mit Gerätschaften, deren Zweck sich dem Laien nicht erschloss. Dort lagen auch ein paar rechteckige Holzrähmchen und ein Stoß Zeitungspapier.

„Das sind Kuntzsch-Rahmen", sagte Hildmeyer, „dreiunddreißig mal siebenundzwanzig, fast quadratisch, kann man sagen. Erstaunlich, dass er sie beibehalten hat ... so lang ..."

„Wer?"

„Der Harald. Mein Nachfolger."

„Das ist ... war Ihr Bienenhaus?"

„Ja, fast vierzig Jahre. Der Harald hat es dann übernommen, wo ich nicht mehr so konnte …" Ah so, klar. Hildmeyer war ja tot und am Lebensende wahrscheinlich gebrechlich gewesen, sodass er sich nicht bis zum letzten Tag um seine Bienen hatte kümmern können. Völlig logisch.

„Wissen Sie, diese Kästen sind jetzt fast hundert Jahre alt. Schauen Sie sich das an! Alles noch picobello. So was wird heute gar nicht mehr hergestellt."

„Ja, wirklich toll …"

„Heute haben alle Magazine, keine Hinterbehandler mehr …"

„Magazine?"

„Ja, zum Abheben. Das sind so Rahmen, wo man die Waben von oben reinhängt. Man kann mehrere aufeinanderstapeln. Ist praktischer. Hat man damals schon gesagt. Ich war zu alt zum Umstellen, ich war es gewohnt mit meinen Ausziehbeuten."

„Woher wissen Sie, dass die anderen Imker diese Magazine haben?"

„Ich hab natürlich nachgeschaut! War das erste, was ich gemacht hab – nach dem Friedhof. Ich bin überall herumgelaufen und hab mir die Bienenhäuser angesehen. Ich hab ja gewusst, wo sie waren. Es sind natürlich lang nicht mehr so viele wie früher, die Imkerei hat abgenommen. Es gibt jetzt aber viele Freiständer, da stehen die …"

„… Moment, Sie sagen also, nach Ihrer Auferstehung haben Sie als Erstes die Bienenhäuser der ganzen Gegend inspiziert?"

„Inspiziert ist übertrieben. Ich hab nicht reinkönnen, aber man sieht von vorn gleich, was einer drin stehen hat."

„Aber hier können Sie rein …"

„Der Schüssel liegt immer noch an derselben Stelle. Nicht einmal das hat der Harald verändert …" Seine Stimme wurde brüchig. Peter Gottlieb war das unangenehm. Stimmungsschwankungen, Rührseligkeit, wer wusste, ob das nicht in Aggression umschlagen konnte – bei solchen Individuen. Aber

Hildmeyer beruhigte sich, ging in der Hütte umher, öffnete den einen oder anderen Kasten, starrte durch die Drahtgitter. Schließlich machte er sich an einem davon zu schaffen. An dem Holzrahmen, der die Gitter umschloss, gab es auf einer Seite einen Metallring, an dem zog Hildmeyer, der Rahmen gab nach, ließ sich herausheben und gab den Blick auf eine Wabe frei. Bienen waren keine zu sehen.

„Was haben Sie vor?", fragte Peter. Er hatte die Stimme gesenkt.

„Sie können ruhig laut reden. Die Bienen können Sie nicht hören."

„Wo sind die denn jetzt? Ich sehe keine …"

„Weiter vorn im Stock. Man sollte um diese Jahreszeit nicht mehr aufmachen, aber ich kann es mir ja nicht aussuchen." Er zog an einem kaum sichtbaren Metallrahmen, die Wabe bewegte sich ein Stück aus dem Kasten heraus. Sie hing darin wie eine Mappe in einer Hängekartei. Hildmeyer zog das Rähmchen oben heraus. Leises Summen war zu hören. Dann überreichte er Peter das Rähmchen. Die Wabe, die der Holzrahmen aus vier schmalen Leisten umgab, war eine einzige, hellbraune Wachsfläche.

„Alles verdeckelt, sehen Sie? Wunderschön …" Peter Gottlieb vermochte die Begeisterung nicht zu teilen. Es roch gut, nach Honig, das schon, aber die Leisten klebten an den Händen.

„Und wo ist jetzt der Honig?", fragte er.

„In der Wabe, unter der Wachsschicht … ach was, geben Sie her!" Er wickelte das Rähmchen in eine alte Zeitung und gab es Peter zurück. Dann ging er hinaus. Peter folgte ihm mit dem Paket. Hildmeyer verschloss die Hütte, legte den Schlüssel zurück. „Sie können fahren", sagte er, „wenn es Ihnen Recht ist."

„Wohin?"

„Wohin Sie wollen."

„Kommen Sie denn nicht mit?"

„Nein, ich geh spazieren. Einen schönen Tag noch!" Er wandte sich zum Gehen.

„Moment! Was soll ich denn jetzt mit der Wabe?"

„Essen! Schneiden Sie einfach mit einem scharfen Messer ein Stück heraus."

„Braucht man keine Honigschleuder dafür? Und außerdem: Ihr Nachfolger wird nicht begeistert sein, wenn Sie seinen Honig an Fremde verteilen …" Hildmeyer seufzte. Dann sagte er: „Sie sind schon ein Umstandsmensch, Herr Gottlieb, wissen Sie das? Sie brauchen keine Honigschleuder. Kauen Sie die Wabe einfach durch, das Wachs ist wie Kaugummi. Sie können es ausspucken, wenn es ausgekaut ist, oder runterschlucken, das tut Ihnen nichts …"

„Ich mach mir nicht so viel aus Honig …" Hildmeyer ignorierte das.

„Was meinen Nachfolger angeht", setzte er fort, „da machen Sie sich keine Sorgen, ich bin sicher, Harald hat nichts dagegen!" Die nächste Bemerkung konnte Peter Gottlieb nicht unterdrücken: „Er weiß doch nicht, dass Sie die Wabe genommen haben. Ich meine, er weiß doch nicht, dass Sie … auferstanden sind."

„Nein, weiß er nicht. Woher auch? Dass wir uns begegnet sind, Sie und ich, ist ja nur Zufall."

„Gehen Sie eigentlich den Leuten aus dem Weg? Oder … ich meine, wie würden die reagieren, wenn die Sie herumspazieren sehen?"

„Panisch, wahrscheinlich panisch. Aber die Gefahr ist gering. Ich bin seit vierzig Jahren tot. Die Leute, die mich gekannt haben, sind selber tot oder sehr alt. Denen begegne ich nicht auf der Straße."

Aha. Schön ausgedacht, das musste man ihm lassen. Ein abgeschottetes Wahnsystem. Auf jede Frage wusste Hildmeyer eine Antwort. Er sagte noch: „Essen Sie nicht alles auf einmal …"

„Das gäbe sicher Magendrücken."

„Nein, das mein ich nicht. Ich will sagen, lassen Sie etwas übrig."

„Wieso?"

„Sie kriegen Besuch. Der isst gern Wabenhonig … hab ich gehört!“ Er lachte, winkte Peter zu und verschwand am Waldrand zwischen den Bäumen. Peter sah ihm nach. Er war sprachlos. Besuch. Eine Drohung? Jemand, der gern Wabenhonig isst, das hörte sich nicht gefährlich an. Der Typ will nicht, dass ich ihm folge, dachte er, sonst hätte er die Straße genommen. Wahnsystem hin oder her: Irgendwo musste Hildmeyer wohnen, er musste essen und schlafen. Er trug denselben Anzug wie am Vortag, unzerknittert. Jedenfalls sah er aus wie der von gestern. So sieht ein Anzug aber nicht aus, wenn man damit kilometerweit durch den Wald läuft. Was war mit den Schuhen? Peter Gottlieb bedauerte, nicht auf die Schuhe geachtet zu haben. An denen müsste der weiche Waldboden hängen bleiben, Moos und Geäst.

Er wohnte irgendwo im Wald, so war das. Nicht in einem Bienenhaus. In einer komfortablen Jagdhütte zum Beispiel. Wahrscheinlich lebte er schon seit Jahren dort, der ganze Ort wusste es, aber man redete nicht darüber. Der verrückte Mitbürger, über den man nicht spricht … Peters Fantasie begann sich zu regen: Ein seelischer Schock hatte ihn aus der Bahn geworfen, was wohl? – Eine Frau, natürlich, was denn sonst! Konnte sein, dass sie ihn verlassen hatte. Oder gestorben war. Daraufhin hatte er sich in den Wald zurückgezogen und lebte als „Auferstandener“ ein neues Leben ohne Bezug zum alten. Die Umgebung billigte das nicht – *wenn das nun jeder täte!* Schon klar, aber man konnte nichts dagegen machen. Er war ja keine Gefahr. Also überging man ihn mit Schweigen. Die Polizisten waren natürlich eingeweiht … bröckelte hier die Theorie? Nein: Wenn er, der Zugezogene, Neffe vom alten Gottlieb, sich erst als verlässlicher Bürger erwiesen haben würde, dann würde man ihn auch in die Affäre Hildmeyer einweihen. Peter Gottlieb war erleichtert.

Zu Hause schenkte er sich einen Cognac ein. Ja, zu Hause. Jetzt fühlte es sich wie ein Zuhause an. Schon am zweiten Tag, dachte er, da kann man nix sagen – und das nach einem

Autounfall! Ja, dieses Holzgarten mit seinen schrulligen Bewohnern hatte ihn aufgenommen! An manchen Orten ist man auch nach Jahren noch nicht heimisch. Aber hier schon. Obwohl er sich gerade mit dem schrulligsten Bewohner des Ortes auseinandergesetzt hatte. Er trank aus und rief seine Frau an. Ihre Stimme klang müde, sie sprach leise. Es gehe ihr soweit gut, antwortete sie auf die Frage nach dem Befinden, die Grippe sei im Abklingen.

„Lass dir Zeit", rief er, „nur keinen Rückfall provozieren! Auskurieren ist das Wichtigste." Dann erzählte er ihr von seinen Abenteuern mit dem Herrn Hildmeyer. Hildegard äußerte Verwunderung, der besorgte Unterton war nicht zu überhören. Sie ließ sich alles noch einmal erzählen.

„Und die Polizei kennt diesen Hildmeyer nicht?"

„Behauptet sie wenigstens …"

„Was soll das heißen?"

Er unterbreitete ihr seine Theorie vom Dorfsonderling, der gegenüber Fremden nicht erwähnt wird. Als er geendet hatte, entstand eine Pause. Dann fragte sie: „Geht es dir gut?"

„Ja, wieso denn? Der Unfall hat mir gar nichts gemacht, das Auto ist auch in Ordnung …"

„Keine Schwindelanfälle?"

„Nein, wie kommst du denn darauf? Ich hab das seit Monaten nicht mehr." Er ärgerte sich und sie merkte es.

„Dann ist es ja gut!", sagte sie. „Du weißt, was der Doktor gesagt hat. Schonung ist das Wichtigste, mach nicht zu viel auf einmal …" Sie verabschiedete sich und legte auf. Das Gespräch hatte ihn irritiert. Was sollte diese Ermahnung, sich zu schonen? Er hatte alles hergerichtet, viel war es ja nicht, das einzige, was hier fehlte, war seine Frau. Diese Bemerkung wegen der Schwindelanfälle: Unpassend war das, in hohem Maße unpassend. Was hatten diese Schwindelattacken, die ein halbes Jahr her waren, mit Herrn Hildmeyer zu tun? Gar nichts. Es lag daran, dass sie nicht mehr richtig zuhörte. Das war ihm schon vor einiger Zeit aufgefallen. Er erzählte etwas, dann stellte sie eine

Frage, aus der klar hervorging, dass sie den Inhalt seiner Rede nicht mitbekommen hatte. Sie hatte nicht zugehört. Weil es sie nicht interessierte, da war er sicher. Vielleicht unvermeidlich in einer langen Ehe. Aber dann dieses *Du weißt, was der Doktor gesagt hat!* Dr. Schultheiß hatte alles Mögliche gesagt. Aber es lohnte sich nicht, sich alles zu merken; da war eine Menge Blödsinn dabei. Schonung und viel Schlaf und Vitamine und Sport und dies und jenes … Die Anfälle hatten wieder aufgehört. Lag an den verschriebenen Tabletten, nicht am vielen Schlaf und Vitaminen, denn Peter Gottlieb hatte nicht mehr geschlafen als sonst auch und gegessen wie immer. Und Sport hatte er keinen betrieben, definitiv nicht. Nur die Pillen genommen. Das hatte ja auch gewirkt. Dazu hätte Dr. Schultheiß nur sagen müssen: „Ich schreib Ihnen was auf“, das hätte schon gereicht. Er nahm sich noch einen Cognac und ging zu Bett.

2

Hildegard Gottlieb machte sich Sorgen. Natürlich um Peter. Wenn das jetzt mit Peter wieder anfing … sie fühlte sich hilflos. Sie hätte dem Umzug nicht zustimmen sollen. Aber wer konnte vorher wissen, dass Holzgarten sich so negativ auswirken würde? Ländliche Ruhe würde ihm gut tun, hatte es geheißen. Sie rief Dr. Schultheiß an. Sie bekam auch gleich einen Termin. Sie kannte Martin von der Schule. Martin war in sie verliebt gewesen und eine treue Seele.

Er begrüßte sie herzlich wie immer. Wangenküsse. Bat sie, Platz zu nehmen. Sie kam gleich zum Thema, erzählte von dem Telefonat.

„Er war am ersten Tag schon so komisch, also vorgestern. Er … er scheint zu glauben, ich komme nicht, weil ich krank bin, wegen Grippe oder so. Er hat es nicht wörtlich so gesagt, aber es kam so raus, du kennst ihn ja …"

„Hat er Schwindelanfälle? Hat er davon etwas gesagt?"

„Nein, ganz deutlich: Nein. Das lässt mich ja hoffen." Doktor Schultheiß blickte zum Fenster hinaus. Das war keine Geste der Missachtung, das tat er beim Nachdenken. Patienten, die ihn nicht so gut kannten wie Hildegard, fühlten sich dadurch gering geschätzt, herabgewürdigt.

„Diese Konfabulationen – das gefällt mir gar nicht", sagte er nach längerem Schweigen. „Das ist, meine ich, eine neue Dimension. Das mit deiner Grippe – na ja, eine seiner bekannten Fehldeutungen, eine Art psychischer Ausweichmechanismus …"

„Aber wie lang kann er das denn durchhalten? Er muss es doch irgendwann merken!"

„Dann sucht er sich etwas Neues für dich aus! Grippe, Asthma, sonst ein längeres Leiden, er wird schon was finden.

Peter ist nicht dumm … Bleibt diese Sache mit dem … wie hieß er gleich … Hildmeyer, den die Polizei nicht kennt …"

„Du brauchst nicht drum herum zu reden! Du willst sagen, den Menschen gibt's gar nicht. Er bildet sich das alles ein …"

„Das will ich nicht behaupten. Könnte ich auch gar nicht ohne Kenntnis der Sachlage. Ferndiagnosen sind eine Pest, glaub mir! Aber andererseits … es lässt sich nicht wegdiskutieren, dass Peter unter psychischen Störungen leidet, und zwar schon recht lang."

„Drei Jahre …"

„Eben. Mit einer Verlaufsform in Schüben. Die neueste Entwicklung würde sich in dieses Muster einfügen – ich meine, wenn er wirklich beginnen sollte, wahnhafte Einbildungen zu entwickeln."

„Du meinst, er halluziniert?"

„Das könnte sein, oder auch nicht. Es ist alles Spekulation. Ich müsste ihn sehen …"

„Das heißt, ich soll hinfahren und ihn herschleifen? Das tu ich bestimmt nicht, unter keinen Umständen!" Sie war laut geworden, ihr Gesicht rötete sich. Er hob die Arme, beschwichtigte. „Nein, wo denkst du hin, du hast genug mitgemacht, so was kommt gar nicht in Frage!" Sie beruhigte sich, blickte zu Boden. Er stand auf und ging ins Vorzimmer. Er ließ die Sprechstundenhilfe Kaffee machen. Das kam in der Praxis Dr. Schultheiß manchmal vor. Er nahm sich viel Zeit für seine Patienten. Hildegard tat ihm leid. Er verstand nicht, wieso sie sich in ihrer Situation und nach allem, was geschehen war, immer noch um ihren Mann kümmerte. Vor allem, weil es gar nicht mehr ihr Mann war. Wenigstens im rechtlichen Sinn. Sie hatte sich vor zwei Jahren scheiden lassen. Nach einer Leidenszeit von ebenfalls zwei Jahren, in denen Peter Gottlieb auf der sozialen Stufenleiter sukzessive abgerutscht war. Eher, dachte er, müsste man von einer Treppe sprechen, wo es Stufe um Stufe nach unten geht; Stufen haben eine ebene Oberfläche, sodass die Illusion eines horizontalen Bodens entsteht, und damit die

Hoffnung auf ein Ende des Abstiegs. Bis die nächste Stufe nach unten genommen wird. Peter Gottlieb hatte innerhalb von zwei Wochen das geregelte Leben eines erfolgreichen Buchhändlers aufgegeben, sich eine Freundin angeschafft, in die er beträchtliche Summen investierte, die Geschäftsführung der Ehefrau überlassen. Na ja, zu saufen hatte er auch angefangen. Daran hielten sie sich jetzt diagnostisch fest. Korsakow-Syndrom. Aber das war keine gute Diagnose. Viel zu kurzer Alkoholabusus. Auch das Übrige passte nicht recht: Soziale Auffälligkeiten, als da wären: Erregung öffentlichen Ärgernisses durch Geschlechtsverkehr in einem Park (an einem Dienstag Vormittag um zehn), wiederholte Raufhändel im *Milieu*, Beschimpfungen von Amtspersonen, Störung von politischen Versammlungen (betrunken und nüchtern), kurz vor der Zwangseinweisung körperlicher Zusammenbruch, Entziehungskur, langsame Erholung, fast völlige Amnesie, Entlassung aus der Anstalt. In die Scheidung hatte er eingewilligt. Diagnose? Viel Herumgerede. Wie nennt man eine Krankheit, die einen angepassten Spießer – und das war er gewesen, machen wir uns nichts vor! – in ein asoziales Arschloch verwandelt? Nicht in Jahren schwerer Polytoxikomanie, sondern innerhalb von Wochen, gleichsam im Handumdrehen? Früher, fiel Dr. Schultheiß ein, in unaufgeklärten Zeiten, hätte uns jeder normale Brotesser sagen können, was mit Peter Gottlieb nicht stimmte. Da hätte es einfach geheißen: Vom Teufel besessen. Diese Zeiten waren vorbei. Und nun?

„Wir können nichts tun", sagte er zu Hildegard Gottlieb, die den Namen ihres Mannes behalten hatte. „Er gefährdet ja niemanden, den Unfall bildet er sich ein ..."

„Also alles laufen lassen? Einfach schauen, was passiert?" Ihre Stimme hatte einen schrillen Unterton. Was geht sie das Ganze überhaupt noch an?, dachte er. Wenn sie sich so an ihn gebunden fühlt, hätte sie gleich verheiratet bleiben können. Statt sich zum Beispiel einen alten Schulfreund, Dr. Martin Schultheiß, zu nehmen. Angesehener Arzt mit gut gehender Praxis... Er riss sich aus seinen Gedanken. „Es ist nicht mehr wie früher, wo man einen Menschen mit abweichendem Verhalten für immer in einer Anstalt verschwinden lassen konnte. Heute wird besser aufgepasst. Wenn er keine Gefahr für sich und andere darstellt, kann er rumspinnen, wie er will." Er sah sie an, und sie tat ihm leid. Das muss Liebe sein, ging es ihm durch den Kopf. Ein anderer, der sie nicht liebt, würde das nicht für sie tun.

„Eine Möglichkeit gibt es schon noch", sagte er. „Ein ehemaliger Kommilitone von mir, Doktor Kategoros-Korowjew, kennt sich mit solchen Fällen aus. Mit dem werd ich reden, er soll ein Auge auf den Peter haben. Der Kategoros-Korowjew ist gut, dem wird schon was einfallen." Sie stand auf, kam mit raschen Schritten um den Tisch herum und umarmte ihn. Wie sie ihn noch nie umarmt hatte, nicht in der sechsten Klasse, nicht in der siebten, nicht in der achten und später schon gar nicht. Ein warmes Gefühl durchflutete ihn.

„Du bist ein Schatz", flüsterte sie, „weißt du das?"

Er gab keine Antwort. Das war auch besser, denn in so emotionalen Momenten neigte er dazu, mit einem einzigen, kurzen Satz alles zu vergeigen. Sie löste sich lächelnd von ihm und verabschiedete sich.

Er rief den Studienkollegen Alexandros Kategoros-Korowjew an.

***

Peter Gottlieb erwachte vom Läuten des Telefons. Zuerst war er desorientiert. Einen Augenblick kam ihm alles fremd vor. Die Gaststube, der Riesentisch mit den vielen Stühlen, das Sofa, auf dem er lag. Das tobende Handy lag nicht auf dem Sofa, sondern auf dem Boden davor. Er griff danach, eine Mobilfunknummer, die er nicht kannte. Er nahm den Anruf an. Als er den Knopf drückte, fiel ihm wieder alles ein. Holzgarten, das Lamm, der Unfall mit Lukas Hildmeyer. Das muss Hildmeyer sein, dachte er, hoffentlich entwickelt der sich nicht zum Stalker, das hätte mir noch gefehlt … andererseits, wo sollte der Spinner die Nummer herhaben? Und wie vereinbart er, der angeblich Auferstandene, dem auf dieser Erde nichts gehört als der Anzug, in dem man ihn begraben hat, den Besitz eines Handys mit seiner besonderen ontologischen Situation; eines Handys wohlgemerkt, das vor vierzig Jahren noch gar nicht erfunden war?

„Ja?", sagte er.

„Herr Gottlieb?" Die Männerstimme kam ihm bekannt vor, aber Hildmeyer war es nicht. Es war der Revierinspektor Stieger. Ob er kurz vorbeischauen dürfte? Er durfte. Peter Gottlieb lächelte. Jetzt rücken sie mit der Wahrheit heraus, das Hildmeyer-Geheimnis wird dem Neuankömmling enthüllt! Wahrscheinlich das Ergebnis einer Sondersitzung des Gemeinderats. Es hat doch keinen Zweck, wird es geheißen haben, der kommt sowieso dahinter, das ist ein gebildeter Mensch, ein Städter halt, der ist imstand und zieht uns noch das Fernsehen her – das brauchen wir so nötig wie einen Kropf!

Das war es nicht, was ihm der Inspektor fünf Minuten später eröffnete. Seine Vermutung traf nicht einmal annähernd.

„Mir hat die Sache mit Ihrem Unfall keine Ruhe gelassen, Herr Gottlieb!", begann Stieger, als er am großen Tisch Platz genommen und die Inneneinrichtung mit sichtbarem Wohlgefallen zur Kenntnis genommen hatte.

„Bevor Sie weitersprechen, Herr Inspektor, muss ich Ihnen bezüglich des Hildmeyer noch etwas berichten", sagte Peter. „Er ist mir … wieder begegnet." Beinahe hätte er „erschienen" gesagt; der konnte einen wirklich verrückt machen mit seiner Wahnidee …

„So, wo denn?", wollte Stieger wissen.

„Genau hier. Wo Sie jetzt sitzen, ist er gestern gesessen. Er sei auferstanden, hat er gesagt."

„Was?"

„Ja, das hab ich auch gesagt! Auferstanden – von den Toten, aus seinem Grabe!" Peter lachte, Stieger lachte nicht. Jetzt kommt's, dachte Peter, jetzt rückt er damit raus. Der Gemeindesonderling, die Hütte im Wald, das ganze Programm. Aber der Inspektor Stieger war weit davon entfernt, mit *so etwas* herauszurücken. Stattdessen sagte er: „Das ist wirklich merkwürdig." Dann sagte er eine Weile nichts, sondern dachte nach. Bei ihm konnte man das Nachdenken am Gesicht ablesen, die Physiognomie veränderte sich. Dann sagte er: „Ich habe diesen Lukas Hildmeyer gefunden. Bei uns in den Akten. Er war gerichtsbekannt. Eine Grundstücksaffäre, Urkundenfälschung. Hat offenbar einen Besitztitel gefälscht und ein Grundstück verkauft, das ihm gar nicht gehört hat. Hat fünf Jahre gekriegt, nur drei abgesessen. Wegen guter Führung."

„Ja dann – ist es ja kein Wunder, dass er auferstanden ist!" Peter Gottlieb lachte lauthals. Inspektor Stieger zwang sich zu einem Lächeln, es kostete ihn Anstrengung, das konnte Peter sehen. Mit Humor hat er so seine Probleme, dachte er, aber nur mit dem von anderen, selber hat er ja keinen.

„Die Situation ist nicht so lustig", meinte Stieger. „Irgendwer gibt sich offenbar als Hildmeyer aus. Aber warum? Vielleicht etwas mit dem Erbe ..."

„Hatte er Kinder?"

„Nur eine Tochter. Die wohnt aber nicht mehr hier, sie ist weggezogen, da hat er noch gelebt. Wesentlich ist", setzte Stieger fort, „dass sie alles geerbt hat, das Haus und was sonst noch da war. Viel war das angeblich nicht mehr. Sie hat alles verkauft. In dem Hildmeyer-Haus ist heute eine Buchhandlung. – Eine kleine halt ..."

„Na schön. Ich verstehe nun, ehrlich gesagt, nicht ... wie soll ich das jetzt formulieren ..."

„... warum ich Ihnen das alles erzähle?" unterbrach ihn der Inspektor. „Ich dachte, Ihnen fällt etwas dazu ein. Sie sind ein gebildeter Mann, sie sind nicht von hier, Sie sind vernünftigen Argumenten zugänglich, also dachte ich: Vielleicht hat er einen frischen Blick auf diesen Fall, kann ja sein ..."

„Moment! Ich bin nicht von hier, okay, aber woher wissen Sie das andere, ich meine, gebildet, na ja, das ist schmeichelhaft, aber wie kommen Sie da drauf?"

„Mein Schwager sagt das. Er hat Ihnen die Stückholzheizung installiert …"

„Ah ja … verstehe. Drum sagt er auch, ich sei vernünftigen Argumenten zugänglich. Es waren ja seine …"

„Ihre Frau war dagegen. Gegen die Stückholzheizung, sagt er."

„Ist sie noch. Aber ich habe mich eben so entschieden! Warum soll ich in einem Ort, der schon ‚Holzgarten' heißt und mitten in Wäldern liegt, mit Öl heizen?"

„Genau!", rief Inspektor Stieger. „Da haben Sie völlig Recht. Ich hab denselben Holzvergaser eingebaut wie Sie. Schon seit fünf Jahren. Bisher nicht die geringsten Probleme. Und das sag ich nicht, weil der Julius meine Schwester geheiratet hat!"

„Das ist mir völlig klar, Herr Inspektor. Als Polizeibeamter können Sie ja nicht irgendwelche Behauptungen aufstellen …"

„So ist es. Haben Sie schon einmal angeheizt?"

„Bis jetzt nicht, es war ja auch noch nicht so kalt."

„Ich zeig's Ihnen! Ich weiß, der Julius macht eine Einführung, aber er ist oft ein bisschen husch-husch dabei." Er stand auf. „Kommen Sie, das ist wirklich verblüffend einfach!" Er ging zur Tür, Peter Gottlieb folgte. Im Keller begann Inspektor Stieger seine Erklärungen an dem grüngrauen Stückholzofen. „Zunächst müssen wir ihn füllen …"

„Das hab ich schon gemacht." Peter Gottlieb öffnete die Ofentür. „Ich hab den ganzen Feuerraum angefüllt, Ihr Schwager hat mir gezeigt, wie."

„Sehr gut. Dann können wir jetzt anzünden."

„Eigentlich wollte er das machen", sagte Peter Gottlieb, „als Demonstration … wenn ich heizen will, soll ich anrufen, hat er gesagt."

„Das passt schon, ich sag ihm dann, ich hab's Ihnen gezeigt." Er nahm sich eine Zeitung von dem Stapel, den der Schwager schon auf dem Holzstoß deponiert hatte, der zwei Kellerwände bedeckte. Das Holz hatte die Heizungsfirma spendiert und aufgeschichtet. Als Willkommensgeschenk für

Neukunden, fünf Raummeter, halbmeterlange Fichtenscheite. Peter Gottlieb hatte sich beim Füllen des Ofens einen Splitter eingezogen und daraufhin Arbeitshandschuhe gekauft. Das Heizen hatte er bis jetzt unterlassen. Kalt genug war es schon. Aber ihm graute vor dem Heizen. Der Heizungsmensch würde kommen, keine Frage, und ihm alles zeigen und den Ofen in Null komma Nix in Betrieb nehmen. Nach einer Woche würde das heiße Wasser im Viertausend-Liter-Tank nicht mehr heiß genug sein und der Ofen neue Füllung und neues Anfeuern verlangen. Und ab da würde alles schiefgehen. Nach langer Telefoniererei und einer Menge Ärger würde sich ein peinliches Detail herausstellen – etwa, dass Peter Gottlieb doch tatsächlich vergessen hatte, die untere Hilfsabzugsklappe aufzumachen, von der er weder verstanden hatte, wozu sie diente, noch, wo sie sich befand. Oder er würde irgendeinen Scheiß im Untermenü C falsch eingestellt haben, denn, jawohl, da gab es einen Computer mit Display und Tasten und kryptischen Beschriftungen, denn das war ja kein gewöhnlicher Ofen, sondern ein Hightech-Apparat mit Düsen und Ventilatoren und Abgassonden und einem Haufen Elektronik; es hätte auch ein Atomreaktor für eine Raumstation sein können. Das hatte Peter Gottlieb beim Verkaufsgespräch nicht richtig mitbekommen, nur den Teil mit der Ökologie und dem Energiesparen und der Nutzung heimischer Rohstoffe …

„Sie nehmen einfach drei Blätter einer Zeitung“, erklärte Inspektor Stieger, „und knüllen sie zusammen.“

„Was mach ich?“

„Drei Blätter einfach zusammen … äh … ballen.“ Stieger machte es vor. Peter Gottlieb bemerkte, dass es sich um drei Blätter des „Holzgartener Anzeigers“ handelte, eines kleinformatigen Lokalblatts. Stieger öffnete die untere Tür und stopfte das zerknüllte Papier zwischen die untersten Holzscheite. Er drückte einen Knopf am angeflanschten Bedienungspanel, etwas begann zu summen, Lämpchen leuchteten auf. Dann zog er eine Schachtel Streichhölzer aus der Tasche.

„Sie wollen den ganzen Holzstoß mit drei Blatt Papier anzünden?“, fragte der Buchhändler. Stieger nickte und hielt die Flamme vorn an das Papierknäuel.

„Das geht nicht“, sagte jemand hinter Peter Gottlieb, als er eben genau dasselbe äußern wollte. Es war der Herr Hildmeyer in seinem schwarzen Anzug. Stieger drehte sich gar nicht um. Er bückte sich tiefer, um in den Feuerraum blicken zu können.

„Das sagen sie alle.“ Er schloss die untere Tür und richtete sich auf. „Beim ersten Mal sagen sie das alle.“

„Bitte, das waren nur drei Blatt!“, protestierte Hildmeyer, „das ist doch lächerlich, die Scheite sind doch dick wie ein Unterarm, das kann nicht funktionieren!“ Stieger hob die Arme und lächelte. Er genießt das, fuhr es Peter durch den Sinn, der Heilige Stieger, der Apostel der Holzvergaserheizung, predigt der kleingläubigen Menge. Im sicheren Bewusstsein des Charismas, der göttlichen Gnade, die ihn nämlich gleich ein Wunder tun lassen wird. Die Sekunden verrannen. Peter erwartete, dass sich eine große Stille ausbreiten würde und dann ein schwacher Dunst von verbranntem Papier. Hildmeyer, der Verstockte, schüttelte in einem fort den Kopf.

Aber da geschah es, dass ein Knistern hörbar wurde, das Knistern und Prasseln von Fichtenholz, wenn es Feuer gefangen hat.

„Es brennt“, sprach Stieger. „Kommt und seht!“ Er öffnete die untere Tür einen Spalt, sie bückten sich, sahen hinein in die tobende Flamme, die schon die unterste Lage der Scheite erfasst hatte und in die zweite aufzüngelte. Stieger machte die Tür wieder zu.

„Ab jetzt geht alles automatisch. Das Primärfeuer schafft nur die Hitze für die Holzvergasung. Läuft über Abgasmessung und Ventilatoren. Viel effektiver als bei einem normalen Ofen.“

„Also brennen tut’s jedenfalls“, sagte Hildmeyer. „Alle Achtung …“

„Das hab ich ja gesagt!“ Die tiefe Befriedigung in der Stimme des Polizisten war nicht zu überhören.

„Ich bin Ihnen wirklich sehr dankbar!“, rief Peter Gottlieb in die Leere des Kellers. Außer Brennholz und Heizanlage befand sich nichts darin. „Ich hab diesen Moment hinausgeschoben vom einen Tag auf den nächsten …“

„Warum denn?“ Die Frage kam fast zeitgleich von Stieger und Hildmeyer.

„Ich weiß, ich hätte nur Ihren Schwager Julius Stieger anrufen müssen, der hätte mir alles gezeigt, die Anlage in Betrieb genommen …“

„Moment!“, unterbrach ihn Hildmeyer. „Ihr Schwager heißt Stieger?“

„Ja, wieso?“

„Vielleicht der Sohn von Jakob Stieger?“

„Ja, das stimmt. Der ist aber schon lang tot, der Jakob. Ich hab ihn gar nicht mehr gekannt …“

„Ich schon“, sagte Hildmeyer, „freut mich, dass aus dem Sohn etwas geworden ist …“ Über diese Bemerkung dachte Peter nach, der Polizist offenbar auch, denn das Gesagte konnte man so oder so auffassen, fiel Peter auf, der darüber vergaß, was er den Anwesenden bezüglich seiner Inbetriebnahme-Phobie hatte erzählen wollen. Das war peinlich. Er sagte: „Ich will Sie jetzt nicht länger aufhalten, Herr Stieger, ich hab Sie schon genug beansprucht, wenn Sie aber einen Kaffee wollen oder etwas Stärkeres, es würde mich freuen …“

„Da sag ich nicht nein!“ Der Polizist schien sich zu freuen. Sie verließen den Keller.

Peter Gottlieb machte Kaffee und servierte ihn schwarz mit Cognac. Sie saßen am großen Tisch, tranken ihren Kaffee. Stieger erklärte die Funktionsweise der Holzvergasung, über die er wahrscheinlich mehr wusste als sonst jemand im Umkreis von fünfzig Kilometern, seinen Schwager Julius eingeschlossen. Peter Gottlieb und Hildmeyer hörten zu. Beim zweiten Kaffee mit Schuss trat ihnen der Schweiß auf die Stirn, bei Stieger hatte er den zusätzlichen Effekt, dass er vom Hundertsten ins Tausendste kam, von der Scheitholzheizung zu den Pellets (die er ablehnte), dann zu solaren Heizsystemen, Wärmepumpen und so fort; da hatte Peter schon lang den Faden verloren. Der Schnaps heizte ein, es konnte auch sein, dass der Holzvergaser sich schon bemerkbar machte und die Temperatur ansteigen ließ. Er hätte nur einen Heizkörper angreifen müssen, um es zu überprüfen, aber das tat er nicht, denn dazu hätte er aufstehen müssen. Und er wollte nicht aufstehen. Er fühlte sich wohl und auf angenehme Weise ermattet. Ihn interessierte kein bisschen, was der Inspektor Stieger von sich gab, aber das machte nichts. Was Stieger sprach, erforderte keine Teilnahme, gleich welcher Art, keine Zwischenfrage, keine Anmerkung, und Kritik schon gar nicht. Es tat wohl, jemandem zuzusehen, der völlig frei über ein Thema sprach, von dem er alles wusste, was zu wissen wert war, zuzusehen, wie er sich hineinsteigerte, mit den Armen gestikulierte, um seine Rede zu unterstreichen, wie seine aufgerissenen Augen glänzten, zu hören, wie seine Stimme den riesigen Gastraum füllte, das ganze Erdgeschoss des Hauses. Leidenschaft. Ja, das war Leidenschaft. Zwar nur für einen absolut langweiligen Gegenstand, aber was machte das schon? Man kann nicht alles haben.

Peter beobachtete Hildmeyer beim Zuhören, der machte den Eindruck andächtiger Anteilnahme, allerdings nicht lang. Nach ein paar Minuten trank er seinen Kaffee mit Schuss aus, nickte Peter zu und verließ die Gaststube mit leisen Schritten, wie man es macht, wenn man sich einem Vortrag, der nicht wahnwitzig interessant ist, ohne die anderen zu stören, entziehen will. Dann war er weg. Inspektor Stieger kam zum Ende seiner Ausführungen, aus denen sich jeder, der ihm zugehört hätte, eine fundierte Ansicht über das Für und Wider der Biomasseheizung hätte bilden können. Wenn er, wie gesagt, zugehört hätte. Peter Gottlieb hatte nicht. Weil er die entsprechende Investition ja schon getätigt hatte, das Reden über Für und Wider an ihn verschwendet war. Stieger, auftauchend aus dem Kosmos der Heizungen, schien das nun selber zu bemerken, da ihm der einzige andere, potenziell aufzuklärende Zuhörer abhandengekommen war. Er beendete seine Rede, fiel wieder in den Polizistenmodus und fragte: „Wer war das eigentlich?"

„Das war der Hildmeyer. Der glaubt, dass er …"

„Ja, ja, schon klar …" Stieger schien verärgert.

„Hätt ich das gleich sagen sollen?", wollte Peter Gottlieb wissen. „Ich hab nicht gewusst, dass etwas gegen ihn vorliegt."

„Nein, wieso? Lukas Hildmeyer ist seit über vierzig Jahren tot. Der wäre ja jetzt … warten Sie … hundertundzehn oder so."

„Den Eindruck macht er nicht. Schaut aus wie ein rüstiger Endsechziger."

„Ja, natürlich schaut er so aus!" Inspektor Stieger war genervt. „Weil er nicht Lukas Hildmeyer ist, verstehen Sie? Das ist unmöglich. Die Frage ist: Warum behauptet er es dann?"

„Ein Doppelgänger?"

„Hab ich mir auch schon überlegt. Ich hab diesen Menschen in Holzgarten noch nie gesehen. Anderswo auch nicht …"

„Prints!", rief Peter Gottlieb.

„Wie bitte?"

„Fingerabdrücke! Er hat doch diese Tasse angefasst!"

Stieger überlegte. „Das wäre eine Idee, da haben Sie Recht. Dann bräuchte ich aber auch die Abdrücke von Ihnen, Sie haben die Tasse ja auch berührt."

„Kein Problem. Wie gehen wir vor?"

„Ich nehm die Tasse mit und komm dann mit einem Set vorbei. Für Ihre Abdrücke. – Haben Sie einen Beutel oder was Ähnliches, wo wir die Tasse reintun können?"

Einige Zeit verging mit der Suche nach einem geeigneten Probenbeutel für die Kaffeetasse. Peter fand einen Stoß Klarsichthüllen, in eine packten sie die Tasse. Auf der Außenseite der Hülle hinterließ er auch noch seine Fingerbadrücke, alle zehn. Stieger verabschiedete sich mit einer gewissen Hast. Peter kam das merkwürdig vor. Er stieg noch einmal in den Keller. Dort arbeitete der Holzvergaser fast lautlos vor sich hin, nur ein sanftes Summen von den Ventilatoren war zu hören. Es gibt nichts

Langweiligeres als eine funktionierende Heizung, dachte er und ging zurück in die Gaststube. Er zog seine robusten Schuhe an und verließ das Haus. Er durchquerte Holzgarten von Ost nach West, von Nord nach Süd, es begegneten ihm so viele Menschen, wie man es in einer Viertausend-Seelen-Gemeinde an einem Nachmittag unter der Woche erwarten durfte, nicht viele also. Lukas Hildmeyer gar nicht. Den hätte er nicht in der Menge übersehen, es gab keine Menge. Der rennt wieder durch den Wald, dachte er, was hat er bloß vor? Warum gibt sich jemand als Toter aus? Nicht als Vermisster, Verschwundener, sondern als ordnungsgemäß Verstorbener mit einem Grab auf dem Friedhof? Und dann die Geschichte mit der Auferstehung. Eine Wahnidee, schön, soll sein; aber so etwas entsteht doch nicht von heute auf morgen, das hat eine Vorgeschichte, eine Krankengeschichte, da müssen doch Aufzeichnungen existieren, Patientenakten. Dieser Herr stammt doch aus einer Anstalt, oder, soll sein, einer Betreuungseinrichtung, das muss aufgefallen sein, wenn einer plötzlich weg ist. Das kann nicht sein. Stieger muss sich bei seinen Nachforschungen geirrt haben. Peter Gottlieb merkte, wie er sich in Hirngespinsten verrannte und ärgerte sich. Er ging nach Hause und rief Hildegard an. Sie nahm nicht ab. Also war sie wieder einmal ohne ihr Handy weggegangen, das machte sie oft so, eine Eigenheit, die ihn störte. Es machte die Kommunikation so mühsam. Peter überkam große Müdigkeit. Er sank auf das einladende Sofa in der Gaststube, die zum ersten Mal richtig durchgeheizt war. Er fror sonst leicht, wenn er sich hingelegt hatte, brauchte eine Decke. Nun brauchte er keine. Es war warm. Er schlief ein.

***

Revierinspektor Stieger hatte keine Möglichkeit, in der Polizeiinspektion Holzgarten Fingerabdrücke zu vergleichen. Dazu gab es den kriminalpolizeilichen Dienst. Den konnte man auch als Polizist nicht einfach anfordern, wenn man dazu aufgelegt war; Grundlage bildete immer ein „Vorgang“, also etwas Amtliches. Im Falle Hildmeyer existierte aber nichts, was die Kriminalabteilung involviert hätte. Zum Beispiel keine Straftat. Auch kein Verdacht auf eine solche. Das einzig amtswegig Bekannte war die durch Peter Gottlieb erfolgte Meldung eines Unfalls mit einem Fußgänger, der angeblich Hildmeyer hieß, Lukas Hildmeyer, und bei diesem Unfall nach Aussage des Gottlieb keine Verletzung davongetragen hatte – eine solche aber hätte davontragen sollen, wenn sich der Unfall tatsächlich so zugetragen hatte, wie Gottlieb ihn beschrieb. Evidenz gab es nur für eine rasche Bremsung des Fahrzeugs und eine Textilspur, aber nicht für eine Verletzung. Was es auch nicht gab, war ein Verletzter, jede Nachforschung nach einem solchen war ohne Ergebnis geblieben. Der einzige Hinweis war die merkwürdig vage Existenz des Hildmeyer, der nirgendwo auftauchte. Nur im Sterberegister. Aber nun hatte er, Stieger selbst, diesen Hildmeyer gesehen, das heißt, jemand von Gottlieb so genannten, der in einem schwarzen Anzug im Gottliebschen Heizungskeller aufgetaucht war. Die äußere Erscheinung stimmte mit den Angaben des Gottlieb überein. Wer war der Mann? Vom rechtlichen Standpunkt konnte das dem Inspektor egal sein. Es gab nichts Relevantes. Die Sache ließ ihm trotzdem keine Ruhe. Er hätte von Hildmeyer den Ausweis verlangen können – wenn er denn gewusst hätte, dass der Mann Hildmeyer war.

An der Sache war etwas faul, sie roch zehn Schritte gegen den Wind, er hatte nur keine Ahnung, was es war. Besagter Hildmeyer agierte unter falschem Namen, so viel stand fest … nein, tat es nicht. Es konnte ja sein, dass der wirklich so hieß, Lukas Hildmeyer, ein Verwandter, so etwas kam vor. Was wollte er dann hier? Auferstanden … dumme Scherze zu machen, war nicht strafbar. Es gab keinen Grund, offiziell polizeilich aktiv zu werden. Aber vielleicht inoffiziell, ja, das müsste möglich sein. Er rief Lauterbach an.

Er war mit Erwin Lauterbach auf der Polizeischule gewesen, Erwin hatte sich dann auf die Kriminaltechnik verlegt. Stieger schilderte ihm die Lage. Lauterbach versprach, einen Blick auf die Fingerabdrücke zu werfen, die Stieger von der Tasse abgenommen hatte; nichts Offizielles, ein Vorgang auf dem „kleinen Dienstweg". Bevor man irgendetwas in der Sache Hildmeyer unternahm, musste erst einmal geklärt werden, ob diese Person in einer Datenbank auftauchte, unter welcher Überschrift auch immer. Stieger legte dem Brief auch den winzigen Stofffetzen bei, den sie vom Auto des Gottlieb gewonnen hatten. Die Sendung ging an Lauterbachs Privatadresse zusammen mit einer Kopie der Fingerabdrücke des Lukas Hildmeyer aus dem Archiv. Das Ganze würde ein paar Tage dauern, aber es bestand, wenn man die Angelegenheit nüchtern betrachtete, kein Anlass zu eiligem Handeln. Bis jetzt hatte Herr Hildmeyer objektiv nicht einmal einen Hauch von etwas Ungesetzlichem verbreitet; was den Revierinspektor Stieger handeln ließ, war purer Instinkt, der ihn noch nie in die Irre geführt hatte, eine Tatsache, die sein unmittelbarer Vorgesetzter, Gruppeninspektor Mittenwald, nicht zu würdigen, ja, nicht einmal wahrzunehmen schien. Nicht aus Neid oder ähnlich niederen Beweggründen, sondern weil der einfach anders dachte, anders fühlte, überhaupt ganz anders war als Stieger. Zum Beispiel interessierte er sich nicht die Bohne für alternative Heizungssysteme, das Weltklima und solche Sachen. Mittenwald betrieb eine zwanzig Jahre alte Ölheizung und dachte nicht im Traum daran, sie zu ersetzen. Stieger verstand seinen Chef nur partiell, manche Bereiche blieben ihm ein einziges Rätsel. Die Zusammenarbeit funktionierte, da konnte sich Stieger nicht beklagen, hätte aber seiner Ansicht nach viel besser funktioniert, wenn sie ein besseres persönliches Verhältnis zueinander gehabt hätten.

Die Tage vergingen. Stieger kam seinen dienstlichen Verpflichtungen nach. Er schrieb Berichte, endlose Berichte. Er war nicht bei der Sache. Die Dinge, um die es da ging, interessierten ihn nicht. Zum ersten Mal in seiner Laufbahn als Polizeibeamter. Nicht, dass ihn die gewöhnliche Routine früher *interessiert* hätte: Das war eine völlig falsche Feststellung.

Interesse in Zusammenhang mit dienstlichen Obliegenheiten, Herrgott, was sollte das überhaupt heißen? Das war doch hier keine Schnupperlehre und auch kein Selbstfindungsseminar – soll ich Polizist werden oder doch was ganz anderes machen? Im sozialen Bereich oder was mit Medien? Schon die Frage war falsch. Die verbotene Frage. Denn erhellender als jede Antwort war der Grund, aus dem sie gestellt wurde: Weil mir der Job auf die Nerven geht, weil ich mich langweile! Wenn das der Grund war, befand man sich auf der ersten Stufe einer Treppe nach unten; von der man nicht wusste, wie viele Stufen sie hatte; aber viele waren es nicht. Und nach der untersten kam kein fester Boden, sondern der Abgrund. Sprich: ein Leben als Detektiv oder *Sicherheitsberater* für dubiose Geschäftsleute. Davor fürchtete sich Stieger. Er versuchte, diese trüben Gedanken zu verdrängen und sich auf das zu konzentrieren, was ihm Gruppeninspektor Mittenwald erzählte. Den lieben, langen Tag über seinen letzten Urlaub auf den Kanaren. Aber Stieger schaltete sofort auf Durchzug, wenn Mittenwald anfing, die Kanaren zu preisen; es interessierte ihn einfach nicht, nicht die Bohne. Er heuchelte Zuhören und ließ seinen Chef reden und reden und Fotos mit Palmen, Bergen, gelbem Sand und blauem Himmel zeigen, Hunderte. Palmen, Sand, Meer und das Ehepaar Mittenwald. Stieger saß wie auf Kohlen, er war unruhig, konnte sich kaum beherrschen, Mittenwald zu empfehlen, er möge sich doch die ganzen Kanaren dort hineinschieben, wo nie die Sonne scheint.

Dann kam die Antwort des Kollegen Lauterbach. Stiegers Welt geriet aus den Fugen. Die Abdrücke waren identisch. Die vom historischen Lukas Hildmeyer und die von der Kaffeetasse, die ein Individuum hinterlassen hatte, das sich so nannte, Lukas Hildmeyer nämlich. Nach Aussage des Zeugen Gottlieb. Ach ja, noch etwas: Lauterbach hatte auch den Stoffrest von der Stoßstange untersucht. Vollsynthetisch. Ein Gemisch mit hohem Nylonanteil und einer heute unüblichen Glanzappretur, die früher beliebt gewesen war; eine Anzughose aus den

Siebzigern mit ihrem Synthetikwahn. Stieger selbst hatte beim Dachbodenaufräumen seinen Kommunionsanzug entdeckt und entsorgt. Leicht möglich, dass in jenen Tagen der „gute Anzug", in dem man jemanden bestattete, ein unverrottbarer Plastikalbtraum gewesen war – was würden Archäologen späterer Jahrhunderte zu diesen Anzügen und Kleidern sagen, in denen sie nicht nur die Firmenetikette noch würden lesen können, sondern sogar die Pflegeanleitung? *Nicht waschen, nicht bügeln* und so weiter. Nur das Skelett im dem Anzug würde in schlechterem Zustand sein.

Stieger merkte, wie seine Gedanken auf Wanderschaft gingen. In eine seltsame Richtung. Fort vom aktuellen Problem: Wie, zum Teufel, kamen die Fingerabdrücke eines neunzehnhundertfünfundsiebzig Verstorbenen auf die Kaffeetasse des Herrn Gottlieb? Am einfachsten war noch ein absurder Trickbetrug durch den neu zugezogenen Buchhändler: Wenn der auf irgendeine verquere Art die Fingerabdrücke des verewigten Hildmeyer gefälscht und mit Unterstützung eines den Hildmeyer verkörpernden Komplizen auf die Kaffeetasse appliziert hätte. Problem dabei: Stieger war Augenzeuge der Benutzung dieser Tasse durch den angeblichen Hildmeyer gewesen. Und die Prints selber? Woher hatte Gottlieb die? Kaum vom lebenden Hildmeyer, damals war Gottlieb noch zur Schule gegangen. Eher aus einer angezapften Datenbank. Schön. Aber das war nicht die Frage. Die Frage war: Wieso sollte er so etwas machen?

Darauf wusste Stieger keine Antwort. Weil sich Revierinspektor Stieger beruflich in der wirklichen Welt aufhielt und nicht in der Welt der Verschwörungen. Wo sich unter Zuhilfenahme bekannter Verdächtiger (Illuminati, Freimaurer, Vatikan, Druidenorden) jedes noch so bizarr erscheinende Ereignis auf geheime Vorgänge zurückführen lässt, die, wenn man will, in die Zeit der Pharaonen zurückreichen. Oder durch Aliens bewirkt sind oder so. Ganze TV-Reihen befassten sich damit. Aber Stieger war nun nicht gefordert, sich so eine Story auszudenken, dafür wurde er nicht bezahlt. Sondern dafür, die Rechtsordnung aufrecht zu erhalten und mögliche Gefahren von der Gesellschaft abzuwehren.

Bestand so eine Gefahr? Schwer zu sagen. Die Fälschung von Fingerabdrücken an sich war keine Straftat, solang der gefälschte Abdruck nicht dazu verwendet wurde, eine Straftat zu begehen, zu planen oder zu ermöglichen. Etwa, um einen Scanner zu überlisten und sich Zugang in geschützte Bereiche zu verschaffen. Um Informationen zu stehlen oder schlicht Geld. Aber im Komplex Gottlieb/Hildmeyer gab es nicht den Hauch eines Hinweises auf irgendeine krumme Tour.

Er wusste nicht, was er jetzt machen sollte. Genauer: Er wusste es natürlich schon, die wahre Identität des Hildmeyer feststellen, was denn sonst … er hatte nur das Gefühl, damit einen Weg zu beschreiten, der keine Umkehr erlaubte. Es war nur eine Ahnung, etwas Atmosphärisches, der kaum wahrnehmbare Duft einer Riesensauerei, mit der er nichts zu tun haben wollte, absolut nichts.

***

Das Gespräch mit Dr. Alexandros Kategoros-Korowjew verlief nicht so, wie sich Dr. Martin Schultheiß das vorgestellt hatte. Er hatte nach der Begrüßung einfach gefragt: „Was hältst du als Psychiater von einem Menschen, der behauptet, er kennt jemanden, der von den Toten auferstanden ist?" Darauf sagte Kategoros-Korowjew gar nichts, Martin hörte nur das leicht asthmatische Atmen durch die Leitung. Dann fragte Kategoros-Korowjew: „Was?"

„Wie ich schon sage: Da gibt es einen Patienten, der seiner Frau erzählt, er hat einen Auferstandenen getroffen. Diese Wahnidee ist neu, vorher waren nur Verhaltensstörungen aufgrund von Alkohol-Abusus, aber jetzt …"

„Entschuldige, aber über dieses Thema möchte ich nicht am Telefon sprechen. Komm doch her!" Martin Schultheiß war etwas erstaunt, versprach aber zu kommen. Es war ein Mittwoch, da hielt er keine Ordination. Kategoros-Korowjew schon. Ihn wunderte, dass Kategoros-Korowjew ihn zu sich bat, der war sonst darauf bedacht, seine Ordinationszeiten einzuhalten. Wahlarzt, das heißt, wenn er jetzt Martin Schultheiß empfing, hatte er einem Patienten abgesagt. Oder eher einer Patientin, Kategoros-Korowjew war sehr beliebt bei den Frauen, obwohl er Praktiker war wie Martin selbst; er hatte aber wohl das gewisse Etwas. Es umgab ihn eine Aura vornehmer Vertrautheit mit allem Menschlichen, die sofort zu einer positiven Anmutung führte, besonders bei Frauen, die ja für *Schwingungen* und dieses ganze Zeug empfänglicher sind als Männer. So dachte Martin Schultheiß, als er vor der kleinen Vorstadtvilla stand, wo sein Studienkollege ordinierte. Martin selbst hatte seine Praxis in einem Block am anderen Ende der Stadt, in einem Neubaugebiet, eine Stufe gewöhnlicher als das hier – oder eher zwei, wenn er ehrlich war. Das Schild am Eingang fand er wieder um eine Nummer zu groß, die Gravur der Schrift vergoldet; jedenfalls sah es so aus. „Dr. Alexandros Kategoros-Korowjew“ stand da, na schön: Wenn der Name in eine Zeile passen sollte, musste das Schild sowieso breiter sein als bei einem Arzt, der Johann Müller hieß. Martin trat ein und grinste. Er grinste jedes Mal, wenn er dieses Schild vor sich hatte. Mit dem Doppelnamen wolle er auf seine gemischte griechisch-russische Herkunft verweisen, sagte Korowjew stets.

„Hierzulande“, sagten dann die Kollegen, „wirkt eine griechisch-russische Mischherkunft eher abschreckend auf die Leute, glaub das ruhig! Bei uns klingt ‚Gebhard Scholz‘ vertrauenswürdiger!“ Aber Kategoros-Korowjew ließ sich von solchen Einwänden nicht beirren. Und dann der *Alexandros* – ein schlichter *Alexander* hätte doch auch gereicht … Aber den wollte Kategoros-Korowjew nicht, man hätte ihn dann unter Freunden *Alex* gerufen, das verabscheute er und bestand auf dem vollmundigen *Alexandros*, wenn er angeredet wurde, auf *Alex* reagierte er nicht. Ein Angeber halt, aber harmlos. Und witzig. Das sagten alle, die ihn kannten. Seine Herkunft war undurchsichtig, Sohn eines griechischen Vaters und einer russischen Mutter; irgendeine komplizierte Geschichte aus den Sechzigern, Alex sprach oft darüber, nur konnte man seinen verwickelten Ausführungen nicht folgen. Es stand lediglich fest, dass er beide Herkunftssprachen beherrschte – wenn man das aus dem Vorhandensein griechischer und russischer Bücher in seiner Praxis schließen durfte. Konnte auch ein Bluff sein, kein Kollege hätte sich gewundert, wenn eines Tages herausgekommen wäre, dass er in Wahrheit Anton Meier hieß und nie Medizin studiert hatte. Er war genau der Typ dafür. Jedes Mal, wenn Martin Schultheiß dieser Gedanke kam, befiel ihn Scham; es war nicht recht, so zu denken – aber es war auch verdammt schwer, nicht so zu denken, wenn man des guten Alexandros ansichtig wurde: hochgewachsen, der Kopf – nein: das Haupt einer griechischen Porträtbüste, schwarze Locken, edler, leicht oliviger Teint; er hätte in einem Werbefilm für den panhellenischen Fremdenverkehrsverband auftreten können.

Das Wartezimmer war leer, die Rezeption nicht besetzt. Martin blickte sich um. Das Wartezimmer sah aus wie die Wartezimmer Tausender Ärzte, dieselben Zeitschriften, die wenig bequemen Sitzmöbel mit Gebrauchsspuren. Bei der Einrichtung lebte Alex seinen Hang zum Exquisiten nicht aus. Martin nahm Platz. Dann kam Alex herein. Er lächelte, gab Martin die Hand, keine Umarmung. Das hatte Alex nie getan, kein mediterraner Überschwang, wie man bei seiner Herkunft vermuten könnte; wahrscheinlich, dachte Martin, überwog hier der russische Einfluss.

„Du hast keine Patienten mehr?“, fragte er, deutete auf die leeren Stühle.

„Ich hab alle Termine abgesagt.“ Alexandros ging voran in die Ordination. Martin wunderte sich und folgte. Alle Termine abgesagt wegen einer interkollegialen Konsultation? Das kam ihm übertrieben vor, andererseits passte es wieder zu Kategoros-Korowjew, der zu sprunghaftem Verhalten neigte.

„Also, dieser Patient“, begann der russische Grieche, als beide Platz genommen hatten, „der hat, wenn ich dich recht verstanden habe, einen Mann getroffen, der behauptet, von den Toten auferstanden zu sein?“

„Getroffen ist korrekt“, bestätigte Martin Schultheiß, „mit seinem Auto nämlich. Er hat ihn angefahren …“

„Wie schwer verletzt?“

„Überhaupt nicht, sagt er. Der Mann sei wieder aufgestanden und habe sich ins Dorf fahren lassen.“ Alexandros blickte auf. „Unverletzt?“

„Sagt Peter Gottlieb …“

„Das ist der …“

„… derjenige welcher. Der angeblich Auferstandene heißt übrigens Hildmeyer, Lukas Hildmeyer.“

„Woher weiß das dein Gottlieb?“

„Er ist nicht mein Gottlieb im Sinne von mein Patient. Er ist der Ehemann einer Schulfreundin von mir … der Ex-Ehemann. Aber das leugnet er … sie hat viel mitgemacht.“ Sein Gegenüber starrte Dr. Schultheiß an. In den großen, dunklen Augen strahlte so intensives Interesse, eine so mächtige Neugier, dass er zu erzählen begann wie unter einem Zwang – die ganze, traurige Geschichte des Buchhändlers Peter Gottlieb, wie er sie als Arzt seiner Frau hatte erfahren müssen. Es kam ihm vor, der Kollege beuge sich, je länger die Rede dauerte, immer weiter nach vorn über den Tisch, recke seinen Kopf dem Sprecher entgegen, als wolle er dessen Worte aufsaugen. Den Mund hatte er halb geöffnet, die Arme links und rechts abgespreizt, die Hände auf den Rand der Tischplatte gestützt, nein: gepresst. Was hat er bloß?, dachte Martin, der, ohne es zu wollen, in seinem Patientensessel mit dem ganzen Oberkörper millimeterweise zurückwich, während Alexandros Kategoros-Korowjew den seinen millimeterweise vorschob. Er sah den Griechen nicht mehr an, sah nur auf dessen Hände, konnte den Blick nicht davon lösen. Kategoros-Korowjew hatte sehr lange Finger, das war ihm bisher nie aufgefallen, Daumen unter der Tischplatte, die

Finger darüber ins Holz gekrümmt, als wolle er sich am Tisch festhalten; die Nägel länger als bei anderen Menschen, fast wie Krallen.

Er riss sich los. „Was hast du?“, fragte er. „Die Sache scheint dich … wie soll ich sagen … emotional aufzuwühlen …“ Kategoros-Korowjew lehnte sich zurück, die Tischplatte ließ er los, verschränkte die Arme, seine Finger waren nicht mehr sichtbar.

„Was du da erzählst“, sagte er, „ist wahnsinnig interessant, wirklich außergewöhnlich …“ Er schüttelte den Kopf, murmelte etwas, das Martin nicht verstand. Griechisch klang es nicht, russisch aber auch nicht. Das war ein vertrautes Phänomen bei Alexandros, dieses halblaute Gemurmel, das hatte er schon als Student gehabt. Wenn man ihn darauf ansprach, sagte er immer: Es ist nichts, hab nur laut gedacht. Oder halblaut – und begann zu lachen, als sei die Bemerkung weiß Gott wie witzig. Martin beruhigte sich. Alles im Lot. Der Mann war ein Exzentriker, wie er im Buche stand. Aber hervorragend als Arzt, mit wirklich außergewöhnlichen Heilerfolgen – ja, klar, bei Psychos natürlich, was denn sonst, aber was es wiegt, das hat's. Wer heilt, hat recht. Wer heilt, hat recht …

„Du hast doch so einen Fall schon einmal gehabt?“, fragte er.

„Mehrere, ja, in der Tat. Mehrere. Ist aber lang her, sehr lang.“

„Was soll man da jetzt tun? Ich meine, solang er keine Gefahr für sich oder andere darstellt … was ich sagen will: Es ist nicht verboten, Auferstandene zu sehen, oder?“ Alexandros begann zu lachen. „Nein, in der Tat! Verboten ist das nicht!“ Er lachte nun aus vollem Hals. „Du bist schon eine Nummer, Martin, weißt du das?“ Er beruhigte sich langsam. Er spinnt, dachte Martin Schultheiß. Aber schon hochgradig! Was war denn jetzt so lustig? Alexandros unterbrach seine Gedanken mit den Worten: „Ich bin dir wirklich sehr dankbar, mein lieber Martin, dass du mich über diesen faszinierenden Fall informiert hast!“

„Bitte, keine Ursache. Ich meine nur, wenn du schon Erfahrung mit solchen Fällen hast, wäre es doch am besten, du würdest dich mit Gottlieb befassen. Ich werde versuchen, ihn zu überreden. Er hält nicht viel von Ärzten, ehrlich gesagt …"

„Wer kann es ihm verdenken? Aber sei unbesorgt, du musst gar nicht aktiv werden, lieber Martin. Ich kümmere mich darum."

„Aber wie denn? Er muss doch hierher!"

„Nein, das wäre in dem Fall kontraindiziert, glaub mir. So etwas geht nur vor Ort!"

„Du willst hinfahren?"

„Natürlich! So eine spezifische Symptomatik entwickelt sich nur unter bestimmten äußeren Bedingungen. Das Umfeld, der soziale Einfluss der Umgebung. Das muss man sich aus der Nähe anschauen. Ich bin überzeugt, dass die Wahnidee mit diesem Hildmeyer sich nur in Holzgarten in dieser bestimmten, unverwechselbaren, hochspezifischen Art äußern konnte. Um einen Ansatzpunkt zu haben, muss ich dort sein, anders geht es nicht."

„Na gut, wenn du dir das antun willst …"

„Ich will, glaub mir, ich will! Ist einmal was anderes als der übliche Kram." Mit dem Kinn deutete er in Richtung Wartezimmer. „Ach so, eins noch: Ich stelle kein Honorar, Gottlieb und seine Frau können ganz beruhigt sein. Ich mach das aus Interesse." Er lächelte. „Für die Wissenschaft!" Er stand auf. „Ich muss dich jetzt leider rausschmeißen, lieber Martin, ich hab noch viel zu tun …" Sie gaben sich die Hand. Trocken und warm war die Hand des Kategoros-Korowjew. Die Finger kamen Martin nicht besonders lang vor. Sie verabschiedeten sich, Martin wünschte viel Erfolg bei Peter Gottlieb. „Und erst bei Lukas Hildmeyer!" rief der Grieche. „Das ist fast noch der interessantere Fall!" Er lachte. Ach so, ein Scherz.

„Der Hildmeyer wird sich als ganz normale Person herausstellen", sagte Martin. „Der Postbote, Supermarktleiter, so jemand. Ich glaube nicht, dass Hildmeyer vollständig halluziniert ist."

„Das ist er sicher nicht", antwortete Kategoros-Korowjew mit ernster Miene. „Aber der Postbote ist es nicht. Und der Chef vom Supermarkt auch nicht."

„Wer dann?“

„Ein ganz normaler Bürger von Holzgarten.“ Kategoros-Korowjew winkte ihm zu und verschwand durch eine Tür mit der Aufschrift „Privat“. Martin fand im Wartezimmer keine Patienten vor. Er verließ die Villa und ging zu seinem Auto. Wie kam Kategoros-Korowjew auf Holzgarten? Er hatte den Ort doch mit keinem Wort erwähnt … oder doch? Er konnte sich nicht mehr erinnern. Er fuhr heim. Je weiter er sich von der Praxis des Studienkollegen entfernte, desto mehr verschwand der angeberische Doppelname – Alex musste genügen. Und desto besser wurde seine Laune. Als er bei seinem netten Einfamilienhaus ankam, das er nach der Scheidung von Angelika allein bewohnte, war er glücklich. Denn er hatte der verehrten Hildegard einen Gefallen getan und ihrem verrückten Mann den besten Therapeuten zugeschanzt, der in ihrem Umfeld zu haben war. Schön, sie hieß nicht nur Hildegard, sondern immer noch Hildegard *Gottlieb*, ein Wermutstropfen, aber wenn die Sache nur halbwegs so lief, wie er sich das ausmalte – nur halbwegs! – dann würde sie eines Tages Hildegard Schultheiß heißen, jawohl! Weil sie ihm das schuldig wäre. Weil er ihr die Sorge um den dissozialen Spinner abgenommen und ihr schlechtes Gewissen beruhigt haben würde. Er rief sie an und bestand auf einem Treffen. Er müsse ihr, sagte er, von seiner Besprechung mit Alex berichten, das gehe schlecht am Telefon. Sie willigte ein.

3

Hildegards Erkältung hielt sich hartnäckig, die Nebenhöhlen schienen ganz verstopft, sie klang auch so am Telefon. Sie wolle kommen, sagte sie, aber er beschwor sie, damit noch zu warten, ja, sagte er, das Haus sei nun gut geheizt, das schon, aber wie lang das gut gehen würde, das wisse er nicht; man müsse bei den aktuellen Temperaturen nur einmal pro Woche einheizen, also jetzt dann das zweite Mal, sagte er, aber das traue er sich noch nicht zu, das erste Mal habe ihm, kein Witz, die Polizei geholfen – also nicht geholfen im üblichen Sinn, sondern für ihn eingeheizt, der Inspektor Stieger habe die ganze Arbeit allein gemacht – er selbst müsste es das zweite Mal allein schaffen – und was wäre, wenn sie, die halbkranke Hildegard, hustend in der riesigen, auskühlenden Gaststube sitze, und er das Scheißding nicht in Betrieb setzen könne? Sie solle ihn doch, bat er, das Anheizen probieren lassen, er könne ja nicht jedes Mal zur *Polizei* gehen, wenn es zum Anheizen des Holzvergasers komme. Noch während er sprach, kam ihm die eigene Rede seltsam vor, auf verquere Art daneben, aber sie schien das nicht zu merken und versprach, ihren Besuch zu verschieben. Bis sie gesund war. Oder er die Bedienung der Heizung beherrschte. Oder halt beides. Sie verabschiedeten sich. Ihm stand der Schweiß auf der Stirn. Das war noch einmal gut gegangen. Er stieg in den Heizraum hinab. Der Ofen war längst aus, das Thermometer am Pufferspeicher zeigte noch fünfunddreißig Grad. Er hatte nicht übertrieben, es war schon etwas zu kühl im Haus. Wenn er lang beim Lesen saß, brauchte er eine Strickjacke, im Hemd fing er an zu frösteln.

Er zog den Mantel über und ging aus dem Haus. Er würde spazieren gehen, das hatte Schultheiß empfohlen, dieses Stubenhocken verminderte nur die natürlichen Abwehrkräfte;

beim Gehen würde ihm warm werden. Dann würde er, aktiviert und aufgewärmt, nach Hause kommen und die Heizung anwerfen, wie es ihm der Inspektor Stieger gezeigt hatte. Er würde es einfach machen und nicht wieder aufschieben wie die letzten zwei Tage, das war doch lächerlich!

Er nahm die Straße zur Ortsmitte, an der Kirche vorbei. Wenig Verkehr, kaum Leute unterwegs. Darum sah er sie schon von Weitem, sie kam auf ihn zu. Noch ehe er ihr Gesicht deutlich sehen konnte, kam ihm etwas an dieser Frau bekannt vor. Eine Erinnerung stieg auf. Ja, das war sie. Renate. Sie erkannte ihn gleich. Die letzten Meter rannte sie auf ihn zu, die Arme ausgebreitet. Und er konnte nicht anders, er breitete die Arme aus und fing sie auf.

Renate.

Sie küsste ihn auf beide Wangen, auf die linke doppelt, links, rechts, links, aber nicht hingehaucht, sondern richtig, er spürte die Nässe ihrer Lippen. Wie früher. Das hatte sie gern gemacht, ihn mit Küssen bedeckt. Er dagegen, hatte sie gesagt, sei kein guter Küsser, aber das mache nichts, man könne nicht alles haben. Wehmut erfasste ihn. Sie lächelte ihn an, nein, lachte übers ganze Gesicht, die Augen kniff sie zusammen dabei, beobachtete ihn aus Schlitzen; wenn sie dieses Lachgesicht machte, konnte sie alles von ihm haben, da war er wehrlos, etwas in seiner Seele, das wie dunkle Paste gewesen war, vertrockneter Rest besserer Zeiten, verflüssigte sich, wurde hell und klar und heiß und begann zu brodeln wie kochender Sirup. Sie hielt ihn immer noch fest.

„Was machst du hier?", fragte sie.

„Ich hab ein Haus geerbt. Ich wohn jetzt hier." Seine Stimme klang ihm rau, sie schien nichts zu merken.

„Und du?", fragte er.

„Recherchen. Für ein Buch."

„Über Holzgarten?" Das war ihm herausgerutscht, sie musste glauben, dass er sich zum Einfaltspinsel rückgebildet hatte, aber sie ließ keine Irritation erkennen.

„Ein bisschen“, sagte sie, „meine Großmutter stammt von hier, mütterlicherseits. Eine Familiengeschichte, Genaues weiß ich noch nicht. Ein Versuch, verstehst du, eher ein Vorversuch …“ Er nickte. Sie setzten sich in Bewegung, gleichzeitig, ohne Absprache. In seine ursprüngliche Richtung. Sie hakte sich bei ihm ein, sie gingen miteinander wie sie früher gegangen waren, vor … er verdrängte den Gedanken, er wollte das jetzt nicht ausrechnen, wie lang das her war, es würde eine erschreckende Zahl herauskommen, eine unglaubliche Zahl. Er fragte nach ihren Büchern und sie sprach davon. Wie sie früher über Literatur gesprochen hatte. Es war interessant, er hatte ihr immer zuhören können, stundenlang und konnte es auch jetzt, aber gefragt hatte er nicht, weil er etwas über ihre Bücher wissen wollte, die er alle gelesen hatte, sondern weil er wusste, dass sie in aller Ausführlichkeit antworten würde. Solang sie sprach, konnte er schweigen. Das war auch nötig, denn die Sprache hatte es ihm verschlagen, er stand unter Schock. Der sich erst jetzt, während er lauschend neben ihr herging, körperlich bemerkbar machte. Er atmete mit offenem Mund und hoffte, sie werde sein Hecheln nicht hören; das Herz schlug ihm in den Hals, er begann zu schwitzen.

An der Friedhofsmauer stand eine Bank, das war die Rettung, er setzte sich, zog sie mit, sie ließ ihre Rede nicht unterbrechen. Hysterie kam ihm in den Sinn, ein hysterischer Anfall, ich habe einen hysterischen Anfall! Junge Mädchen bei einem Popkonzert. Dann kommt die Rettung und lässt sie in einen Plastiksack atmen, Hyperventilation, zu viel Sauerstoff im Blut …

„Was hast du?“, fragte sie.

„Hast du einen Plastiksack dabei?“

„Leider nicht, warum?“

„Ein Anfall …“

„Warum das?“

„Wegen dir …“

„Das ist neu“, sagte sie, „das ist mir noch nie passiert! Ich bin geschmeichelt, du kannst dir nicht vorstellen, wie!“

Darauf wusste er keine Antwort. „Bitte, beruhige dich!", fuhr sie fort, nahm ihn in die Arme. Er beruhigte sich, löste sich langsam.

„Ich bin erschrocken", sagte er nach einer Weile. „Wie du da aus dem Nichts auftauchst, direkt vor mir …"

„Ich bin mit dem Auto hier …"

„Was? Ach so … das hab ich nicht gemeint. Ich hab an … an früher gedacht." Sie lächelte, nach einer Weile sagte sie: „Früher ist lang her. Jetzt ist jetzt."

„Möchtest du was trinken? Ich hab ein Gasthaus geerbt." Sie lachte und sagte zu. Sie gingen Arm in Arm in Richtung „Lamm".

Renate Sameder.

Journalistin bei einem bedeutenden Magazin. *Dem* bedeutenden Magazin. Er kannte sie von der Schule her, sie waren eine Zeit lang miteinander gegangen, wie es damals hieß; dann hatten sie sich getrennt, weil Renate jemand anderen kennengelernt hatte. Nach der Schule wieder jemand anderen; danach hatte er den Überblick verloren. Und jetzt war sie hier. Und hatte ihn umarmt. Und geküsst. Nur auf die Wangen, aber herzhaft. Wie früher. Und angelacht hatte sie ihn auch wie früher. Alles wie früher. Dieser Gedanke setzte sich in ihm fest, er kam davon nicht los. Sie marschierten eingehängt in Richtung Vergangenheit. Das war keine Zeit, keine Epoche, keine Ära, sondern ein Ort, genauer: ein Ortsteil von Holzgarten, und sie liefen darauf zu, schnurstracks ohne Umwege, ein paar hundert Meter noch, dann würden sie in der Vergangenheit angekommen sein. Er glaubte daran und glaubte nicht daran; jeden Augenblick würde sie ihren Mann erwähnen, oder ihr Mann würde hinter der nächsten Ecke auftauchen, sie würde den alten Schulfreund Peter Gottlieb ihrem Mann vorstellen, und die Vergangenheit würde sich als Epoche erweisen, als Ära – oder doch nur als verblasste Episode, niemandem etwas bedeutend. Und nicht als Ort, nicht als Raum, in dem sich lebendige Menschen aufhalten konnten. Aber die wenigen Ecken bis zum Lamm offenbarten keinen Herrn Sameder, überhaupt keine Menschenseele. Es dunkelte, als sie beim Gasthaus ankamen. Sie bestaunte das Gebäude und gratulierte ihm. Er erzählte ihr von der Klausel, das sei merkwürdig, sagte sie, aber so merkwürdig auch wieder nicht, denn ihr fiel ein ähnlicher Fall ein, davon erzählte sie ihm, während er Glühwein machte, dann tranken sie jeder zwei Gläser und redeten und lachten. Dann machte er Spiegeleier mit Speck, sie aßen und redeten.

„Ich muss jetzt gehen", sagte sie dann, „ich habe morgen viel vor."

„Wo wohnst du? Ich meine, wenn du noch nichts hast, könntest du hier übernachten, ich hab genug Platz …"

„Danke, ist nicht nötig …" Sie stand auf, umarmte ihn und ging. Das dauerte keine zehn Sekunden. Hab ich was Dummes gesagt?, dachte er. Aber es fiel ihm ein, dass sie immer schon so sprunghaft gewesen war, Augenblicksentscheidungen nicht nur getroffen, sondern ohne Zögern umgesetzt hatte. Er würde sie zurückerobern, dessen war er sich sicher. Nicht sofort, nicht in einer Nacht, auch nicht in ein paar Tagen. Aber in absehbarer Zeit. Sie war auf ihn zugegangen, was heißt gegangen? Gelaufen war sie! Das bedeutete etwas, ganz gewiss. Er durfte nur nichts überstürzen.

Er wusch die Glühweingläser ab. Er hätte keinen Alkohol trinken sollen, das war schlecht für ihn, schädigte seine Gesundheit. Hatten sie in der Klinik gesagt. Das fiel ihm nun ein. Kein Alkohol, keine Drogen. Nur am Alkohol allein konnte es ja nicht gelegen haben, das hatte ihm Dr. Schneider sogar zugegeben. Bei einem Gespräch kurz vor der Entlassung. Natürlich hatte er vorher getrunken, das war in dem Milieu nicht anders möglich, aber die Abstinenz nach der Einlieferung hatte ihm nichts ausgemacht, kein Trinkverlangen. Dr. Schneider hatte gesagt, sie wüssten nicht, weshalb er diese drei Monate durchgedreht war; da zogen sie sich eben am Alkoholismus hoch und ja, an den paar Trips, die er genommen hatte. Weil er nicht sagen konnte, was das gewesen war, war man so frei, alles Mögliche anzunehmen. Er hatte an die Zeit keine klare Erinnerung mehr. Nur daran, dass ihn Hildegard nicht mehr haben wollte. Da hatte er sich selber eingeliefert, also: von Schultheiß einliefern lassen. Auch, damit die Scheidung einfacher über die Bühne ginge.

Das alles fiel ihm nun in den fünf Minuten ein, die das Abwaschen der Gläser und Teller dauerte. Es war, alles zusammen genommen, eine traurige Geschichte. Ohne Helden. Hildegard war auch keine Heldin gewesen, er selber kein Held, Schultheiß auch nicht. Wie ein Roman oder Bühnenstück ohne Protagonisten. Nur Antagonisten. Jeder gegen jeden. Dabei entsteht aber keine Spannung, es funktioniert einfach nicht als Kunstwerk, nicht einmal als Kunsthandwerk. Es ist nur langweilig. Hinterher ist allen die eigene Rolle peinlich. Dabei können sie gar nichts dafür, es liegt am schlechten Stück. Das reale Leben ist miserabel als Erfinder von Handlungen. Wäre es nicht so, bräuchte man keine Literatur, fiel ihm ein, das ist gar nicht mal schlecht, das sollte ich mir aufschreiben, Peter Gottlieb, der Aphoristiker … er spürte, wie er müde wurde. Vielleicht der Glühwein.

Im Bett lag er wie immer auf dem Rücken und dachte an die Ereignisse des Tages. An Renate Sameder. Im Halbschlaf sah er sie vor sich, sah sie, wie sie auf ihn zulief, merkwürdig nur, dass er dabei ihr Gesicht nicht sehen konnte, nicht deutlich, nur eine verschwommene Fläche. Wie auf einem alten Polaroidfoto. Da hatte oft die Schärfe schon nicht gestimmt, durch die Alterung in einer Schublade wurde es schlimmer; diese Schublade mit den Fotos, hatte er die mitgenommen? Er musste nachsehen, gleich morgen. Und wenn er sie vergessen hatte, würde Hildegard sie mitnehmen, wenn sie dann herkam … wenn ihre Erkältung abgeklungen war … was wollte er mit den Polaroids? Etwas nachsehen, jemanden wiedererkennen. Er kam nicht drauf, wer das sein sollte. Aber ja: Renate. Renate Sameder. Tragisch. So jung … so jung …

Er schlief ein.

***

Dr. Alexandros Kategoros-Korowjew traf am nächsten Tag mit seinem BMW in Holzgarten ein. Er hatte seine Praxis geschlossen, eine Vertretung organisiert und im Gasthof „Post" eine Unterkunft reserviert. Die sogenannte „Kaiser-Suite", weil vor etwa hundertdreißig Jahren Kaiser Franz-Josef darin logiert hatte, drei Zimmer mit eigenem Bad. Die Suite war teurer als die gewöhnlichen Zimmer, aber im nationalen Vergleich immer noch günstig, denn Holzgarten war kein überlaufenes Reiseziel. Kategoros-Korowjew merkte das, als er, ohne auch nur seinen Koffer ausgepackt zu haben, auf die Straße trat.

Es war nichts los in Holzgarten. Das sah er nicht an dem schütteren Fußgängerverkehr, noch an dem marginalen Autoverkehr, das spürte er an der Atmosphäre des Ortes. In Holzgarten herrschte jene Ruhe, die sich die Diktatoren der Welt für ihre Länder wünschen, eine geistige Stille, die nichts mit Tagesgeschäftigkeiten zu tun hat. An solchen Orten passiert nichts. Tausend Jahre oder länger. Die Jungen ziehen weg, viele kehren aber zurück, wenn sie älter geworden sind. Das hätte in Holzgarten jeder gemerkt, dass hier nichts los war, man nahm es beim ersten Atemzug aus der Luft wahr. Aber Dr. Kategoros-Korowjew, der über eine außerordentlich empfindliche Nase verfügte, roch unter der festgefressenen Langeweile und selbstzufriedenen Borniertheit noch etwas anderes; da war ein Hauch von kommenden Dingen, ein ganz spezielles Parfüm von Unerhörtem, so schwach, dass niemand es herausriechen kann, Leute wie der Doktor aber schon. Denn in fast allen Orten, die Holzgarten gleichen, bleibt es dabei, dass nichts passiert; in einigen wenigen aber passiert dann eines Tages doch etwas, und das verändert die Geschichte. Bethlehem, Waterloo, Braunau am Inn, Alamogordo.

Und Holzgarten. An der Holzach, um genau zu sein. (Es gab noch eine namensgleiche Gemeinde ohne Fluss). Er hatte sich die Karte Holzgartens im Kopf zurechtgelegt, er brauchte keinen Plan aus Papier, er verfügte über ein eidetisches Gedächtnis, was Menschen, die mit ihm zu tun hatten, immer wieder erstaunte. Er ging auf direktem Wege zum ehemaligen Gasthof „Lamm“. Peter Gottlieb öffnete auf sein Läuten.

Kategoros-Korowjew stellte sich vor und nannte sein Begehr.

Gottlieb bat den Arzt herein. Er schaltete die Kaffeemaschine ein. „Ich weiß nicht, ob ich Ihnen da helfen kann, Herr Doktor“, sagte er dann. Kategoros-Korowjew hatte am großen Tisch Platz genommen. „Ich kenne den Herrn Hildmeyer ja erst seit Kurzem, eine Woche ungefähr, ich weiß auch nicht, wo er wohnt, vermute aber, irgendwo im Wald.“

„Und wie kommen Sie auf diese Idee?“, fragte Kategoros-Korowjew. Peter Gottlieb erzählte von der Szene beim Bienenhaus. Bei der Erwähnung der Wabe sprang Kategoros-Korowjew auf.

„*Was* hat er Ihnen gegeben?“

„Eine Wabe. Voll mit Honig …“ Peter war von der Reaktion des Besuchers ein wenig erschrocken. Der hatte begonnen, im Raum auf und ab zu laufen. Er blieb vor Peter Gottlieb stehen und fragte mit leiser Stimme: „Was sollten Sie denn damit?“ Peter trug die Tassen zum Tisch. „Milch?“

„Nein, danke. Schwarz. Kein Zucker.“

„Heiß und schwarz – wie die Hölle …“

„Ja, genau …“ Kategoros-Korowjew lachte. Wie man bei einem schlechten Witz lacht, um den Erzähler nicht zu kränken. Sie nahmen Platz.

„Er muss das mit der Wabe doch begründet haben“, sagte Kategoros-Korowjew.

„Natürlich. Ich soll nicht alles aufessen, es käme jemand, der isst gern Honigwaben, hat er gesagt. Sind Sie das, Herr Doktor?“

„Nein, nein, wo denken Sie hin. Ich mach mir nichts aus Süßem.“ Er nahm einen Schluck. Peter Gottlieb sah, wie die Hand seines Gegenübers zitterte. Kategoros-Korowjew starrte auf den Tisch. „Honig ist auch nicht so gesund, wie immer behauptet wird“, sagte er, ohne den Blick zu heben. „Ich meine, was ist da schon dran? Eine Mischung aus Traubenzucker und Fruchtzucker, letztendlich also Zucker … Zucker macht die Zähne kaputt, vom Stoffwechsel nicht zu reden. Fettleibigkeit mit allen schlimmen Folgen … Herz-Kreislauf, Diabetes …“ Er verstummte. Er sieht aus wie unterzuckert, dachte Peter. Könnte ein bisschen Honig vertragen. Er stand auf und holte die Wabe aus der Vorratskammer neben der Küche; das Internet empfahl nämlich, Honig nicht im Kühlschrank aufzubewahren. Er hatte die Wabe in Pergamentpapier eingeschlagen, das er nun entfernte. Er legte die Wabe auf eine Servierplatte und schnitt ein Stückchen von der vierten Ecke ab, die anderen Ecken fehlten schon. Er nahm das Stück in den Mund und begann zu kauen.

„Wollen Sie nicht doch ein Stück?“

„Nein, nein, lassen Sie nur, ich vertrag sowieso keinen Honig!“ Kategoros-Korowjew wich in seinem Stuhl zurück. In seinen Zügen stand – Ekel. Ja, richtiger Ekel, fand Peter, als ob er beim Verzehr roher Eingeweide zusehen müsse. Das war ihm peinlich, er hatte nicht vorgehabt, den Arzt zu provozieren oder so, er hatte nur mit einem Mal das unwiderstehliche Verlangen nach dieser Honigwabe verspürt. Schmeckte wirklich gut, insofern hatte Hildmeyer die Wahrheit gesagt, auch wenn er sonst … und der griechische Doktor litt vielleicht unter einer Allergie, das musste es sein, er litt ja schon beim Zusehen, wenn ein anderer Honig aß, man konnte es deutlich sehen, er schaute auf den Boden, als ob es da was Interessantes zu sehen gäbe … Peter schluckte den letzten Bissen und schlug die Wabe wieder ins Pergamentpapier ein.

„Also, wie gesagt“, begann er, „im Wald. Ich glaube, er hat eine Hütte im Wald, wo er übernachtet.“

„Das glaub ich nicht.“ Die Stimme des Arztes klang heiser und dumpf. Als sei er nach einer durchzechten Nacht eben aufgestanden.

„Nicht? Ja, wo schläft er dann?"

„Er schläft überhaupt nicht, fürchte ich."

„Ich versteh nicht ganz …"

„Es ist ein Symptom seiner Krankheit, dieses Herumwandern, erschöpfende Fußmärsche, kein Schlaf über Tage, es ähnelt dem Delirium tremens …"

„Dem Säuferwahnsinn?"

Dr. Kategoros-Korowjew lächelte, etwas gezwungen kam es Peter vor. „Wenn Sie es so nennen wollen", sagte der Arzt, „aber es ist gefährlich – das wissen die wenigsten, dass ein deliranter Zustand zum Tode führen kann. Einfach durch Überlastung des Kreislaufs. Schlafentzug ist an sich schon tödlich, auch ohne körperliche Anstrengung."

„Dann verstehe ich nicht, wieso Sie erst jetzt hier auftauchen. Er ist doch schon vor mehreren Tagen aus Ihrer Anstalt abgehauen …"

Kategoros-Korowjew wand sich auf seinem Stuhl. „Sanatorium bitte, nicht Anstalt! Wir bevorzugen den Ausdruck *Sanatorium*. Es ist eine Heil … stätte, keine Anstalt. Unsere Patienten können kommen und gehen, wie sie wollen."

„Das scheint aber sehr gefährlich zu sein – für die Patienten, meine ich."

„Bitte, Herr Gottlieb, glauben Sie mir: So einen Vorfall haben wir überhaupt noch nie gehabt. Mister Runciter war stabil, die Heilung machte …"

„Runciter? Er nennt sich Hildmeyer!"

„Das ist Unsinn, der Mann heißt Runciter, Spross einer sehr … vermögenden amerikanischen Industriellenfamilie …"

„Ich hab den Namen noch nie gehört."

„Das glaub ich gern. Ich sage das ja auch nur, damit Sie den Charakter unserer Institution verstehen – es ist keine Einrichtung für Kassenpatienten. Besonderheit des Voglsang-Instituts ist absolute Diskretion."

„Also eine Klapsmühle, wo abartig reiche Leute ihre verrückten Verwandten abladen. Ohne Aufsehen natürlich!" Peter

Gottlieb begann zu lachen. Er war erleichtert. Alles fügte sich. Seine erste Vermutung war korrekt gewesen, völlig korrekt. Ein Entsprungener. Nicht aus einer normalen *Heilstätte*, wie sich sein Gast auszudrücken beliebte, sondern aus einer ein paar hundert Kilometer entfernten Spezialeinrichtung, von der die Öffentlichkeit nichts erfuhr noch je erfahren sollte. In der Schweiz. Wo denn sonst?

„Wieso spricht er so gut deutsch? Und wieso nennt er sich Hildmeyer?" Kategoros-Korowjew beugte sich über den Tisch.

„Werden Sie es glauben, wenn ich Ihnen versichere, dass wir einen anderen Patienten haben, der fließend altgriechisch spricht? Haben wir von einem Professor der Uni Zürich bestätigen lassen. Ein anderer kann Aramäisch – und nicht etwa das heutige Aramäisch wie es im mittleren Osten gesprochen wird, sondern das Aramäisch von vor zweitausend Jahren!"

„Die Sprache Jesu?"

„Sag ich doch!" Er lehnte sich wieder zurück. „Bei einem weiteren Fall wissen wir noch gar nicht, was für eine Sprache er spricht. Die Fachleute sind sich nicht einig ..." Er seufzte. „Kein Mensch weiß, woher diese Patienten ihre Sprachkenntnisse haben. Unnötig zu betonen, dass die sich früher nie damit beschäftigt hatten, keiner von ihnen ..."

„Woher kommt es dann?"

„Drogen natürlich. Designerzeug. Da gibt es echt üble Sachen. All diese Patienten haben eine beeindruckende Drogenkarriere hinter sich – Dissoziativa, Psychedelika, die ganze Palette. Da kommt es zu Nebenwirkungen, die bis jetzt unerforscht sind. Einer Theorie zufolge werden irgendwie chemisch gespeicherte, uralte Gedächtnisinhalte reaktiviert. – Dass Runciter Deutsch kann, ist dagegen fast schon banal. Auch der gewählte Name Hildmeyer: Die Familie hat tatsächlich deutsche Wurzeln, ein Auswanderer aus dem neunzehnten Jahrhundert stammt von hier."

„Warum sind Sie nicht zur Polizei gegangen, Vermisstmeldung und so weiter?"

„Diskretion, Herr Gottlieb! Diskretion, ich kann es nicht oft genug betonen. Außerdem: Vermisst wird er ja nicht, der Mister Runciter. Wir haben jeden Moment gewusst, wo er sich aufhält."

„Wie das?"

„Technische Hilfsmittel. Ich darf darüber aber nicht sprechen."

„Eine Wanze? Sie haben ihn verwanzt?"

„Das haben jetzt Sie gesagt …"

„Moment: Wenn Sie ohnehin wissen, wo er ist, warum …"

„… wenden wir uns dann an Sie, Herr Gottlieb? Nun, weil Sie unser einziger Kontakt sind. Die technische … äh … Überwachung hatte leider einen Defekt. Na ja, einen Totalausfall, wenn ich ehrlich sein soll. Und Sie sind daran nicht ganz … äh … unbeteiligt."

„Was? Ach so! Der Unfall! Bei dem Crash hat Ihre Wanze den Geist aufgegeben und jetzt wissen Sie nicht, wo er umgeht!"

„Wir bevorzugen den Ausdruck technisches …"

„… Hilfsmittel, schon klar. Aber nun sagen Sie mir, Abgesandter des Sanatoriums Vogel … Vogel … wie war das?"

„Vogl-sang, Vo*gl* – ohne ‚e', nicht wie Vo*gel*."

„Auch gut – Sie konnten ihn also bis Holzgarten verfolgen. Woher wissen Sie von dem Unfall?"

„Sie waren doch bei der Polizei – dankenswerterweise."

„Das heißt, Sie haben in deren Computer herum … du meine Güte …"

„Herr Gottlieb, noch einmal: Wir versuchen auf jede mögliche Weise Mister Runciter aufzuspüren, auf jede *mögliche*, sag ich, nicht auf jede *legale*! Das geb ich offen zu. Um ihn und andere zu schützen."

„Wovor?"

Dr. Kategoros-Korowjew seufzte. „Diese Auferstehungsidee – deswegen war er ja bei uns. Jahrelang. Viele Jahre lang."

„Na und? Das ist doch nur eine Marotte."

„Was kommt denn nach der Auferstehung?"

„Wie jetzt … nach der Auferstehung? Sie meinen, wie die Auferstehung Jesu?"

„Sag ich doch!"

„Dann käme wohl die Himmelfahrt …"

„Ja, die käme dann wohl! Jetzt nehmen wir einmal an, Mister Runciter entschließt sich, seinen Aufenthalt auf der Erde zu beenden, nachdem er Ihnen, Herr Gottlieb, mit seinen Geschichten über Honigwaben und so weiter genügend auf die Nerven gegangen ist – entschließt sich also, zum Himmel aufzufahren – aber nicht banal vom Boden aus, sondern so, dass es etwas hermacht …"

„… von einem erhöhten Punkt aus."

„Ja, vom Kirchturm zum Beispiel – wäre ein typischer Flashback-Effekt von Phencyclidin. Die Leute glauben, sie können fliegen, verstehen Sie?"

„Phen…?"

„Phencyclidin. Eine Designerdroge, schon etwas älter. Dass er sie genommen hat, wissen wir."

„Das wäre … tragisch."

„Wäre es. Mit etwas Pech nicht nur für ihn, sondern auch für die Person, die zufällig drunter steht!"

„Und wie wollen Sie das verhindern?"

„Ich rede mit ihm. Und verabreiche ihm ein Beruhigungsmittel. Ein starkes, sag ich ganz offen!"

„Und dann … äh … befördern Sie ihn zurück?"

„Keine Ahnung, was ich dann versuche. Hängt von seinem Zustand ab. Und den Umständen …" Kategoros-Korowjew stand auf. Seine hohe Gestalt verdunkelte das Fenster, vor dem er stand.

„Chloroform, Lieferwagen mit getönten Scheiben?"

„Ich wende nie Gewalt an, Herr Gottlieb! Wenn ich sage, ich weiß noch nicht, was ich versuche, bezieht sich das auf die Psychologie – die Art der Gesprächsführung … Mister Runciter ist kein Psychopath im landläufigen Sinn. Er ist nett, Sie haben ihn ja erlebt."

„Das stimmt …“

„Hören Sie, ich lass Ihnen meine Nummer da. Wenn er wieder auftaucht, seien Sie so gut und rufen mich an!“ Peter Gottlieb nickte, nahm den Zettel mit der Mobilnummer entgegen. Dr. Kategoros-Korowjew verabschiedete sich mit einer markanten Verbeugung und ging. Ein bisschen altmodisch, dachte Peter, die ganze Art … so umstandskrämerisch. Obwohl er den Eindruck nicht an einer speziellen Handlungsweise des Arztes hätte festmachen können. Dieser Dr. Kategoros-Korowjew war ein wenig … er suchte nach dem Wort … unseriös, das war es! Er sah einfach nicht aus wie ein Arzt, aber bitte: Psychiater … es heißt ja, die sind selber alle verrückt. Er würde auf jeden Fall mit Hildmeyer reden, wenn der wieder auftauchen sollte. Und dann entscheiden, ob er den Dr. Kategoros-Korowjew anrufen würde oder aber eben nicht. Das würde von Hildmeyers Reaktion abhängen.

Sein Gemüt verdüsterte sich. Erst war er über die Erzählungen des Dr. Kategoros-Korowjew froh gewesen; alles klärte sich, das Rätsel um den Herrn Hildmeyer – nein, es löste sich nicht, aber man hatte es in die unerforschten Tiefen des menschlichen Gehirns abschieben können: Der Mann hatte abartige Drogen genommen und litt jetzt unter abartigen Wahnideen. Das ist bedauerlich. Aber kein Wunder – sozusagen. Deswegen geriet nicht die Welt aus den Fugen.

Aber jetzt, als der Arzt gegangen war, empfand er beim Gedanken an Hildmeyer ein leichtes Unbehagen. Ein Gefühl … der Enttäuschung, ja, das war es. Enttäuschung. Wie nach einem Film, den alle gelobt hatten, der allen gefallen hatte – nur ihm hatte er nicht gefallen. Nachdem sie ihn überredet hatten, doch ins Kino zu gehen, sich die Sache anzuschauen. Er kam sich betrogen vor. Das irritierte ihn. Ich sollte froh sein, dachte er, dass dieser komische Fleck auf der Wirklichkeit weggeputzt ist. Aber ich bin nicht froh. Im Gegenteil. Und überhaupt: Runciter – was ist denn das für ein blöder Name! Sicher falsch. Wenn die in der Voglsang-Anstalt so ein Gewese mit der Diskretion machen, dann sagen sie auch keinem Außenstehenden, wie ihre Patienten oder „Gäste" – oder wie auch immer – wirklich heißen! Dann allerdings, fiel ihm ein, geben sie auch keine Diagnosen preis. Geheimhaltung funktioniert, wenn überhaupt, nur als Totalität. Ganz oder gar nicht.

Der Gedanke begann sich in ihm festzusetzen. Konnte sein, dass es da in der Schweiz ein exklusives Institut gab, in dem Leute aufbewahrt wurden. Nur hieß es wahrscheinlich nicht Voglsang ... er warf seinen Computer an. Forschte erst nach Dr. Kategoros-Korowjew. Den Namen hatte er sich, was ihn wunderte, gemerkt und auch richtig geschrieben, denn das Netz kannte den Doktor, jedenfalls seine Praxis. Es gab einen Haufen Hinweise auf gesellschaftliche Aktivitäten, Charity, Society-Events, Kategoros-Korowjew spendete bedeutende Summen für gute Zwecke. Was es noch gab, waren Lobgesänge von Patienten in diversen Foren. Wer das las, musste zum Schluss kommen, Dr. Kategoros-Korowjew sei ein zweiter Jesus. Mindestens. Je länger er die Berichte studierte, desto ärgerlicher wurde Peter Gottlieb. All diese Wunderheilungen – das klang doch alles sehr nach Doktor Eisenbart, der die Blinden gehend und die Lahmen sehend gemacht hatte, sprich, Scharlatanerie nach amerikanischem Vorbild, Heilungen im Fernsehen ... allerdings fehlte in den Beschreibungen der Geheilten die religiöse Komponente. Es gab auch keinen auffälligen finanziellen Aspekt. Kategoros-Korowjew nahm hohe Honorare, aber nur im Erfolgsfall. Peter fand auch Hinweise, dass der Wunderdoktor Bedürftige gratis behandelt hatte – aber dies eben nicht so dick aufgetragen, dass man daraus auf eine Masche schließen konnte.

Je länger er nachforschte, desto mehr sank seine Laune. Kategoros-Korowjew war nach allem, was das Netz hergab, einer von den Guten. Die Laune stieg erst, als er seine Recherche auf das Voglsang-Institut ausdehnte. Das gab es nämlich nicht. Nicht mit *gl* in Voglsang, Kategoros-Korowjew hatte eigens auf das fehlende *e* hingewiesen. Es gab Leute, die so hießen, aber kein Institut oder sonst eine Einrichtung mit diesem speziellen Namen. Also hatte Kategoros gelogen! Das zu entdecken, befriedigte Peter Gottlieb. Es war auch klar, was er nun als gesetzestreuer Bürger tun musste. Zur Polizei gehen. Dr. Kategoros-Korowjew mochte ein wahrer Freund der Menschheit sein (oder diesen Eindruck durch geschickte Manipulationen erwecken), aber er hatte auch eine andere Seite. Er plante die Entführung eines älteren Herrn, der irgendwo entsprungen war … das glaubte Peter Gottlieb sogar, das mit dem *Entspringen*. Aus einem Geheimgefängnis nämlich, betrieben von einem bestimmten Geheimdienst. Und das mit den Drogen stimmte wahrscheinlich auch. Mit dem kleinen Unterschied, dass Hildmeyer oder wie immer er hieß, die nicht freiwillig genommen hatte; sie waren ihm verabreicht worden. Warum? Dazu konnte man sich jede, aber wirklich jede noch so bescheuerte Theorie ausdenken, es kam gar nicht darauf an. Dem *Hegemon* war alles zuzutrauen. Natürlich hatte der *Hegemon* auf der ganzen Welt Helfershelfer, honorige Leute, Unterweltler, alles nur Denkbare vom Nobelpreisträger bis zum Auftragskiller. Nur war ihnen jetzt wieder einmal etwas schiefgelaufen und Hildmeyer aus dem *Programm* entkommen. Oder dem *Projekt*.

Wie auch immer – auf die Mitarbeit des dummen Peter Gottlieb konnten sie nicht zählen. Aber der Inspektor Stieger schon. Er machte sich auf zur Polizeiinspektion. Dort traf er auf den Vorgesetzten Mittenwald. Der lächelte bei der Begrüßung, es ließ sich schwer deuten, dieses Lächeln. Es konnte freundliches Willkommen dem Neubürger Gottlieb gegenüber bedeuten, oder offenen Hohn dem leider zugezogenen Wichtigtuer aus der Stadt. Bei Mittenwald war nicht klar, was gemeint war. Vielleicht ihm selber auch nicht.

„Der Kollege Stieger hat sich krank gemeldet“, verkündete der Postenkommandant.

„Das tut mir leid, ich wollte ihn sprechen …“

„In welcher Angelegenheit?“

„Rein privat. Er hat mir geholfen, die Heizung in Betrieb zu nehmen."

„Ja, ich weiß, die von seinem Schwager … und jetzt gibt's schon Probleme?"

„Ich weiß, Herr Gruppeninspektor, Sie sind ein Ölmann, ich muss Sie aber enttäuschen, der Holzvergaser funktioniert super!"

„Ja, natürlich. Und wenn es nicht so wäre, würden Sie das nicht zugeben …"

„… vermutlich nicht. Er war ziemlich teuer."

Mittenwald seufzte. „Bitte, pfuschen Sie da nicht selber dran rum! Letztes Jahr hatten wir einen Brand deswegen."

„Davon hat Ihr Kollege nichts erwähnt …"

„Natürlich nicht. Wenn also etwas ist, fragen Sie ihn halt! Er wohnt in der Balthasar-Straße, ganz am Ende, Nummer hundertsiebenunddreißig. Gleich hinter der Kirche rein, auf den See zu. Aber überreden Sie ihn bloß nicht zum Aufstehen – er klang ziemlich mitgenommen am Telefon. Und sagen Sie ihm einen schönen Gruß!"

Peter bedankte sich und ging.

Die Balthasar-Straße begann hinter der Kirche und führte in einen Ortsteil, der zu Peter Gottliebs Jugendzeit noch nicht bestanden hatte. Damals waren hier nur Felder gewesen, jetzt reihte sich ein Einfamilienhaus ans andere, links und rechts zweigten schmale Stichstraßen ab. Bis zur Nummer hundertsiebenunddreißig brauchte er fast zwanzig Minuten. Inspektor Stiegers Haus unterschied sich nicht von denen der Nachbarschaft; die Baubehörde Holzgartens, wahrscheinlich der Bürgermeister, achtete wohl auf einheitliches Erscheinungsbild ohne individualistische Auswüchse. Ziegelgedecktes Satteldach, im ersten Stock Balkon auf der Giebelseite, rundherum der Garten, Maschendrahtzaun an der Straßenseite; ein Haus aus den Sechzigerjahren des vergangenen Jahrhunderts, das Elternhaus von Inspektor Stieger, der es geerbt und unverändert gelassen hatte. Haustür mit dem zeittypischen gelblichen Wellglasfenster, davor ein geschmiedetes Eisengitter. Ist neunzehnhundertfünfundsechzig sicher teuer gewesen.

Peter läutete, eine blonde Frau öffnete. Er nannte seinen Namen, sie bat ihn herein, noch bevor er seinen Besuchswunsch äußern konnte. Stieger hatte wohl von seiner neuen Bekanntschaft erzählt. „Er ist oben“, sagte sie und wies auf die traditionell zu schmale Treppe in den ersten Stock. Frau Stieger kam nicht mit hinauf, was ihn nicht wunderte, am Tonfall des einen Satzes, den sie geäußert hatte, konnte er hören, dass sie irgendetwas missbilligte, wahrscheinlich den Zustand ihres Mannes. Manche Menschen, dachte er, können mit Krankheit von Familienangehörigen nicht gut umgehen, davon hatte er gehört. Aber bei einer Grippe? Er stieg die Treppe hoch, eine der Türen im ersten Stock stand halb offen. Er klopfte, eine raue Stimme rief: „Herein!“ Inspektor Stieger lag nicht im Bett, wie Peter erwartet hatte. Er saß in einem Lehnstuhl neben dem Bett. Aber gesund war er auch nicht. Das festzustellen genügte ein flüchtiger Blick. Der Inspektor sah verkatert aus. Auf der Straße hätte man einen Bogen um ihn gemacht. Es war kalt im Zimmer, das Fenster stand offen, jemand hatte es für nötig befunden, zu lüften, nicht Stieger selbst, den ganz andere Sorgen zu plagen schienen als der Alkoholmief, den er verströmte. Die Haare standen wirr vom Kopf ab, auf dem Gesicht glänzte ein Schweißfilm, dunkle Augenringe, die mit der Leichenblässe kontrastierten. Auf abstoßende Weise. Er trug einen abgetragenen Bademantel und dicke Wollsocken. In der Hand hielt er ein Blatt Papier, andere lagen auf dem Nachttisch.

„Setzen Sie sich“, sagte Stieger. Die Stimme klang heiser, ganz nach Erkältung, zur Tarnung am Telefon war das günstig, wenn man sich krank meldete.

„Wie geht es Ihnen?“, fragte Peter Gottlieb.

„Miserabel. Sehen Sie ja …“

„Warum?“

„Zu viel Rotwein gestern. Hat aber nichts geholfen.“

„Gegen was denn?“

Stieger gab ihm das Papier. Peter las, wurde aber aus dem Inhalt nicht schlau. „Übereinstimmung der Fingerabdrücke? Was soll denn das heißen?"

„Genau, was da steht! Die Abdrücke von der Tasse und die aus den Akten sind identisch."

„Von Hildmeyer?"

„Ach wo, von John Wayne! Herrgott, natürlich die von Ihrem Herrn Hildmeyer!" Inspektor Stieger gehörte zu den Menschen, die bei der Ernüchterung nach Alkoholexzess besonders unleidlich werden. Peter Gottlieb focht das nicht an. „Dann sind der damals Verurteilte und der gegenwärtige Hildmeyer ein und dieselbe Person?"

„So ist es."

„Also hat er nicht gelogen …"

„Wie meinen Sie das?"

„Na, er heißt wirklich Lukas Hildmeyer."

Der Inspektor begann zu lachen, beruhigte sich aber schnell. „Sie haben es erfasst, lieber Herr Gottlieb! Er heißt so, und er ist es. Es gibt da nur ein winziges Problem …"

„Er sieht zu jung aus …"

„Was? Ach so – ja, so können Sie es auch ausdrücken! Zu jung, gut beobachtet. Er wäre nämlich hundertzehn, verstehen Sie? Hundertzehn!" Seine Stimme überschlug sich, ein trockener Husten schüttelte ihn. „Ich habe das alles durchdacht", setzte er nach einer Weile fort. „Von vorn bis hinten, von unten nach oben und retour, verstehen Sie?" Peter Gottlieb nickte. „Aber ich bin nicht dahintergekommen. Ich bin nicht draufgekommen, wie es funktioniert …"

„Wie was funktioniert?"

„Der Betrug. Der Trick, wenn Sie wollen. Wie macht er das? Ich weiß es nicht, das hat mich ganz fertig gemacht …" Mit einer vagen Geste deutete er auf den umliegenden Raum. Der war in Ordnung, nur der darin Sitzende, der Herr Inspektor, war es nicht. Das ist wohl, dachte Peter Gottlieb, seine Art zu sagen: Ich hab mir die Kante gegeben. Aus purem Frust. Ihm fiel ein, weshalb er gekommen war. Er schilderte dem Polizisten die Begegnung mit Dr. Kategoros-Korowjew, das hatte auf Stieger eine erstaunliche Wirkung. Er richtete sich auf, in die trüben Augen kehrte Glanz zurück. Eine Weile sagte er nichts, starrte nur in eine Zimmerecke, wo sich nichts Besonderes befand, wie Peter Gottlieb feststellte. Dann sagte Stieger: „Gut, dass Sie gleich gekommen sind, Herr Gottlieb! Das eröffnet ganz neue Ansätze!"

„Wofür?"

„Für Ermittlungen!" Er erklärte das nicht näher, sondern stand auf und verschwand im Bad. Kurz danach kam er wieder, die Augen immer noch gerötet, aber rasiert und nach einem weit verbreiteten Rasierwasser duftend, das Peter Gottlieb früher selbst verwendet hatte. Bis zum Einspruch Hildegards, die behauptete, das Zeug rieche nach Farbverdünner.

„Sie kommen mit!", sagte Stieger.

„Wohin?"

„Recherchieren. – Also schön. Ich ersuche Sie offiziell um Ihre Mithilfe bei einer polizeilichen Ermittlungsarbeit!"

„Na gut … wenn Sie meinen, bin ich gern bereit, meine staatsbürgerliche … Moment: Sind Sie nicht im Krankenstand?"

„Stimmt, ich setze mich aber nun selbst in Dienst. Zur Gefahrenabwehr." Er verließ den Raum, Peter Gottlieb folgte. „Welche Gefahr denn?", wollte er wissen. Stieger gab keine Antwort, wechselte nur ein paar Worte mit seiner Frau, wovon Peter nichts mitbekam. Auf der Straße hatte Peter Mühe, mit dem Polizisten Schritt zu halten.

„Müssen wir beim Ermitteln unbedingt so rennen?"

„Nein, natürlich nicht …" Stieger wurde langsamer.

„Wohin gehen wir überhaupt?"

„Zu meinem Onkel." Weiter erklärte er nichts.

Die beiden liefen die ganze Länge der Balthasar-Straße hinunter, bogen in der Nähe des Ortskerns in eine Seitengasse ein, die Peter Gottlieb, seit er hier war, noch nicht betreten hatte.

Eines der ersten Häuser hatte im Erdgeschoss zwei Schaufenster, eines links der Tür, das andere rechts, vollgestellt mit Büchern. Auf einem Schild stand „Galmei". Sie betraten den Laden. Ein alter Mann erwartete sie schon und sagte: „Grüß dich, Thomas! Wen bringst du mit?"

„Einen Kollegen. Peter Gottlieb, auch Buchhändler."

„In Pension", sagte Peter, „schon länger …" Er fühlte sich unbehaglich. Dieser Onkel war deutlich älter als er selbst und immer noch aktiv. Er unterdrückte das Bedürfnis, sich zu rechtfertigen. Immerhin war er sehr lang sehr krank gewesen … es fielen ihm viele Dinge ein, die er gern für immer vergessen hätte. Renate zum Beispiel. Mit Renate war irgendwas … aber er kam jetzt nicht drauf.

Der Buchhändler bat sie in den hinteren Raum, wo sie an einem kleinen Tisch Platz nahmen. Stieger schilderte die Lage, sein Onkel sagte nichts, unterbrach nicht durch Zwischenfragen, blickte auch keinen seiner Besucher an. Als der Inspektor endete, stand er auf, murmelte etwas von „Kaffee" und verließ den Raum.

„Er ist über achtzig", sagte Stieger, offenbar fühlte er sich bemüßigt, das Verhalten des Verwandten erklären zu müssen.

„Da arbeitet er noch?"

„Er sagt, wenn er aufhört, stirbt er innerhalb von vier Wochen. Das sagt er jedes Mal, wenn man ihn darauf anspricht. Er weiß ungeheuer viel, er ist der Intelligenteste in der Familie …"

„Aha …"

Das Gespräch erstarb. Aus dem Nebenraum hörten sie das Mahlen und Zischen einer Kaffeemaschine. Bald kam Galmei mit einem Tablett und drei Tassen zurück. Milch und Zucker gab es nicht, dafür ein Schälchen mit Makronen. Alle nahmen einen Schluck. Stieger erklärte die Lage, zentriert um das, wie er es nannte, „Hildmeyer-Problem". Als er geendet hatte, sagte der alte Buchhändler: „Er hat recht."

„Wen meinst du?", fragte Stieger.

„Den Hildmeyer natürlich."

„Und womit, bitte, hat er recht?“, wollte Peter Gottlieb wissen.

„Mit der Auferstehung.“ Galmei nahm noch einen Schluck. Er machte nicht den Eindruck gesteigerten Interesses an dem Thema. Hatte er das Problem überhaupt verstanden? Stieger bewegte derselbe Zweifel. „Die Fingerabdrücke sind identisch, Onkel Matthäus, verstehst du? Darin liegt das Problem, weil das ja nicht sein kann, dass einer …“

„… Ich hab das schon verstanden, Thomas; du brauchst es für deinen senilen Onkel nicht zu wiederholen! Vor allem deshalb nicht, weil er nicht senil ist … oder mach ich diesen Eindruck?“ Die Frage ging an Peter Gottlieb.

„Auf keinen Fall!“, rief der.

„Na also. Der Hildmeyer ist auferstanden. Wahrscheinlich ist er nicht der einzige.“

„Auferstanden – aus dem Grab?“, fragte Stieger.

„Na, woraus denn sonst? Natürlich aus dem Grab. Links an der Mauer. Am Friedhof“, erklärte er in Richtung Peter.

„Ich weiß“, sagte der, „ich hab das Grab gesehen.“

„Woher weißt du, wo das Grab vom Hildmeyer ist?“, wollte der Neffe wissen.

„Ich war auf der Beerdigung, ich hab ihn ja gekannt, de mortuis nihil nisi bene und so weiter, aber er war ein Gauner, das muss man einfach sagen, er hat doch auch gesessen … schlechte soziale Verhältnisse, wissen Sie, er hatte es in seiner Jugend nicht leicht; ich weiß, heute ist das eine beliebte Ausrede bei jugendlichen Straftätern, aber damals war ‚schwere Kindheit‘ noch wirklich schwer – ich könnte Ihnen da Geschichten erzählen …“

„Ja, ja, Onkel, das mag ja sein, aber das ist doch nicht möglich …“

„Dass einer auf die schiefe Bahn gerät? Das sagst ausgerechnet du als Polizist? Jetzt wundert mich gar nichts mehr …“

„Nein!“, rief Stieger, „die Auferstehung, wie soll denn das, bitte, gehen? Das ist doch absurd …“ Er verstummte. Inspektor

Stieger war genervt, Peter spürte das. Er bedauerte, hergekommen zu sein. Und einem Ortsfremden den Onkel präsentiert zu haben, das Hirnwunder des Clans, der leider ausgerechnet jetzt in die Demenz abrutschte.

„Wie das gehen soll?", rief der Onkel. „Na, denkt euch doch was aus! Wenn euch nichts einfällt, hab ich Literatur dazu. Genau hier im Laden … ist ja eine Buchhandlung!" Er lachte, als ob die Bemerkung Wunder wie lustig wäre, dachte Peter Gottlieb.

„Ich hab auch eine Science-Fiction-Abteilung", erklärte Galmei. „Da finden Sie alles, was Sie brauchen …"

„Ich kann dir nicht folgen", sagte Stieger. Der Buchhändler lehnte sich zurück. „Ja, das denk ich mir. Du liest ja nichts … also, dann probieren wir es halt …"

„Was?", fragte Stieger. Galmei ging nicht darauf ein.

„Vielleicht was mit DNA, was meinen Sie?", wandte er sich an Peter.

„DNA kommt immer gut."

„Ein Virus! Nehmen wir einen Virus. Virus ist bekannt, das Wort, meine ich, keiner kann sich was darunter vorstellen, bekannt ist es trotzdem, ergo unheimlich."

„Der Virus", nahm Peter den Faden auf, „befällt den Organismus und führt zum Tod …"

„Scheintod wohl eher", setzte Galmei fort, „eine Art Stasis …"

„Ja, genau! Alle Funktionen und Vorgänge werden … äh … angehalten, nein: eingefroren! Nicht durch tiefe Temperatur, sondern biochemisch!"

„Durch das Virus halt! Der Mensch stirbt, wird beerdigt, verwest aber nicht, weil …"

„… der Virus all diese Vorgänge stoppt. Kein Problem, wozu haben wir ihn denn, den Virus." Peter hob die Arme im Triumph.

„Nach vierzig Jahren oder so, wird der Mensch wieder in Gang gesetzt und wühlt sich aus dem Grab …"

„Okay, dann wär der Anzug total dreckig, das ist noch ein Problem … oder wart mal: Da sind Bakterien, vom Virus umprogrammiert, die ihm die Erde auf die Seite schaffen."

„Ja, oberhalb der Pseudoleiche", ergänzte Galmei, „unterhalb bauen sie die Erde wieder an. Auf diese Weise drückt es den Körper allmählich hoch wie eine Boje … Auftrieb gewissermaßen!"

„Das Prinzip der Pseudoleiche", wandte sich Peter an den Polizisten, dessen ungläubige Blicke vom einen zum anderen schweiften, „übrigens ein Begriff, den Ihr Onkel gerade eben in die Literatur eingeführt hat, dieses Prinzip erklärt gleichzeitig zwanglos so verbreitete Phänomene wie Zombies …"

„… und Vampire!", ergänzte der alte Buchhändler. „Alles hat ganz natürliche Ursachen, lieber Thomas. Darauf kam es dir doch an, nicht? Und bedenke: Wir haben dir diese Dinge plausibel gemacht, ohne auf außerirdische Einflüsse zu rekurrieren …"

„Ohne Aliens!", rief Peter. „Auch ohne Geister, Dämonen und anderes Fantasyzeugs!"

„Und wie lang haben wir gebraucht, uns das auszudenken? Eine Minute?"

„Vielleicht anderthalb", sagte Peter Gottlieb. Stieger blickte auf seinen Onkel, dann auf Peter Gottlieb, zurück zum Onkel. „Wollt ihr mich auf den Arm nehmen?"

„Keineswegs", sagte der alte Buchhändler. „Das liegt uns fern", assistierte der jüngere. „Ich glaube, Ihr Onkel wollte Ihnen nur demonstrieren, wo Sie erkenntnistheoretisch stehen – bei den vorliegenden Fakten …"

„Er meint damit, du bist völlig am Arsch mit dem Problem", unterbrach Galmei, „er ist nur zu vornehm, es so auszudrücken." Er beugte sich dem Neffen entgegen über den Tisch. „Dein Problem hat keine Lösung. Jedenfalls keine, die du als Polizist, als Ermittler, akzeptieren kannst."

„Okay, okay, hab schon verstanden! Es läuft also auf Abrakadabra hinaus, auf Wiedergänger, Besuch aus dem Jenseits, solches Zeug? Das schlägst du allen Ernstes vor?"

„Moment, mein Lieber! Was hast du denn erwartet von mir? Du schneist hier herein mit einer Sache, die rational nicht erklärbar ist – wofür du selber durch die Fingerabdrücke gesorgt hast –

und ich soll dann den großen Zampano machen, der alles mit einem Satz auflöst! Wie soll das gehen? Habt ihr was übersehen? So heißt es doch immer in Kriminalromanen. ‚Lord Montagu war noch gar nicht tot, infolgedessen konnte der Butler durchaus …‘ oder diesen Blödsinn mit der von innen verschlossenen Tür und was weiß ich noch alles … Ich kann diesen Scheiß nicht ausstehen, ich lese keine Kriminalromane, schon lang nicht mehr. Also: Habt ihr was übersehen? Nein? Dann hat dein Problem keine rationale Lösung …“ Er war rot im Gesicht geworden und ließ sich schwer atmend in den Sessel zurückfallen.

„Reg dich nicht auf, Onkel Matthäus, das ist schlecht für deinen Blutdruck. Und ich wollte dich nicht … äh … du weißt schon.“ Stieger seufzte. „Ich hab dich nur gefragt, weil du der Klügste in der Familie bist. Weil ich nicht mehr weiter weiß …“ Er verstummte. Peter Gottlieb begann sich unbehaglich zu fühlen. „Wenn es keine rationale Erklärung gibt, dann vielleicht eine … andere?“ fragte er.

„Die gibt es durchaus.“ Galmei hatte sich beruhigt. „Schauen wir halt nach.“ Er setzte sich an einen kleinen Schreibtisch, wo aus einem Haufen Papier ein Monitor ragte. Nach einer Weile sagte Galmei: „Ich krieg hier kein Netz. Komisch …“

„Internet?“, fragte Peter.

„Nein, ich meine das Telefonnetz, das mir die Post hier neunzehnhundertzehn für meinen Handkurbelapparat installiert hat – Herrgott, ja, natürlich Internet! Glauben Sie, ich kann eine Buchhandlung heutzutage offline führen?“ Jetzt wird er ein bisschen giftig, dachte Peter Gottlieb, das ist der Provinzlerkomplex. Er wollte sich etwas Verbindliches zurechtlegen, kam aber nicht dazu, weil Galmei vom Stuhl aufsprang und zwei Bücher aus einem Regal nahm. Er musste nicht suchen, offenbar verwendete er diese Bücher öfter. Er setzte sich an den großen Tisch und schlug beide Bände auf.

„Es ist ja nicht so, dass wir ohne Netz völlig von allen Informationen abgeschnitten wären“, sagte er. „Nun, schauen wir halt einmal …“ Er begann in dem einen Buch zu blättern. Dann fragte er: „Was macht dieser Hildmeyer eigentlich?“

„Nichts“, sagte Peter Gottlieb.

„Ja, klar, aber auch, wenn man nichts macht, tut man doch irgendwas – außer, man liegt ganz still auf dem Rücken. Dann hätt er aber gleich in seinem Grab bleiben können!“ Galmei lachte. Die beiden anderen fanden die Bemerkung nicht so lustig. „Er geht spazieren“, sagte Peter, um die Situation zu entspannen, „ich denke, er geht hauptsächlich spazieren.“

„Spazieren … ja, das könnte passen …“, murmelte der alte Buchhändler. Nach einer Weile hatte er gefunden, was er gesucht hatte.

„Den Begriff ‚Spazieren‘ findet man natürlich nicht in der Konkordanz, dagegen …“

„Wo?“, unterbrach ihn Stieger.

„In der Konkordanz“, erklärte Peter Gottlieb. „Ein Stichwortverzeichnis. Man kann nachschauen, wo ein bestimmtes Wort vorkommt …“

„Ja, logisch, aber wo? Wo soll das Wort vorkommen?“

„In der Bibel, Herrgott nochmal!“, donnerte sein Onkel und knallte die flache Hand auf das andere Buch. „Wo denn sonst? Die Toten rennen auf der Straße rum – wo willst du denn da nachschauen? In eurem Sicherheitspolizeigesetz? In der Strafprozessordnung? Im ABGB?“

„Ein Toter“, wandte der Inspektor ein, „nur ein Toter. Bis jetzt.“

„Ja, ja, schon gut … wenn das hier stimmt, bleibt es nicht dabei.“ Er schlug das dicke Buch auf, blätterte mit großer Behändigkeit und hatte gleich die Stelle gefunden. „Matthäus 27, Vers 53! Hört: ‚… und gingen aus den Gräbern nach seiner Auferstehung und kamen in die Heilige Stadt und erschienen vielen.‘ Das passt doch!“

„Wer sind die?“, wollte Stieger wissen. „Wer ging da aus den Gräbern?“

„… viele Leiber der Heiligen, die da schliefen …“, las der Buchhändler.

„Hildmeyer war sicher kein Heiliger. Außerdem kommt mir das komisch vor: Das ist doch unmittelbar nach der Auferstehung Jesu! Und die Heilige Stadt ist ja wohl Jerusalem und nicht Holzgarten …“

„Ja, lieber Neffe von der Polizei, als Zeugenaussage ist das alles sehr mangelhaft, da hast du recht. Aber etwas anderes haben wir nicht. Das ist die einzige Stelle, wo Tote *gehen.* ‚Gingen aus den Gräbern‘ steht da. Tote kommen natürlich massenhaft vor, sie werden erweckt, stehen auf und so weiter … hauptsächlich dreht sich alles um Auferstehung. Aber *gehen* tun sie nur an dieser Stelle.“

„Warum steht das überhaupt dort?“, fragte Peter. „Das ist doch der Bericht über die Kreuzigung. Wieso dann plötzlich …“

„Ich weiß, was Sie meinen! Zwei Verse vor unserem geht es los: Der Vorhang im Tempel zerreißt, es gibt ein Erdbeben, die Felsen bersten, dann tun sich die Gräber auf …“

„Wie eine eingeschobene Vision.“

„Vision wovon?“, fragte Stieger.

„Vom Ende der Zeiten“, antwortete sein Onkel. „Vom Jüngsten Tag.“

„Aha.“ Sonst sagte der Neffe nichts mehr. Dass er mit der Erklärung nicht einverstanden war, sah man ihm an. Peter Gottlieb fühlte sich unwohl. Es ist ihm peinlich, dachte er, dass er mich zum nun offenbar doch senil gewordenen Onkel geschleppt hat; vor zwei Wochen hat er noch einen ganz normalen Eindruck gemacht und jetzt schwafelt er dieses religiöse Zeug daher …

„Ich glaube, wir müssen weiter“, sagte Peter und stand auf. „Haben Sie vielen Dank für Ihre Bemühungen, Herr Galmei, wir werden versuchen, ob wir noch andere … äh … Indizien finden … können.“ Stieger stand auch auf, Galmei nicht. Der wirkte mit einem Mal müde und verdrossen. Er murmelte etwas, was niemand verstand, seine Besucher verließen den Raum, ihr Rückzug glich einer Flucht.

„Er ist sonst nicht so“, entfuhr es Stieger, kaum dass sie das Haus verlassen hatten.

„Wie meinen Sie das?“

„So verrückt!“ Stieger war laut geworden. Er schämt sich wirklich!, dachte Peter Gottlieb. Laut sagte er: „Diese Sache mit dem jüngsten Tag?“

„Er war früher nicht so. Da war er rational, ein guter Geschäftsmann, trotz Buchhändler … nichts für ungut, Sie sind ja selber einer, was ich sagen will: Bei Ihrem Metier stellt man sich nicht einen typischen Kaufmann vor, kalt, egoistisch, immer ein bisschen an der Grenze der Legalität …“

„… sondern eher versponnen, in Büchern versunken, immer ein bisschen an der Grenze zum Bankrott!“

„Das haben jetzt Sie gesagt … wenn ich ehrlich sein soll, war Onkel Matthäus ein eiskalter Hund, als er jünger war.“

„Als Buchhändler?“

„Ach woher denn! Privatier, verstehen Sie? Spekulant im Grunde, sehr erfolgreich. Die ganze Familie hat ihn bewundert. Dann, vor ein paar Jahren, schmeißt er alles hin und übernimmt diesen abgehalfterten Buchladen. Das hat niemand verstanden. Eine Goldgrube ist das nicht. In Holzgarten. Aber wem sag ich das, Sie sind ja vom Fach …“

„Was sagt denn seine Frau?“

„Nie geheiratet. Keine Kinder, soweit bekannt.“

Ach so. Die Familie Stieger würde erben – wenn der gute Erbonkel seine Börsengewinne nicht durch Betreiben eines Verlustgeschäftes namens „Buchhandlung“ verplempern würde. Wie kommt man zu einem kleinen Vermögen? Man fängt mit einem großen an und gründet einen Verlag … mit einer Buchhandlung geht es zur Not auch, man muss nur stur dabeibleiben.

Sie gingen die Balthasar-Straße entlang ins Ortszentrum, das Gespräch war erstorben. Stieger schien trüben Gedanken nachzuhängen. Niemand begegnete ihnen. Die Dämmerung dunkelte den Himmel ins Violette. Aber nicht nur. Peter Gottlieb blieb stehen.

„Was ist?“, fragte der Inspektor. Peter deutete nach oben. Dort prangte eine grünliche, lang gezogene Schwade, die sich über ein Viertel des Himmels zog, durchsetzt von senkrecht laufenden parallelen Streifen hellerer Färbung. Die Erscheinung streckte sich von halber Höhe bis fast zum Zenit.

Sie standen stumm nebeneinander und betrachteten das Schauspiel. Ein Nordlicht, es konnte nichts anderes sein. Es glich Aufnahmen, die sie beide dutzendfach gesehen hatten. Die waren in der Regel durch Zeitraffer beschleunigt, das reale Nordlicht bewegte sich langsamer, aber es bewegte sich. Ein riesiger, durchscheinender Vorhang in einem kosmischen Sturm. Die Minuten verrannen, das Lichtband wurde breiter und intensiver. Nach einer Weile nahm es den ganzen Nordhimmel ein. Violette Stahlen und rötliche kamen hinzu. Teile blieben stehen, wie an den Himmel gemalt, aber andere Abschnitte bewegten sich rasch, streckten Zungen über das durchschimmernde Firmament, an dem die ersten Sterne aufglühten.

Peter Gottlieb wusste nicht, wie lang sie nebeneinander gestanden waren, ohne ein Wort zu wechseln. Dunkelheit hatte sich über den Ort gesenkt, aber nicht die des Herbstabends, dazu war es zu hell, das Nordlicht tauchte die Landschaft in grünliche Dämmerung. Er sah sich um. In der Nähe standen Menschen, andere waren vor ihre Häuser getreten, alle blickten zum Himmel. Manche hantierten mit Mobiltelefonen, um Freunde auf das Himmelsschauspiel hinzuweisen. Hildegard fiel ihm ein. Ein Nordlicht dieser Ausdehnung konnte nicht auf Holzgarten und Umgebung beschränkt sein, sicher war es auch von der Stadt aus sichtbar. Er bekam kein Netz. Von dem Haus, vor dem sie standen, kam ein älterer Mann auf sie zu.

„Funktioniert Ihres?“, rief er, hielt das Telefon hoch.

„Leider nicht“, sagte Peter Gottlieb. „Kein Netz …“ Alle anderen, die telefonieren wollten, hatten auch keins.

„Wundert mich nicht …“ Stieger sprach leise, er sah blass aus. Schweiß stand ihm auf der Stirn, obwohl es kalt geworden war. „Nordlicht in unseren Breiten heißt massiver Sonnenwind in Richtung Erde. Anscheinend hat er uns voll erwischt.“ Mehrere Leute waren herangekommen und hatten seine Worte gehört. Stieger erklärte die Sache mit dem Sonnenwind. Geladene Teilchen von der Sonne, die auf die Atmosphäre der Erde treffen und Leuchterscheinungen hervorrufen.

„Na schön“, sagte einer, „aber was hat das mit den Handys zu tun?“

„Der Sonnensturm zerstört auch die Satelliten …“

„Könnte die Satelliten … äh … beeinträchtigen“, unterbrach ihn Peter Gottlieb, „Kommt aber nur selten vor. Der Ausfall beim Handy kann auch ganz andere Ursachen haben.“ Er packte den Polizisten am Arm und zog ihn mit sich fort. „Sind Sie verrückt?“, flüsterte er. „Sonnensturm zerstört Satelliten – was haben Sie sich dabei gedacht? So was sagt man, wenn man eine Panik auslösen will. Sagen Sie doch gleich: Die Welt geht unter!“

„Tut sie ja auch.“

„Was?“

„Zeichen und Wunder – noch nie gehört? Steht doch auch irgendwo in der Bibel …“

„Und ich dachte, nur Ihr Onkel ist verrückt! Jetzt fangen Sie auch mit dem Zeug an …“ Peter Gottlieb klang verzagt, es fiel ihm selber auf. Sie kamen am Gasthaus „Löwen“ vorbei.

„Gehen wir hier rein“, bestimmte Stieger, „ich brauch was zu trinken!“

„Schon wieder? Halten Sie das für eine gute Idee?“ Stieger antwortete nicht. Er suchte einen freien Tisch aus, die Auswahl war groß, der niedere Gastraum kaum besetzt. „Zwei Bier!“, rief er dem Wirt zu, der sich ihrem Tisch näherte. Zu Peter sagte er: „Ich lade Sie ein!“

„Danke“, sagte Peter Gottlieb. Es klang nicht von Herzen kommend, aber Peter war das egal. Er saß mit einem krank feiernden Polizisten in einem Wirtshaus, wo sie beim Eintreten alle Blicke auf sich gezogen hatten, und wartete auf Bier, mit dem besagter Polizist seinen Kater vertreiben wollte. Der billigste Dampf ist der aufgewärmte, fiel ihm ein.

Das Bier kam, man stieß an und trank. Rundum saßen noch ein Dutzend Leute, alles Männer. Wie viele von denen kennen den Stieger?, fragte sich Peter Gottlieb. Wahrscheinlich alle. „Die Welt geht unter." Inspektor Stieger sagte das nicht zu Peter, er sprach zum Schaum in seinem Glas. Es klang nicht bedeutungsschwer, es war nur eine beiläufige Feststellung wie eine Bemerkung über den verregneten Sommer. Wo keine Widerrede erwartet wird, weil es alle wissen. Wo es nur darum geht, dass es einer ausspricht. Damit es gesagt ist.

„Blödsinn!" Etwas anderes fiel Peter Gottlieb nicht ein. Gleich Kontra geben, keine spitzfindigen Debatten, sonst läuft alles aus dem Ruder. Stieger nickte, als hätte er von Peter nichts anderes erwartet.

„Haben Sie sich den oberen Rand angesehen?", fragte er.

„Welchen Rand?"

„Von dem Stadion, in dem wir grade sitzen. Was, wir sitzen in keinem Stadion? Na, so was! – Von dem Nordlicht, Herrgott nochmal, konzentrieren Sie sich halt ein bisschen!"

„Ja, ja, schon gut, du lieber Himmel ..."

„Das können Sie laut sagen ... welche Farbe hatte er?"

„Der Rand? Rot und darüber bläulich, wenn ich mich ..."

„Bläulich, bläulich! Von wegen! Ein gottverdammtes, fettes Blau war das! Und deshalb geht die Welt unter ..."

„Ich kann Ihnen nicht ganz folgen." Nun hatten sich ihnen alle Blicke zugewandt. Stieger machte eine halbe Drehung in den Raum und sprach zum Publikum.

„Rot und Grün kommen beim Nordlicht vom Sauerstoff in der Atmosphäre. Der Sonnenwind trifft die Atome und regt sie an ..."

„... mich würde jetzt ein Schnaps anregen!", unterbrach ihn ein Bartträger zwei Tische entfernt. Stieger stand auf, trat so rasch, wie es ihm Peter nicht zugetraut hätte, an jenen Tisch und drückte das Gesicht des Zwischenrufers auf die Tischplatte. „Wenn ich rede, hast du Pause, Summer." Stieger sprach leise, nahm das Bier des Bürgers Summer und goss es ihm in den Nacken. Dann wandte er sich den anderen zu. „Grün leuchten die Atome, wenn sie im angeregten Zustand mit anderen zusammenstoßen, das heißt, eher im dichteren Bereich der Atmosphäre, also weiter unten. Rot leuchten sie von selber, ohne Zusammenstoß. Das passiert eher weiter oben, wo die Luft dünner ist." Die anderen Leute waren aufgestanden. Peter Gottlieb spürte: Das geschah nicht, weil sie so von Stiegers Ausführungen fasziniert waren.

„Also, Summer, was hab ich grad gesagt? Wo entsteht das grüne Nordlicht? Komm, konzentrier dich, ich weiß, du kannst es! Enttäusch mich nicht …" Bartträger Summer hatte sich vom Überfall erholt, erhob sich erstaunlich schnell und sprang Stieger mit einem unartikulierten Schrei an die Gurgel, soll heißen, er wollte das, wurde aber durch einen Spezialpolizei-Abwehrgriff daran gehindert und mit dem Gesicht nun schon zum zweiten Mal auf die Tischplatte – nein, nicht gedrückt, sondern hingeschlagen, was von einem hässlichen Schmatzgeräusch begleitet wurde. Das ist der Nasenknorpel, durchfuhr es Peter Gottlieb, um Himmels Willen, der schlägt ihn coram publico zusammen – und ich bin Zeuge!

„Was hab ich gesagt?", brüllte Stieger, dann senkte er die Stimme. „Ich hab gesagt, enttäusch mich nicht, und was machst du?" Das war eine rhetorische Frage, niemand im Raum hielt An- die-Gurgel-Gehen für eine adäquate Antwort auf die Frage nach dem Entstehungsort des grünen Nordlichts.

„Ich hab gesagt, das Grüne leuchtet oben, das Rote unten." Stieger sprach ruhig, er war kaum zu verstehen. Dann gab er dem Bärtigen einen Stoß, der fiel zu Boden, auf dem Tisch hinterließ er eine verschmierte Blutlache. Die anderen stürzten sich auf den Polizisten. Aber nicht lang. Sie waren zu dritt. Stieger zog etwas heraus – Peter Gottlieb bildete sich ein, einfach aus der Hosentasche – einen kurzen Gegenstand; Peter konnte nicht erkennen, was das war. Den schwang er gegen den ersten Angreifer, dessen Gesicht rot aufblühte von der Mitte her wie eine sich öffnende Rose. Der Mann schrie, griff mit beiden Händen nach seiner Nase und taumelte zurück gegen den Hintermann. Der Polizist sprang einen Schritt vor, stieß den Getroffenen zur Seite, um an diesen Hintermann zu kommen. Auch dem drosch er den kurzen Gegenstand ins Gesicht, aber nicht in die Mitte, mehr auf die Seiten, links, rechts, zwei oder drei Mal, zum Zählen zu schnell. Der Mann ging stöhnend zu Boden, der dritte zerbrach am Nebentisch eine Flasche, wollte Stieger von der Seite angreifen. Im Gegensatz zu den beiden anderen schien er zu wissen, worauf es bei einer Schlägerei ankam. Stieger trat auf den ersten Gegner ein, bei jedem Tritt schrie er: „Wo ist das grüne Licht? Wo ist das grüne Licht?" Peter Gottlieb stand auf, packte den leeren Stuhl neben dem seinen. Stieger spürte, vertieft in seine Bemühungen als Naturkundelehrer, nichts von der Gefahr. Der dritte Mann war hinter ihm, packte mit der linken Hand Stieger am Kragen und schwang den Flaschenrest mit der gezackten Seite nach vorne mit der Rechten waagrecht ausholend nach vorn. Die Scherbenseite sollte Stieger im Gesicht treffen und ihn für immer entstellen, so war der Plan. Daraus wurde nichts. Weil Peter Gottlieb den Mann mit dem Stuhl niederschlug, mit der Kante der Sitzfläche. Der Mann stürzte vornüber, ohne einen Laut von sich zu geben. Stieger drehte sich um. „Haben Sie … alle Achtung!"

Das Licht ging aus. Im ersten Moment war Peter Gottlieb blind. Stieger packte ihn am Arm. „Raus hier!" Er zog ihn mit sich. Nun erschienen vage Umrisse der Fenster, grünlich. Stieger öffnete die Tür, sie rannten ins Freie. Draußen waberte die nördliche Hälfte des Himmels in drei Farben. Unten grün, in der Mitte in schmutzigem Rot, oben ein blauer Saum, der im Zenit, dunkler werdend, in der Schwärze des Nachthimmels ausfranste. Unten, auf der Erde, kein Licht, nur die schwache Beleuchtung von oben. Keine Straßenlampen, keine erleuchteten Fenster. Alle Häuser dunkel und still. Sie sahen unbewohnt aus.

„Er wird die Polizei anrufen", sagte Peter Gottlieb.

„Wer?"

„Der Wirt."

„Soll er ruhig probieren. Die Polizei hat jetzt andere Sorgen …" Er blieb stehen, sah sich um. Leute hasteten an ihnen vorbei, man sah die Displays der Mobiltelefone im Dunkel aufglimmen. Das Telefonieren selber schien nicht zu funktionieren. Peter nahm sein Handy heraus. Es blieb dunkel.

„Der Akku ist leer, komisch, ich hab ihn gestern …"

„Nein", unterbrach ihn Stieger, „es ist kaputt."

„Woher wollen Sie das wissen?"

Stieger deutete nach oben. „Das wollte ich ja eben erklären, als ich von den Gehirnamputierten unterbrochen wurde. Das kommt alles von dem Massenauswurf der Sonne – das Nordlicht, der Stromausfall, das kaputte Telefon. Durch das Magnetfeld entstehen starke Induktionsströme in elektrischen Geräten. Die meisten überleben das nicht …"

„Woher wollen Sie das wissen?"

„Das wird Sie jetzt wundern, Herr Gottlieb, aber als Polizist schaut man sich keine Krimis an – sondern Dokumentationen zum Beispiel, da wird man über alle Möglichkeiten informiert, wie die Welt untergeht." Er verstummte. Die Straße war nun voller Menschen, die alle so schnell wie möglich irgendwohin strebten. An verschiedene Ziele. Die einen kamen von hinten, die anderen von vorn. In der Ferne ging eine Sirene.

„Die Feuerwehr", erklärte Stieger. „Es fängt schon an …"

„Was denn?"

„Warten Sie." Er ging schneller, bog in eine Gasse ein. Nach ein paar Metern blieb er stehen. Über ein freies Grundstück ging der Blick auf einen dreistöckigen Turm am anderen Ende. Schwerer Chemiegestank lag in der Luft, auch im grünlichen Zwielicht des Nordhimmels sahen sie eine schwarze Wolke von dem Turm aufsteigen. Fettiger Qualm dehnte sich über die Landschaft.

„Wir sollten hier weg", sagte der Inspektor. „Der Trafo brennt, das ist nicht gesund." Er drehte um, Peter Gottlieb rannte hinterher.

„Warum?", keuchte er.

„Das Öl. In dem Trafo, verstehen Sie? Krebserregend, wenn's brennt."

„Das ist auch von dem ..." Peter deutete auf den Himmel.

„Allerdings. Dass die Sirene geht, ist aber ein gutes Zeichen. Das heißt, das Feuerwehrauto fährt noch ..."

„Warum sollte es nicht fahren?"

„Sehen Sie hier andere Autos? Fahrend, meine ich." Stieger hatte recht. Geparkte Wagen links und rechts der Straße, in den Einfahrten. Daran war nichts ungewöhnlich. Aber fahren tat keiner. Alle waren zu Fuß unterwegs. „Die Autos sind Schrott. Elektronik durchgeschmort, wenigstens bei den meisten ..." Peter Gottlieb blieb stehen. „Ich glaube das alles nicht", sagte er.

„Was glauben Sie nicht?" Stieger klang verwundert.

„Was Sie da erzählen! Sonnensturm, Stromausfall, Elektronik durchgeschmort ... ich meine, das ist schwer vorstellbar ... das ist so ..."

„Lieber Herr Gottlieb, was wollen Sie sich denn vorstellen? Sie erleben doch alles selber – Nordlicht, Stromausfall, kaputtes Handy – die kaputte Autoelektronik nicht, das geb ich zu, da müssen Sie warten, bis Sie daheim sind und versuchen, den Wagen anzulassen. – Kommen Sie!"

„Wohin gehen wir denn?"

„Zu mir nach Hause. Sie machen einen verlorenen Eindruck, wenn ich ehrlich sein soll. Besser, Sie sind unter Leuten." Peter Gottlieb folgte, er sagte nichts mehr. Nach den Ereignissen im „Löwen" wagte er nicht zu fragen, er wollte nichts provozieren. Dass Stieger zu Gewaltausbrüchen neigte, war eine Tatsache, das Nordlicht war eine Tatsache, der Ausfall der Beleuchtung. Und dass sein Handy nicht funktionierte. Alles Tatsachen. Er dachte ans „Lamm“, er dachte an die Heizung, die noch intakt war. Oder eben nicht. Es gab noch den Holzofen in der Gaststube, der hatte kein Display, keine Ventilatoren – und nein, der Holzvergaser würde nicht funktionieren ohne Strom, ganz egal, ob die Elektronik hinüber war oder nicht.

Das Haus Balthasar-Straße 137 lag im Dunkeln. In den anderen Häusern brannte Licht; offenbar hing die Versorgung dieses Ortsteils nicht an dem brennenden Trafohäuschen. Überall standen Menschen im Freien, beobachteten das Nordlicht und unterhielten sich über Grundstückszäune hinweg. Nur bei Nummer 137 stand niemand vor dem Haus. Stieger schien nervös, er schloss auf, machte Licht, rief „Martha?“. Keine Antwort. Peter Gottlieb betrat nach ihm den Flur, Stieger rannte die Treppe hinauf. Selbstmord! Der Polizist erkennt die Zeichen, natürlich, der Laie wundert sich noch viertelstundenlang, wo die Frau des Hauses wohl sein könnte, bis er auf die Idee kommt, im Badezimmer nachzuschauen ... oder nicht? Wie lang dauert es bis zur Entdeckung der Katastrophe?

Inspektor Stieger kam aus dem ersten Stock herunter, war blass und fahrig.

„Was ist mit Ihrer Frau?“, fragte Peter. „Doch nichts passiert?“

„Nein, nichts passiert.“ Stieger ging in die Wohnküche, Peter folgte. Stieger setzte sich an den Tisch und grinste. „Sie ist weg“, sagte er.

„Weg im Sinne von ... äh ...“

„... im Sinne von weg. We, E, Ge. Weg wie weg. Absentiert, nicht mehr da, nicht anwesend, verstehen Sie? WEG!“, brüllte er, schlug die Hände vors Gesicht und begann zu schluchzen. Der ganze Mann wurde durchgeschüttelt. Im Sitzen, was den Anblick noch schauerlicher machte – genau so stellt man sich den elektrischen Stuhl in Betrieb vor, obwohl das in Europa nie jemand gesehen hat; Fantasien der Populärkultur, dachte Peter, nur ohne den Rauch, der von den Haaren aufsteigt, er wünschte, Stieger würde mit dem Gezappel aufhören. Der tat das auch nach zwei Minuten, räusperte sich, wischte mit dem Taschentuch übers Gesicht und sagte: „Entschuldigen Sie."

„Nix passiert …"

„Sie hat mich verlassen. Oben liegt ein Brief … auf ihrem Bett." Peter Gottlieb wusste keine dazu passende Bemerkung und sagte nichts.

„Sie ist zu ihrer Schwester gefahren, sie hat ein enges Verhältnis zu ihrer Schwester, wissen Sie, immer schon gehabt …" Er schluckte, verzog das Gesicht, unterdrückte solcherart einen weiteren Heulanfall, der durch aufschießende Erinnerungen an glücklichere Tage der Großfamilie ausgelöst sein mochte, gemeinsame Ferien an der Adria oder so; Peter war die Sache unangenehm. Peinlich war es sowieso. Dieser Inspektor Stieger ging psychisch aus dem Leim, erst die Trinkerei, Krankfeiern, dann das Ausrasten im „Löwen" – das hatte ja nicht heute Vormittag begonnen, da kriselte es doch schon weiß Gott wie lang, die bedauernswerte Martha Stieger hatte den Stecker gezogen. Wie … wie wer? Ach ja, wie Hildegard. Genau wie Hildegard.

Plötzlich fiel ihm alles ein. Seine Anfälle. Die Klinik. Die Scheidung. Eine Scheidung hatte es auch gegeben. Oder nicht? Doch, doch, das hatte schon alles seine Richtigkeit. Wieso hatte er das vergessen? Es war noch gar nicht so lang her …

„Was soll ich jetzt machen?" Stieger klang ruhig, gefasst. Das ist der Schock, fiel es Peter Gottlieb ein, *paradoxe Reaktion*, woher hatte er den Ausdruck, Psycho-Sprech aus seinen Kliniktagen, daher musste es kommen. „Ich weiß nicht, was Sie machen sollen", sagte er, „die Situation ist ein bisschen ungünstig, ich kann mich nicht auf andere konzentrieren, entschuldigen Sie, mir ist grad eingefallen, dass meine Frau nicht herkommen wird …"

„Wieso?"

„Wir sind geschieden."

„Das hatten Sie vergessen?"

„Klingt verrückt, ich weiß. Sie hat mich verlassen. Ich war in der Psychiatrie, ein halbes Jahr oder so."

„Wenn Sie mir das gleich erzählt hätten …"

„Wann gleich?"

„Nach dem Unfall mit Hildmeyer – ich wäre der Sache nie nachgegangen …"

„Weil – Psycho?"

„Geb ich zu. Wir haben auch so genug um die Ohren."

„Also bin ich schuld an der ganzen Misere", sagte er. „Sie hätten mir den Unfall nicht geglaubt, Hildmeyer nie kennengelernt, nicht hinterher recherchiert …"

„… keine Fingerabdrücke verglichen", unterbrach ihn Stieger, „und darauf nicht … äh … so heftig reagiert. Sie haben recht, Herr Gottlieb, Sie sind schuld!" Er fing an zu lachen.

„Sie hätten auch nicht Ihren Onkel konsultiert und wüssten nichts vom Ende der Zeiten. Ich übrigens auch nicht, ich wäre ja auch nicht bei Herrn Galmei gewesen …"

„Ich hätte auch das Nordlicht anders eingeschätzt, ein Spiel der Natur, vielleicht eine Katastrophe für das Stromnetz, die öffentliche Sicherheit, das kann ja vorkommen. Gibt es doch, Erdbeben, Tsunamis … Beweise hängen immer am Kontext, da verirrt man sich leicht." Er verstummte.

Nach einer Weile sagte Peter Gottlieb: „Wenn ich nicht vergessen hätte, dass ich in der Psychiatrie war, würde das Ende der Tage kommen, ohne dass wir es merken."

„Das können Sie so sagen …"

„Wollen Sie hierbleiben? Ich rate davon ab."

„Warum?"

„Mitten in der Nacht überkommt Sie das Elend und Sie erschießen sich. Sie haben doch eine Waffe im Haus?"

„Eine alte Luger."

„Ich schlage vor, Sie kommen zu mir, ich hab genug Platz. Nachdem Hildegard nicht auftauchen wird, muss ich auch niemanden fragen." Der letzte Teil des Satzes klang rau, das spürte er selber. Stieger nickte. Sie verließen das Haus und machten sich auf den Weg ins Zentrum von Holzgarten.

***

Der zweite Mann, den Inspektor Stieger niedergeschlagen hatte, hieß Hagen Bechtold. Er hatte seinen Vornamen immer gehasst und in der Schule unter den Hänseleien der anderen gelitten. Hagen hieß man einfach nicht. So hieß man nur, wenn der Vater schwach und der Großvater ein alter Nazi gewesen war. So erklärte sich das. Er war deswegen nicht einmal getauft, der Pfarrer hatte sich geweigert. Hagen aus dem Nibelungenlied. Heute schien der Name gewöhnlicher als damals, was ihn wunderte; niemand machte Witze darüber, es gab nicht einmal eine spöttische Verkürzung, „Hagi" oder so, keinen Spitznamen. Er hieß einfach Hagen, seine Freunde nannten ihn so. Vielleicht lag es an Holzgarten. Oder daran, dass die Firma Bechtold die einzige Autoreparaturwerkstatt in weitem Umkreis war, nicht markengebunden. Und ohne Auto war man in Holzgarten wie in der Verbannung. Also unterließ man es besser, Witze über den Vornamen des Inhabers zu machen. So dachte Hagen Bechtold, den die trüben Erfahrungen seiner Kindheit in eine zähe Paranoia getrieben hatten. Er misstraute den Absichten anderer Menschen, unterstellte ihnen unlautere Motive, behielt aber alles für sich, weshalb er als verschlossen und eigenbrötlerisch galt. Gegen jede Art von Obrigkeit verspürte er tiefe Abneigung, besonders gegen Finanzamt und Polizei. Er war gleich alt wie der Inspektor Stieger und mit diesem in dieselbe Klasse gegangen; sie hatten sich nicht mögen, von Anfang an. Diese unterschwellige Antipathie hatte die Jahrzehnte überdauert; sie mochten sich auch heute nicht, er nicht den Stieger und der Stieger nicht den Bechtold. Sie gingen sich aus dem Weg. Das machte im überschaubaren Holzgarten weniger Mühe, als man vermuten könnte. Stieger mied die Orte, wo Hagen anzutreffen war und vice versa. Voraussetzung dafür war, dass diese Orte dem jeweils anderen bekannt waren und nicht geändert wurden. Bis zu diesem unglückseligen Nordlichtabend hatte das auch über Jahre und Jahrzehnte funktioniert. Der „Löwen“ war ein Hagen-Ort, den Stieger nicht aufsuchte. Als er dann doch kam, hatte es Hagen erst nicht richtig mitbekommen, auch nicht mitbekommen wollen, wie er sich später eingestand. Wenn Stieger also mit diesem Städter ganz ruhig sein Bier getrunken hätte, wäre gar nichts passiert. Aber er musste sich ja aufspielen. Andere Leute belästigen, den Bullen raushängen lassen, vor dem alle anderen Angst haben! – Hatten sie aber nicht. Das Folgende war zwangsläufig. Man hätte sich beschweren, Anzeige erstatten können und so weiter, es gab ja genug Zeugen, aber das kam alles nicht in Frage. Der Mann wollte sterben, so einfach war das.

Einem Mann mit Todeswunsch soll man keine Steine in den Weg legen. Nur hat es dann nicht so funktioniert wie vorgesehen. Hinterhältiger Bastard. Wollte wahrscheinlich demonstrieren, wie sich das ultracoole Polizei-Spezial-Nahkampftraining ausgezahlt hatte … egal jetzt. So konnte man mit Hagen Bechtold nicht umgehen.

Sie hatten eine Zeit lang gebraucht, sich zu sammeln, ihre Verletzungen zu behandeln, Stieger zu verfluchen und diesen Städter, den er bei sich hatte – aber dann musste etwas geschehen. Also zogen sie los. Die ganze Bande vom „Löwen“, auch die, die nichts vom Inspektor abbekommen hatten. Solidarität. Die Suche erwies sich als schwierig. Sogar in diesem Viertausend-Seelen-Örtchen, wo sie alle jeden Stein und jeden Steg kannten, war es nicht möglich, im Dunkeln jemanden zu finden, wenn der nur ein paar Minuten Vorsprung hatte. Im Dunkeln, weil die Straßenbeleuchtung tot war. Stromausfall. Die Handys auch nutzlos. Es hatte keinen Zweck, sich in Gruppen aufzuspalten, wenn die Kommunikation nicht funktionierte. Sie fanden Stieger nicht, den anderen auch nicht. Natürlich wussten sie, wo Stieger wohnte. In Orten wie Holzgarten wissen alle, die es müssen, wo die Leute wohnen, auf die es in einer Gemeinde ankommt. Der Postenkommandant, der Arzt, der Apotheker, der Bürgermeister, die Hebamme natürlich. Der Chef der freiwilligen Feuerwehr. Dessen Stellvertreter. Und der Pfarrer – aber Pfarrer gab es keinen mehr wegen Einsparungen. Jetzt kam einer aus der Nachbargemeinde, den man nicht kannte und der nicht zählte.

Sie zogen vor das Haus des Polizisten und randalierten. Das Haus blieb still und dunkel. Stiegers Art war das nicht, der würde sich nicht verstecken.

Einer aus der Truppe, der Nachbauer Toni, erinnerte sich mit einem Mal, wo er den Begleiter des Polizisten schon gesehen hatte. Bei seinem Chef, dem anderen Stieger, dem Installateur. Dieser Mensch hatte dem anderen Stieger eine Heizung abgekauft. Und im „Lamm" einbauen lassen, dem ehemaligen Gasthaus.

„Auf ins Lamm!", riefen sie.

4

Lukas Hildmeyer saß auf der Friedhofsmauer und ließ die Beine baumeln. Nach außen, den Gräbern wendete er den Rücken zu. Er rauchte. Die Zigarette schmeckte nicht besonders, sie war alt. Wochenlang im Bienenhaus gelegen. Harald versteckte dort immer ein Päckchen wegen seiner Frau. Sie lag ihm in den Ohren, er solle das Rauchen aufhören. Also verlegte er es, so gut er konnte, in seine Hütte, dorthin kam sie nie. Sie hatte Angst vor Bienen.

Die Straßen neben dem Friedhof waren ungewöhnlich belebt. Keine Fahrzeuge, nur Menschen. Alle in Bewegung. Die einen liefen ortsauswärts, die anderen einwärts. Sie bildeten Gruppen und unterhielten sich. Sie sprachen lauter, als es der fortgeschrittenen Stunde entsprach, manche, das konnte er hören, stritten miteinander. Ein paar kamen an ihm vorbei, sahen ihn auch auf der Mauer sitzen, er erntete aber nur flüchtige Blicke, die Leute hatten andere Sorgen. Es hing mit dem Himmelsschauspiel zusammen, Hildmeyer wusste nur nicht, wie. Nicht die Lichterscheinung selber schien die Menschen aufzuregen, sondern etwas anderes. Denn das Nordlicht beachteten sie nicht, warfen nur ab und zu einen Blick zu Himmel, um zu prüfen, ob es noch da war. Dann verlief sich die Menge, es wurde still. Etwas war heute anders als in den letzten Tagen. Etwas mit dem Licht …

„Entschuldigung, hätten Sie eine für mich?" Die Stimme kam von hinten. Hinten unten. Dort stand ein junger Mann mit wilder Mähne in einem schwarzen Anzug. Er blickte nach oben, deutete auf die Zigarette. Hildmeyer zog das Päckchen heraus und gab dem Neuankömmling eine. Der schwang sich auf die Mauer, setzte sich neben Hildmeyer, der gab ihm Feuer. Streichhölzer hatte er auch aus der Bienenhütte mitgehen lassen.

„Liri“, sagte der Neue.

„Wie bitte?“

„Werner Liri.“

„Ah so … ja … ich heiße Hildmeyer, Lukas Hildmeyer.“

Sie rauchten. Nach einer Weile fragte Liri: „Wie lang schon …?“

„Ein paar Tage, ich hab nicht so drauf geachtet.“

„Verliert man das Zeitgefühl?“

„Kann sein, weiß nicht, wieso fragen Sie? Sie müssten es doch selber …“

„… ich bin erst jetzt …“ Er deutete nach hinten in den Friedhof.

„Jetzt?“, wunderte sich Hildmeyer. „Sie meinen: eben grad? *Jetzt?*“

„Wie ich es sage: Vor fünf Minuten oder so. Diese Zigarette zu rauchen ist das erste, was ich tue … buchstäblich.“ Es klang traurig. Hildmeyer räusperte sich. „Sie dürfen das nicht so ernst nehmen. In den ersten Stunden wird einem vieles klar, das ganze Zeug von früher kommt hoch, man macht sich Vorwürfe, hätt ich doch dies und das gemacht und das und jenes besser gelassen …“

„Genau! Ein Scheißgefühl, entschuldigen Sie den Ausdruck, aber genau so geht's mir jetzt. Es fällt mir alles wieder ein …“ Er begann ansatzlos zu schluchzen. Hildmeyer sagte nichts, ließ den Ausbruch vorübergehen. Liri zog Rotz hoch. Er nestelte nach einem Taschentuch, fand aber keins in der Anzughose. „Typisch!“, schimpfte er. „Nicht einmal ein Taschentuch geben sie einem mit!“

„In gewisser Weise verstehe ich das“, besänftigte Hildmeyer. „Die glauben halt, dem rinnt die Nase sowieso nicht mehr, wozu also? – Hier, nehmen Sie das.“ Er reichte ihm ein Papiertaschentuch.

„Sie hatten das dabei?“, wunderte sich Liri und schnäuzte geräuschvoll.

„Ach woher, ich hab's geklaut. – Gestern“, erklärte er auf den fragenden Blick seines Nachbarn. Liri senkte den Kopf, blickte auf die Straße neben der Friedhofsmauer. Er schüttelte den Kopf, murmelte vor sich hin.

„Was haben Sie denn gemacht?", fragte Hildmeyer.

„Studiert. Geschichte und Germanistik."

„Interessant. Erfolgreich?"

„Natürlich nicht. Ich hab verbummelt. Jahre und Jahre."

„Wie das?"

„Alkohol. Und Sie?"

„Ich war Pensionist. Früher Geschäftsmann."

„Mmh. Und jetzt?"

„Jetzt? Wie meinen Sie das?"

„Na, Sie sagten, sie *waren* Pensionist. Was sind Sie dann jetzt? Wie würden Sie sich definieren? Immer noch in Pension, oder was anderes?"

„Darüber hab ich noch keine Sekunde nachgedacht."

„Glaub ich Ihnen, die Erfahrung ist … wie soll ich sagen …"

„… überwältigend."

„Genau. Dennoch, überlegen Sie doch, Herr Hildmeyer: Sie sind seit mehreren Tagen, wie Sie selber sagen, in diesem … diesem …"

„… Zustand."

„… gut, nennen wir es Zustand. Was haben Sie denn gemacht – in diesem *Zustand?*"

„Ich bin spazieren gegangen, gewandert."

„Gewandert?!"

„Ja. Und ich hatte einen Unfall. Ein Auto hat mich angefahren."

„Nix passiert?"

„Nein. War auch meine Schuld, bin ihm reingelaufen."

„Na schön, und sonst?"

„Sonst war nix …" Er überlegte, es fiel ihm der Besuch in der Bienenhütte ein, er erzählte Liri die Geschichte mit der Honigwabe.

„Warum haben Sie das gemacht", wollte der wissen, „das mit der Wabe?"

„Hab ich doch gesagt. Für den Besuch, den Gottlieb kriegt."

„Welcher Gottlieb?"

„Sie müssen besser aufpassen! Der mich überfahren hat."

„Ah, der Buchhändler, schon kapiert. Wer soll denn den besuchen?"

„Na, *er*!" Hildmeyer deutete im Fünfundvierzig-Grad-Winkel gen Himmel.

„Er?" Liri deutete senkrecht nach oben. „Sie meinen. ER? Groß ‚E', großes ‚R'?"

„Wer denn sonst? Steht geschrieben. Er isst gern Honigwaben hinterher. Und gebratenen Fisch …"

„Und woher wissen Sie das? Waren … äh … sind Sie … wie sagt man … schriftkundig?"

„Keine Spur. War ich nie, bin ich nicht. Es ist eine innere Gewissheit."

„Ah ja …" Liri verstummte. Nach einiger Zeit drückte er den Zigarettenstummel an der Mauer aus. „Nehmen Sie mir das nicht übel", sagte er dann, „ich will auch nicht herummeckern, wirklich nicht, aber … kommt Ihnen das alles … normal vor?"

„Das hier? Holzgarten? Wieso nicht? Es wurde viel gebaut seit meiner Zeit, aber ich wüsste jetzt nicht, was daran abnormal …"

„Nein, das meine ich nicht!" Der Student seufzte. „Holzgarten ist dasselbe Kaff, das es immer schon war, das seh ich selber … ich meine die Umstände unserer … wie soll ich sagen …"

„Sagen Sie einfach: Auferstehung. Das ist es nämlich. Auferstehung."

„Na schön. Auferstehung. Haben Sie sich das so vorgestellt?"

„Ich hab mir überhaupt keine Auferstehung vorgestellt."

„Ich auch nicht. Ich war froh, dass es vorbei war …"

„Tatsächlich? Das tut mir leid …"

„Ja, es war … schlimm am Schluss. Der Alkohol und alles … deshalb hab ich ja …" Er fuhr mit der Rechten über den Hals. Hildmeyer hob die Brauen.

„Sie haben selbst ...?“ Werner Liri nickte. „Wie denn, wenn ich fragen darf?“

„Zyankali. Und Zitronensaft. Einem Chemiker abgeluchst.“

„Den Zitronensaft?“

In Liris Blick stand tiefer Zweifel. „Machen Sie Witze? Das Zyankali natürlich!“

„Ach ja, Entschuldigung, ich war nur verwirrt – wieso Zitronensaft, was bewirkt der?“

„Dadurch wird schon im Mund Blausäure freigesetzt, außerdem wird die alkalische Reaktion beim Schlucken unterdrückt, Zyankali ist stark alkalisch und ätzend – hat der Chemiker gesagt.“

„Und? Stimmt's?“

„Was? Ach so ... glaub schon, ich kann mich nicht mehr erinnern, verdrängt wahrscheinlich ... Herrgott nochmal! Mit Ihnen kann man keine vernünftige Unterhaltung führen, Sie kommen immer auf Abwege! Halten wir uns doch an die Gegenwart, okay? Für Sie ist das hier alles normal? Na, für mich nicht!“

„Ja, gut, Herr Liri, so beruhigen Sie sich doch, ich wollte Ihnen nicht zu nahe treten, ich verstehe ja, dass die Erinnerung an Ihr Erdendasein schmerzlich sein muss ...“

„Nein!“, schrie Liri. „Darum geht's doch nicht! Was soll denn das, bitte, sein, das hier? Die Auferstehung der Toten? Wer sind denn die?“

„Na, wir zwei zum Beispiel.“

„Schön. Wer noch?“

„Äh ... nun ja ...“

„Begreifen Sie jetzt, was ich meine? Genau hinter uns ist ein ganzer Friedhof. Da müssen Tausende begraben sein im Lauf der Jahrhunderte, oder nicht? Wo sind die alle?“

„Mir ist außer Ihnen noch niemand begegnet.“

„Sehen Sie, da stimmt doch was nicht! Zwei Leute. Lächerlich. Und dann die Begleitumstände ...“

„Was meinen Sie?“

„Na, die Inszenierung, das ganze Drum und Dran ...“

„Inszenierung? Mir ist nichts aufgefallen."

„Das mein ich ja! Da sollte doch einiges los sein. Himmlische Heerscharen, Posaunen des Jüngsten Gerichts, Engel … äh … was noch …"

„… Erdbeben, Stürme?"

„Ja, genau! Weltuntergang halt, etwas in der Art. Technicolor, Breitwand und in 3D. Ich meine, das darf man doch erwarten! Wenigstens ein bisschen Musik …"

„Es war in letzter Zeit eigentlich nur dieses Nordlicht." Hildmeyer deutete nach oben, wo sich die roten und grünen Bahnen noch immer über das halbe Firmament hinzogen.

„Das ist ein Nordlicht? Ich hab gedacht, das gehört zum Jenseits, die dortige Beleuchtung sozusagen …"

„Jenseits? Blödsinn! Gestern war das noch nicht."

„Na ja, diese biblischen Geschichten von wegen Apokalypse oder so – das kann ja auch alles … ich meine, die Orientalen neigen zu Übertreibungen, das weiß man doch …"

„Sie könnten recht haben", bestätigte Hildmeyer. „Blumige Ausschmückungen. Und woher hätten die da unten ein Nordlicht kennen sollen? Da haben sie sich halt was zusammengereimt."

„Ja", sagte Liri, „lassen wir das einmal so stehen. Aber an den Zahlen ändert das gar nichts. Zwei, oder?" Er zeigte auf Hildmeyer, dann auf sich. „Eins, zwei. Mehr ist nicht. Wir zwei sind die auferstandene Menschheit. Verstehen Sie mich nicht falsch, ich brauch keine Posaunen, kein Empfangskomitee aus Engeln, keine Lightshow oder so, aber nur zwei …" Er schwieg. Die Vorstellung schien ihn zu bedrücken.

„Vielleicht gibt's ja noch andere. Auf anderen Friedhöfen", sagte Hildmeyer. Er fühlte sich hilflos. Die Bedenken seines Zeitgenossen waren ihm fremd. „Ich verstehe Sie nicht", sagte er lauter, als er beabsichtigt hatte, „Sie sind noch keine fünf Minuten hier und meckern schon rum! Keine Musik, kein richtiger Weltuntergang, keine Heerscharen – seien Sie doch froh, dass Sie es geschafft haben!"

„Was geschafft?"

„Die Auferstehung, das hier! Was passt Ihnen denn nicht, Herr Liri, ganz persönlich, meine ich – tut Ihnen was weh, haben Sie Entzugssymptome? Weil Sie gesagt haben, Alkohol und so …" Liri sah ihn von der Seite an. „Ich hab überhaupt nichts. Wohlbefinden, würd ich sagen. Kein Verlangen, nach gar nichts. Außer …"

„Ja, was?"

„Spazierengehen. Ich würd mir gern die Beine vertreten." Er sprang von der Mauer auf die Straße. „Komisch", sagte er, „ich bin nie gern gelaufen … immer Straßenbahn oder Bus." Hildmeyer folgte ihm, schloss auf. „Geht mir auch so. Immer in Bewegung bleiben. Eine gewisse Unruhe. Aber macht nichts, man kann dem ja nachgeben. Niemand hindert uns."

„Sind Sie früher viel gelaufen?", fragte Liri.

„Keine Spur. Jeden Weg mit dem Auto. Ich hatte einen R4. Toller Wagen, sehr praktisch, leider rostanfällig …"

„Tut mir leid, mit Autos kenn ich mich nicht aus."

„Nie eins gehabt?"

„Kein Führerschein."

„Ach so …" Hildmeyer verstummte. Werner Liri spürte die Peinlichkeit des Schweigens – eine Generationensache, da konnte er jetzt auch nichts machen. Hildmeyer gehörte zu einem Jahrgang, für den der Besitz eines Autos ein lebensbestimmender Umstand war. Für ihn selbst hatte das keine Bedeutung gehabt. Er hatte sich nie für Autos interessiert. Aber es wäre unhöflich, nicht darauf einzugehen, wenn sein Schicksalsgenosse gern darüber sprechen wollte.

„R4", sagte er, „waren das nicht diese gelben Autos?"

„Sie waren durchaus nicht alle gelb, aber Sie haben schon recht, die meisten waren gelb – wobei ich den Wagen natürlich nicht wegen der Farbe gekauft habe, mich hat das ganze Konzept überzeugt. In den Sechzigern …" Werner Liri hörte nicht mehr zu. Jetzt war er unübersehbar und unbestreitbar von den Toten auferstanden und bekam einen Vortrag über ein Auto aus dem letzten Jahrhundert. Wenn Hildmeyer der einzige Mitauferstandene blieb, würde er sich solche Vorträge noch länger anhören müssen. Wie lange? Das hier schien eine Art Durchgang zu sein. Oder nicht? Konnte das sein – dass es sich hier nicht um einen begrenzten Aufenthalt handelte, sondern … um die Endstation? Die Ewigkeit also. Paradies? So sah es nicht aus. Die Gemeinde Holzgarten wäre zwar im grünen Schmuck ihrer niederschlagsbedingt wuchernden Gärten jedem Wüstenbewohner als Paradies vorgekommen, dachte er, aber solche hatte er hier noch nicht gesehen. Wüstenauferstandene. Heimische allerdings auch nicht. Bis jetzt bildeten R4-Fan Hildmeyer und er eine extreme Minderheit.

Neben ihm redete Hildmeyer über die besondere Schaltung des Renault. Das wäre vielleicht interessant gewesen, wenn er gewusst hätte, was das ist, eine Schaltung. Ihm ging jedes technische Verständnis ab, auch jedes Gefühl für Zahlen oder mathematische Zusammenhänge. Das hatte ihn nie interessiert, er wusste nichts darüber, und sein neuer Zustand hatte daran offenbar nichts geändert. Wozu er sich noch immer hingezogen fühlte, war Literatur, Theater, Oper. Und Geschichte natürlich. Er betrachtete Hildmeyer von der Seite. Er hatte nicht nach dessen Beruf gefragt. Und würde es auch nicht tun, weil die Antwort enttäuschen würde, das wusste er jetzt schon. Hildmeyer war einem Opernhaus nie näher als die Straßenbahnlinie gekommen, die zufällig daran vorbeifuhr. Die Erkenntnis traf ihn wie ein Keulenschlag. Er würde mit dem Menschen kein vernünftiges Wort reden können. Bis ans Ende aller Tage. Das sollte eigentlich jetzt gekommen sein – aber wie es aussah, zog sich das noch hin. Auferstehung der Toten – damit konnten doch kaum bloß zwei Leute gemeint sein. Oder waren sie eine Art Vorhut? Ein Spähtrupp? Ein Vorversuch? – Die Situation war unbefriedigend, die Ausführungen seines Begleiters über den Renault 4 verbesserten daran nichts.

Hildmeyer war verstummt, er schien einem Gedanken nachzuhängen. Sie hatten die Ortsmitte erreicht. Auf dem Platz vor der Kirche standen die Leute in kleinen Gruppen, ein Summen erfüllte die Luft, Gesprächsfetzen, lautes Lachen. Manche hielten sich an einer Flasche fest, manche gestikulierten. Sie gesellten sich zu einer Gruppe, in der einer den anderen etwas erzählte, was ihnen nicht gefiel, man sah es an Mienen und abfälligen Gesten.

„Das gibt's doch gar nicht!", rief einer. „Zwei Monate!"

„Wenn's reicht", sagte der Vorredner, „das haben sie mir gesagt."

„Das hast du falsch verstanden", versuchte ein dritter einzuwenden, „zwei Monate ohne Strom, stell dir vor, was das bedeuten würde, der ganze Ort …"

„Was ist mit den Kühltruhen?", fragte jemand. Der Redner, der an Hiobsbotschaften Gefallen fand, sagte: „Kannst du jetzt schon in den Wald kippen, dann hast du's nicht im Haus, wenn alles zu stinken anfängt." Man lachte.

„Was ist in zwei Monaten?", fragte Hildmeyer.

„Solang dauert es mindestens, bis ein neuer Trafo kommt", erklärte der Redner; er war froh über den Neuankömmling, dem er die Geschichte noch einmal erzählen konnte. „Der alte ist abgebrannt, einer von der Feuerwehr hat gesagt, es dauert zwei Monate, bis sie einen neuen haben, die Dinger baut man auf Bestellung, sagt er, die kann man nicht einfach irgendwo aus dem Regal nehmen."

„Aggregate", sagte Hildmeyer, „mit Diesel …"

„Das wär ja schön, wenn man so was hätte, aber wir haben keine. Und die Pumpe an der Tankstelle läuft auch elektrisch, oder? Kein Strom, kein Diesel!"

„Na, dann …", sagte Hildmeyer und wandte sich ab. Liri folgte ihm.

„Haben Sie gemerkt, wie der drauf ist?", sagte er. „Freut sich richtig, wenn alles den Bach runter geht."

„Solche Leute gibt es immer. Bedauernswert."

„Was machen wir jetzt?", wollte der Student wissen. „Ich meine, haben wir ein bestimmtes Ziel? Falls Sie ein Gasthaus vorschlagen, muss ich darauf hinweisen, dass ich kein Geld hab, keinen Cent. Haben Sie was dabei?“

„Nein. Macht aber nichts, ich kenn jemanden …“

„Der Sie überfahren hat?“

„Genau der.“

Im Gasthof Lamm drang Licht aus den Fenstern im Erdgeschoss. Hildmeyer drückte die Klingel, die blieb stumm. Er klopfte an die Tür, ein Fenster ging auf. Peter Gottlieb winkte sie herein. In der Gaststube brannte Licht.

„Woher haben Sie Strom?“, fragte Hildmeyer. „Der ganze Ort ist dunkel.“

„Dieselaggregat“, sagte Peter, „Herr Stieger war so freundlich, es anzuwerfen. Das ist er übrigens – darf ich vorstellen: Inspektor Stieger von der hiesigen Polizeiinspektion. Und das ist der berühmte Herr Hildmeyer.“ Stieger erhob sich von seinem Stuhl und gab Hildmeyer die Hand. Er zögerte keine Sekunde. „Sie sind der vom Friedhof?“, fragte er.

„Exakt. Auferstanden. Das hier ist der Herr Liri …“ Er deutete auf den Studenten, der hinter ihm hereingekommen war. „Ein Schicksalsgenosse.“

„Auch aus dem Grab …?“

„Auferstanden, ja“, sagte Liri mit lächelnder Verbeugung, „wenn’s recht ist. Aber erst vor zwei Stunden.“

„Nun denn!“ Peter Gottlieb klatschte in die Hände. „Nehmen Sie doch Platz! Wollen die Herrschaften etwas trinken? Kaffee, Tee – oder was Stärkeres?“

„Für mich nur Wasser.“ Stieger ließ sich auf seinen Stuhl fallen. Er hatte dunkle Ringe unter den Augen und schwitzte. Da hat es jemand ordentlich übertrieben, dachte Werner Liri, der die Anzeichen aus langer eigener Erfahrung kannte. Sie setzten sich an den großen Tisch. Dann fühlte er den fragenden Blick Gottliebs.

„Ein Kaffee wäre nett“, sagte er. Auch Hildmeyer wollte Kaffee. Peter Gottlieb machte sich am Tresen zu schaffen. Wieso Kaffee? Liri verstand nicht, warum er das gesagt hatte, wenn gleichzeitig Alkohol angeboten wurde. Hildmeyer sah ihn von der Seite an. „Ich dachte, Sie sind Alkoholiker?“ Das war ein bisschen unverblümt, aber er hatte ja recht.

„Ich versteh es selber nicht“, sagte Liri, „ich hab keine Lust auf Schnaps oder so. Überhaupt keine …“

„Liri … Liri?“ Der Polizist musterte ihn. „War das nicht erst vor ein paar Jahren, vier, glaub ich?“

„Ja“, sagte er, „Selbstmord. Nach dem dritten Entzug, das heißt, nach dem Rückfall natürlich …“

„Ah ja …“ Stieger schien mit der Antwort zufrieden. Er wollte das Thema nicht vertiefen. Hildmeyer schon. „Und jetzt mögen Sie keinen Alkohol mehr? Erstaunlich!“

„Es gibt mehr Ding im Himmel und auf Erden“, deklamierte Werner Liri, „als eure Schulweisheit sich träumt, Horatio!“

„Hamlet!“, rief Peter Gottlieb, der mit einem Tablett an den Tisch kam. Er verteilte die Kaffeetassen.

„Herr Gottlieb ist Buchhändler“, erklärte Hildmeyer, „ich hätte das nicht gewusst.“

„Das Zitat passt auch schön“, sagte Peter und schenkte sich einen Schnaps ein, „weil Hamlet an der Stelle über die Erscheinung redet – den Geist seines Vaters, der ihm grad begegnet ist.“

„Ich widerspreche unserem Gastgeber ungern“, sagte Liri, „aber wir sind keine Geister, Herr Hildmeyer und meine Wenigkeit, wenn Sie mir die Bemerkung gestatten. Wir sind nicht aus Ektoplasma, sondern aus Fleisch und Blut. Apropos: ‚Wenn ihr uns stecht, bluten wir nicht? Wenn ihr uns kitzelt, lachen wir nicht?‘ …“

„… Wenn ihr uns vergiftet, sterben wir nicht?“, unterbrach ihn Peter Gottlieb. „Aber das probieren wir besser nicht, das mit dem Vergiften – ich habe keine Ahnung, wie sich das auf eure Organismen auswirken würde … da fällt mir ein: Will jemand etwas essen?“

„Für mich nichts, danke.“ Hildmeyer hob abwehrend die Hände, Liri wedelte ein *Nein* mit der Rechten. Stieger fragte:

„Wollen Sie nicht – oder können Sie nicht?“ Der verblüffte Hildmeyer hatte sich das, seit er wieder auf Erden weilte, noch nicht überlegt. Er wusste nur, dass er keinen Hunger hatte. Und keinen Appetit. Aber auch keinen Ekel vor Essen oder etwas dieser Art. Für das Trinken galt dasselbe. Er hatte dem Kaffee nur zugestimmt, weil es sich, wie er fand, so gehörte. Man konnte ein offeriertes Getränk in einem Haus, wo man zu Gast war, nicht ablehnen. Warum hatte er dann die Zigaretten geklaut? Er konnte sich nicht erinnern.

„Wir müssen nichts essen oder trinken“, erklärte Werner Liri. „Wir können, aber wir müssen nicht. Ich glaube, mit dem Atmen ist es ähnlich …“

„Wie meinen Sie das?“, fragte Stieger. Liri nahm die Hand des Polizisten und führte sie an den eigenen Hals. Der Polizist wurde bleich, ließ es aber geschehen. Er tastete nach Liris Halsschlagader. „Normaler Puls“, sagte er. „Die Haut ist warm.“

„Ah ja?“ Liri kicherte. „Dann passen Sie einmal auf …“ Kurz darauf ließ Stieger los. „Unglaublich …“

„Was ist?“, wollte Peter wissen.

„Puls hat ausgesetzt, er atmet auch nicht, sehen Sie?“

„Macht er das selber?“, fragte Peter.

Liri atmete tief durch. „Hallo! Ich bin noch im Raum! Sie brauchen über mich nicht zu reden wie über ein verdammtes Alien …“

„Entschuldigung“, sagte Peter, „aber das ist … wie machen Sie das?“

„Ich weiß es nicht, ich mach es einfach. Ich muss nur zum Reden Luft holen, sonst käme ja kein Ton heraus.“

Stieger trank seinen Kaffee in einem Zug aus und erhob sich. „Ich geh jetzt heim. Meine Herren …“, er deutete eine knappe Verbeugung gegen Hildmeyer und Liri an, „… Herr Gottlieb, ich wünsche allseits eine gute Nacht. Mir selber wünsche ich morgen früh völlig ausgeschlafen und gesund aufzuwachen – mit der Erinnerung an einen wüsten Albtraum, einer, wie ich hoffe, rasch verblassenden Erinnerung. Sie alle sehen real aus, aber es kann nicht sein, der gesunde Menschenverstand sagt einem, dass es nicht sein kann." Er drehte sich um und verließ den Raum.

„Also, ich weiß wirklich nicht, was er hat!", erregte sich Werner Liri. „Da macht man einen harmlosen Spaß, um die Atmosphäre aufzulockern und dann so eine Reaktion!"

„Die Polizei hat halt keinen Humor", sagte Hildmeyer. Peter Gottlieb setzte sich. „Das ist mir jetzt unangenehm, der Inspektor Stieger …" Er kam zu keiner weiteren Erklärung, denn von draußen drang wüster Lärm in die Gaststube. Und dann der Inspektor Stieger. „Licht aus!", schrie er. „Die sind hinter mir her!" Noch ehe Peter oder Hildmeyer reagieren konnten, war Liri aufgesprungen und beim Lichtschalter. Dunkel hüllte den Raum ein.

„Still!", zischte er. „Kein Laut! Die planen nichts Gutes …" Alle setzten sich auf den Boden. Der Lärm kam näher, zerfiel in Sprachfetzen, Stimmen. „Hier irgendwo …" – „Bist du sicher?" – „Ich hab ihn doch hier reinlaufen gesehen!" – „Schauen wir nach …" Es bumperte an der Tür, nicht von einer Faust, dafür war der Ton zu laut, zu hölzern. Da wurde mit einem Knüppel angeklopft, einem Axtstiel vielleicht. „Aufmachen!", forderten die Stimmen, „sofort! Oder wir schlagen die Tür ein!"

„Das schaffen sie nicht", flüsterte Peter Gottlieb. „Da brauchen sie zehn Mann und einen Baumstamm …"

„Aber für die Fenster nicht!" Stieger war blass und schwitzte. „Das sind die aus dem ‚Löwen'. Eine üble Bande!"

„Alle unter den Tisch!", befahl Werner Liri. Keine Sekunde zu früh. Gleich darauf konnte man an den Fensterscheiben den Schattenriss eines Kopfes erkennen – jemand versuchte, mit den Händen das Streulicht von außen abzuhalten, um im Inneren der dunklen Wirtsstube etwas zu erkennen. Denn draußen war es trotz der ausgefallenen Straßenlampen durch das Nordlicht hell wie in einer Mondnacht.

„Ich seh da drin nichts, alles finster." Der Schatten am Fenster verschwand. Stimmengewirr, schlecht zu unterscheiden.

„Mir ist der Fuß eingeschlafen …“ Peter rutschte auf dem Dielenboden unter dem Tisch in eine bequemere Position. „Können wir raus?“ Er hockte unter dem hinteren Ende des Tischs, am weitesten vom Fenster entfernt.

„Sie sind sich nicht einig“, erklärte Werner Liri mit Flüsterstimme. Er kicherte. Dieses Kichern ging durch Mark und Bein, weil man den Laut eher einem Tier zuordnete, einer großen, extrem schlecht gelaunten Echse zum Beispiel, ein rhythmisches, feuchtes Gezische. Unangenehm und laut. Er hatte es aus seinen Lebzeiten mitgenommen.

„Die einen wollen die Fenster einschlagen, die anderen raten zur Mäßigung. Solche gibt es immer; sie sehen das gerichtliche Nachspiel.“

„Zu den Besonnenen gehören Sie aber nicht?“, fragte Stieger, der seine Kompetenz der Menscheneinschätzung auch jetzt nicht ablegen konnte.

„Eher nicht“, bestätigte Werner Liri. „Ich hab viel Blödsinn gemacht … früher. Und jetzt werd ich dieses Theater beenden! – Haben Sie in der Küche Ketchup oder was Ähnliches, Himbeersirup vielleicht? Es muss nur rot sein.“

„Unter dem Tresen steht eine Flasche Hot-Ketchup, glaub ich. Was haben Sie vor?“ Liri gab keine Antwort, kroch unter dem Tisch hervor und verschwand im Hintergrund des Raumes hinter dem alten Wirtshaustresen. Kurz darauf sahen ihn die anderen an der Tür, er verschwand im Flur. Peter Gottlieb folgte. Liri schloss die Eingangstür auf, ließ sein abartiges Kichern ertönen und stürmte ins Freie. Peter sah ihn nur von hinten und verstand zunächst nicht, was den Entsetzensschrei auslöste, der sich vor dem Haus aus vielen Kehlen Bahn brach. Peter Gottlieb rannte nach vorn zum Haustor, packte den Knüppel, der dort in der Ecke stand – und wurde Zeuge eines erstaunlichen Vorgangs. Der kaum eins sechzig große Student hatte einen der Angreifer an seiner Jacke gepackt und stieß ihn von sich. Das war aber kein gewöhnlicher Rempler. Der Gestoßene flog vier Meter weit auf die Straße, wo er mit einem fetten Klatschen aufs Pflaster schlug; der Mann überragte seinen Angreifer um Haupteslänge und war fünfzig Kilo schwerer, man sah es, als er sich aufrappelte. Peter erwartete einen Angriff, stellte sich neben Liri und schwang den zwei Zoll starken Prügel mit beiden Händen. Der Gestoßene griff aber nicht an. Er rannte seinen Spießgesellen hinterher, die sich in Sicherheit gebracht hatten. Peter sah den Studenten an und erschrak. Die untere Hälfte des Gesichts war schwarz verschmiert, der Mund stand offen; er blickte auf schadhafte Zähne, die keine Reihen bildeten, sondern in verschiedene Richtungen gewachsen waren, ein scheußlicher Anblick. Werner Liri machte den Mund zu und kicherte.

„Bei schwachem Licht ist Ketchup so dunkelrot, dass es fast schwarz aussieht", erklärte er. „Die Wirkung ist schlimmer als bei echtem Blut. – Haben Sie ein Taschentuch?"

„Besser, Sie waschen das drinnen ab", sagte Peter Gottlieb, dem davor graute, sein seidenes Taschentuch von der Schweinerei in Liris Gesicht ruinieren zu lassen. Die beiden anderen waren ins Freie getreten, man begann zu applaudieren, Hochrufe hallten durch die Nacht. Liri schien verlegen, verschwand in der Küche. Peter Gottlieb machte Kaffee für alle. Die Stimmung lockerte sich. Werner Liri kam mit gereinigtem Gesicht aus der Küche, Peter fiel nun auf, dass der Student beim Reden den Mund so wenig wie möglich aufmachte – um die entsetzlichen Zähne zu verbergen; wahrscheinlich eine Angewohnheit von seinen Lebzeiten her.

„Ich hab mir gedacht", erklärte er, „ich mach die Zombienummer – wo ich doch eh tot bin gewissermaßen!" Er ließ das furchtbare, echsenhafte Kichern hören.

Stieger sprang auf und ging zur Tür. „Entschuldigen Sie mich, ich bin Exekutivorgan, ich habe Pflichten!" Er verließ die Gaststube ohne ein weiteres Wort.

„Er hätte wenigstens ‚danke' sagen können", bemerkte Hildmeyer, „das hätte sich gehört, wir haben ihm doch den Hals gerettet, oder etwa nicht?" Die beiden anderen pflichteten ihm bei.

„Meine Herren“, sagte Peter Gottlieb gähnend, „ich bin müde und brauche Schlaf …“

„Wir nicht!“, versicherte Werner Liri kichernd, „nicht wahr, Herr Hildmeyer?“

„Wir haben lang genug geschlafen!“, antwortete der. „Aber ist schon recht, wir haben den Wink verstanden und machen uns auf den Weg …“

„Nichts haben Sie verstanden“, sagte Peter Gottlieb, „ich wollte nur sagen, ich geh jetzt zu Bett und wäre sehr froh, wenn Sie beide hier blieben!“

„Wieso?“

„Aus Eigennutz, das geb ich zu. Was ist, wenn diese Irren zurückkommen? Ich bin unbewaffnet, ich könnte mich nicht verteidigen. Die Tür hält, aber die Fenster …“

„Wir sollen Sie also beschützen?“

„Das wäre überaus freundlich von Ihnen … ich meine, wenn man schon Zombies im Haus hat …“

„… kann man auch Nutzen daraus ziehen.“ Liri kicherte. „Keine Sorge, Herr Gottlieb, wir bleiben hier, gehen Sie ruhig zu Bett und erholen Sie sich von den Strapazen des Tages!“ Peter Gottlieb tat, wie ihm geheißen. Als er sich in seinem Bett ausstreckte, lauschte er auf die Geräusche des Hauses. Die alten Balken ächzten, er hörte Klopfgeräusche, die aber nichts bedeuteten. Niemand klopfte. In diesem Haus gab es keine Geister. Nur Auferstandene. Von denen hörte Peter Gottlieb nichts. Er schlief ein.

***

Renate Sameder gelangte an einen großen See. Er lag etwas außerhalb von Holzgarten, der Bach, der sich durch den Ort schlängelte, mündete hier. Sie war dem Bach an seinem linken Ufer gefolgt, zuerst auf einer Straße, dann auf einem Fußweg, der von Spaziergängern genutzt wurde, die meisten waren ältere Leute, zwei führten ihre Hunde aus. Sie wurde freundlich gegrüßt und grüßte, ebenso freundlich, wie sie hoffte, zurück.

Sie fühlte sich nicht wohl, mehr seelisches Unbehagen als körperliche Beschwerden; sie kannte das von früher – es trat immer ein, wenn sie etwas Wichtiges vergessen hatte. Schon in der Schule hatte diese Eigenheit zu peinlichen Situationen geführt: Sie wusste, dass ihr etwas entfallen war, aber was, wusste sie nicht. Natürlich hatte sie solchen Problemen schon damals zu entkommen versucht, alle anstehenden Aufgaben notiert, erst in einem Taschenkalender, später in einem elektronischen Organizer – und hatte auch alle Termine wiedergefunden. Nur nicht den einen Punkt, den aufzuschreiben sie vergessen hatte; aber bitte: Was heißt schon „vergessen"? Verdrängt … darüber hatte sie sich immer geärgert – was wurde denn von ihr verdrängt, wenn sie sich nicht an den Auftrag der Mutter erinnern konnte, einen Liter Milch mitzubringen? Das passierte ihr häufig, nicht nur mit Milch. Brot. Einen Brief einwerfen. Eine Hose von der Reinigung abholen. Solche Sachen eben. Das Quälende daran war nicht das Vergessen, sondern das Wissen um das Vergessen. Wenn es etwas von zu Hause war, dachte sie sich einen Vorwand aus, um anzurufen, eine Plauderei zu beginnen, immer in der Hoffnung, die Mutter würde fragen: „Übrigens, hast du schon …?" Das hatte öfter funktioniert als man glauben sollte, Renate war geschickt darin, Gespräche zu manipulieren. Nur, wenn es etwas Eigenes betraf, dann gelang keine Erinnerung. Als sie in Wien ein eigenes Leben führte, konnte sie niemanden mehr anrufen, um hintenherum herauszukriegen, was sie wieder vergessen hatte. Bei Kleinigkeiten spielte das keine große Rolle. Einmal hatte sie die Abgabe eines wichtigen Artikels vergessen, das konnte durch einen wütenden Anruf des Chefredakteurs noch hingebogen werden, geschrieben war er ja, der Artikel, aber ein anderes Mal hatte sie vergessen, das Scheißding zu *schreiben,* den Auftrag, alles, was damit zusammenhing. Gelöscht. Allerdings auf ihre spezielle Weise. Sie grübelte eine Woche darüber nach, was es bloß sein konnte, das sie vergessen hatte. Bei der Redaktionskonferenz kam es raus, es fiel ihr alles mit einem Schlag ein, und sie wusste im selben Augenblick, dass sie mit dieser Geschichte nicht rausrücken konnte, also begann sie mit großem Geschick zu lügen, aus dem Stand Schwierigkeiten mit Interviewpartnern zu erfinden, was zu einer unvorhersehbaren Verzögerung geführt habe; und dies alles brachte sie in genau der richtigen Tonlage resignativer Journalistenverstimmtheit (die Leute sind fast alle Trottel), sodass keinen und keine in der Konferenz auch nur der Schatten eines Zweifels ankam. Ja: ein einziger Anruf bei einem der zu Interviewenden, die angeblich ihre Einwilligung zurückgezogen hatten, nur ein einziger Anruf hätte ihr Lügengebäude zum Einsturz gebracht und sie den Job gekostet. Aber es rief niemand an. Man vertraute ihr. Alle vertrauten ihr. Auch Peter Gottlieb hatte ihr vertraut. Mit ebenso wenig Recht wie ihre Kollegen. Aber das war eine andere Geschichte, sie schob den Gedanken weg. Sie war froh, dass sie ihn getroffen hatte, er konnte sie bei ihren Recherchen unterstützen. Die Recherchen. Das war ein schwieriges Unterfangen, weil sie noch nicht genau wusste, in welche Richtung das alles gehen sollte. „Fahr einmal hin und nimm die Stimmung auf", hatte Romuald gesagt, „das kannst du gut, ich weiß es doch, dann siehst du schon, wohin die Reise geht." Wohin die Reise geht. Die Floskel verwendete er hundert Mal an jedem einzelnen Tag, man nannte ihn deswegen „Reisegeht", er wusste nichts von dem Spitznamen. „Reisegeht" war der Chef bei dem Magazin, für das sie arbeitete. Er war im Großen und Ganzen in Ordnung, man musste nur mit seinen Marotten klarkommen. Eine war diese Floskel; in den Artikeln, die er schrieb, kam sie nicht vor. Nicht ein einziges Mal in sechsundzwanzig Jahren, Johann Blum aus dem Archiv hatte das recherchiert. Oder behauptet. Bei Blum wusste man nie so genau.

Was sie vergessen hatte – und wusste, was sie vergessen hatte – war das Aufnahmegerät. Sie ärgerte sich. Das Gerät war das wichtigste Hilfsmittel für ihre Arbeit, man stenografierte heutzutage nicht mehr, kein Mensch machte das. Ein teures handygroßes Diktaphon aus Japan mit vier Stunden Kapazität, elektronischer Speicherung und einer Aufnahmequalität, die zur Not auch für die Philharmoniker gereicht hätte. Und jetzt war es weg. Auf jeden Fall nicht da. Sie verdrängte den Gedanken, dass es jemand gestohlen hatte, das wäre eine Katastrophe, nicht wegen des materiellen Verlusts, sondern weil sie sich ein neues kaufen müsste, bei dem die Bedienung wieder anders organisiert war, davor fürchtete sie sich, brauchte immer elend lang, bis sie begriffen hatte, wann man welchen Menüpunkt anwählen musste … nein, sie hatte das Teil einfach vergessen. Normal vergessen. Dazu kam heute noch dieses andere, spezielle Vergessen, das sie manchmal befiel – etwas Wichtiges, relativ Wichtiges war weg, und sie wusste nicht, was es war. Sie würde umkehren müssen, ohne Gerät konnte sie hier sowieso nichts machen. Dabei hatte es gut angefangen. Sie war lang durch den Ort gelaufen, hatte sich „mit der Aura vertraut gemacht", wie ihr hochtrabender Chef es nannte. Sie hatte das Nordlicht bewundert, auf der Straße mit Leuten gesprochen, die Atmosphäre wirken lassen. Jemand hatte Horrorgeschichten verbreitet, ein blasser Mittzwanziger, der noch bei den Eltern lebte und irgendwas mit Computern studierte, nahm sie an; Geschichten über nicht startende Autos, weil die ganze Elektronik hinüber war. Wegen des Elektromagneto-Dingsbums von dem Nordlicht. Ein Wichtigtuer. Aber dann bemerkte sie den Mangel an Autos, alle waren zu Fuß unterwegs, das konnte doch kein ländlicher Spleen sein, das war unnatürlich, Nachfragen brachte nichts, das mit der ausgefallenen Elektronik hatten alle gehört, aber noch keiner am eigenen Wagen überprüft. Da verstand sie, was los war: Angstlust, wie sie bei Pseudokatastrophen auftritt. Solang man nicht versuchte, das eigene Auto anzulassen, blieb alles in der Schwebe. Konnte sein, es lief, konnte sein, dass nicht – wenn es lief, war das Neue, Unerhörte nicht eingetroffen, das hätte vielleicht einen Hauch diffusen Bedauerns zurückgelassen. Und wenn es nicht lief, dann war nur ein weiterer Scheißfehler aufgetreten, einer jener Fehler, die das Leben der Leute bestimmten, die sie kannte. Die nicht erfolgte Beförderung, das nicht adäquate Hotel in Italien, der Fünfer des Sohnes in Französisch, solche Sachen. Sie machten das Leben nicht zur Hölle, Gott bewahre! Sie vergällten es nur. Sie vergällten es, Monat für Monat und Jahr für Jahr, bis es so bitter wurde, dass man es nicht mehr trinken konnte.

Sie hatte beschlossen, ihr Auto nicht zu überprüfen. Sie würde sich die Zeit nehmen, spazieren zu gehen. Aus dem Ort raus. Und jetzt war sie also an den See gelangt. Er lag wirklich außerhalb des Ortes, die letzten Häuser lagen weit hinter ihr, als zwischen den Bäumen Wasser aufblitzte, eine weite, helle Fläche, dahinter ein dunkler Rand, die andere Seite weit weg, ein großer See. Eine Hütte kam in Sicht, halb ins Wasser gebaut, davor ein Steg auf den See hinaus. Ein Bootshaus. Daneben ein kleines Holzhaus, überragt von einem gemauerten Kamin. Sie blieb stehen. Auf dem Steg hantierte ein Mann mit Gerätschaften, die ihr nichts sagten; er hatte sie eben aus einem Ruderboot geladen, das am Steg vertäut lag. Er war hager und groß. Schwarze Hose, helle Lederjacke mit dunklen Flecken. Er drehte sich nach ihr um. Die Haare hingen ihm ins Gesicht. Wie hat er mich bemerkt?, dachte sie. Sie winkte, er winkte zurück, wandte sich seiner Arbeit zu. Sie trat näher.

„Guten Morgen!“, sagte sie.

„Guten Morgen.“ Seiner Stimme war keine Emotion anzuhören. Er grüßte nur einfach zurück.

„Was machen Sie da?“ Nach ihrer Erfahrung war das die beste Einleitung für ein Gespräch, platt, aber wirksam. Fast alle Menschen sprechen gern über ihre Arbeit, auch wenn sie tagein, tagaus verfluchen, was sie tun müssen; wenn sich jemand Fremder dafür interessiert, wird sie geadelt.

„Fischen“, sagte er. Jetzt bemerkte sie das große Netz, das er auf den Steg gezogen hatte.

„Mit einem Netz?“, fragte sie.

„Ja, wissen Sie, mit den Händen ist es einfach zu schwer …“ Er blickte sie mit ernster Miene an, dann begann er zu grinsen.

„Ha, ha“, sagte sie ohne Begeisterung, „der war gut. – Nein, war er nicht.“ Sie hasste es, wenn sie auf den Arm genommen wurde. Er packte einen schweren Plastikbehälter voller Fische und ging an ihr vorbei auf die Hütte zu. Sie folgte ihm.

„Was sind das für Fische?“, fragte sie.

„Rheinanken“, antwortete er, ohne sich umzudrehen.

„Wir sind hier aber weit weg vom Rhein …“

„Ja, sie heißen auch nur so. Verwandte der Lachse.“

„Sie sehen gar nicht aus wie Lachse.“

„So, wie denn dann?“

„Wie … äh … Fische.“ Er stellte den Behälter ab und zündete sich eine Zigarette an. „Okay, Sie haben mich erwischt. Das sind keine gewöhnlichen Fische. Sondern von einem international verzweigten Agrarkonzern gentechnisch veränderte Monster. Sie werden vier Meter lang, das hier sind die Jungtiere.“

„Ah ja, verstehe, ich bin auch total gegen Gentechnik … ich versteh nur nicht, warum Sie mit denen zusammenarbeiten.“

„Ich arbeite nicht mit denen zusammen!“, rief er voller Emphase. „Sieht man das nicht? Ich bin Mitglied einer geheimen Öko-Organisation. Wir fangen diese Fische, bevor sie groß werden …“ Sie ließ sich auf das Spiel ein. „Um dem Konzern zu schaden?“

„Das auch, aber der wahre Grund ist ein anderer. Was glauben Sie, wovon werden diese Genfische vier Meter lang, wenn man sie lässt?“

„Keine Ahnung?“ Sie versuchte, sich das Lachen zu verbeißen. Er beugte sich zu ihr, die Zigarette im linken Mundwinkel. Aus dem rechten tönte mit Verschwörerstimme: „Menschenfleisch!“ Sie lachte laut heraus. Nicht, weil der Witz so gut war, sondern … es lag an er Art, wie er ihn brachte. Er grinste. In normaler Tonlage fragte er: „Auch eine?“ Sie hatte sich das Rauchen zum letzten Mal vor zwei Jahren abgewöhnt, aber jetzt nahm sie die Zigarette und ließ sich Feuer geben. Sie zog den

Rauch in die Lunge, wartete auf die sanfte Explosion in ihrem Kopf, wartete auf das Gefühl, einen Fuß hoch über dem Boden zu schweben. So war es bei jedem Rückfall gewesen. Keine Zigarette war besser als die erste nach langer Abstinenz. Nach Hause kommen.

Jetzt aber kein Nach-Hause-Kommen. Keine Explosion, keine Levitation. Es schmeckte nach Rauch, sonst nach nichts. Es war weder angenehm noch unangenehm. Heiße Luft. Sie war enttäuscht, dass der kernige Fischersmann Nikotinreduzierte rauchte. Sie hatte das nie getan. Wenn schon, denn schon.

„Machen Sie das immer“, fragte sie aggressiver, als sie beabsichtigt hatte, „harmlosen Passanten Schauergeschichten erzählen?“

„Ich bin viel allein hier draußen.“ Er schien das für eine adäquate Antwort zu halten. Sie betrachtete ihn näher. Er sah gut aus, war aber nicht ihr Typ, nein, ganz und gar nicht. Aber er hatte nicht versucht, beim Feuergeben ihre Hand zu berühren, mit dieser Anmache versauten sich mehr Männer ihre Chancen, als sie für möglich gehalten hätte. Jedenfalls bei ihr.

„Was machen Sie denn so?“, fragte er.

„Journalistin.“ Sie nannte das Magazin, für das sie schrieb; er machte eine Miene, die man mit „total beeindruckter Landmann“ überschreiben konnte – dann erst merkte sie, dass er übertrieb – er nahm sie schon wieder auf den Arm. Sie ärgerte sich, gleichzeitig musste sie lachen. Es war verwirrend. „Ja, ich weiß“, sagte sie, „klingt pompös, ist aber eine ganz normale Zeitung …“

„Und diese ganz normale Zeitung interessiert sich für Holzgarten?“

„Warum nicht?“

„Gegenfrage: Warum? Was sollen Sie denn schreiben – über Holzgarten?“ Sie antwortete nicht. Er schien keine Antwort zu erwarten oder, was immer sie sagte, nicht wichtig zu nehmen, denn er wandte sich wieder seiner Arbeit zu, schleppte die Fischbehälter an ihr vorbei ins Hütteninnere.

„Ich weiß noch nicht so genau", sagte sie zu seinem Rücken, „es soll eine Reportage werden, eine Landgemeinde im Wandel …" Das hatte sie erfunden. Jetzt, in diesem Augenblick. Sie hatte nicht vorgehabt, etwas zu erfinden, sie hatte das frei Erfundene ausgesprochen, bevor ihr auffiel, dass es eine Erfindung war. Der Journalistenreflex. Sprechen ohne zu denken. Antworten als automatisierte Reaktion, um Zeit zu gewinnen. Wer das nicht beherrschte, hatte es schwer in dem Beruf. Der sollte besser ins Feuilleton. Andererseits: Landgemeinde im Wandel – das war doch Feuilleton, das Feuilletonistischste überhaupt, das Seitenfüllerthema, besonders durch die Fotos; man brauchte dann nur noch eine schreiende Überschrift, um die sich wandelnde Landgemeinde an ihren Haaren in den Dunstkreis der jeweils aktuellen Debatte zu zerren.

„Sie haben Pech", sagte der Fischer, „in Holzgarten wandelt sich nichts. Bleibt alles beim Alten." Er begann auf einem großen Tisch, die Fische auszunehmen.

„Was machen Sie damit?", wollte sie wissen.

„Räuchern und Braten. Fürs Seefest."

„Es gibt ein Seefest?"

„Morgen. Sie sind eingeladen. Ich hab einen Stand in der Nähe, da können Sie die Fische dann probieren."

„Danke, das mach ich! Ich komme bestimmt …" Glück gehabt. Er hatte nichts gemerkt. Denn erst jetzt, als das Gespräch zu den Fischen zurückgekehrt war, hatte sie ein paar Sekunden Zeit, sich etwas klar zu machen. Dass sie nicht nur das Aufnahmegerät vergessen hatte. Sondern auch, warum sie hier war. Eine Reportage, ja, schon, über Holzgarten, aber worüber genau? Das wusste sie nicht. Sie versuchte sich das letzte Gespräch mit „Reisegeht" zu vergegenwärtigen, es misslang. Ihr Chef hatte ihr einen Auftrag erteilt, das war sicher, sonst wäre sie gar nicht hier. Aber was sie in Holzgarten recherchieren sollte, fiel ihr nicht ein. Es musste etwas Spezifisches sein, eine richtige Geschichte. Irgendetwas war vorgefallen, etwas war am Kochen. Anonymer Hinweis, zugespielte Unterlagen,

Riesensauerei. Wenn es keine Riesensauerei wäre, hätte man sie nicht hergeschickt.

Sie begann zu zittern. Eine Panikattacke. Hatte sie noch nie gehabt. Soweit sie sich erinnern konnte. Aber eben: Wie weit konnte sie sich denn erinnern? Wie weit konnte sie sich selber trauen? Wenn sie schon den Auftrag vergessen hatte, völlig vergessen, wie ausgelöscht …

„Nehmen Sie sich das nicht so zu Herzen." Seine Stimme klang ruhig, aber dumpf. „Sie kommen schon noch drauf, warum Sie hier sind."

„Was meinen Sie damit?"

„Sie wissen es nicht. Warum Sie hier sind. Ganz einfach."

„Das ist … nein, Sie verstehen das falsch, wie kommen Sie überhaupt …"

„… Regen Sie sich nicht auf", unterbrach er ihr Gestammel, „rauchen Sie lieber noch eine. Zur Beruhigung." Er hielt ihr die Schachtel hin. Sie war froh über die Ablenkung. „Seien Sie bitte nicht beleidigt, aber die schmecken mir nicht, ich bin Stärkere gewöhnt."

„Stärkere?" Er zeigte ihr die Vorderseite der Schachtel. Dort stand KARO. „Die kenn ich gar nicht", sagte sie.

„Eigentlich recht stark", sagte der Fischer, „wundert mich, dass Ihnen die zu schwach ist." Sie las den Aufdruck. Zehn Milligramm Teer. Sie nahm eine, ließ sich Feuer geben, sog den Rauch tief in die Lunge. Wie bei der ersten, keine Wirkung. Er beobachtete sie.

„Wie heißen Sie eigentlich?", fragte sie. „Ich bin übrigens Renate Sameder."

„Talsmann", antwortete er ohne von seiner Arbeit aufzublicken, „ich heiße Talsmann. Freut mich, Ihre Bekanntschaft zu machen, Frau Sameder." Er hat nicht gemerkt, dass ich das Thema gewechselt habe. Oder es interessiert ihn gar nicht.

„Sind Sie mit dem Auto da?", fragte er.

„Jetzt? Nein, ich hab nur … ich bin nur ein bisschen … die Beine vertreten, wissen Sie. Nach der langen Fahrt."

„Wo steht denn Ihr Auto?"

„Am Kirchplatz. Ja, am Kirchplatz."

Er blickte auf. „Dort ist Parkverbot, passen Sie auf, die sind ziemlich streng hier."

„Ich habe in einer Seitenstraße geparkt, neben einer langen Mauer. Da war jedenfalls kein Schild …"

„Ah, das ist die Friedhofsmauer. Nein, dort ist parken erlaubt." Er begann zu lachen. Es klang nicht so, als ob er sich dabei amüsierte. Unfroh. „Dort können Sie so lang parken, wie Sie wollen", sagte er dann. „Das stört niemanden." Was sollte das heißen? Es fiel ihr keine gute Antwort ein, das Gespräch geriet aus der Spur. Zeit, zu gehen. Sie verabschiedete sich, behauptete, sie müsse sich jetzt an ihre Arbeit machen. „Das Fest!", rief er ihr nach, „das dürfen Sie nicht versäumen, Frau Sameder, Sie wollen doch meine Rheinanken probieren! Geräuchert oder gebraten. Morgen also! Wenn Sie dann noch da sind!" Er kicherte. Sie winkte, ohne zu antworten und machte, dass sie wegkam. Er war ein bisschen verrückt. Oder mehr als ein bisschen. Aber das war nicht das Problem. Das Problem war, dass sie nicht mehr wusste, wo sie geparkt hatte. Die Seitengasse am Friedhof, das hatte sie erfunden. Nachdem sie schon ihren Auftrag vergessen hatte. Wenn man darüber nachdenkt, hatte er das mit großem Gleichmut aufgenommen. Eine Journalistin, die nicht mehr weiß, warum sie hergefahren ist. Er schien solche Ausfälle für normal zu halten – was hatte er gesagt? *Sie kommen schon noch drauf, warum Sie hier sind.* Das klang beruhigend, obwohl es das nicht sollte. Sie hatte ihr Diktafon vergessen, ihren Auftrag und wo sie das Scheißauto abgestellt hatte. Herrgott, sie konnte sich nicht einmal erinnern, wie sie hergekommen war! Alles weg, Filmriss …

Wo sollte sie jetzt hin? Seit sie hier war, hatte sie, wenn die Erinnerung sie nicht täuschte, nur zwei Menschen getroffen, ihre Jugendliebe Peter Gottlieb und den vornamenlosen Berufsfischer Talsmann. Sie beschloss, Peter aufzusuchen. Er würde ihr weiterhelfen, weil … er würde wissen, was zu tun ist.

Das hatte er immer schon gewusst. Damals, bei ihrer Krise mit der Magisterarbeit. Das fiel ihr jetzt alles ein. Er hatte darauf bestanden, dass sie weitermacht und nicht alles hinschmeißt. Das hatte schon genügt, dieses selbstgewisse „Aufhören kommt nicht in Frage!" Als ob er im Auftrag einer höheren Wesenheit spräche, die das Nicht-Fertigstellen der Diplomarbeit einer gewissen Renate Sameder verboten hatte – aus Gründen, die das menschliche Verstehen übersteigen. Also hatte sie das unsägliche Ding fertiggeschrieben, ihren Magister gemacht und ihren ersten Job bei der Lokalzeitung angefangen. Und Peter hatte sie auch unterstützt damals. Fast jeden Tag gekocht … warum fiel ihr das jetzt ein? Und warum fiel ihr nicht ein, weshalb sie hier war? Das ergab alles keinen Sinn.

Auf dem Weg suchte sie nach ihrem Auto. Ein hellroter Aygo. Oder? Sie hatte einen hellroten Aygo. Einen Stadtflitzer, für die weite Strecke nach Holzgarten nicht so ideal. Nicht so ideal …

Sie fand das Auto nicht. Sie hatte ihn offenbar weiter draußen geparkt, nicht im Zentrum. Sie konnte sich nicht erinnern, wo. Aber sie konnte sich erinnern, dass Peter Gottlieb jetzt in einem ehemaligen Gasthof wohnte, im „Lamm". Es lag in einer Seitenstraße beim Kirchplatz. Das hatte sie sich gemerkt. Der Kirchplatz von Holzgarten war eigentlich eine Kreuzung, es zweigten nur vier Straßen ab, das „Lamm" würde sie finden. Wenn sie sich das alles gemerkt hatte, konnte es nicht Alzheimer sein, oder? Bei Alzheimer merken sich die Leute gar nichts mehr. Sie fand den Gasthof auf Anhieb. Er lag in der ersten Straße, in die sie vom Kirchplatz eingebogen war. Sie läutete an der Tür. Ein junger Mann in einem dunklen Anzug machte auf. Schwarze Haare, bleiches Gesicht. Definitiv nicht gut aussehend.

„Guten Tag", sagte sie, „mein Name ist Sameder, ich hätte gern Herrn Gottlieb gesprochen." Er trat ohne Äußerung zur Seite und deutete in den Flur. Sie trat ein.

„Bitte, rechts!", sagte der junge Mann. Sie kam in einen großen Gastraum. An einem der Tische saß ein älterer Herr, auch nicht gut aussehend. Der deutete auf einen Stuhl.

„Nehmen Sie doch Platz!“

„Das ist Frau Sameder, sie möchte zu Peter Gottlieb“, erklärte der andere hinter ihr und begann zu kichern. Ehe sie sich fürchten konnte, sagte er: „Ich geh ihn holen.“ Sie nahm Platz. Der Pfefferspray wäre jetzt beruhigend. Diese Typen erweckten kein Vertrauen. Ja, der Pfefferspray war in ihrer Handtasche. Und wo war die? Wo war die dreimal verfluchte Handtasche? Sie fühlte Panik aufsteigen.

„Möchten Sie vielleicht einen Kaffee?“ Der Alte ging an ihr vorbei zum ehemaligen Tresen. „Herr Gottlieb hat eine sehr gute Espressomaschine angeschafft, der Kaffee ist sagenhaft. Sagt er … Ich kann es nicht so beurteilen.“ Der letzte Satz klang traurig, aber vielleicht bildete sie sich das nur ein.

„Ein Kaffee wäre nett“, sagte sie.

Als sie den ersten Schluck nahm, kam Peter Gottlieb durch die Tür. Er sah sie, blieb stehen, trat dann langsam näher und breitete die Arme aus. Nicht ganz, was sie erwartet hatte. Sie stand auf und umarmte ihn. „Komm ich ungelegen?“, fragte sie.

„Du bist hier immer willkommen, das weißt du doch.“ Nein, das hatte sie nicht gewusst. Und nicht einmal jetzt, da er es ausgesprochen hatte, war sie sich sicher. Die gestelzte Rede, „immer willkommen“, das war nicht seine Art, das klang eher nach einer TV-Schmonzette, „Sturm über Cornwall“ oder so, da redeten sie in dieser Art. Sie löste sich von ihm, setzte sich. Sie dachte gar nicht daran, gleich zu gehen. Wenn er sie los sein wollte, musste er das sagen. Sagen, nicht andeuten. Außerdem brauchte sie seinen Rat. Ohne würde sie nicht gehen. Er nahm auf der anderen Seite des Tisches Platz. Sein Lächeln war dünn. Man sah, dass es ihm schwer fiel, sich zu verstellen. „Ist was?“, fragte sie. „Hab ich was im Gesicht, eine Warze, eine Schramme?“ Sie fuhr mit den Händen über beide Wangen. Sie hätte einen Spiegel gebraucht …

„Der Spiegel ist in der Handtasche“, sagte der junge Mann. Er hatte sich neben sie gesetzt. „Gestatten, Liri, Werner Liri.“ Er deutete eine Verbeugung an. Wenigstens versuchte er nicht, ihr die Hand zu geben. Er war ihr unangenehm. Ehe sie antworten konnte, fuhr er fort: „Die Handtasche haben Sie aber nicht bei sich. Das sollte Ihnen zu denken geben, gnädige Frau." Sie blickte ihn an. Wollte er sich über sie lustig machen? Seine Miene war ernst. „In der Handtasche wär auch der Autoschlüssel. Denn Sie sind doch mit dem Auto gekommen und nicht mit dem Bus. Als Journalistin. Kann ich mir nicht anders vorstellen. Wo haben Sie es denn abgestellt?"

„Weiß ich nicht mehr." Ihre Stimme klang verzagt. Peter Gottlieb gab es einen Stich.

„Hören Sie, Liri, ist das wirklich nötig, auf diese Art?"

„Wie meinen Sie das, ‚diese Art'? Was soll denn das heißen? Tut mir leid, ich hab so was noch nie gemacht, ich war nämlich noch nie ... sie muss selber draufkommen, wegen dem Schock – denk ich mir halt. Aber bitte, wenn Sie es besser können, nur zu!"

„Schock, wieso denn Schock?", fragte sie.

„Sie wissen nicht, wo Ihr Auto steht", setzte Werner Liri fort, da Peter Gottlieb keine Anstalten machte, irgendetwas zur Klärung der Situation beizutragen. „Na gut, kann vorkommen, das mit dem Auto. Wo haben Sie geschlafen diese Nacht?"

„Ich hab nicht geschlafen. Ich hab mir den Ort angeschaut. Spazieren ..."

„Das hören wir letzthin öfter!", rief der ältere Mann vom Tresen her. Dann lachte er.

„Bitte, Herr Hildmeyer, nicht Sie auch noch!" Peter klang verärgert.

„Den Ort angeschaut", sagte Liri, „na schön. Und nun ist ein neuer Tag, und Sie wissen nicht, was Sie damit anfangen sollen, mit dem Tag, mein ich. Sie haben keinen Plan. Das liegt einfach daran, dass Sie schon gestern keinen Plan hatten. Sie wissen nicht, warum Sie hergekommen sind. Sie wissen nicht einmal, *wie* Sie hergekommen sind. So ist es doch!" Er blickte sie an, sie hielt dem Blick stand. Nach einer Weile sagte sie: „Ja. Sie haben recht."

„Einsicht ist der erste Schritt zur Genesung. Haben Sie jedenfalls immer beim Entzug gesagt. Ob's stimmt, weiß ich nicht, bei mir hat's nicht geholfen."

„Sie waren auf Entzug?"

„Ja, aber wir kommen vom Thema ab. Zusammenfassend: Kommt Ihnen das nicht seltsam vor?"

„Herrgott, ja! Natürlich kommt mir das seltsam vor! Es ist erschreckend. Hab ich Alzheimer?"

„Nein, nein …" Liri bemühte sich um Beschwichtigung. „Sie haben kein Alzheimer, glauben Sie mir. Sie sind nur tot."

„Ach so, ja, natürlich! Kommen Sie mir bloß nicht mit Psychogewäsch …"

„Nein", unterbrach sie Peter Gottlieb, „er meint das wörtlich. Tot. Tot wie verstorben. Also, wie …"

„Ich sitz aber hier, quicklebendig!" Sie lachte. Niemand stimmte ein.

„Weil Sie auferstanden sind", sagte Lukas Hildmeyer. „Aus dem Grab", fügte er nach kurzer Pause hinzu. Renate wandte sich an Peter Gottlieb. „Die sind beide verrückt, stimmt's? Führst du hier eine offene Psychiatrie oder so? Ich hätte nie gedacht …"

„… halten Sie die Luft an!", befahl Werner Liri. Das hätte er bei Frau Sameder nicht sagen sollen. Sie sprang auf, drehte ihm einen Arm auf den Rücken und presste seinen Kopf mit der anderen Hand auf die Tischplatte. „So redest du nicht mit mir, Freundchen, ich zeig dir gleich, wer hier die Luft …"

„Nein, er hat es nicht aggressiv gemeint, sondern wörtlich." Peter legte ihr die Hand auf den Arm. Sie lockerte den Griff. „Es ist ein Experiment. Du sollst versuchen, die Luft anzuhalten, nicht zu atmen." Sie ließ den kleinen Liri los. „Und was soll das bringen?"

„Probieren Sie's einfach", sagte Werner Liri, der seinen Kopf von der Tischplatte hob. Renate setzte sich wieder, starrte an die Wand über dem Tresen. Eine Weile rührte sich niemand. Dann fragte Liri: „Atemnot?" Renate schüttelte den Kopf. Es verging eine lange Zeit. Renate schaute auf die Wand, Liri auf Renate,

Peter Gottlieb auf den Tisch, Hildmeyer hatte den Kopf abgewendet wie der unfreiwillige Zeuge eines peinlichen Vorfalls. Es war ganz still in dem großen Gastraum. Wer sich bemühte, hätte die leisen Atemzüge Peter Gottliebs vernehmen können. Und nur seine.

Renate Sameder hatte es begriffen. Sie holte Luft und sagte. „Jetzt hätt ich gern einen Grog …"

„Er wird aber nicht die Wirkung haben, die Sie erwarten", sagte Werner Liri, „es ist wie beim Atmen, das …"

„Herr Liri", bat Renate mit leiser Stimme, „halten S' doch einfach einmal für fünf Minuten die Gosch'n."

So geschah es.

***

Inspektor Stieger war in keiner guten Verfassung, als er vom „Lamm" aus den Heimweg antrat. Der Alkoholexzess der letzten Nacht wirkte nach. Außerdem hatte er gegen eine ganze Reihe von Dienstvorschriften verstoßen, alles innerhalb weniger Stunden, was umso bemerkenswerter war, als Stieger sich bisher einer untadeligen Dienstbeschreibung hatte erfreuen dürfen; seine Personalakte war gewissermaßen ein einziges, glänzendes Ruhmesblatt, wovon er offiziell natürlich nichts wusste, inoffiziell aber doch. Keine Einzeltaten, die ihn ins Fernsehen gebracht hätten, das nicht. Er hatte nie ein eingeklemmtes Kind aus einem Brunnenschacht gerettet, nie einen Bankräuber überwältigt, keinen in siebzehn Staaten gesuchten Kreditbetrüger in Holzgarten dingfest gemacht. In Holzgarten gab es keine Banküberfälle und nicht einmal Defraudanten, denen das Wasser bis zum Halse stand, hatten die Gemeinde Holzgarten auf ihrem Radar. Sie war nicht zu groß, sie war nicht zu klein, sie war nur zu unbedeutend. Sie stand nicht einmal in Wikipedia.

Aber innerhalb der polizeilich sehr gemäßigten Aufgabenstellung in dieser Siedlung hatte Stieger durch prompte, gewissenhafte – und so weiter – Pflichterfüllung geglänzt. Über Jahre hinweg, seit er bei der Polizei war und soweit man an diesem Ort in dieser Stellung überhaupt glänzen konnte. Und jetzt war alles dahin. Seine Stellung, seine Zukunft. Und seine Frau. Das kam ja noch dazu. Und er würde die Pension verlieren – oder doch nicht? Damit hatte er sich bis heute nie befasst – die Bedingungen, unter denen ein Verlust des Ruhegehaltes … dann kam ihm die allgemeine Lage in den Sinn: Die war außerordentlich und könnte bei den maßgeblichen Gremien Berücksichtigung finden. Ein Sonnensturm, der das öffentliche Leben lahmlegte und zum Drüberstreuen noch diese Merkwürdigkeiten mit den Auferstandenen. Wenn man sie so nennen wollte. Dieser Punkt beunruhigte ihn nun am wenigsten, er hatte sich durch die Fingerabdrucksache ins Bockshorn jagen lassen, ohne darüber nachzudenken. Dabei lag es klar zu Tage – das war, gesamthaft betrachtet, so eine Klonsache. Hatten sie nicht vor ein paar Jahren vorgehabt, ein Mammut zu klonen? War im Fernsehen. Da war der geklonte Mensch nur der nächste, logische Schritt. Er hätte gleich draufkommen können. Das Nordlicht war dazwischen gekommen, der Stromausfall. Und sein eigener Onkel. Der hatte ihn mit seinem Endzeitgeschwafel völlig das Hirn verdreht, der alte Depp. Tote, die herumlaufen, ja wahrscheinlich! Diese Sache mit dem Nicht-Atmen – erstaunlich, keine Frage, aber eben nur ein Trick, Illusion. Wer dahintersteckte, war noch nicht klar … vielleicht hatte eine durchgeknallte amerikanische Endzeitsekte die Klone in Auftrag gegeben; warum sie damit ausgerechnet im säkularen Europa anfingen, schien allerdings seltsam. Aber darüber konnte er sich später den Kopf zerbrechen, jetzt war anderes vordringlich. Aufrechterhaltung der öffentlichen Ordnung nach dem Blackout – oder während des Blackouts, er wusste ja nicht einmal, ob der noch anhielt, und wenn ja, in welchem Umfang. Welche Bereiche waren betroffen? Funktionierte die Versorgung mit lebensnotwendigen Gütern, kam Wasser aus der Leitung? Und so weiter und so fort, darüber wusste er nichts, weil er nichts

Besseres zu tun gehabt hatte, als mit den sogenannten „Auferstandenen“ in einem umgebauten Wirtshaus herumzuhocken und sich ihre Märchen anzuhören. Damit war jetzt Schluss. Er strebte seiner Dienststelle zu.

Dort erwartete ihn eine Menschenmenge. Die Stimmung war schlecht. Er setzte seine Amtshandlungsmiene auf und drängte sich durch. Die Leute murrten, machten aber Platz. So schlimm konnte es also nicht sein. Drinnen erwarteten ihn Mittenwald und ein hochgewachsener Auswärtiger im Anzug.

„Schön, dass du es möglich machen konntest!“, begrüßte ihn der Gruppeninspektor. „Herzukommen, mein ich!“ Was war hier los? Sarkasmus in Gegenwart einer amtsfremden Person? War Mittenwald durchgedreht? Stieger beschloss, die Provokation nicht zu beantworten, einer musste ja kühlen Kopf bewahren.

„Das ist der Doktor Kategóros“, erklärte Mittenwald. Der so Bezeichnete deutete eine knappe Verbeugung an, nicht herablassend oder gar ironisch, aber distanziert.

„Katégoros“, sagte, die zweite Silbe betonend, „Kategoros-Korowjew.“

„Herr Doktor Kate … äh … also, der Herr Doktor ist der Sprecher der Bürgerversammlung“, erklärte Mittenwald.

„Welche Versammlung?“

„Die Leute draußen.“

„Das ist keine Versammlung, sondern eine Zusammenrottung!“

„Mag sein, das ist nicht unser Hauptproblem …“

„… Ihr Hauptproblem“, unterbrach ihn der Fremde, „ist der Zustand der Gemeinde! Kein Strom, die öffentliche Ordnung ist zusammengebrochen, Plünderungen – und was tut die Exekutive? Nichts!“ Diesen Ton war Mittenwald nicht gewohnt; allmählich kam er auf Betriebstemperatur.

„Sie tun jetzt Folgendes, Herr Kate … wie auch immer. Sie bewegen jetzt Ihren Arsch aus diesem Gebäude und zwar plötzlich, wenn es geht!“

„Natürlich, Herr Gruppeninspektor, wie Sie wünschen. Zuvor schauen Sie sich aber, bitte, noch dieses Video an!" Er hielt Mittenwald ein flaches Handy vors Gesicht. Stieger ging um den Tisch herum, um auch einen Blick darauf zu werfen. Ehe er etwas sah, hörte er seine eigene Stimme, verzerrt durch den Quäkton des winzigen Lautsprechers, aber das war er selber, keine Frage. Bei seinem Vortrag im „Löwen". Jemand hatte ihn aufgenommen, den Vortrag. Und das Ende. Kategoros hatte schon bis zur interessanten Stelle vorgespult. Man hörte das Geschrei und sah den Exekutivbeamten Stieger beim Ausrasten und Brechen von einem halben Dutzend Gesetzen. Kategoros schaltete das Handy ab. Mittenwald war blass geworden.

„Du bist suspendiert", sagte er mit leiser Stimme.

„Es wäre für alle Beteiligten besser, wenn der Clip nicht ins Netz käme", sagte der Arzt. „Ich meine, natürlich waren die Leute betrunken, aber das durften sie auch, es ist ein Gasthaus! Aggressiv waren sie aber nicht – bis sie provoziert wurden. Von diesem Beamten!" Er zeigte auf Stieger. Der setzte sich in einen Besucherstuhl. Kategoros verließ den Raum, kehrte kurz darauf zurück. „Die besorgten Bürger haben sich zerstreut", berichtete er. „Ich habe ihnen von der Suspendierung des Beamten Stieger berichtet und der Einleitung eines Disziplinarverfahrens. Es wird doch eines geben? Das hoffe ich wirklich, ich steh nicht gern als Lügner da …" Stieger sprang auf und lief vor die Tür. Dort war niemand, die Straße vor der Polizeiinspektion Holzgarten wirkte wie ausgestorben, kein Mensch zu sehen, auch keine Fahrzeuge, nicht in der Nähe und nicht in der Ferne. Als ob man den ganzen Ortsteil weiträumig abgesperrt hätte. Stieger kehrte zurück.

„Die sind alle weg!", verkündete er.

„Alle?", fragte Mittenwald.

„Alle, komplett. Kein Mensch zu sehen. Wie haben Sie das fertiggebracht?"

„Nun, Selbstlob liegt mir fern, aber meine Patienten betonen immer wieder, ich könne gut mit Menschen umgehen …"

„Wie auch immer." Mittenwald erhob sich, deutliches Zeichen, dass er die Zusammenkunft zu beenden wünschte. „Sie waren uns sehr behilflich, Herr Doktor Katégoros", dieses Mal betonte er richtig, „das findet man leider heutzutage nicht sehr oft – dass Bürger die Exekutive unterstützen, meine ich."

„Im Leben ist alles ein Geben und Nehmen."

„Aha. Was also könnte ich Ihnen geben, Herr Doktor?"

„Ich suche einen gewissen Hildmeyer, Lukas. Er soll sich in dieser Gemeinde aufhalten. Ein Patient von mir."

„Und wieso suchen Sie den?", fragte Mittenwald. Nur pro forma, wie Inspektor Stieger bemerkte, denn sein Vorgesetzter hatte sich schon an den Computer gesetzt, um nach Hildmeyer zu forschen. Unglaublich. Er hatte das Ding heute noch nicht einmal eingeschaltet. Sonst hätte er gewusst, dass es tot war. Strom war da, aber intern waren alle Schaltkreise verschmort. Jetzt merkte das auch Mittenwald. „Ein Computerproblem", sagte er, „tut mir leid, ich kann nichts aufrufen. Gott sei Dank haben wir ja noch eine andere Kartei. Auf Papier!" Er lachte.

„Ja, Gott sei Dank!", wiederholte Kategoros. Es klang wie das genaue Gegenteil seiner Bemerkung. Mittenwald durchsuchte eine Hängekartei, die er aus dem Schrank gezogen hatte.

„Hildmeyer gibt es hier keinen. Nicht gemeldet. Wenn er Ihr Patient ist – haben Sie denn keine Adresse?"

„Natürlich. Holzgarten, Balthasar-Straße 192. Das hat er angegeben."

„Die Nummer gibt es nicht, das weiß ich."

„Ich auch inzwischen. Ich hab natürlich versucht, ihn dort aufzufinden."

„Warum ist das so wichtig? Schuldet er Ihnen Geld?"

„Er hat ein falsches Rezept bei sich. Ein Versehen in meiner Praxis, ich weiß, das sollte nicht passieren, aber jetzt ist es halt passiert …"

„Was hat er denn, dieser Hildmeyer?"

„Tut mir leid, ärztliche Schweigepflicht, ich hoffe, Sie verstehen …"

„Aber sicher … was passiert, wenn er das falsche Mittel einnimmt?“

„Ich lehne mich jetzt weit aus dem Fenster, glaube aber, das darf ich Ihnen doch sagen, weil die öffentliche Sicherheit … äh … betroffen ist. Wenn er das Mittel einnimmt, wird er gewalttätig. Ziemlich sicher.“

„Sie hätten sich gleich an uns wenden sollen!“

„Sie haben ja so recht …“ Kategoros klang verzagt. „Ich wollte das halt … ohne Aufsehen … verstehen Sie, das war ja nur ein Irrtum meiner Assistentin, wenn die Medien davon erfahren, die sind sowieso immer gegen die Ärzte – sobald sie einem was am Zeug flicken können …“

„Ja, ja, verstehe. Hören Sie, das ist jetzt ungünstig – ich kann Ihnen Ihren Herrn Hildmeyer nicht suchen, wir sind nur zu zweit …“

„… und den Zweiten haben Sie grad suspendiert, Herr Gruppeninspektor.“ Mittenwald erfüllte bei diesen Worten ein seltsames Gefühl, fast wie Rührung. Woher kannte der Zivilist seinen Rang? Ja, wer die Zeichen kannte, würde ihn aus den Distinktionen der Uniform ablesen, aber wer kannte die schon?

„Ich muss ihn wieder aktivieren“, sagte er mit leiser Stimme. „Wo ist er überhaupt?“ Stieger hatte den Raum verlassen. Dr. Kategoros-Korowjew versicherte, er habe volles Verständnis für die schwierige Lage der Inspektion Holzgarten und versprach, den Stieger herzuschicken, wenn er ihn sehe. Mittenwald bedankte sich bei dem Arzt, sie verabschiedeten sich mit Handschlag, Kategoros ging. Er nahm den Weg, der aus dem Ort hinaus an den See führte. Niemand war zu sehen, alle Holzgartener schienen sich in geschlossenen Räumen aufzuhalten. Als er den Ortsrand erreicht hatte, hörte er jemanden von hinten aufholen. Stieger keuchte.

„Wo wollen Sie denn so schnell hin, Herr Doktor Kategoros?“

„In Anbetracht der Tatsache, dass Sie als Polizist suspendiert sind, würde ich sagen, das geht Sie einen Dreck an. Da ich aber Zeuge Ihrer Wiedereinsetzung wurde, sage ich Ihnen, ich gehe einen Bekannten besuchen.“

„Wiedereinsetzung? Was ist denn das für ein Krampf?"

„Gruppeninspektor Mittenwald hat eingesehen, dass er bei der angespannten Situation nicht auf Sie verzichten kann."

„Ach, da schau her … hat er eingesehen. Nun ja, dann werde ich also, wieder eingesetzt, meine Ermittlungen fortsetzen!"

„Ermittlungen? Über das Nordlicht? Das ist wahrscheinlich auf einen Sonnensturm zurückzuführen, einen Energieausbruch auf der Sonne, ich bin aber kein Physiker, da müssten Sie …" Stieger packte ihn mit der Linken am Kragen, zog ihn an sich und bohrte dem Arzt die Mündung eines kurzläufigen Revolvers in die Vertiefung unter dem rechten Ohr.

„Ich zeig dir gleich einen Energieausbruch, du Arschloch! In dein verrottetes Gehirn! Und jetzt sag mir, was du hier willst. Dieser Klon, der Hildmeyer. Wie hängt das zusammen? Los, klär mich auf, ich möchte alles darüber wissen!" Kategoros lächelte. „Tatsächlich? Alles?" Nun geschah Inspektor Stieger Seltsames. Seine rechte Hand erlahmte, er ließ die 38er sinken, seine linke Hand erlahmte, er ließ den Arzt los, trat einen Schritt zurück.

„Sie möchten es wissen, alles?"

„Ja", flüsterte Stieger.

„Was: Ja? Sie müssen es schon sagen!"

„Ich möchte wissen, was dahintersteckt."

„Noch einmal."

„Was?"

„Sie müssen es dreimal sagen!"

„Ich … ich möchte wissen, was dahintersteckt!", schrie der Inspektor.

„Ja, schon gut, ich bin ja nicht taub!"

Stieger steckte den Revolver ein. Die beiden setzten ihren Weg nebeneinander fort.

„Die Sache ist ganz einfach", begann Kategoros. „Die Parusie steht bevor."

„Die … was?"

„Die Wiederkunft. Von … ihm …“ Er machte eine vage Geste in die Umgebung.

Stieger blieb stehen. „Jetzt fangen Sie auch noch mit diesem Mist an!“

„So, wer hat denn noch angefangen?“

„Mein Onkel.“

„Ihr Onkel ist ein weiser Mann. – Bei Ihnen ist das Problem, dass Sie immer noch nach rationalen Erklärungen suchen. Oder wenigstens solchen, die Sie für rational halten. Damit sind Sie bis jetzt gut durchgekommen. Wie die Gans, die ihr ganzes Leben von freundlichen Menschen gefüttert wurde. Bis zu diesem speziellen Weihnachten … können Sie mir folgen? Wenn es bis heute so und so gelaufen ist, heißt das nicht, dass es nun so weiterlaufen muss. Die geltenden Gesetze der Vernunft, des Herkommens sind außer Kraft. Ab jetzt gelten wieder die alten Gesetze. Die ganz alten. Verstehen Sie?“

„Ich fürchte, ja. Mir ist nur vieles unklar …“

„Dann fragen Sie doch!“

„Wer sind Sie?“

Kategoros blieb stehen, hob Stieger mit der linken Hand vom Boden, schwenkte ihn einen Viertelkreis herum und stellte ihn vor sich ab. Stieger blickte dem Gegenüber in die Augen. „Ach so …“, sagte er mit leiser Stimme und wandte den Blick ab.

„Ja, ach so!“, rief Kategoros. „Genau so ist es! Ich bin derjenige, welcher. Dessen Name nicht genannt wird. Kapiert?“

„Ja, ja, kein Problem. Sie sind derjenige … und alles ist wahr. Hildmeyer …“

„… ist von den Toten auferstanden. Und ein paar andere auch noch. Nehm ich jedenfalls an.“

„Sie wissen das nicht? Herr … äh …“

„Herr Doktor, sagen Sie einfach: Herr Doktor. Das bin ich nämlich, Akademiker. Ich schäme mich dessen nicht.“

„Arzt? Das überrascht mich jetzt …“

„Jurist. Ich bin Jurist. Die Heilkunde betreibe ich nur nebenbei. Man traut mir weder das eine noch das andere zu – aber lassen wir das. Vorurteile."

„Und was wollen Sie dann von Hildmeyer?"

Kategoros blieb stehen. In seiner Miene stand blanke Verblüffung. „Informationen, Herr Inspektor! Ist das nicht klar? Ehrlich, ihr erstaunt mich stets aufs Neue …" Er schüttelte den Kopf. Stieger begann die Zusammenhänge zu verstehen. „Hildmeyer ist kein Patient von Ihnen …"

„Natürlich nicht. Ich kenn den Mann gar nicht."

„Also nicht allwissend?"

„Nein, bin ich nicht. Und meiner bescheidenen Meinung nach sind … äh … Personen, die das von sich behaupten, das auch nicht. Aber, wie gesagt, nur meine Meinung."

„Personen, aha. Sind ja nur drei, wenn ich mich recht erinnere. Sie können diese Namen gar nicht aussprechen, stimmt's?"

„Stimmt nicht! Ich könnte, aber ich will nicht. – Aber ich sehe schon, wie die meisten Menschen verzetteln Sie sich in Spekulationen, statt sich auf das Naheliegende zu konzentrieren. Sogar jetzt noch!"

„Jetzt noch? Wie meinen Sie das?"

„Ich darf an Ihren werten Onkel erinnern. Die letzten Dinge, der jüngste Tag, die Wiederkunft von … Sie wissen schon. Das passiert hier und heute, nicht in einem nebulosen ‚Später'."

„Jüngstes Gericht", ergänzte Stieger.

„Jetzt kommen wir der Sache schon näher! Gericht. Diesen Punkt hat Ihr Onkel wohl nicht speziell herausgehoben. Aber glauben Sie mir: Das ist das Wesentliche an der Sache. Das Gericht!" Seine Stimme hatte sich erhoben und klang unangenehm schrill. Inspektor Stieger kannte das Symptom aus Vernehmungen. Man hört diesen Unterton von Verdächtigen oder Zeugen. Nicht, wenn sie lügen, sondern wenn sie etwas erzählen, von dem sie im selben Augenblick draufkommen, dass sie sich nicht hundertprozentig sicher sind. Wenn man das merkt, muss man nachhaken.

„Sie wissen es nicht. Nicht genau, das mit dem Gericht. Könnte auch sein, es gibt gar keins …"

„Blödsinn! Wie kommen Sie da drauf?"

„Nicht ich! Nicht ich bin da drauf gekommen. Sondern Sie. Eben jetzt hat sich der Gedanke festgesetzt, der Zweifel. Wieso sind Sie so auf das Gericht fixiert? Wenn ich das richtig verstehe, haben Sie doch Ihre Arbeit schon gemacht, wenn es zum Gericht kommt. Ich meine, die Sünden und das ganze Zeug sind ja schon begangen – oder lieg ich falsch?" Kategoros-Korowjew antwortete nicht. Stieger sah ihn voll Erwartung von der Seite an, aber Kategoros ließ sich nichts anmerken. Den erfahrenen Polizisten täuschte das nicht. Er hat keine Ahnung, dachte er. Jetzt macht er auf geheimnisvoll, unnahbar, aber das macht er schlecht. Wirkt aufgesetzt. Ein Schaudern erfasste ihn. Wenn *der* nicht mehr richtig lügen kann, dann … dann liegt alles im Argen. Buchstäblich alles.

„Sie haben nur durch Zufall davon erfahren", stellte er fest.

„Wovon?" Die Stimme klang leise und gedrückt.

„Vom jüngsten Gericht, Auferstehung der Toten, dem ganzen Brimborium. Durch den Hildmeyer, stimmt's?" Kategoros schwieg. „Eigentlich nicht durch den Hildmeyer persönlich, sondern, wie soll ich sagen … dadurch, dass Sie von der Auferstehung des Hildmeyer erfahren haben. Ihnen selber hat vorher nämlich niemand was gesagt. Erstaunlich …" Kategoros schwieg weiter. Also war die Analyse bis hierher richtig.

„Wenn Sie nicht durch irgendeinen Zufall vom Hildmeyer erfahren hätten, wüssten Sie gar nichts von diesem … äh … wichtigen Termin, der jüngste Tag würde ohne Sie stattfinden, was wiederum hieße …"

„… Zufälle gibt es nicht!"

„Ach nein? Damit sagen Sie dann aber, dass es einen höheren Willen …"

„… Entschuldigen Sie mich, ich muss kurz …" Mit diesen hervorgepressten Worten verschwand Dr. Kategoros-Korowjew nach rechts in den Wald. Ein, zwei Sekunden hörte Stieger noch den dumpfen Schritt auf dem moosigen Waldboden, ein, zwei dürre Ästchen zerbrachen knackend – dann war es still.

Stieger wartete. Ihn wunderte, dass ein so menschliches Bedürfnis den Doktor so abrupt in die Natur getrieben hatte. Hätte er es sich nicht verkneifen können? Die Vorstellung erheiterte ihn: Kategoros, im Schatten einer Fichte kauernd. Wieso hatten Personen vom Schlage Kategoros überhaupt eine Verdauung? Der Onkel würde es wissen, den konnte er solche Sachen fragen. „Herr Doktor!", rief er in den Wald, dann „Herr Doktor Kategoros!" Keine Antwort. Er fluchte und betrat das Unterholz. In die Gassen zwischen die Baumreihen konnte er weit hineinsehen trotz des Dämmerlichts. Von Kategoros keine Spur. Er ärgerte sich und drehte um. Von der Straße hörte er Stimmen. Nicht gewöhnliche, sondern Stimmen, wie er sie aus seinen beruflichen Einsätzen kannte – den aufsässigen, gleichzeitig gehemmten Unterton der Angetrunkenen, die auf Streit aus waren. Er blieb stehen. Das waren mehrere, ein paar zu viel. Die lauteste Stimme die von Hagen Bechtold. Stieger drehte um und begann so schnell in den Wald hinein zu laufen, wie er konnte.

Das hätte er vielleicht nicht tun sollen. Schwer zu sagen, aber irgendeiner aus der Truppe hatte seine Schritte auf dem Nadelbeet gehört, er war ja nicht weit vom Waldrand entfernt. Er hätte stehen bleiben und sich ruhig verhalten sollen. Dazu war es nun zu spät. Geschrei erhob sich, sie brachen durchs Unterholz, rannten in seine Richtung.

„Das ist er!", schrie einer, „da vorn!" Aber so einfach ging es nicht für die Verfolger. Inspektor Stieger lief regelmäßig, zwar im Marathonstil (er hatte schon an mehreren Läufen teilgenommen), war also kein Sprinter, aber insgesamt durchtrainiert und in besserem Zustand als Hagen Bechtold und Kameraden. Getrunken hatten sie auch schon wieder. Keine Minute war vergangen, da hatten sie ihn aus den Augen verloren.

Stieger lief weiter in Richtung See. Er kam nicht einmal ins Schwitzen. Noch im Laufen überlegte er, wie er weiter vorgehen sollte. Bezüglich des Angriffs auf einen Polizeibeamten. Denn das war dieser Vorfall gewesen. Er würde mit ungewohnter Härte reagieren. Den Bechtold einsperren. Und in dessen Werkstatt unerlaubte Substanzen finden. Das war nicht legal, aber unvermeidlich. Beim Zusammenbruch der Ordnung – und nur dieser hatte den Mechaniker dazu gebracht, so einen Aufstand anzuzetteln – bei einem so außergewöhnlichen Ereignis konnten nur extreme, wenn es denn sein musste, auch illegale Maßnahmen das Schlimmste verhindern … er blieb stehen, stützte sich an einem Baum ab. Der Waldrand war erreicht, vor ihm glänzte der See. Was soll der Scheiß?, dachte er. Was machst du dir da vor? Der jüngste Tag steht bevor, das Ende der Welt – was heißt: *steht bevor?* Vielleicht war er das ja schon, der jüngste Tag. Und was machst du? Überlegst, wie du Hagen Bechtold drankriegst! Hagen Bechtold, dessen Existenz dieselbe Bedeutung hat wie die eines beliebigen Holzkäfers in diesem Forst, nämlich keine. Gar keine.

Langsam ging Stieger weiter aufs Wasser zu. An dieser Stelle des Sees gab es einen Fußweg parallel zum Ufer. Der führte in der einen Richtung zur Straße, die er mit Kategoros gegangen war, in der anderen zur Fischerhütte von Talsmann. Die Straße musste er meiden, dort trieben sich Hagen Bechtold und seine Spießgesellen herum. Und der Fischer … Stieger mochte ihn nicht. Er vermittelte im Umgang mit der Exekutive eine wortlose, nicht zu ahndende Aufsässigkeit. Nur dadurch, wie er sich bewegte, wie er einen anschaute. Er vermied jedes Zusammentreffen mit dem Mann. Das war leicht, weil sich Talsmann die meiste Zeit draußen in seiner Hütte aufhielt oder auf dem Wasser. Stieger setzte sich auf einen Baumstumpf. Eine Eiche, die man vor langer Zeit gefällt hatte. Er dachte nach. Wieso klammerte er sich an so nichtige Überlegungen? Erst Bechtold, jetzt Talsmann. Wer auf wen böse war, wem er wie aus dem Weg gehen konnte. Lächerlich war das. Sie alle standen vor dem Endgericht, das war doch das Problem! Wenn diese Sache mit dem jüngsten Tag zutraf, dann auch die mit dem jüngsten

Gericht. Das gehörte doch zusammen irgendwie, oder nicht? Er wünschte, der Onkel Matthäus wäre hier, dann könnte er das klären. Ich bin, fiel ihm ein, der Sache ausgewichen, der eigentlichen Sache, dieser Endzeitgeschichte – Herrgott, er hatte sich vor kaum einer Viertelstunde mit diesem Kategoros unterhalten, einfach so, beim Spazierengehen. Und konnte sich nicht einmal damit rausreden: Ich hab nicht erkannt, wer das ist … er hatte das erkannt. In seinen Augen. Kein Zweifel. Jemand, dessen Namen man nicht ausspricht, wenn man noch bei Verstand ist. Er hatte nie darüber nachgedacht, wie er wohl aussah. Man stellte sich nicht vor, wie jemand aussah, den es nicht gab. Nicht als Polizeibeamter, da hatte man genug zu tun, sich Leute vorzustellen, von denen man auch nicht wusste, wie sie aussahen, die aber sehr wohl existierten; das wiederum schloss man aus den Spuren ihrer verwerflichen Taten. Dieser … andere hatte sich getarnt, ja, schön, wieso auch nicht? Aber warum hatte er sich dann zu erkennen gegeben – auf eine einfache Frage hin? Wer bist du? – Ich? Nun, ich bin derjenige, welcher, du weißt schon … ja, das wusste er jetzt. Und jetzt musste er zugeben, dass er sich … diesen … ganz anders vorgestellt hätte, wenn er gewusst hätte, dass er wirklich und tatsächlich existierte. Wie konnte das sein? Er würde …

Inspektor Stieger hätte besser daran getan, seine philosophischen Überlegungen auf einen späteren Zeitpunkt zu verschieben. Denn durch sein Nachsinnen auf dem Stumpf der vor langer Zeit gefällten Eiche hatte er seinen Verfolgern Zeit gegeben – Zeit, ihre Pläne zu ändern. Hagen Bechtold hatte eingesehen, dass eine Verfolgung durch den Wald nicht zum Ziel führen würde – nämlich den verfluchten Bullen zu erwischen und ihm die Scheiße raus zu prügeln. Wo sollte Stieger hin? Entweder zum See oder zurück zum Ort. Er konnte natürlich auch die Richtung wählen, die von beiden gleichermaßen im rechten Winkel fortführte; viele Kilometer Wald lagen dann vor ihm, Gräben und Sumpfgelände. Da kam er erst nach Tagen wieder raus, wenn er sich nicht vorher ein Bein brach.

Hagen teilte seine Leute in zwei Gruppen. Die kleinere Gruppe wies er an, mit dem Lada nach Holzgarten zurückzufahren und dort auf der Seite zu patrouillieren, wo das Polizistenschwein rauskommen musste, wenn er zurückgelaufen war. Er selber setzte sich in seinen Truck und fuhr mit ein paar Leuten auf der Straße zum See. Dort würden sie sich am Uferweg verteilen und auf Stieger warten – wenn er denn diese Richtung eingeschlagen hatte. So oder so: Die Chancen, ihn zu erwischen, standen nicht schlecht.

An Autos hatte Inspektor Stieger nicht gedacht. Er ging davon aus, dass der Sonnensturm alle elektronischen Zündsysteme verschmort hatte. Das stimmte aber erstens nur zum Teil (nicht alle Autos waren lahmgelegt) und zweitens stimmte es für die Modelle, mit denen Hagen Bechtold herumfuhr, sowieso nicht. In dem Lada, den er nach Holzgarten zurückgeschickt hatte, war keine Elektronik eingebaut, die hätte kaputt gehen können, dasselbe galt für den viele Jahre alten amerikanischen Pickup, der ihn nun zum See brachte. Inspektor Stieger hätte das alles bei gründlicherem Nachdenken selber herausfinden können – womit war denn seine eigene Frau entwichen, wenn nicht mit ihrem alten, offenbar unzerstörbaren R4? Aber an den dachte er nicht, weil er nicht an seine Frau dachte. Wenn sie ihm in den Sinn kam, verdrängte er den Gedanken … Er hatte andere Sorgen. Die Zukunft der ganzen Welt und so weiter.

Das Folgende ging dann sehr schnell. Er hörte den rumpelnden Kleinlastwagen und sah ihn auf dem Uferweg, der für Fahrzeuge gesperrt war, näher kommen. Eine Ermahnung oder Anzeige wegen Übertretung des Fahrverbots konnte er sich sparen. Die Leute in dem Pickup waren bereit, noch ganz andere Paragrafen zu übertreten. Er rannte zurück in den Wald, aber diesmal lief es anders, als vorhin. Hagen hielt an, zwei Männer sprangen von der Ladefläche und rannten hinter Stieger her. Er wäre ihnen ein zweites Mal entkommen, stolperte aber und fiel hin. Dann hatten sie ihn eingeholt. Jeder trug eine Holzlatte, damit schlugen sie zu. Stieger wurde am Hinterkopf getroffen und verlor das Bewusstsein. Nun wurde getreten. Mit schweren Arbeitsschuhen, wie es dem neuen Dresscode dieser speziellen marginalisierten Unterschicht entsprach. Als Hagen Bechtold mit den anderen herankeuchte, hatten die Dinge schon eine entscheidende Wende genommen. Hagen war Jäger. Er wusste, wann ein Wesen lebte und wann es tot war. Ob Reh oder Mensch spielte keine Rolle.

„Ihr habt ihn umgebracht!" Er lachte, stemmte die Hände in die Hüften. Die anderen lachten auch. Dann nahm er dem einen Totschläger die Latte aus der Hand und zerdrosch ihm mit zwei blitzartigen Schlägen Nasenbein und obere Schneidezähne; halbersticktes Heulen kam aus dem blutigen Krater, wo der Mund gewesen war. Alle anderen wichen zurück, besonders der zweite Totschläger, der sich in den Wald verdrückte und in diesem Augenblick beschloss, die Gegend zu verlassen und sein Leben zu ändern. Er wurde nie mehr gesehen. Niemand hinderte Hagen Bechtold daran, zu tun, was zu tun er vorhatte, alle wussten: Wenn er so war wie jetzt, dann war er übel drauf. Richtig übel. Dann hätte man ebensogut einem hungrigen Rottweiler den Fressnapf wegnehmen können.

Aber Hagen ließ es nach den beiden Schlägen gut sein. Er warf die Latte fort.

„Der muss weg!", schrie er. „Los, anpacken!" Das ließen sie sich nicht zweimal sagen; ein klarer Auftrag hieß, dass die Bestrafungsaktion vorbei und, was Hagen betraf, alles wieder im Lot war. Vier Leute hoben den Leichnam des Inspektors hoch. Hagen deutete in Richtung See, da hatten sie Glück, kaum fünfzig Meter. Hagen ging voran.

Der Himmel hatte sich zugezogen, eine trübe Sonne kämpfte sich durch die weiße Wolkendecke, an einigen Stellen gelang es, an anderen nicht. Es war windstill. Am Ufer zeigte Hagen auf das Wasser. An dieser Stelle, neben dem Fußweg, ging es bis zum Wasser ein paar Meter steil nach unten. Die vier stellten sich an der Kante auf, schwangen den leblosen Körper wie einen Rammbock, zählten laut und ließen ihn bei „drei!" auf den See hinaus schießen. Mit dem Kopf voran tauchte er ins schwarze Wasser und verschwand. Hagen ging weg, ohne die Stelle noch eines Blickes zu würdigen, die anderen folgten. Der Letzte drehte sich nach allen Seiten um, es war aber niemand zu sehen.

5

Wenige Tage nach dem Sonnensturm hatten sich die Verhältnisse in Holzgarten normalisiert. Kaputte Computer waren nicht mehr kaputt, beziehungsweise waren sie es nie gewesen, Autos, die noch einen Tag nach dem Strahlungsausbruch ihren Dienst verweigert hatten, liefen, als ob nichts wäre. Strom gab es auch wieder. Der Leiter des E-Werks wurde krank und kam in der Hauptstadt in psychiatrische Behandlung. Sein Leiden, offenbar eine schubförmig verlaufende Schizophrenie, hatte mit Wahnvorstellungen kurz nach dem Brand des großen Transformators eingesetzt. Er behauptete, der Riesenapparat habe „sich selbst geheilt" – was immer das bedeuten sollte – und funktioniere wieder wie zuvor: Letzteres war zwar richtig und konnte von jedem Menschen bestätigt werden, der das Licht einschaltete (es brannte), aber eben nur deshalb, weil der Schaden am Trafo eben nicht so groß gewesen war, wie man im ersten Augenblick hatte befürchten müssen. Dem widersprach der Techniker aggressiv und hysterisch; der Trafo sei völlig hinüber gewesen, schrie er, das sei unmöglich und so weiter. Sein Stellvertreter übernahm den Posten als E-Werk-Chef, die Dinge gingen ihren Gang, von weiteren Störungen wurde nichts bekannt.

Niemanden schien daran etwas zu stören bis auf einen, den Buchhändler Matthäus Galmei. Bei dem herrschte schon einen Tag nach dem Crash Hochbetrieb. Die Leute strömten in seinen Buchladen und kauften auch das eine oder andere Buch, was aber nicht ihr Hauptantrieb für den Besuch war. Sondern das Bedürfnis, über das Erlebte zu reden. Miteinander und mit ihm, dem Buchhändler. Das hatte er noch nie erlebt. Menschen, die er noch nie in seinem Laden gesehen hatte, erzählten ihm der Länge und Breite nach, wie sie die Nacht des Nordlichts erlebt und den Crash überstanden hatten. „Crash" setzte sich als Bezeichnung für den Stromausfall in allen Medien mit rasender Geschwindigkeit durch. Auch Galmeis eigener Computer funktionierte wie zuvor. Er konnte sich das nicht erklären. Wenn etwas Mikroelektronisches „verschmort", dann ist es hin – hatte er gedacht. Dem war nicht so. Noch mehr als diese Tatsache überraschte ihn der bis zur Aggressivität gesteigerte Unwillen seiner Umgebung, sich mit dem Thema auseinanderzusetzen. Das war tabu. Er fand auch nichts im wieder zugänglichen Netz bis auf ein Bündel abseitiger Verschwörungstheorien. Die Amerikaner hätten zwar nicht das Nordlicht, aber durch ihre überall längst eingeschleuste Schadsoftware den Crash künstlich herbeigeführt, um die menschlichen Gemeinschaften der ganzen Welt auf ihre Reaktion zu testen – eine Art Manöver in elektronischer Kriegführung, Stichwort EMP! Andere beschuldigten die Chinesen. Oder Außerirdische. Matthäus Galmei glaubte das nicht. Er spürte, dass hinter all dem etwas anderes lauerte; etwas so Gewaltiges und Endgültiges, dass dem Bewusstsein der Menschen jede andere Erklärung, mochte sie noch so verrückt sein, willkommen war.

Dieses Gewaltige und im Wortsinn Endgültige konnte nichts anderes sein als das Ende der Welt. Der jüngste Tag, wie er prophezeit war. Nun ja, fiel ihm ein, nicht ganz so prophezeit; man musste die Apokalypse des Johannes schon exegetisch verbiegen, um die jüngsten Ereignisse darin zu finden. Alles, was sich in der Schrift auf den Himmel bezog, konnte man zur Not noch auf den Strahlungsausbruch beziehen: „Die Sterne fielen herab auf die Erde, wie wenn ein Feigenbaum seine Früchte abwirft" – aber dann: Diese langsam voranschreitende Vernichtung in seltsamen Drittelschritten – ein Drittel der Wasserlebewesen stirbt, dann wird ein Drittel des Wassers bitter, dann verlieren Sonne und Mond ein Drittel ihrer Leuchtkraft, immer ein Drittel. Danach geht es weiter wie in der Geisterbahn; Heuschrecken mit Löwengebiss, Rauch, Feuer und Schwefel aus den Mäulern der Rosse der apokalyptischen Reiter, was allerdings wieder nur ein Drittel der Menschen tötet, dann kommt ein

Drachen und ein Tier mit sieben Köpfen (oder zehn?), er konnte sich das nie merken. Die Geschichte zieht sich, die Dramaturgie ist ganz schlecht, erinnert an einen Traum, in dem man fliehen will und nicht von der Stelle kommt. Ein bad trip. Vielleicht ist es das ja auch gewesen bei Johannes. Bilsenkraut, Stechapfel, solche Sachen, wohlbekannt in der Antike. Für die Erklärung der gegenwärtigen Lage war das alles nicht hilfreich.

Nein, die Johannes-Apokalypse eignete sich nicht zur Erklärung der Zustände, wie sie im gegenwärtigen Holzgarten herrschten. Matthäus Galmei sah ein, dass er durch reines Nachdenken nicht weiterkäme, schon gar nicht, wenn dieses Nachdenken durch das Geplapper seiner Kunden unterbrochen wurde, die sich in der Buchhandlung drängten wie sonst nicht einmal kurz vor Weihnachten. Er hätte gern ein paar Leute angerufen, seinen Neffen von der Polizei vor allem. Um sechs konnte er endlich zusperren. Im Hause Stieger meldete sich niemand. Das war seltsam. Wenn der Neffe nicht daheim war, dann war es seine Frau, mit der er nicht gern sprach, weil sie allein durch ihre Stimme, unabhängig vom Wortlaut, den Eindruck gekränkter Verdrossenheit vermittelte. So etwas will man aus einer Stimme nicht heraushören. Jetzt nahm niemand das Telefon ab; Galmei konnte sich nicht erinnern, dass dies je der Fall gewesen war. Es fiel ihm erst jetzt auf: Bei Stiegers war immer jemand zu Hause gewesen. Das beunruhigte ihn. Er beschloss, hinzufahren. Das Auto funktionierte wie alle anderen. In der Balthasar-Straße 137 war es dunkel, auf sein Läuten öffnete niemand. Die Garage verschlossen. Der Neffe stellte das Auto nie im Freien ab, das war für einen Polizisten auch im friedlichen Holzgarten nicht ratsam. Wo war die Frau, wo ihr Auto? Er ging ums Haus. Im Nachbargarten arbeitete Herr Wolfram. Die beiden kannten sich. Der Neffe sei vor ein paar Tagen noch da gewesen, er habe das Licht brennen sehen, ihn seither aber nicht mehr. Die Frau Stieger sei am Tag davor mit ihrem Kleinwagen weggefahren. Und nicht mehr wiedergekommen, soviel er wisse. Galmei rief bei der Inspektion an.

Dort war Stieger nicht aufgetaucht. Gruppeninspektor Mittenwald sei krank, die Inspektion mithin gegenwärtig unbesetzt, berichtete ein Beamter aus dem Nachbarort, den man mit einem Kollegen hergeschickt hatte, als der Leerstand von besorgten Bürgern gemeldet wurde. Es seien mittlerweile so viele Vorgänge angefallen, dass sie sich um den Verbleib des Kollegen Stieger nicht hatten kümmern können, zumal eben dieser nach Aussage des Gruppeninspektors wegen dienstlicher Verfehlungen suspendiert worden sei.

„Was!?“ Galmei konnte es nicht fassen.

„Genaueres weiß ich auch nicht, Mittenwald hat einen Schwächeanfall erlitten und hier geht alles drunter und drüber …“

„Hören Sie jetzt genau zu!“, sagte Galmei. Seine Stimme war leise. „Ich will wissen, wo mein Neffe ist. Sofort. Suchen Sie ihn!“ Auf der anderen Seite wurde aufgelegt. Das hätte man nicht tun sollen. Und Mittenwald zum Beispiel hätte das auch nicht getan. Er wusste wie die meisten Holzgartener um die Vergangenheit des Herrn Galmei. Der ehemalige Landtagsabgeordnete war immer noch gut vernetzt. Er hatte in seiner Partei als bester Redner gegolten, als intellektuelle Leuchte. Gut, das war bei dieser Partei kein nobelpreiswürdiges Kunststück, aber er hatte in seiner Laufbahn eine Menge Dinge erfahren. Und aufgeschrieben. Dinge von früher. Sodass man, als er in Pension ging, mit ihm nicht verfahren konnte wie mit einem beliebigen Alten, das heißt, ihn aus der Liste derer streichen, die freundlich zu grüßen und mit Respekt zu behandeln waren. Ansonsten ergriff er halt Maßnahmen, um ebendiesen einzufordern. So auch jetzt. Er rief jemanden an. In der Folge läuteten Telefone auf verschiedenen Schreibtischen, die wieder neue Telefonate hervorriefen, deren letztes in der Polizeiinspektion Holzgarten mündete, wo ein junger Polizist aus dem Nachbarort den krawalligsten Anschiss seiner Karriere ausfasste, wobei ihn nicht so sehr entsetzte, *was* ihm da gesagt wurde (er war viel gewohnt), sondern von *wem*. Er hätte nie geglaubt, mit dieser Person je ins Gespräch zu kommen – außer, wenn ihm einmal ein hoher Orden verliehen werden würde. Die Aussicht auf einen solchen war momentan schlecht, aber der junge Polizist ließ sich nicht beirren und setzte befehlsgemäß „Himmel und Hölle“ in Bewegung. Zuerst wurde das Anwesen Balthasar-Straße 137 untersucht. Dort fand sich keine Spur des Gesuchten, aber auch keine Spur eines Verbrechens. Die Ehefrau wurde ausfindig gemacht; sie habe ihren Mann verlassen, gab sie an und erklärte die Gründe. Stiegers Auto fand sich in der Nähe der Inspektion. Aus Mittenwald war nichts Gescheites herauszubekommen; der Mann lag mit einem ominösen Nervenfieber in der Landesheilanstalt; er erzählte von einer „Zusammenrottung“ während des Crashs, einem Dr. Kategoros und einem Handyvideo, auf dem der vermisste Stieger mehrere Personen herhaut, dass die Fetzen fliegen. Diesbezügliche Ermittlungen liefen ins Leere. Ein Dr. Kategoros-Korowjew war im „Gasthof Post“ gemeldet, auf seinem Handy fand sich kein Video mit Verfehlungen des Inspektor Stieger, er kenne diesen Beamten nicht, habe ihn nie gesehen. Auf der Inspektion sei er nie gewesen. Eine kurze Recherche ergab, dass Kategoros ein hochangesehener, hauptstädtischer Arzt war. Fantastische Heilerfolge, dankbare Patienten aus Politik, Kunst, Wirtschaft und Medien. Mit einem Wort: unberührbar. Und dabei sehr freundlich, nicht Anti-Polizei, wie das bei solchen Typen häufig vorkommt, jemand mit Bodenhaftung, der weiß, wo die wirklichen Probleme liegen. Jemand, der mit der Polizei gut zurechtkommt. Trefflich, sozusagen. Auch seine Anwesenheit in Holzgarten konnte er erklären. Er suche – natürlich inoffiziell und geheim – nach einem Standort für eine Filiale des Schweizer Sanatoriums „Seelenfrieden“ und bereise dazu die umliegenden Länder. Mehr hatte es nicht gebraucht. Wie immer, wenn in den nicht so fortgeschrittenen Demokratien Europas die Gedankenkette *Schweiz – unermesslich reich – Investition* am Horizont des Vorstellbaren auftaucht, erschienen auch die Buchstaben *sFr*, die Abkürzung der Währung, in den Augen der beteiligten Lokalhonoratioren und einfachen Bürger. Holzgarten, fügte Kategoros hinzu, stehe nicht schlecht bei dieser *compétition*. Er sprach das Wort französisch aus, das hatte noch eine extra Wirkung, weil doch die Schweizer, wie jeder weiß, alle französisch sprechen.

Jeder Verdacht gegen Kategoros-Korowjew verschwand, ehe er geäußert, ehe er auch nur gedacht werden konnte. Etwa eine Viertelstunde, nachdem er das mit der Standortsuche für eine Fünfsternklapsmühle geäußert hatte, erhielt er einen Anruf des Bürgermeisters Sebastian Stieger, der mit dem vermissten Polizisten nicht direkt verwandt war, aber natürlich über fünf Ecken. Herr Stieger lud den Arzt zum bevorstehenden Seefest als Ehrengast der Gemeinde ein. Was das genau bedeutete, wusste der Bürgermeister im Moment des Anrufs nicht, er hatte instinktiv gehandelt, ohne nachzudenken. Wie es eben ein aufmerksamer Ortsvorstand tut, wenn sich eine Gelegenheit bietet, den durch Landflucht und Strukturkrise verursachten Niedergang der Gemeinde aufzuhalten. Denn wenn die Glücksfee zu dir kommt, pack einen Zipfel ihres Mantels! Zaudere nicht! Kategoros sagte, er fühle sich geehrt und versprach zu kommen. Sebastian Stieger gelang es, in der kurzen Unterhaltung einzuflechten, dass der See und *das komplette Ufer mit Hinterland* im Gemeindebesitz sei, und Kategoros war so freundlich, diese Information *sehr interessant* zu finden. Für den Rest des Tages wiederholte Bürgermeister Stieger jedem, der nicht vorher floh, die Worte des berühmten Arztes. „Sehr interessant – hat er gesagt! Weißt, das was das heißt? Er zieht es in Erwägung! In Erwägung!“ Was Kategoros in Erwägung zog, brauchte Sebastian Stieger nicht zu erläutern, die Gemeinde Holzgarten war kurz danach über die Schweizer Pläne, wie sie bald hießen, informiert. Die ganze Gemeinde.

Getrübt wurden die erfreulichen Holzgartener Aussichten durch das Verschwinden des Inspektors Stieger, das nicht hingenommen wurde. Holzgarten, entschied der Bürgermeister, war keine Gemeinde, wo Bürger einfach so verschwanden, die Angelegenheit werde aufgeklärt. So rasch als möglich. Er stellte einen

Suchtrupp aus Freiwilligen zusammen. An denen herrschte kein Mangel. Dazu kam der Suchtrupp der Polizei aus hauptstädtischen und nachbarörtlichen Einheiten. Die Suche wurde in einem Krisenstab akkordiert. Es war die größte Suchaktion in der Geschichte Holzgartens, eigentlich die größte öffentliche Aktion überhaupt. Im Lauf der nächsten Tage wurde in den Wäldern um Holzgarten buchstäblich jede Baumwurzel untersucht, durch jeden Wassergraben gewatet, jeder Stein umgedreht. Manchmal kommen bei solchen Aktionen ja die Gebeine seit Jahrzehnten Vermisster ans Tageslicht, nicht so hier. Man vermisste in Holzgarten niemanden seit Jahrzehnten, sondern nur einen seit ein paar Tagen, und den fand man auch nicht.

„Der See", sagte der Bürgermeistert bei der Besprechung des Krisenstabes, „dann bleibt nur der See …" Er verfiel in brütendes Schweigen. Der Obmann der Wirtschaftsgemeinschaft Holzgarten gehörte auch zum Stab und sagte: „Was ist dann mit dem Seefest? Wir können doch nicht …"

„Nein!", rief Sebastian Stieger lauter als beabsichtigt, „wir können die Leiche vom Stieger nicht während dem Fest aus dem See fischen, da hast du recht! – Das muss einfach verschoben werden. Die Leichenbergung, nicht das Fest!"

„Aber dann müssen wir vorher den Galmei fragen – nicht dass der wieder einen Wirbel …"

„Ja, ja, das mach ich, das wird schon gehen!", unterbrach der Bürgermeister, „der Matthäus ist ja vernünftig …"

***

Peter Gottlieb begann mit den Vorbereitungen zum Mittagessen. Es gab Spaghetti mit Tomatensauce. Dieses einfache Gericht gehörte zu den vier bis fünf, die er zubereiten konnte. Werner Liri und Lukas Hildmeyer betonten, er solle sich ihretwegen keine Umstände machen, sie könnten gut und gern aufs Essen verzichten, seien aber bereit, am Mahl teilzunehmen, wenn er Wert darauf lege. Das irritierte ihn.

„Wollen Sie jetzt oder können Sie nicht oder doch? Wie denn jetzt?“

„Wir können und wollen, wenn Sie es wünschen, weil Sie vielleicht nicht allein essen wollen – aber wir müssen nicht, verstehen Sie?“

„Nicht ganz, offen gesagt. Wenn Sie beide auferstanden sind, *en karne,* heißt das, glaub ich, in der Bibel, im Fleisch, dann sollten doch alle früheren … äh … Bestimmungen …“

„… Zwänge“, unterbrach ihn Liri, „Sagen Sie ruhig *Zwänge* – dann sollten die doch wieder in Kraft sein, das wollten Sie doch sagen?“

„Nun ja …“

„Es heißt aber *auferstanden* und nicht *wiedergeboren.* Das ist schon ein Unterschied, denke ich! Der Zustand ist nicht derselbe wie bei einem Lebenden. Der Stoffwechsel ist zum Beispiel fakultativ, nicht obligatorisch. Ich schließe daraus, dass wir auch nicht mehr sterben können, also ein zweites Mal, wenn Sie verstehen, was ich meine …“

„… nicht so ganz“, antwortete Peter Gottlieb, „ich wollte eigentlich nur wissen, wie viel Wasser ich zustellen muss …“

„Für drei Personen“, sagte Hildmeyer, „nein: Besser für vier, wenn die Frau Sameder zurückkommt, will sie vielleicht doch was essen. Aus Höflichkeit, wie wir.“

„Wo ist Renate jetzt?“, fragte Peter Gottlieb.

„Spazieren“, sagte Werner Liri. „Ich habe angeboten, sie zu begleiten, aber das wollte sie nicht.“ Er klang ein bisschen gekränkt. Peter seufzte. Dass Renate in ihrem Zustand durch den Ort lief, passte ihm gar nicht. Sie hatte, als ihr dämmerte, dass sie wirklich und wahrhaftig tot war, sehr ungehalten reagiert. Uneinsichtig. Wie ein Kind im Trotzalter. Peter erinnerte sich an diesen Wesenszug von ihren Lebzeiten her, den Zeiten, die er mit ihr verbracht hatte. Das hatte er nur verdrängt, dieses Sture, Starrköpfige.

Sie versuchte, sich zu betrinken, der Alkohol zeigte aber keine Wirkung. Zigaretten schmeckten nur nach heißer Luft, nicht einmal nach Rauch. Sie hatte sich in einen Kokon wütenden Schweigens gehüllt und war zur Erleichterung aller Anwesenden ins Bett gegangen, das ihr Peter in einem Zimmer im ersten Stock vorbereitet hatte.

„Kann sie das überhaupt, schlafen?", hatte er die beiden anderen gefragt.

„Ich habe wirklich keine Ahnung", hatte Hildmeyer geantwortet, „ich habe seit der Auferstehung noch keine Minute geschlafen. Sie etwa?" Werner Liri hatte verneint. Schlafen war nicht mehr vorgesehen, wurde auch nicht vermisst. Man musste sich zum Wachbleiben nicht zwingen, man blieb einfach wach, vierundzwanzig Stunden jeden Tag.

„Was will sie denn dann im Bett?", hatte Peter gefragt, aber keine Antwort erhalten.

Sie saßen schon alle am Tisch, als Renate zurückkam. Sie sagte nichts, nahm sich nur einen Teller und den Deckel vom Nudeltopf. „Nimm, es ist genug da!", ermunterte sie Peter Gottlieb. Sie setzte sich mit ihrer Portion neben die anderen und begann zu essen. Niemand sprach, Spannung lag in der Luft. Wieso eigentlich?, dachte Peter. Was passte denn jetzt schon wieder nicht? Ich sitze mit meiner verstorbenen Jugendliebe und zwei weiteren lebenden Toten bei Spaghetti und Tomatensugo und lass es mir schmecken. Sie schmecken wahrscheinlich nichts, aber das ist ja nicht mein Problem! Also kein Grund für lastendendes Schweigen. Er legte die Gabel neben den Teller und sagte: „Liebe Auferstandene, ich habe Verständnis für eure spezielle Situation, erwarte mir aber in meinem eigenen Haus eine etwas gelöstere Atmosphäre! Was ist los mit euch? Hab ich was Falsches gesagt oder getan? Was passt denn nicht? Ihr sitzt da wie zum Tod Verurteilte. Dabei ist es genau anders rum: Ihr habt das ewige Leben – wieso also die miese Stimmung?"

„Es liegt an mir", sagte Renate ohne aufzublicken. „Ich komm damit nicht zurecht …"

„Womit?"

„Mit der ganzen … also der Gesamtsituation, verstehst du? Ich meine, was soll denn das alles hier? Auferstehung. Also schön, lassen wir das einmal so stehen. Auferstehung. Da stellt sich mir doch als Erstes die Frage: Wieso ich? Und wieso diese beiden? Ich kenn die gar nicht, hab sie noch nie gesehen. Was haben wir also gemeinsam, was verbindet uns?“

„Nichts“, sagte Hildmeyer. Er stand auf und holte eine Flasche Wein. Wiener gemischten Satz. Peter Gottlieb hatte ihn als Neuheit im lokalen Supermarkt entdeckt und drei Flaschen mitgebracht.

„Es sieht aus wie reiner Zufall“, sagte Werner Liri. „Ein Würfelspiel.“

„Ja, schon, aber wer würfelt da?“, wandte sie ein. „Ein persönlicher Gott, ein abstraktes Prinzip, das Universum oder so?“ Peter Gottlieb seufzte. Renate führte nach dem ersten Schock ihre Existenz als investigative Magazinschreiberin weiter. Oder versuchte es. Er konnte sich nicht vorstellen, dass man sie dort wieder einstellen würde. Nach so vielen Jahren … und nebenbei: Wenn die Toten wieder auferstehen und ihre Jobs wieder haben wollen – wie ist das dann mit der Bezahlung? Und den Beiträgen zur Sozialversicherung? Wenn sie nichts brauchen, überlegte er, muss man sie nicht bezahlen, sie gehen auch nicht mehr in Pension, weil sie ja das ewige Leben haben … gut, diesen Punkt konnte er nicht logisch ableiten, das ergab sich aber aus dem Zusammenhang. Wer gestorben ist, kann nicht noch einmal sterben. Und wenn doch, lauert der infinite Regress, denn wenn zweimal, warum nicht dreimal, oder fünfzehntausend Mal. Das wäre dann so eine Art Wiedergeburtsgeschichte. Langweilig. Die Türklingel riss ihn aus seinen Gedanken. Peter Gottlieb sprang auf. Die Unterbrechung war ihm willkommen, das konnte man deutlich sehen. Renate ging ihm auf die Nerven. Sie hatte Hildmeyer in ein Gespräch über sein Leben verwickelt, das sie wie ein Interview führte, sie konnte nicht aus ihrer Haut. Warum auch, es war ja dieselbe, frisch und rosig, mit der sie siebzehn Jahre vorher begraben worden war. Wenn sogar die Haut mit auferstand, das Äußerste am Menschen, war es nur logisch, dass auch das Innerste unverändert zu Tage trat. Und wenn dem so war, schoss es ihm durch den Kopf, dann wären die Fröhlichen so fröhlich, wie sie ehedem gewesen, die Traurigen so traurig; aber das war nicht das Problem. Das Problem war auch nicht, dass die Guten so gut, sondern dass die Bösen so böse sein würden, wie sie gewesen. Es sei denn, es wären keine Bösen auferstanden. Was natürlich sofort zur bisher immer noch ungelösten Haupt- und Generalfrage führte, warum überhaupt jemand auferstehen sollte. Wie es nun aber zweifelsfrei geschehen war … Peter Gottlieb verspürte eine gewisse Erleichterung, als er durch den Gast, der jetzt mit dem Blick eines gehetzten Tieres zur Tür hereinstürmte, von moralphilosophischen Spitzfindigkeiten befreit war, denn dieser Mensch war der alte Galmei, der Onkel des Inspektor Stieger, und er rief in die Gaststube, sein Neffe sei verschwunden, aber der Bürgermeister, der Kretin, weigere sich, den See absuchen zu lassen – wegen des idiotischen Seefestes.

„Man muss ihn suchen, den Inspektor!“, schrie Liri. „Sofort!“ Hildmeyer sprang auf und rief: „Auf! Jawohl!“ Renate Sameder schob den leergegessenen Teller von sich und fragte: „Wo fangen wir an?“

„Im See“, sagte der Buchhändler Galmei. „Im Wald ist schon alles abgesucht.“

„Kommt!“, rief Werner Liri; es fehlt nur noch, dass er sich zu einem „Folgt mir!“ hinreißen lässt, dachte Peter; das ist doch lächerlich, was haben die plötzlich alle? Sie rannten zur Tür, er ging als Letzter. Draußen umringten sie sein Auto. „Komm, beeil dich!“, drängte Renate. Als er die Sperre löste, schob sie den alten Buchhändler auf den Beifahrersitz und stieg hinten ein. Hildmeyer hatte schon mit unüblicher Behändigkeit den Sitz hinter dem Fahrer belegt, neben ihm saß Renate, neben ihr Werner Liri, der sich, Abstand haltend, an die Tür drängte.

„Sie müssen sich nicht dünn machen“, sagte sie, „ich beiße nicht.“

„Ich wollt Sie nicht bedrängen, Frau Sameder, es ist halt eng hier hinten …"

Peter Gottlieb giftete sich. „Tut mir leid, wenn die Platzverhältnisse nicht konvenieren, ich kauf mir nächstens eh einen größeren!"

„Tun Sie nicht", sagte Hildmeyer. „Der hier ist Ihr letzter."

Peter fuhr los. „Wie das?"

„Ende der Zeiten!", tönten Hildmeyer und Liri mit einer Stimme. Der alte Galmei wandte den Kopf. „Sie klingen gut gelaunt, meine Herren – keine Angst vor dem jüngsten Gericht?"

„Was soll groß passieren", antwortete Liri. „Auferstanden sind wir schon, also …"

„Na eben", unterbrach ihn Galmei, „um vor Gericht gestellt zu werden!"

„Versteh ich nicht …"

„Er meint", sagte Renate, die sich die Einmischung nicht verkneifen konnte, „wir sind als Auferstandene ja lebendig, und das müssen wir sein, um vor Gericht aufzutreten, oder? Alles andere tät blöd ausschauen. Ein bisschen wie bei den Schauprozessen in Russland: Man richtet die Angeklagten her, verarztet die auffälligsten Misshandlungsspuren, steckt sie in ordentliche Anzüge. Dann können sie vor der Öffentlichkeit ihre Verbrechen gestehen. Bevor sie erschossen werden. So ähnlich wird das mit uns sein."

„Ich möchte bloß wissen, woher du diesen faden Zynismus hast!", schimpfte Peter Gottlieb. „Von dieser Scheißzeitung? Früher warst du nicht so!" Sie antwortete nicht. Seine Worte taten Peter leid, kaum, dass er sie ausgesprochen hatte. Auch die anderen schwiegen.

***

Vor sich sah er ein Netz. Es hing senkrecht, er konnte nicht erkennen, wo es oben oder unten endete. Die Sicht war schlecht. Eine Menge Schwebstoffe … nein, daran lag es nicht.

Es war nur alles unscharf. Das Netz identifizierte er, weil er die Maschen nur ein paar Zentimeter vor den Augen hatte. Mit dem linken Fuß hing er daran fest. Wie er das zustande gebracht hatte, wusste er nicht. Er schwebte schräg nach oben gerichtet, parallel zu dem Netz. Er schwebte, das heißt, er fiel nicht, wie es hätte sein müssen, wenn man mit einem Fuß in einem senkrecht orientierten Netz festhängt; dann würde der Kopf nach unten hängen. Aber sein Kopf war der höchste Punkt am Körper, nicht der tiefste, da gab es keinen Zweifel. Wie konnte das sein? Die verschwommene Umgebung, die seltsame Lage im Raum – alles erklärte sich zwanglos, wenn er annahm, dass er unter Wasser war. Ein Fischernetz, in dem er festhing. Ohne Taucherbrille sieht man unter Wasser schlecht. Aber Wasser, dachte er, war doch nass. Es ist seine hervorstechendste Eigenschaft, es ist das, was einem zum Wasser als Erstes einfällt. Wasser ist flüssig. Er versuchte, Arme und Beine zu bewegen. Kein Problem. Nur das linke Bein behindert durch das Netz, sonst stellte sich der Widerstand ein, der beim Bewegen im Wasser zu erwarten war. Warum, dachte er, fühlt es sich nicht nass an? Nicht nass und nicht kalt. Wenn es nicht ein Thermalbad ist oder die Badewanne zu Hause, ist Wasser in diesen Breiten immer kalt, auch im Sommer. Meistens wenigstens. Er spürte keine Nässe auf der Haut, keine Kälte. Überhaupt keine Temperatur. Wenn einem weder warm noch kalt ist, hat es etwa zwanzig Grad. Oder einundzwanzig. Kein Sommer, kein Winter. Übergangszeit. Wo man kein T-Shirt anhat, sondern ein Hemd und darüber ein Jackett, aber noch keinen Pullover. In der trüben, grünlichen Brühe erkannte er seinen Jackenärmel. Ja, das war seine braune Cordjacke, die er jeden Tag anhatte. Außer im Dienst natürlich. An den Ellbogen mit Lederflicken verstärkt. Die Jacke ist hin, dachte er, die Hose sicher auch, das kann ich wegwerfen, das geht alles furchtbar ein, dafür ist das nicht gemacht, für Unterwasserexpeditionen … wie kam er jetzt auf die Jacke? Das fiel ihm nicht mehr ein, dafür fiel ihm Hagen Bechtold ein, der Kretin. Der hat mich niedergeschlagen, im Wald, ja, ja, das kam ihm nun in den Sinn, aber nicht mehr, wie es danach weitergegangen war, insbesondere die Wendung des Geschehens ins Maritime, wenn man das so nennen wollte – das hatte sich dem Gedächtnis nicht eingeprägt. Die einfachste Annahme war eine Vertuschung: Die hatten ihn in einem Gewässer versenkt. Zur Anwendung käme also erst einmal der § 84, Absatz 1 StGB, schwere Körperverletzung, aber halt: Dafür muss ja eine mindestens vierundzwanzig Tage dauernde Gesundheitsschädigung oder Berufsunfähigkeit gegeben sein.

Er bückte sich, um den linken Fuß mit den Händen frei zu kriegen, das gelang ohne Mühe. Juristisch war das nun ein Problem. Er fühlte keine Verletzung, nirgends. Gut, man konnte sich irren, der Arzt würde ihn genau untersuchen, er erinnerte sich an den Riesenholzprügel und beruhigte sich gleich, weil ihm der Absatz 2 einfiel, wo festgehalten war, dass eine schwere Körperverletzung vorliegt, *wenn sie mit einem Mittel erfolgt, dass Lebensgefahr damit verbunden ist* (schwerer Holzprügel, das passt schon einmal!); wenn sie *von mindestens drei Personen in verabredeter Verbindung ausgeübt wurde* oder *an einem Beamten während oder wegen der Vollziehung seiner Aufgaben* – das traf alles zu. Als ob der Gesetzgeber seinen Fall vorausgesehen hätte! Gut, der vierte Punkt nicht, Ausübung *unter Zuführung besonderer Qualen*, das konnte er jetzt nicht behaupten, er hatte nichts gespürt, sofort das Bewusstsein verloren, aber das machte nichts, denn das Wesentliche an Absatz 2 war, dass das Vorliegen auch nur eines einzigen dieser Punkte die Köperverletzung zu einer *schweren* macht – *unabhängig von der Schwere der Verletzung* selbst. Der Absatz 2 käme also zur Anwendung, selbst wenn Inspektor Stieger nicht einmal den kleinsten Kratzer oder das winzigste Hämatom vorweisen konnte. Hagen Bechtold und Genossen würden zwei Jahre mehr ausfassen! *Gesiebte Luft atmen* hatte das früher geheißen ... apropos *atmen*: Er war unter Wasser, hatte seinen Fuß aus einem Fischernetz befreit und trieb langsam nach oben. Seit Wiedererlangung der Denkfähigkeit hatte er die Luft angehalten – oder nicht?

Es war nur ein sehr leiser Schock. Er ließ sich nicht dazu hinreißen, reflexartig Luft zu holen, er atmete nicht ein und atmete nicht aus. Da war nichts auszuatmen – die Lunge voll Wasser? Kaum. Denn wer die Lunge voll Wasser hat, ist tot, ertrunken. Tot kam er sich nicht vor. Wie viel Zeit mochte vergangen sein, seit er das Netz vor sich gesehen hatte? Er sah auf seine Uhr, musste sie dicht vor die Augen halten, um die Digitalanzeige zu erkennen. Sechzehn Uhr fünfundzwanzig. Die Uhr lief, das sah er am Sekundenfenster. Natürlich, wasserdicht bis dreißig Meter Tiefe; er hatte sich beim Kauf über die Angabe amüsiert; wer springt schon mit einer Armbanduhr ins Wasser? Taucher haben spezielle Taucheruhren, wo sie die Restzeit, die Wassertiefe und was nicht noch alles ablesen können; welcher Normalbürger hätte was davon, wenn er die Uhrzeit dreißig Meter unter Wasser wüsste? Wer sich als Nichttaucher in dreißig Meter Tiefe findet, der braucht keine Uhr mehr, für den ist es sowieso zu spät. Ich bin der erste, der etwas davon hat, dachte er. Ich bin unter Wasser und lebendig und halte die Luft an ohne Mühe. Das kann nicht sein. Er atmete nicht, so viel war klar, jetzt schon weitere zwei Minuten. Sechzehn Uhr siebenundzwanzig. Er hielt sich am Netz fest, um das Hinauftreiben zu stoppen und wartete. Ein Fisch schwamm direkt neben ihm ins Netz, verfing sich darin. Er zog ihn heraus, das ging nicht so leicht, wie er gedacht hatte, das Netz hatte perfide Fäden, na klar, ein Fischernetz, dann gelang es, der Fisch schoss ins grünliche Dämmerlicht davon. Er wartete, sah auf die Uhr. Sechzehn Uhr zweiunddreißig. Jetzt war es amtlich. Sein Nicht-Atmen hatte nichts zu tun mit Luftanhalten. Leute, die so lang nicht atmen, sind tot.

Tot also.

Und er nun im Jenseits. Aber können Tote sich an einem Fischernetz festhalten, den Fuß daraus befreien – und dann noch einen Fisch? Das kam ihm unwahrscheinlich vor. Er beschloss aufzutauchen. Halt nach oben schwimmen, was denn sonst? Der obere Rand des Netzes zog vorbei, die Schwimmbewegungen brachten ihn schnell höher. Es wurde heller, dann durchbrach er die Wasseroberfläche. Er zwinkerte, es dauerte eine Weile, bis er klar sehen konnte. Der wohlbekannte Holzgartener See also, dreißig Meter bis zum Ufer. Aber so weit musste er nicht schwimmen. Fünf Meter entfernt lag ein Boot auf dem Wasser. Der Mann, der drin saß, wendete ihm den Rücken zu. Er erkannte ihn trotzdem. Schwarze Wuschelhaare, darunter die unverwüstliche hellbraune Lederjacke. Die trägt dieser Mensch, wiewohl ungeeignet für feuchte Umgebungen, jahrein, jahraus. Warum zieht er nicht einen Parka an, dachte Inspektor Stieger, oder eine Pelerine, irgendwas Wasserfestes? Auf Leder gibt's doch Flecken …

„He!", rief er, „Talsmann, bist du so gut?"

Der Angesprochene drehte sich um, wendete das Boot und fuhr auf Stieger zu. Er half ihm über die Brüstung. Stieger setzte sich dem Fischer gegenüber. „Ist das jetzt Mode?", fragte der.

„Was meinst du?"

„Voll angezogen schwimmen gehen."

„Nein, ist es nicht. Hagen Bechtold und Kumpane haben mich erschlagen und reingeworfen." Die Vokabel ‚erschlagen' ließ den Fischer nicht die Miene verziehen. Vielleicht hat er nicht richtig verstanden, dachte Stieger. Talsmann ruderte zur Fischerhütte und machte das Boot am Steg fest. Sie stiegen aus und betraten Talsmanns Hütte. Stieger kannte den Fischer von der Schule her, hatte seine Behausung aber noch nie betreten. Es herrschte das Durcheinander, das man in den Wohnungen allein lebender Männer mittleren Alters für gewöhnlich antrifft, ein Sammelsurium von Dingen, die verstaut gehörten, aber noch nie verstaut worden waren. Dinge in freier Wildbahn. Geschirr, Kleidungsstücke, Schuhe, Bücher, Papier in vielen Stößen unterschiedlicher Höhe. Wenn die allein stehenden Männer Bastler waren, fanden sich auch Spulen, Aluprofile, Feilen, Lötwerkzeug. So war es hier.

„Ich mach Tee", sagte er, „trockene Sachen hab ich leider nicht."

„Schon gut, danke …"

„Ich glaube, du wirst dich verkühlen."

„Das glaub ich nicht. Ich bin tot, verstehst du?" Talsmann antwortete nicht gleich, er schien den Tee zu suchen. „Ich hätte geschworen, ich hab noch irgendwo eine Packung Earl Grey."

„Mach dir keine Umstände. Ich steh eh nicht so auf Tee."

„Kaffee? Den hätt ich gleich fertig …" Stieger nickte. Er suchte nach einer Sitzgelegenheit. Ein alter Sessel war frei. Dann fiel ihm ein, dass er aus dem Wasser kam; es bildete sich eine Pfütze um seine Schuhe. „Ich setz mich draußen hin", sagte er. Talsmann sagte nichts. Draußen gab es eine Bank und einen Tisch. Es roch nach Fisch, nach modrigem Wasser. Der Inspektor machte sich nichts aus Fisch. Er setzte sich auf die Bank. Eine Brise kräuselte den See, erzeugte kleine Wellen. Die Sonne war untergegangen, es musste frühherbstlich kalt sein. Kein Wetter, um klatschnass im Freien zu sitzen, im Wind. Lungenentzündung mindestens. Aber nicht für ihn. Er spürte keine Kälte; die Nässe der Kleidung auch nicht. Alles fühlte sich an wie zwanzig Grad. Und trocken. Ein Nicht-Wetter, nicht warm, nicht kalt, nicht feucht. Talsmann brauchte lang für den Kaffee. Warum fiel ihm das überhaupt auf? Tote wie er selbst sollten eigentlich mit Engelsgeduld gesegnet sein, dachte der Inspektor. Oder nicht? War vielleicht nur ein Vorurteil, es gab ja keine Erfahrungswerte. Dann kam der Fischer endlich. Die braune Lederjacke hatte er immer noch an. Konnte gut sein, dass er darin schlief.

Der Kaffee war … er wusste nicht, wie, was er dazu sagen sollte. Wie Kaffee halt. Heiß, aromatisch. Er hatte eigentlich keine Lust darauf. Noch auf irgendetwas anderes zum Trinken. Oder zum Essen. Er trank seine Tasse aus, weil sich Talsmann die Mühe gemacht hatte. Es lag ihm nichts daran, nicht mehr. Talsman schien dieses Desinteresse zu bemerken, denn er fragte nicht, wie ihm der Kaffee schmeckte oder ob er Zucker dazu wolle; an *den* Gast war Zucker verschwendet. Auch sonst alles. Nun spürte Stieger die Verlegenheit seines Gastgebers. Was sollte man mit einem Toten reden? Er war ja nicht richtig tot, im Sinne von: Jenseits und so weiter. Man konnte also nicht fragen: Wie ist es dort? Was ist hinter dem weißen Licht? Los, lass hören! Denn der Tote war ja auferstanden, saß hier atmend vor der Hütte und trank Kaffee, der ihm ersichtlich genauso gut schmeckte wie lauwarmes Leitungswasser. Nein, „atmend" stimmte nicht. Stieger atmete nicht. Nur ab und zu, wenn er Talsmanns Blick auf sich spürte, sog er rasch etwas Luft durch die Nase ein, als sei er bei einem Versäumnis erwischt worden.

„Also gut", sagte Stieger, „reden wir nicht über deinen Kaffee oder das Wetter, reden wir über die Lage!"

„Welche Lage?"

„Die der Gemeinde Holzgarten, die der Menschheit, meine Lage oder deine, ganz wie du willst."

„Ich kann dir nicht so ganz folgen …"

„Hör zu: Ich glaube, dass du mehr über die Vorkommnisse der letzten Tage weißt, als du zugibst!"

Talsmann seufzte tief, Stieger machte einen Atemzug. Wie beim Gähnen, kam ihm in den Sinn, Atmen ist ansteckend …

„Ich gebe gar nichts zu!", antwortete der Fischer. Er klang verdrossen. „Was ist das überhaupt für eine Formulierung: ‚Du weißt mehr, als du zugibst' – wie bei einem Verhör! Musst du immer noch den Polizisten raushängen lassen?"

„Einmal Polizist, immer Polizist!"

„So kommt mir das vor … und was die Lage betrifft: Die erforderlichen Hinweise stehen seit vielen hundert Jahren in der Bibel, da gibt es nichts zu deuteln."

„Das Ende aller Tage, das Jüngste Gericht, dieses ganze Brimborium?"

„Dieses *Brimborium*, wie du dich auszudrücken beliebst, ist das, was momentan abläuft. Du bist erschlagen worden, sicherheitshalber noch ertränkt – und siehe, du sitzest auf meiner Veranda und trinkest Kaffee!"

„Ja, ja, von mir aus …“ Stieger missfiel der salbungsvolle Ton, den der Fischer angeschlagen hatte. Dann sagte er: „Du redest wie mein Onkel.“

„Dein Onkel ist ein weiser Mann.“

„Ich werd's ihm ausrichten. Da er aber grad nicht da ist, frag ich dich: Was soll ich jetzt tun?“

„Ich bin sicher, es wird sich etwas finden …“

„Mehr fällt dir dazu nicht ein?“

„Nein. Magst du noch eine Tasse?“

„Bitte … vielleicht sollte ich mir den Bechtold und seine Bande vorknöpfen, was meinst du?“

„Warum?“

„Na, wegen der Verbrechen, die sie begangen haben! Ich hab mir dazu schon ein paar Gedanken gemacht, die rechtliche Seite, verstehst du? Vorher, unter Wasser.“ Er deutete auf den See.

„Aha. Die rechtliche Seite, die Paragrafen, die da infrage kommen.“

„So in etwa.“

„Und du meinst, in Anbetracht des unmittelbar bevorstehenden Endgerichts bringt das noch was?“

„Gericht, Jüngstes Gericht, Endgericht – hör ich jetzt dauernd! Wo findet denn das statt? Wann? Und wo ist denn der Richter, der Vorsitzende?“

„Das kommt noch alles, glaub mir! Jetzt hat es zweitausend Jahre gedauert, da kommt es auf ein paar Tage auch nicht mehr an …“

„Wieso zweitausend Jahre?“

„Seit der … wie sagt man … der Ankündigung, der Verkündigung in der Bibel. Glaub ich wenigstens. Sonst frag deinen Onkel.“

„Mach ich. Bei Gelegenheit. Erst knöpf ich mir den Bechtold vor, Jüngster Tag hin oder her. Da gibt es doch diesen Spruch von Churchill, glaub ich, ‚wenn ich wüsste, dass morgen die Welt untergeht, würd ich heute trotzdem noch den Rasen gießen‘ … oder so ähnlich.“

„So ähnlich, ja. Rasen gießen ist falsch, das braucht es nicht in England. Es heißt ‚ein Apfelbäumchen pflanzen'. Und der Spruch ist auch nicht von Churchill, sondern von Martin Luther."

„Ah ja. Wie dem auch sei, den Sinn hab ich aber getroffen. Statt Apfelbäumchen heißt es bei mir halt: Hagen Bechtold einbuchten! Wenn ich wüsste, dass morgen die Welt – und so weiter. Weiß ich aber nicht. Glaub ich auch nicht. Also muss ich den Bechtold erst recht … verstehst du? Andersrum!"

„Aber du bist auferstanden von den Toten!"

„Ja, okay, das hört sich jetzt nach Wunder an, aber das ist eine Virussache, irgendein DNA-Mist, denk an meine Worte! Ich muss jetzt los. Danke für den Kaffee!" Stieger stand auf und ging. Talsmann blickte ihm nach. Er hätte sich um seine Bratfische kümmern sollen, aber eine merkwürdige Schwäche hatte ihn befallen. Ein Anflug totaler Sinnlosigkeit. Kleine, gebratene Fische auf Holzspießchen für das Seefest. Welcher von diesen Begriffen war noch unbedeutender als der andere? Bratfische, Seefest … Darüber dachte er jetzt nach. Bei jedem Seefest wurden ein paar hundert seiner Fische gegessen, sie waren die Hauptattraktion, schon in der Nachbargemeinde hatten sie so was nicht bei ihren Festivitäten. Dort gab es nur das Übliche. Grillwurst, Pfannkuchen, Döner. Bratfische auf Holzspießchen nur in Holzgarten. Und er, Günther Talsmann, stellte sie her und stand einen Abend lang hinter der Theke und verkaufte sie. Das hatte er erreicht. Mit vierundsechzig. Super. Gab es eigentlich etwas noch Dümmeres, was er hätte tun können? Natürlich stand das Ende der Zeiten bevor, das war für ihn keine Frage. Er hatte davon geträumt, mehrere Male, lange vor dem Nordlicht, Wochen vorher. Er hatte großes Vertrauen in seine Träume, weil sie zur Berufsausübung gehörten.

Denn wo er seine Netze auslegen sollte – das träumte er, seit vielen Jahren schon. Er kannte es nicht anders. Er sah sich dabei an den jeweiligen Stellen des Sees, wie er sie einholte. Und sah den Ertrag. Viel Fisch oder wenig Fisch. Darauf konnte er sich verlassen. Inzwischen war er soweit, bei einem Traum mit geringem Ertrag auf das Ausbringen des Netzes zu verzichten. Er setzte es dann auch nicht an einer anderen Stelle, sondern wartete auf einen Traum mit vollem Netz. Das konnte ein paar Tage dauern, aber dann kam dieser Traum mit dem reichen Fang. Jedes Mal. Er hatte die Sache niemandem erzählt, weil man in Holzgarten dem Numinosen nicht zugeneigt war. Da blieb er lieber still.

Er hatte geträumt, dass jemand kommen und das Jüngste Gericht einleiten würde. Diesen Jemand konnte er nicht sehen, der stand im Traum immer hinter ihm, er hatte nicht gewagt, sich umzudrehen, in einem kulturchristlichen Zusammenhang war ohnehin klar, wer das sein musste. Sonst war dieser Traum so wirr gewesen, wie Träume eben sind, nicht so glasklar wie die fischereibezüglichen, die eher einem Reklamevideo glichen. Der Traum vom Jüngsten Gericht war viel interessanter gewesen, farbiger, wirrer, und neunundneunzig Prozent davon hatte er nach dem Aufwachen vergessen. Nach dem Aufschrecken, als Schweißgebadeter. Denn ein Prozent hatte er leider nicht vergessen: Er, Günther Talsmann, würde beim Jüngsten Gericht eine Rolle spielen. Dass es ohne ihn, Günther Talsmann, nicht stattfinden könnte. Was für eine Rolle das war – daran konnte er sich nicht erinnern. Ein anderer hätte so einen Traum als Unsinn abgetan, vielleicht als Anflug von Größenwahn, eine Verirrung des Unbewussten, aber in dieser bequemen Lage war der Fischer Talsmann nicht. Seine Fischereiträume erzählten ihm seit Jahrzehnten die Wahrheit, wie konnte er annehmen, es sei anders bei diesem Traum vom Jüngsten Gericht? Dabei war er nicht einmal religiös. Wieso also er? Was könnte er zum Jüngsten Gericht beitragen? Er nahm an, dass es bei diesem Anlass nicht um Fischereifragen gehen würde.

Während er noch darüber nachdachte, fiel ihm ein, wer sehr wohl in diesem Traum außer ihm selbst und dem Richter vorgekommen war: der Inspektor Stieger. Es überlief ihn heiß und kalt. Stieger war wichtig fürs Weltgericht, aber auf andere Art als Günther Talsmann. Denn der Inspektor Stieger war ermordet worden und wiederauferstanden, der Fischer Talsmann noch nicht einmal gestorben. Nun, was nicht ist … Schweiß brach ihm aus. Er hörte ein Motorengeräusch. Ein Auto näherte sich auf dem unbefestigten Fahrweg, der seine Hütte mit der großen Welt verband. Was wollten die hier? Die Wiese, wo die Buden fürs Seefest aufgebaut wurden, lag auf der anderen Seite des Sees. Er ging hinein und holte das Gewehr. Nicht jeder Einwohner Holzgartens besaß ein Gewehr, nicht einmal jeder zweite, aber Günther Talsmann gehörte zu der qualifizierten Minderheit der Schusswaffenbesitzer. Ganz legal und amtlich als Mitglied der Holzgartener Agrargemeinschaft, die seit vierhundert Jahren die umliegenden Wälder und das Jagdrecht besaß. Es war nicht seine Art, einen Besuch mit dem Gewehr in der Hand zu erwarten, aber nach den jüngsten Vorfällen in der Geschichte Holzgartens war Vorsicht, so dachte er, besser als Höflichkeit. Die Waffe, die er nun an sich genommen hatte, war nicht das registrierte Jagdgewehr, sondern ein Winchester-Repetierer, natürlich ein moderner Nachbau.

Das Auto hielt. Der zugezogene Buchhändler, dieser Gottlieb, stieg aus. Talsmann war erleichtert. Man konnte nicht in Menschen hineinschauen, das nicht, aber es war erlaubt, begründete Annahmen über andere Leute zu machen, und sogar notwendig, wenn man ein normales Leben führen wollte. Gottlieb würde ihn nicht erschießen, das war so eine Annahme.

„Wollen Sie auf uns schießen?“, rief Gottlieb ihm entgegen. „Ich bitte, das zu unterlassen!“ Talsmann ließ die Winchester sinken. „Ich bin nur vorsichtig. Es laufen ein paar sehr aggressive Typen herum …“ Die anderen stiegen auch aus. Die hübsche Dame, von der er geträumt hatte, der alte Hildmeyer, den er zu seinen Lebzeiten noch gekannt hatte und ein junger Mensch, bleich wie der wandelnde Tod. Den kannte er nicht. Als letzter hatte sich Galmei aus dem hochbeinigen SUV gearbeitet.

„Wir suchen meinen Neffen", sagte er. „Und vermuten ein Verbrechen – also, dass er ein Opfer geworden ist. Er ist nämlich verschwunden." Eine etwas wirre Aussage, aber Talsmann verstand, worum es ging.

„Da vermutest du richtig", antwortete er. „Das mit dem Verbrechen. Hagen Bechtold … sie haben ihn erschlagen und im See versenkt."

„Haben Sie das gesehen?", fragte die junge Dame.

„Nein, er hat's mir erzählt."

„Hagen Bechtold?"

„Nein, natürlich nicht. Der Inspektor …"

„Wie kann er denn, wenn sie ihn erschlagen haben …" Sie verstummte.

„Das fragen grad Sie?" Hildmeyer lachte. „Er ist halt auferstanden wie ich. Oder Sie selber!"

„Stimmt", sagte Talsmann. „Aus dem See. Ich hab ihn ins Boot gezogen."

„Und wo ist er jetzt?", wollte der alte Galmei wissen.

„Ihr habt ihn um ein paar Minuten versäumt. Er will Hagen Bechtold verhaften, glaub ich."

„So ein Schwachsinn!", ereiferte sich der alte Buchhändler. „Wir müssen ihn einholen. Wo ist er hin?"

„Da entlang." Talsmann deutete auf den Wald.

„Was machen die Leute dort?", fragte Renate Sameder und zeigte auf das gegenüberliegende Ufer.

„Vorbereitungen zum Seefest", erklärte Talsman. „Aufbau der Buden und so weiter. Ist jedes Jahr um die Zeit."

„Wird das ein Rummelplatz mit Karussell und so?", wollte Peter Gottlieb wissen.

„Ja, eine Achterbahn soll dazukommen, die war letztes Jahr nicht."

„Könnten wir uns auf das Naheliegende konzentrieren!", forderte der Buchhändler Galmei mit schriller Stimme.

„Was regen Sie sich so auf?", sagte Liri. „Ihr Neffe ist wieder quicklebendig, haben wir ja eben gehört. Er geht seinem Beruf nach, die Bösewichte verhaften. Das kann er, hat er drauf, tadellose Dienstbeschreibung, davon geh ich aus. Wir sollten uns da nicht einmischen."

„Sind Sie verrückt? Was ist, wenn die ihn angreifen?", ereiferte sich Galmei, „das ist doch eine ganze Bande, eine Gang …"

„Was soll schon sein?", unterbrach ihn Hildmeyer. „Sie können ihm nichts anhaben. Herr Gottlieb wird es Ihnen bestätigen …"

„Wieso ich?"

„Immerhin haben Sie mich über den Haufen gefahren. Und? Hat es mir geschadet? Nicht im Geringsten. Beruhigen Sie sich, Herr Galmei, Ihrem Neffen passiert nichts …"

„… nur dieser Bande wird was passieren", setzte Werner Liri fort, „er wird sie der Reihe nach gehörig durchprügeln und einbuchten."

„Aber weswegen?" Peter Gottlieb war ein Gedanke gekommen. Derselbe wie Renate, die ihn aber rascher formulieren konnte als jeder andere Mensch, er sei lebendig oder auferstanden.

„Wegen Mordversuchs geht es nicht", sagte sie. „Es gibt keine Opfer. Sein Wort steht gegen das der ganzen Bande. Und materielle Beweise gibt es auch nicht – es sein denn, er war verletzt." Sie blickte zu Talsmann. „Keine Spur", sagte der. „Nass war er. Vom See. Sonst putzmunter. Kein Blut, nichts."

„Also kann er die Mordgeschichte nicht beweisen", fuhr sie fort. „Von außen betrachtet, ist gar nichts passiert. Wenn er jetzt noch übergriffig wird, kommt er selber in Schwierigkeiten." Schweigen breitete sich aus. Alle bedachten Renates Worte und kamen zum selben Schluss: Sie hatte recht.

„Was machen wir also?", fragte Galmei.

„Wir sollten versuchen, mäßigend auf ihn einzuwirken", schlug Peter Gottlieb vor. „Ich meine, wenn nun tatsächlich der jüngste Tag bevorsteht … nicht, dass er sich kurz vor Schluss noch alles verdirbt. Mit irgendeinem Blödsinn."

„Das halte ich für Schwachsinn!“, verkündete Renate Sameder. „Mäßigend einwirken! Was soll denn das heißen? Wer von den Toten auferstanden ist, macht doch, was er will, dem geht doch alles, was andere von ihm wollen …“

„… sprichst du jetzt von dir?“, unterbrach Peter Gottlieb. Sein Einwurf war schärfer, als er beabsichtigt hatte, es war ihm, wie sich alle entschuldigen, die einen Streit angefangen haben, „so herausgerutscht“, und im selben Augenblick, noch ehe er die kurze Frage ganz ausgesprochen hatte, wusste er, wie sie es aufnehmen würde. Nämlich schlecht. Wegen des Tons. Dieser mäkelige Tonfall, wie sie es nannte, die herablassende Kritik, die sich darunter verbarg, wie man sie einem Schulmädchen gegenüber verlauten lässt – das brachte sie zur Weißglut. Daran erinnerte er sich jetzt, das hatte sie schon früher nicht vertragen, also zu ihren Lebzeiten; Tod und Auferstehung hatten daran nichts geändert, das wusste er, noch bevor sie antwortete. Er irrte sich nicht.

„Ich seh überhaupt nicht ein, wieso ich diesem Stieger hinterherfahren soll“, sagte sie mit jener ruhigen, vernunftgetränkten Magazinjournalistinnenstimme, die jeden Widerpart als grenzdebilen Provinztrottel dastehen ließ – nicht der Argumente wegen, die der vorbringen mochte, sondern weil dieser Tonfall der einzig mögliche für solcherart Minderbemittelte ist; wie sonst soll man denn mit denen reden?

„Er hat mich nämlich, soweit ich mich erinnere, nicht darum gebeten“, fuhr sie fort. „Und euch auch nicht. Das ist nur wieder so eine Gottliebidee!“ Das letzte Wort sprach sie aus, als handle es sich um eine widerwärtige Dummheit. „Wie die Neapelreise!“ Die anderen blickten auf Peter Gottlieb und erwarteten Auskunft über den katastrophalen Fehlschlag der Neapelreise, die offenbar von ihm initiiert worden war und ihm, das durfte man erwarten, bis zum Ende aller Tage vorgeworfen werden würde. So lang hin war das vielleicht gar nicht mehr, ging es Peter Gottlieb durch den Kopf, dann war es aus mit allen Vorwürfen und Leiden; also kein Grund, sich ausgerechnet jetzt noch aufzuregen, dennoch hatte sein Gesicht ungesunde Rötung angenommen, was Werner Liri als massive Verärgerung akzeptierte. „Fahren wir!“, sagte er und stieg ins Auto. Die anderen folgten. Werner Liri flüsterte Hildmeyer etwas zu, Hildmeyer grinste, sagte aber nichts, Galmei sagte nichts, Peter Gottlieb sagte erst recht nichts. Er fuhr los. Die zurückgebliebene Renate Sameder fragte den Fischer, wie man zu Fuß auf die andere Seite des Sees komme, aber nicht auf der Straße, die ihr Jugendfreund eben genommen hatte. Er sagte, ja, man könne einfach in der anderen Richtung herum gehen, ein Fußweg entlang des Schilfgürtels, aber nicht befestigt und deswegen nicht zu empfehlen, er sei, je nach Wetterlage, oft überflutet. Das mache ihr nichts aus, sagte sie und entfernte sich in die Richtung, die er ihr wies.

***

Inspektor Stieger war, wiewohl auferstanden, nicht schneller als ein PKW. Die Auferstehung schien die körperliche Leistungsfähigkeit nicht wesentlich zu verbessern. Ja, er fühlte sich fitter, als er durchs Unterholz trabte, er kam nicht außer Atem, zumindest nicht die erste Viertelstunde, dann musste er doch eine Pause einlegen und verschnaufen. So war er mit dreißig beieinander gewesen, Verjüngung also. Aber nichts darüber hinaus. Wahrscheinlich hing das mit dem Alter zusammen, das der HERR bei der Kreuzigung erreicht hatte.

Er hatte sich sitzend an einen Baum gelehnt und stand wieder auf. Der Einfall mit der Kreuzigung irritierte ihn. Er lief weiter. Der Gedanke ließ ihn nicht mehr los. Sein Zustand war übernatürlich im Wortsinn. Niemand konnte Stunden unter Wasser bleiben ohne zu ertrinken. Es konnte auch niemand auf das Atmen verzichten. Irgendein Professor könnte auch dafür eine Erklärung finden, da war er sicher, Sauerstoffresorption durch die Haut, weiß der Geier – aber niemand ohne mehrjähriges Biochemiestudium würde die Erklärung verstehen und, wichtiger noch: beurteilen können, ob sie möglich war oder der schiere Blödsinn. Die religiöse Variante hatte den Charme, dass gar nichts erklärt werden musste. Ursache der Erscheinung war der göttliche Wille. Basta!

Er fiel in rasches Gehen zurück. Fit wie ein Dreißigjähriger, na schön … aber wenn wir schon beim Übernatürlichen sind: Hätte es nicht ein bisschen mehr sein können? Fliegen zum Beispiel. Fliegen wär toll. Fliegen war das, wovon die Menschen träumten. Nicht nur er. Die Psychodoktoren behaupten, das hat nur mit Sex zu tun. Blödsinn. Fliegen ist ein Wert an sich. Bewegung in drei Dimensionen. Wie Engel halt. Warum war er kein Engel? Mit einem Mal befiel ihn Scham. Du bist undankbar!, warf er sich vor. Eigentlich solltest du dich am Grund des Holzgartener Sees langsam mit Faulgasen füllen und morgen oder übermorgen aufgebläht an die Oberfläche treiben! Das ist dir erspart geblieben. Also nimm, was du kriegen kannst, und freu dich des Daseins …

Er erreichte den Rand von Holzgarten. Bis zur Werkstatt des Hagen Bechtold war es zu Fuß noch eine Viertelstunde.

***

Talsmann hatte in puncto Überflutung nicht übertrieben. Der Weg, anfangs meterbreit im Wald verlaufend, fiel immer mehr zum Seeufer ab, wurde schmal und schlammig. Dann unterbrochen von langgestreckten Pfützen. Sie versuchte auszuweichen, nicht mitten durchs Wasser zu marschieren. Schon jetzt schien der Weg zum Gegenufer auf dieser Seite um vieles länger als auf der anderen; das hätte der dämliche Fischer auch erwähnen können, aber das war halt typisch für die Leute: Eine Fremde schickt man, wenn sich die Gelegenheit bietet, erst einmal in den Morast, damit wenigstens die Schuhe ruiniert sind … aber die Schuhe waren ihr egal, die Socken auch, sie wich auch nicht mehr zur Seite aus, sie stapfte durch die knöcheltiefen Pfützen, die Füße wurden nass, das schon, aber es war nicht unangenehm. Angenehm auch nicht. Es war da, das Gefühl der Nässe, und gleichzeitig nicht da. Wie ein Gedanke, wie die Idee „Nässe“. Wie ein geschriebenes Wort. Sie beruhigte sich. Ich war tot, dachte sie, und bin auferstanden. Was soll ich fürchten? Sie ging weiter.

Das ferne Festgelände war außer Sicht geraten, am anderen Ufer stand Wald bis dicht ans Wasser, soweit sie das wahrnehmen konnte. Der See unbewegt wie eine helle Scheibe, in der sich der Himmel spiegelte und der schwarze, kopfstehende Waldstreifen unter dem Ufer der anderen Seite. Sie blieb stehen. Es hatte keine Eile, dort hinüberzukommen. In diesem Augenblick war sie froh, dass sie lebte. Wieder lebte, aufs Neue lebte, den Anblick des ruhigen Wassers genießen konnte. Seit ihrer Auferstehung war es das erste Mal, dass sie sich freute; am Anfang hatte sie den eigenen Zustand nicht erkannt, als er dann ebenso unleugbar wie unerklärbar für wahr genommen werden musste, war sie entsetzt gewesen, getrieben von einer Unruhe, die jederzeit in blanke Hysterie umschlagen konnte. Das alles fiel nun von ihr ab. Das alles war keine Magazingeschichte, die sie nach den Regeln der Kunst in ihre Verästelungen, Hintergründe und Konsequenzen aufgliedern musste, dies war etwas anderes.

Auf dem Wasser erkannte sie eine Gestalt. Da ging jemand. Bekleidet mit etwas Weißem. Ein er, eine sie? Das war schwer zu sagen, die Figur weit weg, nahe dem anderen Ufer, aber, das erkannte sie dennoch, *vor* diesem Ufer, auf dem See. Die glatte Leichtigkeit der Bewegung ließ eine Frau vermuten, passte auch besser zum Outfit, das an ein langes Kleid erinnerte. Eine Frau im weißen Kleid geht über den Holzgartener See. Wie machte sie das? Es musste schwierig sein, das Gleichgewicht zu halten und die Natürlichkeit der Bewegung zu wahren, dieses anmutige … nein, nicht Gleiten, wie ihr eingefallen war, sondern *Gehen*, ein gewöhnliches Gehen, das genau so ausschaute, wie wenn eben jemand geht. Von der Seite gesehen. Beim Gleiten wären … ja, was? Die Füße weiter unten geblieben. Wie beim

Langlauf, das hätte anders ausgesehen. Sie bewunderte die Wassergeherin. Die verstand es, den Eindruck zu erwecken, es gebe gar keine Hilfsmittel für die erstaunliche Vorführung, dabei musste sie ja von irgendetwas über Wasser gehalten werden, unsichtbare Schwimmkörper oder so. Wahrscheinlich eine Attraktion für das Seefest, eine ungewohnte, akrobatische Einlage vor dem Höhepunkt, dem Feuerwerk. Renate nahm an, dass der Höhepunkt ein Feuerwerk sein würde, das war immer so. Dass bei einem Provinzfest professionelle Artisten auftreten, hatte sie allerdings noch nie gehört, da geht es nicht um Hochradkunststückchen oder Feuerschlucken, sondern um *Gehen auf dem Wasser.* Dass es so natürlich aussah, geschmeidig elegant, erforderte sicher jahrelanges Training, das war keine Hobbykünstlerin, die sich auf Zeltfesten ein paar Taler dazuverdiente, das war schon Las-Vegas-Niveau.

Sicher eine Frau, dunkler Kopf, also schwarzes Haar, lang, bis auf die Schultern; jetzt sah sie auch, dass die Person im spitzen Winkel auf das diesseitige Ufer zulief. Wenn sie die Richtung beibehielt, würde sie ein paar hundert Meter weiter vorn auf den Uferweg treffen. Renate begann zu laufen, diese Dame wollte sie sich aus der Nähe ansehen.

Der schmale Weg näherte sich dem See, von dem man aber nichts sah, weil er hinter dem Schilfgürtel verschwand. Das Schilf war übermannshoch, es blieb eine schmale Gasse zwischen grünen Halmen. Renate verlor die Orientierung. Lief sie noch parallel zum Ufer oder im Winkel auf das offene Wasser zu? Jetzt merkte sie, dass sie auf Bohlen lief, nicht auf gewachsenem Boden, bei jedem Schritt gab der Untergrund federnd nach, ein Knüppeldamm. Der führte immer weiter, in Windungen durch das Schilf, also wohl doch in Ufernähe, quer dazu hätte sie schon offenes Wasser erreichen müssen.

Dann trat sie in eine Lücke des Damms, die sie übersehen hatte und stand bis zur Hüfte im Wasser, nassgespritzt bis über den Kopf, die Füße in kaltem Schlamm. Sie fluchte. Die Schuhe waren hinüber, blieben sowieso stecken, wenn sie sich an den Dammbohlen hochziehen würde. Wo sollte sie jetzt neue Schuhe hernehmen? Das waren gute Schuhe, halbhoch, hellbraunes Wildleder, teuer, teuer … keine Schuhe, die sie für eine Reportage angezogen hätte, viel zu empfindlich; das waren Schuhe fürs Theater oder einen festlichen Anlass, eine Preisverleihung zum Beispiel; da hatte sie diese Schuhe angehabt, bei diesem Journalistenpreis, und sie selber, ja, sie selber hatte ihn gewonnen. Für diese … diese Reportage über Romakinder. Die Schuhe, die nun im Schlamm steckten, passten auch nicht zu dem grünen Kostüm, das sie trug, gleichfalls ruiniert, machen wir uns nichts vor, das ist hinüber, das war ihr Business-Kostüm, dazu passten die Schuhe überhaupt nicht, hellbraune Wildlederpumps zu grün! Himmelschreiende Kombination. Hatte sie nicht selber ausgesucht, ging ja auch gar nicht. Weil sie tot war. Sie hätte für die Beerdigung ein anderes Outfit genommen, kam ihr in den Sinn, aber wer denkt schon an so was? Vor allem, wenn der Tod so unabsehbar rasch erfolgt wie in ihrem Fall. Das fiel ihr nun alles ein, dieser Unfall, nur die letzten Sekunden davor natürlich, der Krach von dem Laster, der ihr reingefahren war; seit ihrer Auferstehung hatte sie nicht daran gedacht, keine Sekunde. Sie erstarrte, das Fluchen erstarb zu einem heiseren Flüstern, dann war sie still. Man kriegt das mit der Auferstehung nicht so recht mit, wenn man nicht weiß, wie man gestorben ist, dachte sie. Wenn man nicht weiß, *wie*, weiß man auch nicht, *dass* man gestorben ist. Man kann es intellektuell erfassen, aber nicht richtig, nicht … wie soll man sagen … seelisch. Die anderen hatten sie durch Indizien davon überzeugen müssen, dass sie gestorben und auferstanden war. Sie hatte die Argumente akzeptieren müssen. Gestorben und auferstanden, aha. Aber erst jetzt hatte sie es begriffen. Wegen der kaputten Schuhe.

Sie begann zu weinen. Nicht vor Schmerz, nicht vor Glück, einfach so, als Energieabfuhr. Dann war sie eine Zeit lang still. Von der Seite ein Rauschen im Schilf, etwas Größeres näherte sich, bog die Halme auseinander. Ein Boot? Ein Nilpferd? Blödsinn.

Ein Jemand. Die Artistin von vorhin. Weiß gekleidet, eine Art Mantel mit weiten Ärmeln und breiten, violetten Borten. Stand auf dem Wasser zwischen den Stängeln. In Pantoffeln, vorn mit leicht nach oben gebogener Spitze. Vergoldet. Purer Kitsch. Die Artistin war ein Mann. Langes, schwarzes Haar bis auf die Schultern, gelockt. Und ölig glänzend. Sehr glänzend. Als hätte er einen Viertelliter Öl auf dem Haar verteilt. Und im Vollbart. Das Gesicht … nicht anziehend, fand sie. Nicht *schön.* Man würde ihn nicht als Dressman für einen Katalog buchen. Markante Nase, tiefliegende Augen, schwärzer noch als das Haar.

Und der Geruch. Geruch, dachte sie, nicht Duft. Wahrscheinlich in dem Öl enthalten, das der Mensch so ausgiebig für Haar und Bart verwendet hatte. Ein Geruch, der … nun ja, wenn sie ihn nie kennengelernt hätte, wäre das auch kein Unglück gewesen. Ein Geruch, den man *interessant* nennt, wenn man ihm im fernen Land begegnet. So *interessant* wie etwa tropische Darmparasiten.

Der Mann blickte aus der Höhe auf sie herab. Weil er höher stand als sie. Nicht im Seeschlamm wie sie stand er, sondern auf dem Wasser. Auf dem Wasser. Sie konnte das deutlich vor sich sehen. Die vergoldeten Zirkuspantoffeln, die etwas ins Wasser einsanken, ganz wenig nur, einen halben Zentimeter vielleicht. So stand er zwischen den Schilfrohren, die er mit beiden Armen auseinanderdrückte, vor ihr auf der Oberfläche des Sees. Von den Schwimmkörpern unter den Schuhen nichts zu entdecken, sie streckte die Hand aus, tastete unter Wasser danach. Aber da war nichts aus Holz, Alu oder Kunststoff. Da war gar nichts außer Wasser. Unter seinen goldenen Kitschpantoffeln war nur Wasser. Er beugte sich zu ihr hinab, bot ihr die rechte Hand. Am Handgelenk fiel ihr ein münzengroßer, dunkler Fleck auf. Tätowierung oder Narbe von einem Unfall. Diese Artisten leben gefährlich.

Dann glaubte sie, etwas zu hören. Ihren Namen, er hatte sie beim Namen genannt. So leise, dass sie erst glaubte, sich verhört zu haben. Renate. Doch: Er hatte sie *Renate* genannt. Im selben Augenblick ergriff sie seine Hand. Woher wusste er, wie sie hieß? Er zog mit großer Kraft. Ihr Körper streckte sich, löste sich aus dem Schlamm, ihre Schuhe, das spürte sie, kamen mit, blieben nicht im Seegrund stecken. Er hob sie aus dem Wasser und stellte sie auf dem Bohlendamm ab.

Da erkannte sie ihn.

Natürlich: Er konnte nicht so aussehen wie Robert Powell in dem Zeffirelli-Film. Keine brünetten Schnittlauchlocken am angelsächsischen Langschädel, keine eisblauen Augen. Erst recht nicht sah er aus wie Max von Sydow. Der hatte ihr in „Needful things" sowieso besser gefallen, wo er den Gegenpart gespielt hatte, gewissermaßen ... wie kam sie jetzt da drauf? Es fiel ihr gleich ein; den Film hatte sie kurz vor dem Unfall gesehen, eine Woche oder so.

Was sollte sie jetzt machen? Wie verhielt man sich in so einer Situation? Halleluja singen ... wie ging das überhaupt? Sie hatte für Musik nichts übrig, nie für irgendwelche Bands geschwärmt. Er blickte sie an mit seinen großen Augen voller grundloser Schwärze, was ganz und gar keinen beruhigenden Eindruck machte, eher einen grusligen. Er erwartete, dass sie etwas tat. „Halleluja", sagte sie mit leiser Stimme, dann etwas lauter noch einmal: „Halleluja", mit einem kleinen Ausrufungszeichen dahinter. Das schien ihn zufriedenzustellen, er trat vom Wasser auf den Bohlendamm, ging ein paar Meter in die Richtung, aus der sie gekommen war, überlegte es sich anders und verschwand nach links ins Schilf, das sich hinter seinem weißglänzenden Gewand schloss. Sie setzte sich auch in Bewegung. Sie kam sich vor wie das kleine Mädchen, das dem Hohen Gast den Blumenstrauß überreichen und ein Gedicht aufsagen soll, eh nur ein sehr kurzes, aber wider Erwarten hat sie alles vergessen und bringt keinen Ton heraus, während die Eltern in der wartenden Menge darauf hoffen, von der sich öffnenden Erde verschlungen zu werden. Die kleine Renate wünscht sich das nicht, sie wünscht sich überhaupt nichts, sie denkt auch an nichts, weil sie grad große Probleme mit dieser Tätigkeit hat, dem Denken; sie steht nur erstarrt und merkt, dass der Blumenstrauß aus der kleinen, schwitzenden Faust verschwunden ist, immerhin, das hat sie also geschafft, den Blumenstrauß ist sie losgeworden, den hat er ihr irgendwie entwunden, das hat also geklappt. Keine totale Katastrophe, der Strauß ist ja auch wichtiger als das blöde Gedicht, die Übergabe sieht man in der Wochenschau, das Gedicht hätte sowieso keiner gehört … wie kam sie jetzt auf die Wochenschau? Die gab es doch schon lang nicht mehr. Ich verlier den Verstand, schoss es ihr durch den Kopf, auferstanden, ja, schön und gut, aber wer garantiert, dass man dabei normal bleibt? Sie sah zu Boden, sah auf ihre Schuhe. Mit einer Schlammschicht überzogen, der Rock klatschnass. Sie war im Wasser gestanden, fast bis zur Hüfte. ER hatte sie herausgezogen. Ja, ER. ER hatte sie berührt. Hatte sie bei ihrem Namen genannt. *Ich habe dich bei deinem Namen gerufen, du bist mein.*

Ja, konnte man so sagen, kein Einwand. Ihre Knie verwandelten sich in Gelee, alles gab nach, sie sank auf dem Bohlenweg zusammen. Diese Auferstehungskiste war keine aus dem Ruder gelaufene Gentechnik, auch sonst kein Science-Blödsinn, sondern die Sache selbst, die AUFERSTEHUNG. Und er, der sie aus dem Wasser gezogen hatte, war ER. Sie musste es den anderen sagen, die hatten das alles bis jetzt nicht richtig ernst genommen. Sie lief den Bohlendamm zurück, so schnell sie konnte. Bei jedem Schritt quietschte das Wasser in den ruinierten Schuhen. Wo kriegte sie jetzt Damenschuhe her? Peter Gottlieb würde kaum welche im Haus haben … das Ende der Welt nahte, da würden die doch sicher was Festliches veranstalten, Posaunen, himmlische Heerscharen – sie hatte keine Ahnung, was sie sich unter *Heerscharen* vorstellen musste; sicher kamen die aber nicht im Overall, wenn der Chef goldene Schuhe anhatte. Apropos Zirkus: von wegen! Samt war das gewesen, mit Goldfäden bestickt über und über, das sah sie mit einem Mal vor sich, diese unglaublich kostbaren Schuhe. Und sie selbst? Sie konnte nicht mit diesen Schlammlatschen zur Abschlussfeier des Universums gehen, da ging sie lieber barfuß. Die Schuhe hatten sowieso nicht zum Kostüm gepasst. Das konnte sie in Peters Gasthaus trocknen, die Heizung war ja schon an, dann eventuell aufbügeln, ein Bügeleisen würde er wohl haben, der gute Peter. Sonst könnte man sich eins bei den Nachbarn ausleihen … mit diesen Gedanken trat sie den Rückweg nach Holzgarten an.

6

Auf dem Hof vor der Werkstatt des Hagen Bechtold herrschte schlechte Stimmung, das heißt: brütendes Schweigen. Hagen war ein geselliger Mensch, der gern und viel redete, aber auch Wert darauf legte, dass andere Antwort gaben, sich beteiligten. Ein dialogischer Typ, man sollte es kaum glauben, was aber von allen bestätigt wurde, die ihn näher kannten. Sein Adlatus Gehriger behauptete oft und oft, der Hagen vertrage sogar Widerspruch – wenn er witzig daherkam. Mit einem „Schmäh“ sozusagen, dann musste Hagen lachen, das kam oft vor, es fiel manchen Menschen leicht, mit ihm auszukommen, er war ein emotionaler Typ, der leicht in Rage geriet, das schon, aber normalerweise kam er auch rasch wieder runter. Normalerweise. Leider war nichts mehr normal.

Gehriger, der Hagen Bechtold von der Schule her kannte, hatte ihn noch nie so erlebt; so übel drauf und vor allem: so lang. Hagens schwacher Punkt, das wusste man seit Jahren, war sein Verhältnis zu staatlichen Autoritäten. Mit Polizei, Finanzamt und so konnte er gar nicht, da regte er sich buchstäblich wegen jedem Dreck auf und machte einen Riesenaufstand, was nie und nimmer dafür stand, nur Scherereien einbrachte. Anzeigen wegen Beleidigung, übler Nachrede, solche Sachen. Amtsbekannt. Das war er, der Hagen Bechtold, amtsbekannt.

Aber das jetzt war etwas anderes. Klar, dieser Polizeiarsch, der Stieger, hatte sich aufgeführt wie die Axt im Wald, der war ja nicht normal, alles, was recht ist … es war ja nicht so, dass der den Hagen nicht gekannt hätte. Die haben sich schon zwanzig Jahre gekannt und gewusst, wie der andere tickt. Drum gingen sie sich aus dem Weg. Vernünftig halt. Warum der Bulle so ausgerastet war, hatte Gehriger nicht verstanden, es hatte ja keine offene Sache gegeben. Keine nicht bezahlten Strafzettel, kein Gerichtszeug momentan, alles ruhig eigentlich. Und dann kam der Stieger mit dem Städter ins Wirtshaus und fing diese Stänkerei an, auf so eine komische Art, dass man wirklich sagen musste: Der hat sie nicht mehr alle, der hat was genommen. Klar, dass der Hagen sich das nicht hat gefallen lassen. Aber hinterher, diese Sache im Wald ... Gehriger hatte das nicht gefallen, das heißt, während der Sache schon, sogar sehr, aber jetzt, danach fragte er sich: Bist du jetzt total übergeschnappt? Einen Polizisten totzuschlagen – und du bist dabei gewesen. Glaubst du, die nehmen das alles locker, einer mehr oder weniger spielt keine Rolle? Was hast du dir dabei gedacht, du Arsch mit Ohren?

Und darauf, während er so mit sich haderte, musste er sich selber sagen: Nichts. Nichts hatte er sich dabei gedacht. Den anderen ging es genauso, das war ein geringer Trost. Er hatte sich mit ihnen unterhalten, nicht in der Werkstatt, sondern bei denen zu Hause. In den „Löwen" gingen sie nicht mehr, gestern jedenfalls hatte er dort keinen gesehen. Feige Bande. Die wollten Hagen nicht begegnen. Wenn er ehrlich war, wollte er das selber auch nicht, hatte aber keine Wahl. Er war bei Hagen angestellt. Er und der Hader. Sie beide konnten nicht weg.

Zu tun gab es auch nichts. Die Holzgartener brachten keine Autos zur Überprüfung; die Autos Holzgartens schienen über Nacht alle Macken abgelegt zu haben. Es kam aber auch niemand, um unter dem Vorwand, die Gebrauchtwagen zu inspizieren, die hinter der Werkstatt einen halben Hektar belegten, einen Tratsch mit den Mechanikern zu halten, ein paar Worte mit dem Chef zu wechseln oder sonst wie im Dunstkreis der Bechtoldschen Werkstatt die Zeit totzuschlagen. Das geschah sonst jeden Tag, Hagen ließ es geschehen wie ein Feudalherr, der gern seine Vasallen um sich geschart hat. Manchmal hatte einer Geburtstag, dann spendierte er eine Kiste Bier oder so. Er hatte gern Leute um sich. Vor allem solche, die ihm verpflichtet waren, aber auch andere, bei denen dies noch nicht der Fall war. Er genoss die Achtung, die ihm entgegengebracht wurde.

Und wurde fuchsteufelswild beim kleinsten Anzeichen von Herablassung. Drum war die Geschichte mit dem Stieger so blöd ausgegangen, dachte Gehriger, so unglaublich dämlich, weil der Arsch sich so aufgeführt hatte im „Löwen". Aber zum Jammern war es jetzt zu spät. Jetzt hingen sie alle mit drin. Wenn die Suchmannschaften den Stieger nicht im Wald fanden, kam der See ins Spiel, davon war Gehriger überzeugt. Und Hagen auch, dachte er. Nur fragen konnte er den nicht, weil er eine Saulaune und sich im Büro verbarrikadiert hatte, einem finsteren Kabuff am hinteren Ende der Halle. Dort ging er hin, wenn es wirklich schlecht stand, wenn er sich nicht mehr unter Kontrolle hatte, das wussten seine Angestellten. Man durfte dort drin nicht stören, bis er von selber wieder herauskam. Mit einer Cognacfahne, aber halbwegs normal.

Hader werkelte an einem Getriebe, da war er sicher vor einem Wutausbruch, weil nicht einmal Hagen Bechtold einen Mann blöd anreden würde, der grad ein Getriebe auseinandernahm. Das war wie eine Herzoperation, da konnte viel schiefgehen. Gehriger hatte keine solche Schutzarbeit, er hatte gar keine. Wenn der Chef nicht da war oder *im Büro*, leitete er die Werkstatt, kümmerte sich um die Kunden. Wenn welche kamen. Jetzt kamen aber keine. Die wussten alle, was mit Stieger passiert war und auch, wer daran wie beteiligt gewesen war. So war das in Holzgarten. Sie gingen auf Abstand und warteten, was die Polizei rausfinden würde. Nix wahrscheinlich. Dann würde es eine Belohnung geben für sachdienliche Hinweise. Schon wegen dem Buchhändler, dem Galmei. Dass der Himmel und Hölle in Bewegung setzen konnte, hatte in Holzgarten niemand gewusst, aber mittlerweile wusste es jeder, seine Frau, Rosa, hatte es Gehriger gestern Abend erzählt. Sie hatte es im Supermarkt gehört. Also würde der alte Galmei für eine Belohnung sorgen und Hagen für viele Jahre ins Gefängnis gehen. Inzwischen könnte Gehriger die Werkstatt leiten, er traute sich das zu, hatte sogar ein paar Ideen, wie man die Abläufe verbessern könnte – das Problem war nur, dass er mit Hagen mitgehen würde. Ins Gefängnis. Der Hagen würde sie ins Verderben reißen, alle, die dabei gewesen waren.

Aus seinen düsteren Gedanken riss ihn ein Ereignis, das ganz alltäglich war, sogar das alltäglichste überhaupt in einer Autowerkstatt; gleichwohl hatte er nicht mehr damit gerechnet, heute sowieso nicht und vielleicht niemals mehr.

Ein Auto fuhr in den Hof. BMW.

Aus stieg ein *Herr.* Also keiner von den landläufigen Blödmännern, nein, ein Herr im hellen Anzug. Das Herr-liche, das der Ankömmling verströmte wie ein Scheinwerfer, konnte Gehriger an keinem Detail festmachen, dazu fehlten ihm alle Voraussetzungen, er spürte es nur als Gesamteindruck. Er verließ die Werkstatt und rannte auf den Ankömmling zu, er wollte eigentlich nicht rennen, konnte es aber nicht unterdrücken. Er war so froh! Kein Holzgartener mit einem dreizehn Jahre alten VW Polo und dem Begehr, mit irgendwelchen Mechanikerwinkelzügen die Plakette seiner Rostschüssel um ein weiteres Jahr zu verlängern; möglichst billig natürlich. Sondern ein Jemand, der das Wort „billig“ zwar kannte, aber sich nichts darunter vorstellen konnte, weil etwas Billiges in seinem Leben noch nie vorgekommen war. In seinem Umfeld gab es nichts, was die Bezeichnung „billig“ verdient hätte, aber auch nichts Teures; für diese Menschen hatte „billig“ und „teuer“ keine Bedeutung, dachte Gehriger, die Dinge kosteten, was sie eben kosteten, weiter war dazu nichts zu sagen.

Der Mann streckte ihm die Hand entgegen. Und er lächelte. Gehriger wischte sich die Hand an der Hose ab, sagte dann: „Entschuldigung, lieber nicht – ölig …“ und ließ die Hand sinken. Der andere zögerte nicht, Gehrigers Mechanikerpranke zu ergreifen, förmlich zu packen, kräftig zu schütteln. Ohne sich im Folgenden, das beobachtete Gehriger aus Gewohnheit, an einem Taschentuch die Dreckspuren abzuwischen – wie es pseudoleutselige Kunden in dem Moment tun, da sie glauben, es sieht keiner. So weit geht die Solidarität mit der Arbeiterklasse eben nicht.

„Ein Geräusch", sagte der Ankömmling, „so ein komisches Klappern beim Fahren. Könnten Sie sich das einmal anhören? Ich will nicht, dass etwas kaputt geht, wär doch schade um den Wagen. – Und machen Sie's gründlich, bitte, lassen Sie sich Zeit!" Er reichte Gehriger den Schlüssel. Der nahm ihn, holte eine Schutzfolie für den Sitz und fuhr davon. Er konnte sein Glück kaum fassen. Ein *Geräusch.* Kein Mensch erwartet, dass man ein *Geräusch* zuordnet, das kann niemand. Also sind Untersuchungen nötig, teure und langwierige. Die viele Stunden dauern, bis man alles auseinandergenommen und wieder zusammengebaut, eine mögliche Quelle nach der anderen ausgeschlossen hat. Am Ende sind dann viele kleine Teile ausgetauscht worden und das *Geräusch* ist auch verschwunden; nichts bleibt davon als eine vierstellige Mechanikerrechnung.

Gehriger fuhr aus Holzgarten hinaus in Richtung Wald. Bis jetzt war nichts zu hören. Der BMW lief wie ein Uhrwerk. Er musste den Motor hochdrehen, bei einem Geräusch war es nötig, alle Drehzahlbereiche abzuhören, das ging nur auf der Autobahn, die nächste Auffahrt war zwanzig Kilometer entfernt. Lassen Sie sich Zeit!, hatte es geheißen. Das konnte er haben, der sympathische Herr. Endlich einer, dem es nicht so aufs Geld ankam. Wie diesen Pfennigfuchsern, die sich einen Superschlitten kaufen, aber dann bei der Mechanikerstunde den Sparmeister rauskehren. Hunderttausend für den Wagen, ohne mit der Wimper zu zucken, aber hinterher lange Debatten wegen sechsundsechzig Euro … er beschloss, sein Bestes zu geben. Wenn es da wirklich ein Geräusch gab, würde er es hören. Und ein paar unsinnige Untersuchungen bei den Teilen weglassen, wo er wusste, dass sie das Geräusch auf keinen Fall verursacht hatten. Die nächste Abfahrt war dreißig Kilometer weit. Zurückfahren würde er auf der Landstraße, wegen der Belastungswechsel und so.

Er lächelte. Der Tag war doch noch besser geworden, als er gedacht hatte. Ja, diese Stieger-Geschichte, die gab es nach wie vor, aber … sie hatte nicht mehr die Bedeutung, die sie noch vor einer halben Stunde gehabt hatte; sie war jetzt – normaler. Wie etwas, das eben vorkam, wo man aber kein Riesengewese drum machen musste. So eine Sache war kein Grund, die Nerven wegzuschmeißen, zitternd auf seinen vier Buchstaben zu hocken und auf die Polizei zu warten.

Auch die Laune seines Chefs, Hagen Bechtold, hatte sich in den letzten Minuten zum Besseren gewandelt. Bei Hagen war das vorherrschende Gefühl nicht Angst gewesen, Hagen hatte keine Angst. Es war Zorn. Gleißende Wut. Nicht etwa auf sich selbst, weil er sich zu einer Riesendummheit hatte hinreißen lassen; so war das nicht, Hagen bereute seine Taten nicht. Nie. Es war auch nicht die Wut auf einen seiner Unterläufel oder die feige Bande, die sich jetzt nicht blicken ließ; er hatte nichts anderes erwartet, allesamt Versager, er kannte sie ja seit vielen Jahren, kein Grund, wütend zu werden. Es war nicht einmal Wut auf Stieger, der hatte gekriegt, was er verdient hatte, also Amen und aus! Da war nichts mehr. Es war … es war Wut auf nichts und niemanden, Wut an sich, reine Wut, abgelöst von allen Umständen und Zielen.

Und jetzt, als er aus seinem Kabuff rauskam und den Fremden sah, verrauchte sie, die sinnlose Wut, verflüchtigte sich wie der Inhalt eines Albtraums, aus dem man erwacht und gleichzeitig spürt, wie man ihn vergisst, zehn Sekunden später ist alles weg bis auf das vage Gefühl von etwas Verwerflichem, das es auf der Erde nicht geben sollte.

Der Mann kam durch die Werkstatt auf ihn zu, lächelte, streckte die Hand aus, begrüßte ihn als „Hagen Bechtold, die Mechanikerlegende!“ Alle, behauptete der Mann, würden ihn so nennen, deshalb sei er ja hierher gekommen mit seinem BMW-Problem, der Gehriger sei schon unterwegs, um dieses Geräusch zu enträtseln. Mechanikerlegende. Diesen Ausdruck hatte Hagen Bechtold noch nie gehört, erst recht nicht im Zusammenhang mit seiner Person; und dass ihn seine Mitbürger so nennen würden, als lächerliche Lüge eingeordnet. Aber dem

Doktor mit dem Namen, den man sich nicht merken konnte – dem glaubte er es. Und freute sich. Wie ein Kind sozusagen, er kam lang nicht drüber weg; Mechanikerlegende ... Mechanikerlegende geisterte ihm durchs Hirn wie ein Mantra, er grinste, hörte dem Arzt zu, verstand aber nicht, was der sagte, irgendwas mit dem BMW, das würden sie in den Griff kriegen, er und der Gehriger, sogar der Hader hatte seine speziellen Fähigkeiten, das musste man zugeben, nicht für alles zu gebrauchen, natürlich nicht, aber für alles mit Schmierfett und Öl, da machte dem Hader keiner was vor, da war er firm. Keine Angst, sich dreckig zu machen, daran lag es nämlich. Schon lang hatte er nicht mehr so positiv über seine Angestellten gedacht. Eigentlich überhaupt noch nie.

Und das war auch komisch: Wie kam der Gehriger dazu, mit dem Wagen abzuhauen, ohne vorher zu fragen? Wer war denn der Chef hier? Normalerweise hätte er sich darüber bis zum Schlaganfall aufgeregt, aber jetzt ... jetzt war es ihm egal. Ja, egal. Der Gehriger war halt übereifrig. Macht auch einen guten Eindruck vor dem Kunden, wenn der Angestellte Initiative zeigt, das heißt, er kennt sich aus – in diesem Laden ist der Besitzer nicht der einzige, der weiß, was er tut. Konnte man auch so sehen.

Jetzt war es Zeit, dem Kunden einen Kaffee anzubieten. Das tat er auch, der Fremde unterbrach seine Suada und schien erfreut. Nein, der freute sich wirklich über das Angebot! Über einen Kaffee! Hagen befahl dem Hader, den kleinen Klapptisch auf den Hof zu stellen, in sein „Büro" konnte er diesen Mann nicht bitten, es roch dort komisch, wie Hagen wohl wusste, eine verreckte Maus wahrscheinlich, gefunden hatten sie nie etwas. Hader brachte den Klapptisch und zwei Campingstühle, der Kunde nahm Platz, bedankte sich bei Hader, dessen einfaches Weltbild durcheinandergeriet. Kunden waren entweder Trottel oder Arschlöcher, etwas Drittes gab es gar nicht. Bis jetzt. Etwas Drittes gab es doch, hier saß es auf dem mickrigen Stuhl an einem Wackeltischchen im schmierölgesprenkelten Betonhof der „Bechtold Garage“ und freute sich wie ein Kind, das konnte man dem Mann ansehen.

Hagen Bechtold brachte den Kaffee, der von seinem Besucher nach dem ersten Schluck mit Worten gelobt wurde, die Hagen nicht erwartet hatte, die aber seiner Seele wohltaten, so wohl, dass Hagen den Hader aufforderte, sich auch eine Tasse zu nehmen und mit am Tischchen Platz zu nehmen. Kurz: Es herrschte auf dem Hof der Bechtoldschen Autowerkstätte eine so herzliche, harmonische Stimmung, wie sie hier selten, vielleicht sogar noch nie geherrscht hatte. Sie, die Stimmung, ging von Dr. Kategoros-Korowjew aus; er strahlte sie ab wie ein Radiosender, keiner im Umkreis konnte sich ihr entziehen. Es gehörte dies zu den mannigfachen Fähigkeiten des berühmten Arztes, er setzte sie ein, wenn er wollte, das hieß: um einen gewissen Zweck zu verfolgen. Möglich war ihm das, weil er die Menschen besser kannte als sie sich selbst, was daran lag, dass er sie gründlicher studiert hatte als irgendjemand sonst. Der Radius der guten Stimmung war begrenzt, zwanzig Meter oder so, größere Reichweite hätte die Empfindlichkeit des Instruments herabgesetzt. Als Instrument wurde sie vom Doktor eingesetzt, zur Schaffung eines Settings, als Anfangsparameter einer Versuchsanordnung.

Denn was Dr. Kategoros-Korowjew plante, war nichts weniger als ein Experiment. Mit Menschen. Der Doktor machte ausschließlich Versuche mit Menschen, etwas anderes interessierte ihn nicht. Die erwähnte profunde Menschenkenntnis hatte er sich eben durch ausgedehnte Versuchsreihen erworben, so etwas flog einem nicht zu, da nützte keine „Intuition“ oder ähnlich schwammige Begriffe, da halfen nur harte Fakten, unbezweifelbare experimentelle Ergebnisse.

Gehriger war schon auf dem Rückweg. Inzwischen kannte er auch das Geräusch. Es war nichts, was er jemals in einem Auto gehört hatte. Auch nicht an irgendeinem Ort außerhalb eines Autos. Es hatte erst auf der Autobahn begonnen, so schwach, dass er es für eine Sinnestäuschung hielt, mit jedem Kilometer war es dann aber deutlicher geworden, bis etwa auf halber Strecke zur nächsten Ausfahrt kein Zweifel mehr bestehen konnte. Nicht besonders laut, aber unüberhörbar. Und nervend.

Da redete jemand. In dem Auto. Die Stimme kam aus keiner bestimmten Richtung, nicht von den Türlautsprechern, nicht aus dem Fond des Wagens, nicht vom Armaturenbrett, am ehesten noch vom Dachhimmel, aber sicher war sich Gehriger nicht. Also ein Problem mit dem Radio. Das Radio war gar nicht an. Jedenfalls soweit er das beurteilen konnte – in die neuen Autos dieser Preisklasse hatten sie eine Masse digitalen Schnickschnack eingebaut, die kein Mensch ganz überblickte, da konnte es leicht zu einer Fehlfunktion kommen. Er schaltete das Mediencenter oder das, was er dafür hielt, ein paar Mal ein und aus, das Radio funktionierte, jetzt überlagerte sich aber die Stimme mit der Musik. Und wurde lauter. Wenn er das Radio lauter drehte, hielt die Stimme mit. Am meisten nervte nicht, was die Stimme sagte. Fremde Sprache, keine, die Gehriger je unter Holzgartens ausländischen Mitbürgern gehört hatte, er verstand kein Wort. Etwas daran war falsch. Gehriger konnte keine Fremdsprachen, er hatte sich auch nie für eine interessiert, in den Urlaub fuhr er nur hin, wo er mit Deutsch durchkam. Aber hier war etwas grundlegend falsch. Da wurden Buchstaben kombiniert, die ein normaler Mensch nicht aussprechen konnte; als würde man blind auf einer Tastatur rumhacken; dann wieder lauter „aa" und „ei" und „uuh" hintereinander. Dennoch war das eine Rede, jemand sagte etwas, das hatte eine Bedeutung, er war sich sicher. Und keine gute, da war er sich auch sicher. Er war froh, dass er nichts verstand. Solange er nicht versuchte, sich vorzustellen, wer da sprach. Man konnte nämlich nicht sagen, ob die Stimme von einem Mann oder einer Frau stammte, es war … dazwischen, unnatürlich. Aber auch nicht von einem Computer, sondern von einer lebenden Person; wenn man jemanden reden hört, stellt man sich den oder die dabei vor. Gehriger ging es genauso. Als er sich die Person vorstellte, schmiss er die Nerven weg, blitzartig. Kalter

Schweiß brach ihm aus, er versuchte zu verdrängen, was sich für einen Augenblick in seine Vorstellung geschlichen hatte, nur für eine halbe Sekunde oder so, aber das reichte schon. Der Wagen schlingerte über die Straße, überfuhr die Mittellinie, schlenkerte wieder zurück, die Reflexe wenigstens funktionierten noch, er ging vom Gas, bekam das Auto wieder unter Kontrolle. Er fuhr rechts ran, stieg aus, ging zehn Meter von dem Auto weg. Er atmete tief durch, vermisste eine Zigarette, er hatte vor einem halben Jahr mit dem Rauchen aufgehört. Unter Qualen. Eine Zigarette wäre jetzt gut, er hatte keine bei sich. Nach einer Weile stieg er wieder ein, startete den Motor.

Die Stimme war weg.

Er merkte, dass er zitterte. Arme, Beine, der Bauch wabbelte wie Pudding. Er konnte es nicht abstellen. Aber er konnte fahren. Er musste diesen Wagen loswerden. Er würde sagen, ihm sei kein Geräusch aufgefallen, da war nichts. Hagen würde toben, ihn einen Trottel heißen, wie steht er jetzt da bei so einem wichtigen Kunden? Vielleicht würde er ihn rausschmeißen. Auch egal. Gehriger würde den Wagen zurückbringen und nie wieder einsteigen. Gehrigers Glück war, das er keine Fantasie hatte und keine höheren Interessen. Seine Psyche besaß darin einen Schutzschild, ein sensiblerer Mensch hätte sich alle möglichen entsetzlichen Dinge vorgestellt und furchtbare Theorien entwickelt, wer oder was da aus dem Nichts sprach – und sich so geängstigt, dass er den Wagen gegen einen Baum gefahren hätte. Das tat Gehriger nicht. Er schaltete auf Überleben, und das war's. Mit dieser „Augen-zu-und-durch"-Haltung war er bisher durch alle Katastrophen des Lebens gekommen – wenn man lebenslange Beschäftigung bei der „Bechtold Garage" in Holzgarten nicht selbst als eine solche bezeichnen will. Er lebte ohne Anhang und Verpflichtungen an der Grenze zwischen Dummheit und Sich-dumm-Stellen, und damit war er immer durchgekommen.

Aber diesmal würde es nicht funktionieren.

***

Inspektor Stieger bog in dem Augenblick in den Hof der „Bechtold Garage“ ein, als der Mechaniker Hader den Herrschaften Cognac servierte. Hagen besaß einen Satz Cognacschwenker, die so selten zum Einsatz kamen, dass sich Hader an den letzten Gebrauch nicht mehr erinnern konnte. Nur, wenn Hagen ganz gut drauf war, also außergewöhnlich gut, trank und servierte er Cognac. Nur einen aus dem Supermarkt, unteres Preissegment, aber man kann nicht alles haben. Hagen und sein Gast saßen an dem Klapptischchen, die Beine lang gestreckt wie zwei Kumpel, die sich an diesem Ort seit vierzig Jahren treffen, um über alte Zeiten zu plaudern. Sie lümmelten in den Campingstühlen, die dafür nicht gebaut waren; Hader überlegte, welches die größere Katastrophe sein würde: der Zusammenbruch von Hagens Stuhl oder der seines Gastes. Hagen neigte, wie alle Holzgartener wussten, zu Wutausbrüchen, die oft von der Polizei ausgelöst wurden, aber nicht immer. Sondern von Hader, dessen sklavische Unterwürfigkeit die schlimmen Seiten an Hagen Bechtold erst zum Leuchten brachte. Ein klassisches Herr-Knecht-Verhältnis, seit langer Zeit durchströmt von echtem, in der Tiefe der Seele empfundenem Hass.

Das war Dr. Kategoros-Korowjew schon beim ersten Atemzug auf dem Bechtoldschen Garagenhof aufgefallen, als er eben aus dem BMW gestiegen war. Er roch, was da los war. Da köchelte etwas ewig auf kleiner Flamme, eingedickt zu einer Konsistenz, wie er sie in seiner langen Praxis selten gerochen hatte. Denn Dr. Kategoros-Korowjew verließ sich bei seinen Diagnosen auf die Nase. Er roch alles. Noch den feinsten Hauch der Verwesung, den nicht einmal ein darauf trainierter Bluthund wahrnehmen konnte. Er roch den Tod in allen Dingen. Jetzt, als Stieger mit langen Schritten auf den Hof kam, roch er etwas anderes, höchst Seltenes, durchaus Unangenehmes. Stieger hatte die tiefstehende Sonne im Rücken,

Hagen Bechtold erkannte ihn nicht in der Silhouette. „Heute geschlossen!“, rief er mit seiner fast nie vernehmbaren Gute-Laune-Stimme, „morgen wieder!“

„Solang kann ich nicht warten“, sagte der Inspektor, gab Hagen einen Stoß, sodass der mit seinem Campingstuhl nach hinten kippte. Der Kopf traf den Boden mit einem dumpfen Klatschen, es hörte sich feucht an; Hader hoffte auf eine klaffende Platzwunde, verbunden mit einem Schädelbruch.

„Du bist festgenommen“, erklärte Stieger, „steh auf, mach kein Theater.“

„Wieso?“, fragte Hagen. Seine Stimme war kaum zu hören. Sein Gesicht zeigte eine ins Grünliche changierende Blässe. Die stand ihm nicht, er sah aus wie sein eigener Geist.

„Wegen Mordes“, sagte Stieger. „An mir.“

„Also bitte“, mischte sich Kategoros-Korowjew ein, hören Sie sich eigentlich selber zu, wenn Sie reden? Wenn er Sie ermordet hat, wieso stehen Sie dann hier? Quicklebendig?“ Stieger wandte sich dem Arzt zu, den er bis jetzt ignoriert hatte. Er zeigte ihm das neutrale Gesicht des Exekutivbeamten, bemüht neutral, muss man sagen, weil er einen leichten Widerwillen nicht unterdrücken konnte. Wie immer, wenn sich ein Individuum in Amtshandlungen mischt, die es, das Individuum, einen Dreck angehen.

„Zur Information“, sagte Stieger, jedes Wort betonend, „ich bin nicht quicklebendig, ich bin auferstanden von den Toten. Das ist ein Unterschied. Haben Sie das verstanden?“

Kategoros-Korowjew erhob sich unter Mühen aus einem Campingstuhl. „Es ist noch gar nicht lang her, da haben Sie mich gefragt, wer ich bin. Erinnern Sie sich?“

„Sicher. Ich musste ja dreimal fragen.“ Stieger grinste übers ganze Gesicht.

„Für jemanden, der das also weiß, führen Sie sich ganz schön frech auf …“ Stieger trat dicht an den Arzt heran. „Die Sachlage hat sich geändert, Herr *Doktor.* Wie gesagt, ich bin auferstanden. Ich kann mir vorstellen, dass Sie mit diesem Konzept so Ihre Probleme haben …" Kategoros-Korowjew blieb ruhig. „Gut beobachtet", sagte er.

„Da kann ich nun aber leider auch nichts machen. Es ist, wie es ist …"

„… oder wie es sein wird", ergänzte der Arzt.

„Genau! Also finden Sie sich damit ab. Den Grenzdebilen hier nehme ich fest. Mischen Sie sich nicht in eine Amtshandlung! Ich würde das als Widerstand gegen die Staatsgewalt werten." Seine Rede beendete er mit dem klassischen Satz: „Treten Sie zurück!"

Und Kategoros-Korowjew trat einen Schritt zurück. Er lächelte dabei. „Machen Sie sich keine Sorgen", sagte er, zu Hagen Bechtold gewandt. „Ich vertrete Sie, wenn es zu einer Verhandlung kommt." Hagen sagte nichts, rappelte sich auf und drückte sich ein unsauberes Taschentuch auf den Hinterkopf.

„Du hast mich reingelegt!", schimpfte er. „Auferstanden! Genau wie damals!"

„Ich bin erst einmal auferstanden. Was soll das heißen, damals?"

„Das weißt du genau! Du hast der Danko doch selber die Schularbeit gestohlen!"

„Wer ist die Danko?", wagte Hader zu fragen, nachdem er gemerkt hatte, dass ihn niemand unmittelbar bedrohte.

„Die Mathelehrerin", sagte Hagen. „Der da hat mich angeschwärzt, ich sei's gewesen …"

„Warst du ja auch! Lächerlich, das immer noch zu leugnen, nach vierzig Jahren!"

„Ich war's nicht!", brüllte Hagen Bechtold. Etwas in dieser Stimme ließ den Inspektor zögern. Das klang nach echter Verzweiflung.

„Na schön", sagte Stieger in einem Anfall von Milde, den er selbst nicht verstand. „Du sagst, du warst es nicht. Ich war es aber auch nicht. Ich war nicht so schlecht in Mathe. Du aber schon …"

„Warum ist das so wichtig?", wollte Hader wissen.

„Weil Ihr Chef“, wandte sich Kategoros-Korowjew in freundlichem Ton, kein bisschen herablassend, an den Gehilfen, „wegen dieser Sache von der Schule geflogen ist. Sein Leben hat dadurch eine Wendung genommen, mit der er nie fertig geworden ist. Er wollte ja weiter kommen – als bis hierher.“ Er deutete mit ausladender Geste auf den Hof der „Bechtold Garage“, die im selben Augenblick in den Augen aller Beteiligten einen noch heruntergekommeneren Eindruck machte als sonst schon. Hader spürte das Unrecht, das ihm und allen Werktätigen angetan wurde und sagte: „Was ist schlecht an einer Werkstatt? Jemand muss doch die Autos reparieren!“

„Natürlich, lieber Herr Hader! Wo wären wir ohne die Mechaniker? Wir müssten alle zu Fuß laufen, wie früher! Bis nach Damaskus, wer weiß? Es war halt nur so, dass der gute Hagen Anwalt werde wollte …“

„Was?!“ Das riefen Stieger und Hader unisono. Hagen Bechtold sagte nichts, er war nur rot geworden.

„Was erstaunt Sie so, meine Herren!“, rief der Arzt. „Da sieht man wieder, wo die Vorurteile wohnen! Der Hagen wollte Anwalt werden wegen seines tief verwurzelten Gerechtigkeitssinns.“ Stieger begann zu lachen, Hader traute sich, zu grinsen. „Woher wissen Sie das?“, fragte Hagen Bechtold.

„Ich weiß vieles“, sagte Kategoros-Korowjew. „Gehört zu meinem Beruf. Und außerdem …“

„Nach dem Rauswurf blieb mir nichts anderes übrig …“, wollte Hagen sein weiteres Leben erläutern, was völlig überflüssig war, da sich alle Anwesenden seine Laufbahn vorstellen konnten – da wurde er außerdem von der Ankunft eines voll besetzten Autos unterbrochen, das mit quietschenden Reifen in den Hof einfuhr. Kurz vor der Gruppe am Klapptischchen blieb der Wagen stehen, die Türen sprangen auf und mehrere Personen kamen heraus: die Lebenden Peter Gottlieb und Matthäus Galmei, Buchhändler und Onkel des Inspektors Stieger, hinten die Auferstandenen Lukas Hildmeyer und Werner Liri. Alle vier starrten auf den Inspektor. Als erster fasste sich Galmei, der auf seinen Neffen zustürzte, ihn in die Arme schloss und rief: „Du lebst, du lebst!“

„Nein“, sagte Stieger, dem der Überschwang peinlich war, „ich lebe nicht, ich bin auferstanden … oder vielleicht auferweckt worden, also im technischen Sinn lebe ich schon …“ Die anderen umringten den Inspektor, der dadurch den festgenommenen Hagen Bechtold aus den Augen verlor, was der nutzte, um sich in seine Werkstatt zu schleichen, von der seine Angestellten wussten, dass von dort eine Hintertür auf ein unbebautes, an den großen Wald von Holzgarten grenzendes Grundstück führte; aber sonst wusste das kaum jemand. Inspektor Stieger zum Beispiel nicht, der aus dem Augenwinkel den Rückzug Bechtolds in seine Wellblech-Betonburg bemerkt, diese Bewegung aber nicht als Flucht eingeordnet hatte.

Stieger ging eine Bemerkung des Arztes nicht aus dem Kopf. „Sie wollten noch etwas sagen, Herr Doktor, bevor wir unterbrochen wurden – wegen Hagen …“

„Ach ja, stimmt. Er war’s nicht.“

„Damit wir uns recht verstehen: Ich rede von der Matheschularbeit …“

„Ich auch. Er war’s nicht.“

„Ich war’s aber auch nicht!“

„Das weiß ich doch, lieber Herr Inspektor!“

„Wovon redet ihr?“, wollte Galmei wissen. „Matheschularbeit? Welche Schularbeit? Und wieso läufst du überhaupt herum? Ich dachte, man hat dich umgebracht …“

„Gleich, Onkel, Moment noch, ich kann alles erklären! – Wenn er’s nicht war und ich auch nicht, wer war’s dann?“

„Der Brandner. Rüdiger Brandner.“

„Was?! Wieso denn der?“

„Das müssten Sie ihn schon selber fragen. Was schwer bis unmöglich ist, weil er sich vor ein paar Jahren mit dem Auto überschlagen hat. Wenn er also nicht auch von dieser Auferstehungsseuche befallen wurde, sehe ich keine Möglichkeit …“ Er wurde durch ein Fragengewirr der anderen unterbrochen.

Hildmeyer und Liri wollten wissen, was es mit der gestohlenen Matheschularbeit auf sich hatte, Stieger erklärte es ihnen, Galmei wollte wissen, woher der Fremde darüber Bescheid wissen konnte und wer er, nebenbei, eigentlich sei. Dr. Kategoros-Korowjew setzte zu einer Rede an, aber Stieger bat ihn, im Hinblick auf Alter und Gesundheitszustand seines Onkels nicht ins Detail zu gehen. Galmei protestierte, er habe Himmel und Hölle in Bewegung gesetzt, damit sein Neffe gefunden werde, das habe er jetzt davon, dass er als senil hingestellt werde: Das glaube er nicht, sagte Kategoros-Korowjew, das mit Himmel und Hölle, Himmel – okay, das könne sein, Hölle definitiv nicht. Dann lachte er. Hildmeyer, Liri und Stieger blieben unbeeindruckt, aber Peter Gottlieb und Galmei lief es bei dem kurzen Gelächter wie Eiswasser den Rücken hinunter bis in die Kniekehlen; Stieger zog den Onkel ein Stück zur Seite und brachte ihm mit leisen Worten bei, um wen es sich bei Dr. Kategoros-Korowjew abseits aller Titel und Diplome handelte. Galmei nahm es mit großer Fassung auf.

„Ich hab gehört, Sie suchen mich“, wandte sich Hildmeyer an den berühmten Arzt und Anwalt. „Ich war immer zugegen, ich versteh nicht, wieso Sie mich nicht gefunden haben, angesichts Ihrer Möglichkeiten …“

„Moment!“, protestierte Kategoros-Korowjew, „ausgemacht war etwas anderes! Es hat geheißen, ich werde informiert – von Ihnen, Herr Hildmeyer. Sie hätten also zu mir kommen müssen! Stattdessen lassen Sie mich tagelang durch dieses Kaff streifen …“

„Gegen den Ausdruck ‚Kaff‘ verwahre ich mich!“, rief Matthäus Galmei, „ganz egal, wer ihn verwendet.“

„Reg dich, bitte, nicht auf, Onkel, er hat ja recht. Schau es dir doch an, dieses Holzgarten! Ein Provinzkaff, wie's im Buche steht! Das verdruckste Getue, das Hintenherum, alles nur für den eigenen Vorteil, kein Bürgersinn …“ Er verstummte. Die anderen schwiegen betreten. Der Ausbruch war ihnen peinlich. Man durfte als Provinzbewohner alle möglichen Marotten pflegen, Stücke schreiben, obskuren Kleinparteien anhängen, sogar schwul sein, aber das eigene Nest beschmutzen durfte man nicht, das machten nur Leute, die nach Wien gezogen waren. Hildmeyer rettete die Situation, indem er sagte: „Also mir hat man gesagt, Sie melden sich bei mir, Herr Doktor, vielleicht ein Übermittlungsfehler, bitte, das kann ja vorkommen, deswegen werden wir uns nicht herumstreiten, wer wen hätte informieren müssen, jetzt sind Sie ja da und deshalb verkündige ich Ihnen jetzt: Sie sind geladen!“ Kategoros-Korowjew atmete durch, aber schwieg.

„Geladen zu was?“, fragte Peter Gottlieb.

„Zu Gericht. Ah so, ja – das hätt ich fast vergessen: bei Ihnen, Herr Gottlieb.“

„Bei mir? Was soll das heißen, bei mir?“

„Na, in Ihrem Gasthaus halt, im ‚Lamm‘. Wir brauchen doch einen Raum, ich meine, man kann in unseren Breiten nicht gut unter freiem Himmel …“

„… was für ein Gericht soll das sein?“, rief Peter Gottlieb lauter als er beabsichtigt hatte.

„Raten Sie doch!“, schrie Werner Liri und verfiel in das tonlos meckernde Kichern, das zu seinen Lebzeiten die Umgebung mehr genervt hatte als seine Sauferei.

„Das Jüngste“, sagte Dr. Katogoros-Korowjew mit salbungsvoller Stimme, „das Jüngste Gericht, Herr Gottlieb. Und Hildmeyer, der Herold …“

„… der was?“

„Der Gerichtslader“, erklärte Hildmeyer, „Herold klingt so pompös …“

„Hab ich recht verstanden“, mischte sich Matthäus Galmei ein, „das Jüngste Gericht findet in Holzgarten statt, im Gasthaus ‚Lamm‘?“

„Durchaus!“, sagte der Doktor, „im ‚Lamm‘. Ich kann da nichts dafür, wahrscheinlich haben Sie sich alle unter dem Jüngsten Gericht etwas anderes vorgestellt, aber bitte, ich kann dazu nichts sagen, man hat mich nicht konsultiert …“

„Was hätten Sie denn vorgezogen?", wollte Werner Liri wissen.

„Also, wenn Sie mich so fragen, muss ich schon sagen: Irgendwas, das ein bisschen mehr hermacht. Die Akropolis zum Beispiel, die Cheopspyramide …"

„Machu Picchu", schlug Liri vor.

„Auch möglich, obwohl dort …"

„Moment!", rief Peter Gottlieb. „Bevor sich das hier alles verzettelt! Das Jüngste Gericht! Im Ernst? Wieso denn jetzt? Und wieso in meinem Haus?"

„Also erstens", sagte Kategoros-Korowjew, „irgendwann muss es ja einmal sein, oder? Dass das so kommt, ist seit zweitausend Jahren avisiert, lang genug, würd ich sagen, da kann man sich jetzt nicht aufregen wegen zu kurzer Fristen. Und was den Ort betrifft …" Er zuckte die Achseln.

„Man sollte bedenken", setzte der Buchhändler Galmei fort, „beim letzten Abendmahl ist der Gastgeber ja auch nicht bekannt! Wem das Haus gehört hat, wo sie sich treffen, davon steht kein Wort in der Schrift. Aber es hat dieses Haus gegeben, mit einem kleinen Saal, es war nötig, verstehen Sie, sonst hätte das Abendmahl nicht stattfinden können. Und jemand musste ja das Lamm braten für das Pessach-Essen, das ging ja nicht automatisch! Und jetzt, am anderen Ende der Geschichte, sind das eben Sie, lieber Herr Gottlieb, der unbekannte, aber notwendige Gastgeber im … na? Im ‚Lamm'! Merken Sie die feine Metaphorik?"

„Apropos Essen", unterbrach ihn Hildmeyer, an Gottlieb gewendet. „Haben Sie die Wabe noch?"

„Ja … in Butterbrotpapier gewickelt …"

„Nicht im Kühlschrank?"

„Nein, in der Speis …"

„Gott sei Dank! Sie darf nicht zu kalt sein."

„Was ist mit der Wabe?", wollte Liri wissen. „Kriegen wir die zu essen?"

„Sie nicht", sagte Hildmeyer. „Wir anderen auch nicht. Die Wabe ist für den Vorsitzenden."

„Für den …?“

„Sie haben schon richtig gehört. Für den Vorsitzenden. Wer das ist, sollte in einem christlichen Land …“

Was er noch sagte, ging im Stimmengewirr unter; Peter Gottlieb war daran nicht beteiligt und wunderte sich, wie die paar Leute so einen Krach machen konnten. Galmei, Liri, Stieger, der Gehilfe, von dem er nicht wusste, wie er hieß, der Arzt mit dem langen Namen – und Bechtold. Wo war der?

„Bechtold ist weg!“, rief er in den Aufruhr hinein, worauf sich dieser legte, um nach zwei Sekunden der Stille wieder zu beginnen. Hildmeyer wurde mit Fragen bestürmt. Nur Inspektor Stieger beteiligte sich nicht mehr, zog Peter am Ärmel ein paar Meter von der Gruppe fort.

„Haben Sie gesehen, wo er hin ist?“, fragte er.

„Keine Ahnung, er kann ja aber nur durchs Tor gelaufen sein“, sagte Peter Gottlieb. Und verwünschte sich Sekunden später dafür. Warum hatte er nicht das Maul gehalten? Warum musste er hier Vermutungen äußern? Er hatte ja nicht gesehen, wie und wohin der Garagenbesitzer verschwunden war. Alles nur haltloses Geschwätz … Peter Gottlieb machte sich diese Vorwürfe, weil ihn das Ereignis, das seinen Worten folgte, bis ins Mark erschreckte; eins von der Art, die man nicht kommen sieht und das einen viel schlimmer schockiert als alles, was mit Vorwarnung geschieht, und handle es sich nur um einen Sekundenbruchteil. Denn Inspektor Stieger lief auf das breite Tor zu und erreichte die Öffnung im selben Augenblick wie der schwarze BMW von Dr. Kategoros-Korowjew, gesteuert vom Mechaniker Gehriger, der mit sechzig in den Hof einbog, weil er es nicht erwarten konnte, aus dem Wagen rauszukommen. Wegen der Geräusche, die er darin gehört hatte.

Stieger flog über das Auto weg nach hinten, schlug mit fettem Klatschen auf und rührte sich nicht mehr. Der BMW raste weiter in die linke der beiden Waschboxen, beendete die Fahrt an der Rückwand, die war aus Beton und stabiler als das Auto. Dr. Kategoros-Korowjew hatte es aus den Augenwinkeln verfolgt, während Peter Gottlieb auf den reglosen Körper des Inspektors starrte, die anderen drehten sich erst beim lauten Krachen des BMW von Stieger weg, und sahen, wie sich ein gelbroter Feuerball aus der Waschbox wälzte, weit heraus auf den Körper Stiegers zu. Den erreichte er aber nicht. Der Feuerschwall bog sich nach oben, dehnte sich aus und wandelte sich zu einer tiefschwarzen, kugeligen Wolke, die sich, zu einem umgekehrten Kegel verformt, in den Herbsthimmel erhob.

Niemand sprach, niemand rührte sich. Dann sagte Werner Liri: „Wie im Kino." Peter Gottlieb lief auf den am Boden liegenden Stieger zu. Er hat recht, dachte er, eine Explosion wie im Kino, in Wahrheit, das hatte er in einer Dokumentation gesehen, gibt es keine Feuerbälle bei Autounfällen, das sind Special Effects, um dem Publikum etwas zu bieten. Wie kam er jetzt da drauf …

Stieger rührte sich nicht. Arme und Beine auf eine Weise verdreht, wie man es nicht einmal bei chinesischen Artisten bestaunen kann. Er war tot. Das sah jeder, der sich traute, etwas genauer hinzuschauen, am Kopf, der sich mit der einen Seite in den Boden gedrückt hatte; aber der Boden war an dieser Stelle aus Beton, also hatte nicht der Kopf den Boden, sondern der den Kopf des Inspektors eingedrückt, so etwas konnte man nicht überleben. Alle kamen nun angerannt und umstanden den Leichnam. Kein Aas kümmert sich um den BMW-Fahrer, dachte Peter Gottlieb, woran liegt das?

„Das liegt daran", meldete sich der komische Ausländer aus dem Hintergrund, „dass man hier noch etwas Menschenähnliches sehen kann, aber dort hinten nicht mehr. Den Anblick von Brandleichen ertragen die Menschen am wenigsten, wie sie überhaupt das Feuer von allen Elementen am meisten fürchten."

„Können Sie Gedanken lesen?", fragte Peter.

„Unter anderem. – Ich hätte nie gedacht, dass ich das einmal sagen würde, aber jetzt ist die Gelegenheit: Lassen Sie mich durch, ich bin Arzt!" Die anderen ließen ihn zu Stiegers Leichnam, er beugte sich hinunter, befühlte die Halsschlagader.

„Er ist tot, ich spür keinen Puls …"

„… das liegt daran", unterbrach ihn Inspektor Stieger, während er sich aufrichtete, „dass Sie noch nie einen Puls gespürt haben. Und nie einen spüren werden."

Es gab keinen Überraschungsruf, nicht einmal ein scharfes Luftholen unter den Umstehenden. Wir haben uns in den letzten Tagen an allerhand gewöhnt, ging es Peter Gottlieb durch den Kopf, Auferstehung ist nicht mehr das, was sie einmal war, jetzt hat sie schon fast was Spießiges …

Dr. Katogoros-Korowjew erhob sich mit der indignierten Miene des Notarztes, der mitten in der Nacht wegen möglichen Darmverschlusses alarmiert worden war – und dann waren's nur Blähungen. Stieger setzte sich auf. Die eingedrückte Stelle am Kopf war verschwunden, Arme und Beine schienen richtig herum an den vorgesehenen Stellen eingesetzt, es gab kein Blut, nirgends. Er saß jetzt aufrecht, die Beine ausgestreckt und rieb sich den Kopf, aber nicht die vormals verletzte Seite, sondern die gegenüber.

„Wer war der Idiot?", fragte er in die Runde.

„Der Gehriger", sagte Kollege Hader.

„Und?"

„Und was?", fragte Peter Gottlieb. Stieger rappelte sich auf, deutete auf das brandschwarze Loch der Waschbox. „Auferstehung? Noch nix los?"

„Das Phänomen ist beschränkt", sagte Dr. Kategoros-Korowjew. Er klang verärgert. „Das ist doch offensichtlich. Ich sag das sonst nie, in diesem Fall aber schon: Gott sei Dank! Stellen Sie sich vor, was das sonst für ein Gedränge gäbe, wenn plötzlich Hinz und Kunz aus ihren Gräbern …" Der Rest seiner Worte ging in zustimmendem Gemurmel unter. Peter Gottlieb schämte sich für seine Zeitgenossen. „Ich will ja nicht auf das sogenannte gesunde Rechtsempfinden abheben", sagte er, „aber ist das nicht ein bisschen ungerecht? Ich meine: Wer bestimmt denn, wer aufersteht und wer nicht? Und wovon hängt das ab?"

„Was schauen Sie mich an?", fuhr der Arzt auf. „Ich habe darüber keine Kenntnis, ob Sie's glauben oder nicht! Niemand hat mich informiert …"

„Das haben Sie schon mehrmals erwähnt, Herr *Doktor*, ein Skandal, das wissen wir jetzt", bemerkte Inspektor Stieger. „Vielleicht kann der Herr Hildmeyer noch zur Klärung beitragen. Woher wissen Sie das mit dem Jüngsten Gericht, wer hat Ihnen das gesagt?", wandte er sich an Hildmeyer.

„Niemand hat was gesagt. Es steht alles auf dem Zettel."

„Welcher Zettel?"

„War in der Innentasche vom Sakko. Hab ich gefunden, weil ich Zigaretten gesucht hab." Er zog ein zusammengefaltetes Stück Papier hervor. „Daran hab ich mich gehalten." Stieger nahm ihm das Blatt aus der Hand und faltete es auseinander. Sein Onkel nahm es ihm aus der Hand. Er schien aufgeregt. „Papier! Ja, woher denn! Das ist kein Papier. Das ist ein Papyrus!"

„Ist das nicht fast dasselbe?", wollte Stieger wissen. Matthäus Galmei blickte Gnade erheischend zu Himmel. „Nein! Ist es nicht! Siehst du nicht die Maserung? Und das Format! Was soll das, bitte, sein? DIN A4?" Er begann zu lachen.

„Na schön, Papyrus, soll sein. Was steht da?"

„Jüngstes Gericht", las Galmei vor. „Und … das heutige Datum …" Hildmeyer riss ihm das Blatt aus der Hand. „Das ist mein Papier …"

„… Papyrus", berichtigte Dr. Kategoros-Korowjew mit feinem Lächeln.

„… also jedenfalls meins! – Es ist eine Liste. Wer teilnimmt …"

„Woran?", entfuhr es dem Gehilfen Hader.

„Am Jüngsten Gericht, Herrgott nochmal!", erregte sich Stieger. Alle beugten sich über den merkwürdigen Zettel, den Hildmeyer in der ausgestreckten Hand hielt. Weitsichtig, dachte Peter Gottlieb, er kann die Schrift kaum entziffern … seine Brille haben sie ihm nicht mit ins Grab gegeben. „Können Sie den Text eigentlich lesen?", fragte er Hildmeyer. „Ohne Brille?"

„Geht grad so …“ Galmei nahm ihm den Papyrus aus der Hand. „Tintenschrift“, erklärte er. „Moderne Buchstaben, keine Fraktur oder so, alles klein geschrieben. Von einer sehr … wie soll ich sagen … ungeübten Hand. Die Buchstaben sind unterschiedlich groß; die Zeilen allerdings eingehalten. Merkwürdig …“

„Also von jemandem geschrieben, der das Schreiben zwar gewohnt ist, aber in einem anderen Alphabet“, sagte Werner Liri.

Stieger wurde ungeduldig. „Herrschaften! Ihr sollt kein Gutachten verfassen! Was steht da?“

„Wie schon erwähnt: Jüngstes Gericht und das Datum … dann …“ Galmei kramte seine Brille hervor. „… dann eine Liste mit Namen, zwei Spalten … ah so! Links die Funktion, rechts der Name … und bei denen manchmal noch ein Zusatz …“ Stieger riss ihm das Blatt aus der Hand und begann vorzulesen.

„Erste Zeile ‚Vorsitz‘, daneben steht kein Name, aber etwas kleiner … was? Bratfisch, Wabe, Brot, Wein. Was soll das heißen?“

„Das will der Vorsitzende essen. Ist doch klar.“ Alle starrten auf Hildmeyer. „Bei der Verhandlung. Drum hab ich Ihnen ja schon mal die Wabe besorgt“, wendete er sich an Peter Gottlieb.

„Zweite Zeile“, setzte Stieger fort, „‚Ankläger‘, daneben ‚Kategoros-Korowjew‘.“ Der deutete eine knappe Verbeugung an. Hildmeyer nützte die allgemeine Verblüffung und nahm das Schriftstück wieder an sich. „Sie müssen das nicht so zelebrieren“, sagte er zu Stieger, „als ob es Wunder was wäre. Es ist eine Liste, basta! Sie sind übrigens der Sprecher, Herr Inspektor, steht gleich nach dem Ankläger.“

„Wer, ich?“

„Ja, steht so da. Oder gibt’s noch einen Stieger?“

„Stieger gibt’s in Holzgarten haufenweise! Man hätte doch wenigstens den Vornamen dazuschreiben können! Und was soll das heißen: Sprecher? Was spricht der, und wann? Gibt’s da eine Pressekonferenz?“ Alle lachten, Hildmeyer nicht, er wurde wütend. „Herrschaften. Etwas mehr Respekt, wenn ich bitten darf! Hier geht es ums Jüngste Gericht!"

„In einem normalen Kontext würd ich meinen, es geht um einen Faschingsscherz", sagte Matthäus Galmei, „um keinen sonderlich gelungenen nebenbei. Nur wegen der Auferstehungsgeschichten hören wir Ihnen überhaupt zu, Herr Hildmeyer …"

„… ob Sie mir zuhören oder nicht, interessiert mich einen Scheiß! Ich habe nur die Aufgabe, Ihnen Ihre Rollen mitzuteilen. So, wie es hier steht. Bei Ihnen steht nur ‚Schrift' und dann ‚Galmei'. Bei mir steht ‚Gerichtslader'."

„Was soll das heißen: Schrift?" Galmei war blass geworden.

„Das heißt, Sie sollen eine Bibel mitbringen. Zum Zitieren, wenn's nötig ist."

„Und woher wissen Sie das?"

„Eingebung. – Dann gibt's noch einen ‚Wirt', ein ‚Protokoll', da steht ‚Sameder', ich glaube, das ist Ihre Jugendfreundin, und … warten Sie, ja ‚Zuhörer' gibt es auch. Zwei. Liri und Hader." Hader wollte etwas sagen, unterließ es aber mit einer resignierenden Geste.

„Was mir auffällt", sagte Peter, „ist das Fehlen einer Verteidigung; ich meine: Merkwürdig bei einem Vorgang, der doch einem Prozess gleichen soll …."

„Verteidiger ist Talsmann", sagte Hildmeyer, „hätte ich schon noch gesagt, wenn Sie mich nicht dauernd unterbrechen würden! Steht ganz am Schluss der Liste."

„Der Verteidiger steht am Schluss?" Galmei lachte, es klang nicht fröhlich. „Das kann ja heiter werden!"

„Glaub ich weniger." Die weibliche Stimme ließ alle herumfahren. Da stand Renate Sameder und hinter ihr … ein Orientale in seltsamer Gewandung. Weiß, mit violetten Borten, nein, schoss es Peter durch den Kopf, nicht violett, sondern *purpur.* Purpur, aha. Und goldene Schuhe.

Das ist er also. Der Vorsitzende.

Niemand sprach. Renate Sameder blickte vom einen zum anderen, sie genoss den Auftritt. Niemand tat etwas, alle standen starr, nur Hader wischte sich die ölverschmierten Hände an der Hose ab. Gedankenleere breitete sich aus. Das Denken war ans Ende gekommen, das Planen, das Hoffen. Das Fürchten auch. Als Peter Gottlieb wieder einen Gedanken fassen konnte, war es dieser: Feierabend, Urlaub. Nichts mehr tun müssen. Eine große Last fiel von ihm ab. Die anderen, dachte er dann, empfanden ebenso; er spürte das.

„Können wir dann anfangen?", fragte Inspektor Stieger in die Stille hinein.

„Womit?", fragte Peter.

„Mit der Verhandlung." Peter Gottlieb bemühte sich, die Fassung zu wahren. Mit leiser Stimme fragte er: „Herr Inspektor, ist Ihnen klar, wer das ist? Sie können doch nicht ausgerechnet jetzt das Kommando übernehmen!"

„Klar weiß ich, wer das ist. Ich bin sein Sprecher. Ich gebe nur weiter, was er sagt."

„Er sagt was? Ich hab nichts gehört", bemerkte Galmei.

„Er spricht nur zu mir", erklärte Stieger. „Weil, wenn er selber die Stimme erheben würde, dann … also …"

„… schon gut", unterbrach ihn der Buchhändler, „so genau wollen wir es gar nicht wissen. Kann ich noch schnell in den Laden? Wegen der Bibel …"

Nach kurzer Pause sagte Stieger: „Bibel kann nicht schaden, meint er. – Also, gehen wir."

Die Truppe setzte sich in Bewegung. Ohne dass es jemand angeordnet hätte, bildete sich eine Prozessionsformation. Wir sollten eine Fahne haben, dachte Peter, bei jedem Fronleichnamsumzug haben sie Fahnen, Kreuze, Blasmusik, und jetzt, wenn der Chef selber anwesend ist, als er selbst … seine Gedanken verwirrten sich. Er holte tief Luft und bemühte sich um gleichmäßige Atmung, denn er spürte, wie Panik in ihm aufstieg. Das angenehme Gefühl des Angekommenseins, das der Weißgewandete ausgelöst hatte, war geschwunden. Es hatte sich so ergeben, dass Peter Gottlieb die Spitze des Zuges bildete. Wieso ich?, dachte er. Ich bin der Wirt … aha, derjenige, der alles herrichtet, vorbereitet, Sitzgelegenheiten, Getränke, Blumenschmuck … wo soll ich auf die Schnelle Blumen hernehmen? Wird das überhaupt gewünscht? Und wenn ja, was für Blumen? Man hätte mir eher was sagen sollen … Fragen über Fragen. Ihn hatte man nicht gefragt. *Können wir in Ihrem Gasthaus das Jüngste Gericht abhalten?* Was sagt man da? Ja, eh! Wie viele Personen? *Alle, die je gelebt haben.* Ah so … das wird dann aber ein bisschen eng …

Hinter Peter Gottlieb schritten Galmei und Stieger nebeneinander, Onkel und Neffe, dann Renate Sameder allein, hinter ihr der HERR im Erstes-Jahrhundert-Nahost-Festtagsoutfit sehr hochgestellter Persönlichkeiten. Dahinter der Mechaniker Hader. Den Schluss machte in deutlichem Abstand Dr. Kategoros-Korowjew, sodass ein Außenstehender annehmen konnte, der Arzt gehörte gar nicht dazu, sondern gehe nur zufällig in dieselbe Richtung. Es lag natürlich daran, dass er mit dem Vorsitzenden nicht gut auskam. Wegen eines – wie man sagt – Äonen zurückliegenden Zerwürfnisses, das nie gekittet worden war.

Galmei bog auf der Mitte der Strecke zu seiner Buchhandlung ab. Was Peter auffiel, war das Fehlen von Menschen. Niemand auf der Straße, niemand in den Vorgärten. Es gab Autos, aber nur geparkte. Sind alle erstarrt, fragte er sich, festgebannt in ihren Häusern in Erwartung des Urteils? Zu richten die Lebenden und die Toten … er verdrängte den Gedanken. Das Grübeln brachte nichts. Und hatte überhaupt noch nie etwas gebracht. Es war eine schlechte Angewohnheit, eher: Sucht; der schlagende Beweis dafür war, dass er nicht einmal am angebrochenen *Tag des Gerichts* damit aufhören konnte. Aber die Zeit der Fragen war vorbei. Heute begann die Zeit der Antworten. Besser: einer einzigen Antwort, in der alle anderen beschlossen lagen. Und dann … etwas Neues. Neuer Himmel, neue Erde? Oder Schluss, aus, Ende?

Vor dem „Lamm“ wartete Talsmann mit zwei kleinen Körben. Die gebratenen Fische. Praktisch, dass der Verteidiger gleichzeitig der Fischlieferant war. Spart einen Mann ein.

Überhaupt schien das Sparen bei der Veranstaltung ein bestimmender Umstand zu sein. Statt himmlischer Heerscharen Nordlicht. Statt Posaunen – gar nichts. Sie gingen hinein. Der Vorsitzende steuerte auf einen Tisch zu, aber Stieger bewegte ihn flüsternd in eine Ecke, wo er offenbar warten sollte, bis der Gastraum adaptiert war. Der Vorsitzende nahm es mit Gleichmut. Stieger und Peter Gottlieb bildeten aus drei Tischen einen langen, durchgehenden, dessen Schmalseite bis fast zur Theke reichte, in den Zwischenraum stellten sie einen schönen Sessel aus dem Nebenraum, den der frühere „Lamm"-Wirt als Wohnzimmer genutzt hatte.

„Wir hätten den Tisch auch quer stellen können, ihm ist das egal, ich hab gefragt, versteht ihr, so quer als Richtertisch und im rechten Winkel dazu zwei Tische für Anklage und Verteidigung, davor dann nur Stühle, also wie in einem Gerichtssaal, so ähnlich halt …" Er verlor offenbar den Faden, starrte in eine Ecke.

„Und?", fragte Peter Gottlieb, „jetzt machen wir das nicht so, warum?"

„Äh … mir erschien das … so gerichtsmäßig. Wenn die Tische so stehen."

„Aha. Na ja, es ist das Jüngste Gericht, also …"

„Lieber Herr Gottlieb, ich war schon bei vielen Verhandlungen als Zeuge: Es ist ungünstig."

„Was?"

„Die Atmosphäre. Glauben Sie mir, es ist besser, wenn alle an einem langen Tisch sitzen!"

„Na ja, erinnert an ein Bierzelt … Bier gibt es übrigens nicht, nur Wein. Ich hab zwei Flaschen Grünen Veltliner und einen Zweigelt. Wenn ihr mir das alles eine halbe Stunde früher gesagt hättet, hätt ich im Supermarkt …"

Werner Liri lachte. „Zweitausend Jahre angekündigt, aber am Schluss fehlt die berühmte halbe Stunde …"

„Macht euch keine Sorgen um den Wein", unterbrach Stieger. „Für Wein ist gesorgt."

„Wie?“, wollte Peter wissen.

„Geben Sie mir ein Glas.“ Peter nahm ein Weinglas aus der Kommode und reichte es dem Inspektor. Der trat hinter die Theke und füllte es aus dem Wasserhahn. Das Wasser war rot.

„Ist das …?“

„Ja, Herr Gottlieb. Das ist Wein. Es gibt roten und weißen, Warmwasser-, Kaltwasserhahn. Selbstbedienung!“

„Das ist jetzt ein sehr schöner biblischer Bezug“, sagte Werner Liri, „das Weinwunder, Hochzeit zu Kana und so weiter, ich hätte doch lieber einen Kaffee, wenn das möglich ist.“ Peter Gottlieb schaltete die Kaffeemaschine an, dann nahm er einen Schluck von dem Wasserhahnwein.

„Sie machen nicht einmal jetzt eine Ausnahme, Herr Liri? Dieser Wein schmeckt … äh … interessant.“

„Sauer“, sagte Stieger. „Das ist der Wein der Hochzeit von Kana, derselbe. Nicht der gleiche.“

In diesem Augenblick kam Matthäus Galmei hereingestürmt. Er schwitzte, was nicht nur der ungewohnten Bewegungsart geschuldet war – er war gerannt – sondern auch den beiden prallen Plastikbeuteln, die er dabei hatte.

„Waren Sie einkaufen?“, wollte Peter wissen.

„Nein, alles Bücher – ich habe zusammengerafft, was nützlich sein könnte. Eschatologie, Grundsatzwerke, Christologisches, ein paar Bibelausgaben, ein Griechisch-Lexikon …“

„Nimm erst einmal einen Schluck“, beruhigte ihn der Neffe. „Wein von der Hochzeit zu Kana. Wir sind die ersten nach zweitausend Jahren, die ihn probieren dürfen.“

Galmei nahm das Glas, trank, verzog das Gesicht, bemühte sich nach einem Seitenblick auf den Vorsitzenden um eine neutrale Miene.

„Dieser Wein“, sagte er, „entspricht wahrscheinlich dem önologischen Standard der ersten Hälfte des ersten Jahrhunderts …“

„Dem was?“, fragte Hader.

„Önologie! Die Kunde vom Wein, wörtlich übersetzt. Das Keltern, das Pflegen des Weins, diese Sachen …“

„Ein bisschen wie Retsina", sagte Hader, der sich auch ein Glas aus der Leitung genommen hatte, „nur bitterer und auch sauer. Eigentlich untrinkbar, aber ich könnt mich trotzdem dran gewöhnen. Komisch …" Nachdem jeder ein Glas bekommen hatte, forderte Stieger auf, Platz zu nehmen. Der Vorsitzende am Kopfende des langen Tisches. Links von ihm Ankläger Kategoros-Korowjew, rechts Verteidiger Talsmann. Neben Kategoros saß Stieger, ihm gegenüber Renate Sameder, der Galmei einen Stoß Papier und Bleistifte mitgebracht hatte, neben Stieger Matthäus Galmei mit Bücherstößen, dann Hildmeyer und Peter Gottlieb, gegenüber Liri und Hader. Ein paar Plätze blieben frei. Stieger forderte den Hausherrn auf, Teller für alle aufzulegen, der HERR wolle essen und alle anderen sollten das auch tun. Peter holte das Geschirr, Talsmann begann, aus dem einen Korb die Steckerlfische, aus dem anderen Semmeln zu verteilen. Es waren keine Körbe im landläufigen Sinn, sondern jene Brotkörbchen, die in Restaurants vor dem ersten Gang aufgestellt werden; Platz für zwei Fische und fünf Semmeln. Jeder sah Talsmann beim Verteilen zu. Und jeder sah, dass jeder einen Steckerlfisch und zwei Semmeln bekam, und jeder hörte Talsmann sagen, wer noch Fisch und Brot wolle, solle sich melden, es sei genug da. Peter Gottlieb überlegte, wer unter den Anwesenden noch nie von der Speisung der Fünftausend gehört haben mochte. Niemand fiel ihm ein. Die Geschichte war zu populär, Bestandteil des Religionsunterrichts schon in der Grundschule, unvergesslich wegen ihrer Plastizität und allgemeinen Bedeutung. Das Wunder an sich. Krankenheilung – gut, das betraf aber immer einzelne; der aufklärerische Zweifel konnte darauf mit dem Schlagwort „Hysterie" antworten, Freud, Neurosen, der ganze psychosomatische Krempel. Aber die Speisung der Fünftausend mit fünf Broten und zwei Fischen war ein anderes Kaliber; natürlich, dachte Peter Gottlieb, man konnte mit Massensuggestion argumentieren: Die Fünftausend haben sich nur *eingebildet*, Brot und Fisch gegessen zu haben – so lässt sich alles wegerklären.

In Wahrheit ist es aber ein Wunder, der Prototyp des Wunders. Früher hätte niemand daran gezweifelt, dachte er, die Übelmeinenden haben nach der Quelle des Wunders gefragt, den Teufel dahinter vermutet, das Wunder selbst aber nicht in Zweifel gezogen. Und hier? Keiner sagte einen Ton, alle kauten die wundersam vermehrten Bratfische und Semmeln, schlürften den Wein der Hochzeit von Kana dazu. Und schwiegen. Nur Liri trank Kaffee.

„Wieso", fragte Renate Sameder in die Stille, die von den Kaugeräuschen der Tafelrunde eher unterstrichen als gestört wurde, „wieso sind Sie, Herr Inspektor, der Sprecher des HERRN? Und nicht zum Beispiel der Peter? Oder der Herr Hildmeyer?"

„Oder Sie selber? Das wollten Sie doch eigentlich fragen …", antwortete Stieger. „Es ist schnell erklärt. Gottlieb kommt nicht in Frage, weil er noch lebt – im Sinne von: nicht gestorben und auferstanden. Bleiben wir Auferstandenen, derer gibt es aber nur einen, dem es *zweimal* widerfahren ist. Und das bin ich …"

„… Ja, aber …"

„Kein Aber! Es ist so … äh … wie sagt man … bestimmt! Wie ein Naturgesetz. Seine Welt", er deutete auf den Vorsitzenden, der sich mit sichtlichem Wohlwollen dem Bratfisch widmete, „– seine Regeln!"

„Aha. Na schön. Und warum muss ausgerechnet ich Protokoll führen? Weil ich eine Frau bin?"

„Weil Sie Steno können. Als Einzige von uns."

„Woher …?"

„Er ist allwissend, also wirklich …"

„Okay, blöde Frage … und was soll ich aufschreiben?"

„Alles, was gesagt wird." Stieger blickte in eine Ecke des Raumes. „Er meint, nicht alles wortwörtlich, das ist nicht nötig. So gut Sie es halt können." Renate nickte und sagte nichts mehr, ordnete Papier und Bleistifte vor sich auf dem Tisch. Den Teller hatte sie in die Mitte geschoben. Er war ohne Gräten. Sie hatte keinen Fisch gegessen. So milde hatte Peter Gottlieb seine Freundin seit Jahrzehnten nicht erlebt. Sie hatte immer das letzte Wort haben müssen und war, wenn nicht, fuchsteufelswild geworden. Berühmt berüchtigt. Eine Frau mit Durchsetzungskraft. Verursacherin großer Reibungsverluste. Und was sollte das mit diesem Protokoll? Wer würde es lesen? Und wozu? Die Geschichte war doch abgeschlossen. Hinterher. Wer brauchte dann noch ein Protokoll? Eine Aufschreibung, einen Gerichtsakt, oder wie das hieß, brauchte man doch nur, um *danach*, respektive *später* nachsehen zu können, wer was wann gesagt hatte – und das würde man genau dann tun … ja, klar! Bei einer Wiederaufnahme, einer Revision. Das würde nun aber heißen, das Jüngste Gericht wäre gar nicht das jüngste, das letzte, sondern es gäbe – vielleicht – noch ein jüngeres, allerletztes. Er hätte zu gern gewusst, ob seine Überlegung richtig war. Stieger sagte nichts, hatte also vom HERRN keinen Auftrag, etwas zu sagen, weil der HERR es vorzog, sich zu diesem Thema nicht zu äußern, obwohl er doch die Herzen der Menschen kannte, in moderner Diktion ihre Gedanken, meine also auch, ging es Peter Gottlieb durch den Kopf; er schweigt aber dazu. Ein Geheimnis, eine Überraschung? Niemandem von den anderen schien an der Tatsche des Protokollführens etwas aufzufallen. Gottlieb traute sich nicht zu fragen. Er war hier nur – der Wirt. Er stellte den Saal zur Verfügung, servierte das Essen. Beim letzten Abendmahl ist von einem „Wirt" keine Rede, jedenfalls konnte sich Peter nicht an einen Satz erinnern wie: „… sie trafen sich im Haus des Jonas, Bruder des Jakobus …" oder so ähnlich. Ein solche Nebenfigur hätte er behalten, dafür hatte er schon immer ein Faible gehabt: für das Abseitige, Unwichtige.

Es war nun, wie es war. Der Wirt ist da, weil er notwendig ist, unverzichtbar. Aber er ist unsichtbar. Vielleicht schreibt Renate ja am Anfang: „Ort der Verhandlung – Gasthaus Lamm, Gemeinde Holzgarten, Besitzer Peter Gottlieb" oder so ähnlich. Auf diese Weise würde er es ins Protokoll schaffen … Im selben Augenblick sagte Inspektor Stieger zu Renate: „Bevor

Sie anfangen, schreiben Sie Ort und Zeit auf. Also: Gasthaus Lamm, Gemeinde Holzgarten, Besitzer Peter Gottlieb, dann das Datum. Und natürlich eine Anwesenheitsliste.“ Der Blick des HERRN ruhte auf Peter Gottlieb. Der wurde rot, er musste grinsen. Der HERR grinste natürlich nicht, aber Peter Gottlieb meinte in den schwarzen Augen so etwas wie ein Lächeln aufschimmern zu sehen. Stieger meldete sich wieder: „Wir fangen an mit der Verlesung der Anklage …“

„Moment!“, unterbrach ihn sein Onkel. „Müssen wir nicht erst ein paar Punkte zur Geschäftsordnung klären? Ich meine, nach welchem Prozedere geht denn das hier vor sich? Dazu hat noch niemand was gesagt. Ich zum Beispiel kenn Gericht nur aus dem Fernsehen, ich war nie Schöffe oder Zeuge oder so, Angeklagter sowieso nicht, ich bin auch nicht zum Zuschauen hingegangen. Von euch irgendwer?“ Liri schüttelte den Kopf, Hildmeyer sagte: „Ich war schon vor Gericht. Als Angeklagter. Aber das war ein Justizirrtum …“

„Was? Wieso?“ Die Fragen schwirrten durcheinander. Der Vorsitzende blickte Hildmeyer mit Interesse an, also begann dieser seine unglückliche Verquickung in illegale Machenschaften zu schildern, die ihn vor Gericht und ins Gefängnis gebracht hatten. Alle hörten zu, Peter Gottlieb musste eine zweite Runde Bratfisch auftragen und nachschenken. Er traute seinen Ohren nicht. Das durfte doch alles nicht wahr sein! Der alte Depp hielt das Jüngste Gericht mit seinen jämmerlichen Memoiren auf; dabei war sein Verbrechen von erbärmlicher Nichtigkeit – irgendein Zollbetrug mit Einfuhrrückvergütungsbestätigungen oder wie das Zeug hieß; Peter verstand nicht, worum es dabei ging und wollte es auch nicht verstehen, es war von entsetzlicher Ödnis, er verstand nicht, wie die anderen das aushielten, die dem Anschein nach gebannt zuhörten. Endlich war Hildmeyer fertig, Peter nützte die Gelegenheit und fragte: „War einer der anderen Anwesenden schon einmal vor Gericht, gleich, in welcher Funktion?“ Dr. Kategoros-Korowjew sagte: „Ich. Als Zuschauer. Gerichtssachen interessieren mich. Prozesse, das ganze Zeug … ein Hobby, wenn Sie so wollen.“

„Aber studierter Jurist sind Sie nicht?“, wollte Galmei wissen.

„Natürlich bin ich das, wofür halten Sie mich denn? Ich hab zwei Doktortitel, das reicht wohl, mein ich … ich hab aber keine Erfahrung, keine Praxis – das eine oder andere mitbekommen von der Juristerei, das schon, ich würde, also, wenn alle Stricke reißen, einen passablen Winkeladvokaten abgeben, aber nichts darüber hinaus.“

„Und Sie?“ Galmei wandte sich an Talsmann. „Als Verteidiger – über welche juristischen Kenntnisse verfügen Sie?“

„Über gar keine. Hat mich nie interessiert. Ich weiß nicht, wie es dort zugeht, ich hab sowas auch nie im Fernsehen angeschaut. Ich hab keinen Fernseher …“

„Mach dir keine Sorgen, Onkel Matthäus“, sagte Inspektor Stieger, „ich war natürlich oft bei Gericht, als Zeuge. Mir sind die Abläufe also vertraut … Moment, der Vorsitzende lässt eben ausrichten, er war auch einmal vor Gericht. Schon länger her.“

„Ach ja?“ Liri klang interessiert. „In welcher Funktion denn?“

„Als Angeklagter“, sagte der Polizist. Alle prusteten los, Liri bekam einen roten Kopf, der Vorsitzende lächelte. Ein Scherz, der Vorsitzende hat sich ein Scherzchen erlaubt, dachte Peter Gottlieb, alle lachen, Spanungslösung; er zwang sich zu einem unechten Grinsen. Der Hinweis auf den berühmten Prozess gefiel ihm nicht. Hoffentlich lachen sie noch bei der Urteilsverkündung, dachte er. Wenn dieser Prozess so ausgeht wie der andere vor zweitausend Jahren, dann gute Nacht …

Dann, als sich alle beruhigt hatten, erhob sich Dr. Kategoros-Korowjew, um die Anklage vorzutragen. Es war tatsächlich keine Verlesung, sondern ein Vortrag, Kategoros sprach frei, ohne Notiz, ohne den winzigsten Zettel. Er stand aufrecht, begann aber nach kurzer Zeit, auf seiner Seite des Tisches auf und ab zu gehen, seine Worte mit ausladenden Gesten zu unterstreichen. Er war, das wurde schon nach den ersten Sätzen klar, ein geübter Redner. Er war, das musste sich Peter Gottlieb eingestehen, der beste Redner, den er je gehört hatte. Seine wohltönende Stimme erfüllte den ganzen Raum, ohne jedoch durch zu große Lautstärke unangenehme Empfindungen hervorzurufen. Die Worte flossen, strömten, eine edlere, bedeutendere Umgebung wäre dieser Rede besser angestanden als die Wirtsstube des ehemaligen Gasthofs „Lamm" in der Gemeinde Holzgarten. Ein Parlament. Der Petersdom. Oder so. Es gab nur ein Problem. Peter Gottlieb verstand von dem rhetorisch so brillant Vorgetragenen – nichts. Kein einziges Wort. Denn der Arzt sprach nicht deutsch.

Dr. Kategoros-Korowjew sprach griechisch. Jedenfalls hielt es Peter Gottlieb für Griechisch. In der Schule hatte er Altgriechisch gehabt, er erinnerte sich vage, eine elende Paukerei. Um einer gesprochenen Unterhaltung zu folgen, hatte das allerdings damals schon nicht gereicht. Und jetzt war er schon froh, den Klang der Sprache überhaupt wiederzuerkennen.

Peter Gottlieb schaute von einem zum anderen. An den Mienen konnte er nichts ablesen. Hildmeyer hatte sich zurückgelehnt, die Augen halb geschlossen. Entweder döste er oder war im Lauschen der unvergleichlichen Stimme des Dr. Kategoros-Korowjew versunken. Werner Liri hatte den Kopf in die Hand gestützt und betrachtete die Gräten des Fisches auf seinem Teller. Das konnte man als distanziertes Zuhören bezeichnen. Wenn man nicht einverstanden ist mit dem Gehörten, mentalen Abstand hält zum Redner. Galmei dagegen blickte diesen Redner an, folgte ihm mit den Augen, wenn er auf und ab lief. Inspektor Stieger blickte zur Decke, dann wieder auf die Tischplatte, auf die er beide Hände gestützt hatte. Und er trommelte mit den Fingern auf den Tisch. Ganz leise nur. Wie jemand, der dieses Zeug schon x-mal gehört hat, aber weiß, dass er es ein weiteres Mal über sich ergehen lassen muss. Talsmann stierte in seine Unterlagen und kritzelte darin herum, es sah aus Peters Sicht wie Männchenmalen aus, vielleicht machte er sich ja Notizen. Und Renate? Die schrieb mit, ihr Stift flog übers Papier. Zuletzt richtete Peter den Blick auf den Vorsitzenden.

Der brach von der Wabe ein Stückchen ab und steckte es in den Mund. Er kaute darauf herum, kaum merkbar, wie jemand, der im Kino Popcorn isst und die anderen nicht durch Geräusche stören will. Dass der Griechisch verstand, glaubte Peter Gottlieb, aber der Vorsitzende war auch der einzige, von dem er das glaubte. Bei keinem der anderen konnte er es sich vorstellen. Aber bitte – die Zeiten hatten sich geändert, sie gingen ja sozusagen zu Ende, die Zeiten, und es würde keine neuen geben. Da änderten sich auch die Verhältnisse. Menschen standen von den Toten auf, hoher Besuch hatte sich in Holzgarten eingefunden, aus den Wasserhähnen hinter der Bar kam Rot- und Weißwein. Kein Grund, sich über Griechischkenntnisse bei Leuten aufzuregen, die nach aller Logik keine haben konnten. Nur er selbst, Peter Gottlieb, verstand kein Wort, die anderen schienen dem Vortrag des Arztes zu folgen, mit mehr oder weniger Aufmerksamkeit, wie es bei solchen Vorträgen eben ist.

Warum verstand er selber nichts? Auch ihm hätten ja, wie den anderen, auf magische Weise die erforderlichen Sprachkenntnisse zuteilwerden können. Vielleicht lag es daran, dass er nicht zum Gericht gehörte? Er war nur normaler Brotesser, er hatte den Gerichtssaal zur Verfügung gestellt, weiter nichts. Er war der Wirt, weniger als das. Die Fische hatte Talsmann besorgt, der Wein floss aufgrund höherer Fügung, von ihm stammten gastrotechnisch nur die Honigwabe des Vorsitzenden und Liris Kaffee. Das wurmte ihn. Das Jüngste Gericht – da sollten doch ein paar mehr Leute dabei sein, dachte er. Nur Hildmeyer und Liri als Zuhörer; da hätte man ihn doch auch dazusetzen können! Hätte das so eine Rolle gespielt, einer mehr? Moment – sollten es nicht drei Zuhörer sein? Das war so auf dem Zettel gestanden. Dieser Mechaniker – Peter konnte sich den Namen nicht merken – wo war der? Peter entfernte sich vom Tisch und verließ den Raum auf Zehenspitzen. Der Mechaniker stand draußen neben der Eingangstür. Er rauchte. Als er Peter Gottlieb erblickte, nickte er ihm zu, bot eine Zigarette an.

„Danke“, sagte Peter, „sehr nett, aber ich hab aufgehört. Schon vor Jahren.“

„Ja, wär besser.“ Hader seufzte. „Ist ja ganz leicht. Ich hab’s schon ein Dutzend Mal gemacht.“ Er lachte über den ältesten Raucherwitz der Welt, Peter Gottlieb fühlte sich bemüßigt, wenigstens zu grinsen. Hader nahm einen Zug. „Wie läuft’s da drin?“, fragte er.

„Weiß nicht. Der Arzt hält einen Vortrag. Auf Griechisch.“

„Das versteht doch keiner!“

„Sollte man meinen. Ich versteh’s jedenfalls nicht. Die anderen offenbar schon …“

„Tatsache? Beim alten Galmei kann ich mir das noch vorstellen, aber sonst …“

„Die tun vielleicht nur so.“

„Würd mich nicht wundern. Die Leute machen die komischsten Sachen, damit man glaubt, sie sind Wunder was. – Aber das passt ja zu dem ganzen Bohei.“

„Wie meinen Sie das?“

„Na, hören Sie, Jüngstes Gericht, das ist doch das ganz am Schluss, da müsste doch, irgendwie … mehr los sein, oder?“

„Sie meinen festlicher, pompöser?“

„Ja, genau! Bunter auf jeden Fall, aber was ist hier? Keine Musik, keine Aufmärsche, keine einzige Fahne. Ich meine, wenn ich nur an den FC Holzgarten denk, wir machen da jedes Frühjahr so ein Fest auf der großen Wiese, was wir da alles aufstellen. Mindestens zwei Bands von außerhalb, eine Riesenanlage, davor spielt die Bürgermusik, immerhin fünfundzwanzig Leute. Bis Mittag. Und natürlich eine Braterei, ich mein, eine echte mit Spanferkel und so. Nur mit Würstel locken Sie heut keinen mehr an.“

„Ja, schon, aber das ist dann doch eher ein Volksfest, das kann man nicht vergleichen. Das Jüngste Gericht ist eine ernste Sache. Glaub ich wenigstens …“

„Und dann der Vorsitzende!“, ereiferte sich der Mechaniker. „Haben Sie sich den einmal genau angeschaut? Der gleicht diesem, wie heißt er jetzt … ein Amerikaner, der spielt immer in so Filmen, Comedy, verstehen Sie?“ Peter kannte den Gemeinten nicht, verstand aber, was gemeint war. Der Vorsitzende sah, nun ja, gewöhnlich aus. Nicht so, wie man sich diesen Mann immer vorgestellt hatte. Er erschrak bei dem Gedanken. Konnte es eine größere Lästerung geben, noch dazu am Tag des Jüngsten Gerichts? Aber es war ja wahr, Herrgott nochmal! Schiefe Nase, das Gesicht erschien – aufgedunsen. Ein bisschen nur, aber halt doch. Er hätte, wenn er nur ein paar Jahre älter geworden wäre, ein Doppelkinn entwickelt. Offenbar liebte er gutes Essen …

„Jetzt fällt's mir wieder ein!“, unterbrach Hader diese unangemessenen Gedanken. „Er sieht aus wie Kevin James, das ist dieser Postler in King of Queens!“

„King of Queens? Was soll …“

„Im Fernsehen. Kennen Sie das nicht? Er ist bei der Post … oder einem Paketdienst und macht dauernd Blödsinn, Sitcom halt.“ Peter Gottlieb wusste, was eine Sitcom war, hatte aber noch nie eine angeschaut, weil er sie für das Paradebeispiel von Unterschichtsfernsehen hielt. Dass Hader im Herrn der Welten einen amerikanischen Fernsehkomiker erkannte, erschütterte ihn. Ihm wurde schlecht, dann schwindlig, er lehnte sich an die Wand neben der Haustür.

„Ist Ihnen nicht gut?“ Hader klang besorgt. „Soll ich Ihnen ein Wasser holen?“

„Nein, nein, danke, es geht schon. Mir hat das nur auf den Magen geschlagen …“

„Dass der wie Kevin James aussieht?“

„Nein … ja, eigentlich schon. Ich meine …“

„Er kann doch aussehen, wie er will“, unterbrach Hader. „Wenn er tatsächlich derjenige ist, Sie wissen schon. Das ist doch kein Problem!“

„Sie haben recht, natürlich kann er aussehen, wie er will, es ist nur …“

„Sie haben sich was anderes vorgestellt?“

„Offen gestanden, hab ich mir überhaupt nichts vorgestellt.“

„Vor Kurzem war eine Doku im Fernsehen, auf NTV oder so, weiß nicht mehr genau, über dieses Bild."

„Was für ein Bild?"

„Na, wo das Gesicht drauf ist, sein Gesicht, angeblich nicht gemalt, weil man auf dem Zeug gar nicht malen kann, das sind so Fäden von einer Muschel, ganz feiner Stoff, durchsichtig, und da ist das Gesicht drauf, hängt in einer Kirche in Italien irgendwo. Valpolicella oder so ähnlich."

„Der Schleier von Manoppello", flüsterte Peter Gottlieb.

„Ja, genau, Manoppello! Sogar der Papst war dort, also der frühere …"

„Was ist damit?" Peter Gottlieb legte alle Kraft, die seine Stimme noch aufbringen konnte, in die Frage, sie blieb dennoch halblaut. Denn als Hader das Bildnis erwähnte, sah er es vor sich, das dickliche Gesicht. Wie nach einer Cortisonbehandlung. Sein Puls schlug bis in den Hals, Haders Konturen wurden undeutlich.

„Ich würd sagen, das ist er. Der auf dem Bild aus der Kirche. Wie er leibt und lebt!"

„Glauben Sie?"

„Sicher! Keine zwei Wochen ist das her …"

„Was?"

„Die Doku im Fernsehen. Ich geh, glaub ich, wieder rein. Ist vielleicht besser so. Wenn jemand fragt, sag ich, es ist Ihnen nicht gut, Sie brauchen frische Luft. Okay?"

„Ja, danke, machen Sie das. Ich brauche … frische Luft …" Hader war schon weg. Peter Gottlieb spürte eine aufsteigende Schwäche in den Beinen. Er rutschte an der gekalkten Wand des ehemaligen Gasthofs „Lamm" zu Boden.

7

Endlich war Kategoros-Korowjew fertig. Er hatte eine gute Stunde gesprochen. Galmei kam heraus, dann Stieger, dann die anderen. Liri zündete sich eine Zigarette an. Der Redner kam als Vorletzter und wandte sich nach rechts, als Letzter der Vorsitzende, der wandte sich nach links Richtung Kirchplatz. Als er weg war, sagte Stieger: „Er will sich die Beine vertreten." Die anderen ließen die Bemerkung unkommentiert. Peter Gottlieb sah von einem zum anderen. Sie machten einen leicht erschöpften, dabei aufgekratzten Eindruck. Wie nach einer aufreibenden Schulstunde, einer Mathematik-Schularbeit. Peter, der fast die ganze Zeit vor der Tür verbracht hatte, bildete den natürlichen Mittelpunkt, um den sich die Versammlung scharte.

„Ich hätte nicht gedacht", begann Galmei, „dass er am Schluss so aggressiv wird …"

„Man hatte ja zeitweise Zweifel, wer angeklagt ist!", sagte Stieger. Alle lachten. Bis auf Peter Gottlieb.

„Wie meinen Sie das?", fragte er.

„Haben Sie das nicht mitgekriegt?"

„Ich war hier draußen, ich hab die Luft nicht vertragen …"

Obwohl er hier wohnte? Aber das schien niemanden zu stören. „Es geht ja um die Menschheit", erklärte Galmei. „Die Verbrechen, angefangen bei Adam und Eva …"

„Buchstäblich!", rief Werner Liri. „Ich hab gedacht, du kriegst die Tür nicht zu, wo der so angefangen hat, ich meine, wenn der so weitergemacht hätte …"

„Jahre würde das dauern", unterbrach ihn Hildmeyer, „stellen Sie sich vor: Jede Verfehlung jedes einzelnen Menschen, seit Anbeginn der Zeit …"

„Das kam natürlich nicht in Frage", setzte Stieger fort. „Das Gericht hat ihn dann aufgefordert, summarisch vorzugehen."

„Summarisch?", fragte Peter Gottlieb.

„Summarisch", sagte Renate, und Galmei bestätigte: „Summarisch."

„Das hat ihm gar nicht gefallen", berichtete Renate weiter, „er hatte eine Saulaune, dabei war er am Anfang noch ganz gut aufgelegt."

„Richtig aufgekratzt", bestätigte Werner Liri. Danach versickerte das Gespräch. Peter erfuhr noch, dass der Vorsitzende eine Verhandlungspause bis vierzehn Uhr angeordnet hatte – über Stieger natürlich. Selber hatte er noch nicht gesprochen.

Peter ging hinein und überprüfte die Gläser, aber da gab es nicht viel zu überprüfen. Er erkundigte sich bei Stieger, ob er etwas für eine Jause vorbereiten solle, oder sogar fürs Abendessen? Stieger sagte, das wisse er nicht, es sei aber prinzipiell eine gute Idee, er werde den Vorsitzenden auf jeden Fall, wenn der wieder erscheine, fragen – und vielleicht, meinte Peter, ließe sich dabei auch in Erfahrung bringen, wie lang das ungefähr dauern würde, das Jüngste Gericht. Stieger versprach, sich zu erkundigen. Peter wendete sich an Galmei.

„Ich höre eben, es wird noch länger dauern", sagte er, „ich sollte was zum Essen einkaufen, ich hab nichts im Haus für so viele Leute."

„Ja, dann machen Sie das doch!"

„Es ist nur – ich kann nicht an zwei Orten gleichzeitig sein …"

Galmei verstand. „Wegen der Verhandlung? Ach, machen Sie sich deswegen keine Sorgen!"

„Ich steh doch auf Hildmeyers Liste, ich meine, da sollte ich eigentlich …"

„Ach so, die Liste … na ja, direkt drauf stehen Sie gar nicht, ich meine, da steht nur ‚Wirt' ohne Namensnennung, hab ich selber gesehen …" Peter hatte es auch gesehen, nur verdrängt, ‚Wirt' war die einzige Funktion ohne beigefügten Namen. Jetzt erklärte sich auch das Wunder mit der alten Sprache, besser: das in seinem Fall fehlende Wunder. Was heißt schon ‚Wirt'? Er war der Hausel, der Handlanger, seine Aufgabe bestand darin, den Versammlungssaal bereitzustellen. Und das Futter zu beschaffen. Was muss der Griechisch können? Matthäus Galmei konnte offenbar seine Gedanken lesen, so offen zeigten sie sich auf Peters Gesicht.

„Oh", sagte er alte Buchhändler, „da hab ich wohl einen wunden Punkt berührt! Aber das sollten Sie sich nicht so zu Herzen nehmen, Herr Gottlieb. Es gibt in der Schrift eine ähnliche Situation: Beim letzten Abendmahl. Da fragen die Jünger in Markus vierzehn, Vers zwölf, wo sie das Pessachmahl feiern sollen, dann …"

„Woher wissen Sie das?", unterbrach ihn Peter.

„Na, sie wissen es eben nicht, deshalb fragen sie ja!"

„Nein, ich meine, woher wissen *Sie* das, Herr Galmei, dieses Markus vierzehn und so weiter." Galmei blieb einen Augenblick stumm, dann sagte er: „Sie haben recht, das ist mir gar nicht aufgefallen …"

„Dass Sie Stellen aus der Bibel zitieren ohne nachzuschauen?"

„Wenn Sie es so formulieren wollen …" Galmei war sichtlich verlegen. „Wie dem auch sei", setzte er fort, „in Vers dreizehn heißt es dann sinngemäß – nicht, dass Sie glauben, ich kann die Bibel auch noch auswendig – sinngemäß also, die Jünger sollen in die Stadt gehen, da wird ihnen ein Mann begegnen, der einen Wasserkrug trägt, dem sollen sie zu dem Haus folgen, in das er hineingeht, und den Hausherrn nach dem Raum für das Festmahl fragen. Sie werden einen Raum im Obergeschoss finden. Mit Polstern ausgestattet!"

„Mit Polstern?"

„Mit Polstern! Also handelt es sich nicht um irgendeine Kaschemme mit Holzbänken und Sägemehl am Boden …"

„Worauf wollen Sie hinaus?"

„Dass der Wirt in dieser Erzählung eine bedeutende Person ist. Dazu passt auch Matthäus sechsundzwanzig, siebzehn, wo die Suche nach dem Raum für das Pessachmahl etwas anders erzählt wird. Dort heißt es, sie sollen in die Stadt gehen und einen ‚gewissen' Mann fragen, ‚deina' im Original …"

„Wen sollen sie fragen?"

„Das wird eben nicht gesagt! Den ‚Gewissen', man könnte auch sagen, den ‚Bewussten', also jemanden, den man kennt, aber nicht nennen will."

„Die Jünger müssen ihn aber kennen."

„Genauso ist es. Warum macht Matthäus aus dem Namen ein Geheimnis? Warum soll der Leser nicht erfahren, wer das war?"

„Um ihn vor Verfolgung zu schützen?"

„Das würde bedeuten, dass dem Besitzer des Hauses oder seinen Nachkommen noch Jahrzehnte nach den Ereignissen Unannehmlichkeiten gedroht hätten, wenn es in Jerusalem bekannt geworden wäre, wer den Abendmahlsaal zu Verfügung gestellt hatte. Ja, das könnte sein …"

„Fragen Sie *ihn* doch", schlug Peter Gottlieb vor.

„Er ist jetzt grad nicht da und wenn er wiederkommt, geht die Sitzung weiter … ich glaube nicht, dass das ein guter Zeitpunkt wäre."

„Schon verstanden. Sie trauen sich nicht. Aber: Danke, dass Sie sich die Mühe nehmen, den Wirt aufzuwerten. Das freut mich sehr!" Letzteres klang nicht so ironisch, wie Peter beabsichtigt hatte. Denn ein bisschen freute es ihn doch. Das mit den Polstern hatte er nicht gewusst. Im der Wirtsstube des „Lamm" gab es keine Polster, aber in einer Abstellkammer im ersten Stock einen Stoß flache Sitzkissen, daran erinnerte er sich jetzt. Er lief hinauf und brachte sie nach unten. Es reichte für alle Sitze, ein paar blieben übrig, die konnte man für die Rückenlehne verwenden. Wenn ihm jemand früher was gesagt hätte, dann … aber das brachte jetzt auch nichts mehr. Wenn, dann … das Jüngste Gericht hatte begonnen, ab nun lief es teilweise mit Polstern. Soll sein. Vielleicht hilft es.

Er sagte zu Stieger: „Es wird ja wohl noch länger dauern. Ich glaube, ein Mittagessen wär nicht schlecht. Soll ich nicht einfach doch schon was besorgen, was meinen Sie?"

„Ja, Sie haben recht. Fahren Sie nur, es braucht ja nichts Besonderes zu sein."

„Wie wär's mit Gulasch? Ich müsste nur kurz zum Großmarkt, da krieg ich das fertig in Zehn-Kilo-Dosen." Stiegers Züge erhellten sich, das sei prima, sagte er. „Rindsgulasch! Kein Schweinernes, verstehen Sie?"

„Absolut", sagte Peter, „hätte ich nie gemacht, Schwein und so …" Er verabschiedete sich und ging zum Auto, das auf dem Hof hinter dem Gasthaus geparkt war. Als er einsteigen wollte, tauchte Hader auf.

„Kann ich mitfahren?"

„Sollten Sie nicht drinnen sein? Sie stehen doch auf der Liste!"

„Das ist so langweilig, Sie machen sich keine Vorstellung! Diese endlosen Angriffe auf die ganze Menschheit, was wir alles für Arschlöcher sind, entschuldigen Sie den Ausdruck, aber darauf läuft es doch raus!"

„Nun ja, wenn Sie diesen Eindruck haben …"

„Da können Sie sicher sein! Dieser Koroljow ist einfach ein mieser Typ!"

„Korowjew."

„Von mir aus. Ich hör mir das jedenfalls nicht mehr an. Fahren wir!"

Sie fuhren los. Auf der Fahrt wurde nichts gesprochen. Hader schien seinen Gedanken nachzuhängen, Peter gingen eine Menge Dinge durch den Kopf, die keinen Bezug zueinander hatten. Das Essen für das Jüngste Gericht, Rindsgulasch also. Es gab große Dosen, Peter erinnerte sich, aber waren das fünfzehn Kilo oder fünfundzwanzig? Wenn nicht alles aufgegessen wurde, konnte man den Rest einfrieren und später aufwärmen? Wobei der Ausdruck „später" in diesem speziellen Fall nicht recht zu passen schien. Nach dem Gericht würde es kein Essen mehr geben, weil es kein Bedürfnis mehr danach geben würde. Oder doch? Was, wenn nun er, Peter Gottlieb, durch die Wahl dieses Essens das Rindsgulasch für alle Ewigkeiten zur Speise der Seligen gemacht hätte … oder zur Strafe für die Verdammten, das konnte doch auch sein? Das verwirrte ihn. Er war nur der Wirt, der Hausbesitzer, da konnte Galmei hineingeheimnissen, soviel er wollte. Wie kam er überhaupt auf die Idee eines ewigen Gastmahls, das dann ausgerechnet von seiner Entscheidung abhing, äonenlang – welche Hybris hatte ihn da gepackt? Hader stupste ihn von der Seite, fast hätte er die Einfahrt zum Parkplatz des Großmarktes verpasst. Er parkte, sie betraten das Gebäude. Peter präsentierte seinen Ausweis, der ihn als Gewerbetreibenden berechtigte, Güter in Großpackungen zu kaufen. Normalsterbliche durften das nicht.

Es war nicht viel los. „Die sind alle bei dem Seefest", meinte Hader auf Peters Frage. „Das hat ja schon gestern Abend angefangen. Ich wäre heute auf einen Sprung hin, aber mit dem Prozess …" Er verstummte und erläuterte nicht, was mit dem Prozess los war. Vielleicht wusste er es selber nicht. Peter kam es so vor, dass Hader sein Fernbleiben inzwischen bedauerte, er stand ja immerhin auf der Liste, wenn auch nur als Zuhörer. Publikum. Aber namentlich. Im Gegensatz zu Peter, der nur als „Wirt" angeführt war; sie hätten gleich „Domestik" hinschreiben können, dachte er. Außerdem wünschte er sich, eine Methode zu entdecken, wie er den Hader nach den Vorgängen im Saal ausfragen konnte, Probleme mit Altgriechisch schien der ja nicht zu haben.

Er kaufte eine große Dose Gulasch, eine Packung scharfen Paprika, eine Menge Brot und einen Kasten Bier, das besser zum Gulasch passte als Wein – er konnte beim Bier nicht auf die Wunderkraft des Vorsitzenden hoffen. Vielleicht trank der ja keins. Peter zahlte mit Kreditkarte, sie fuhren mit ihrer Ladung zurück zum „Lamm".

„Was meinen Sie", sagte Peter beim Ausladen, „soll ich fürs nächste Mal Fisch machen?"

„Wieso nächstes Mal?"

„Na, der isst doch sicher gern Fisch, ich meine: See Genezareth und so … die waren doch Fischer, diese Leute, wenigstens ein paar von ihnen …"

„Nein, schon klar – ich wollte sagen: Wieso glauben Sie, dass Sie noch einmal kochen müssen?“

„Na, wenn ich mir das so anschaue, wie das läuft … die Pause ist noch nicht vorbei. Oder hören Sie was?“ Hader öffnete die Tür zum Gastraum einen Spalt weit. „Alles leer“, meldete er.

„Sehen Sie! Die lassen sich Zeit. Ich glaube nicht, dass bis morgen Mittag alles vorbei ist.“ Hader stöhnte auf. Dann trug er die Bierkiste ins Haus, Peter folgte mit den restlichen Einkäufen. Die Tür am Ende des Flurs stand offen. Die war bis jetzt immer zu gewesen. Von hier kam man in den Gastgarten, der, von Kastanien beschattet, mit runden Blechtischen und Klappstühlen bestückt gewesen war, die man aber lange vor Peters Hausherrenamt in den Keller geräumt hatte. Jetzt standen die Möbel wieder im Garten, angerostet, aber insoweit funktionstüchtig, als die ganze Gerichtsversammlung Platz darauf genommen hatte. Ohne einzubrechen bis jetzt. Sie hatten einen Halbkreis gebildet, der nach einem einzelnen Tisch ausgerichtet war. Dort saß natürlich ER. Eine Diskussion war im Gange, das verstand Peter Gottlieb, was aber gesprochen wurde, verstand er nicht, erregtes Griechisch aus allen Mündern. Die neuerliche Demütigung drückte ihn nieder. Dieser Hader verstand alles, was die von sich gaben, sprechen konnte er es sicher auch, ein Automechaniker! Und er, Akademiker, Buchhändler immerhin … wer sich selbst erhöht, wird erniedrigt, wer sich aber erniedrigt – ja, ja, schon klar … Der alte Hildmeyer kam bedächtigen Schritts aus dem Garten. „Er wollte unter freiem Himmel tagen“, erzählte er, „solang das Wetter so schön ist.“

„Ach ja? Hat er gesagt?“

„Nicht selber, über Stieger ausrichten lassen.“

„Ist ihm denn nicht kalt?“, wollte Hader wissen, der sich ein Bier aufgemacht hatte und aus der Flasche trank.

„Wir sind hier nicht im Nahen Osten“, sagte Peter Gottlieb, „bei uns wird’s am Nachmittag kühl …“

„Keine Angst“, beruhigte Hildmeyer, „unter dem Prachtgewand trägt er noch eine Tunika oder so, ich hab den Kragen rausschauen sehen …“

„Den Kragen? Das wäre mir neu, dass die einen Kragen …“

„Na, halt den Rand! Den oberen …“ Hildmeyer klang ärgerlich.

„Was ist denn grad im Gang?“, wollte Peter wissen, um Hildmeyer abzulenken.

„Verfahrensfragen.“ Er verfiel in Schweigen.

„Ja, und? Was soll denn das heißen?“ Jetzt klang Hader interessiert.

„Ich kann dazu nicht viel sagen“, gab Hildmeyer zu. „Es hat, glaub ich, damit begonnen, dass Galmei wissen wollte, warum es nur so wenige Auferstandene gibt. Dann hat der Stieger gesagt, das sei ein Problem …“

„Was für ein Problem?“, entfuhr es Peter. „ER ist allmächtig, oder? ER könnte es doch einfach anordnen!“ Hildmeyer blickte ihn an und verstummte. Peter wurde es unbehaglich. Hab ich was Falsches gesagt?

„Was ich davon verstanden habe, wäre es ein Präjudiz. Das hat der Ankläger, der Kategos gesagt …“

„Kategoros …“

„Ja, eh. Der halt.“ Hildmeyer verstummte.

„Ja?“, fragte Peter Gottlieb. „Ein Präjudiz, was meint er damit?“

„Halt, dass die, die noch nicht auferstanden sind, das vielleicht gar nicht verdienen. Weil das Gericht ja noch gar nicht fertig ist mit der Verhandlung, verstehen S’? Die würden ja dann bevorzugt werden, dass man sie auferstehen lässt, obwohl ja noch gar nicht feststeht, dass sie drankommen. So etwa …“

Hildmeyers umständliche Ausführungen brachten für Peter keinen Erkenntnisgewinn. Er bringt sozusagen mehr Dunkel ins Licht, fiel es Peter ein. Mit ausgefeilterer Fragetechnik mochte wohl größere Klarheit gewonnen werden, aber er war ja kein Verhörspezialist vom Bundeskriminalamt. Ehe er sich auch noch eine Frage überlegen konnte, sagte Hildmeyer: „Ich muss wieder rein. In die Sitzung." Er eilte in den Garten zurück. Dafür kam Liri in den Flur.

„Ich bin beauftragt, zu fragen, ob wir nicht Kaffee haben könnten. Für alle."

„Ja, sicher. Für *ihn* auch?"

„Gut, dass Sie fragen. Er hat natürlich noch nie einen getrunken, will es aber probieren. Lässt der Stieger ausrichten. – Ich helf Ihnen beim Servieren." Sie gingen hinter die Schank in die Gaststube. Eine Espressomaschine gab es nicht mehr, die hatte der Onkel wohl schon beim Auflassen des Gasthauses verkauft; vorhanden war eine normale Kaffeemaschine für maximal zwei Tassen gleichzeitig.

„Ich weiß nicht, wie gut die funktioniert", sagte Peter Gottlieb. „Ich trink ja höchstens zwei Tassen am Tag …"

„Ja und?"

„Ich hatte zu Hause dasselbe Modell, die hat angefangen zu spinnen, wenn man ein halbes Dutzend hintereinander herausgelassen hat. Da musste man sie ausschalten und abkühlen lassen. Der reine Mist, wenn Sie mich fragen. Es kann also dauern. Das sollten Sie denen sagen."

„Ach was!" Liri grinste. „Das läuft sehr gemütlich, kann ich Ihnen sagen. Ich hab das Gefühl, der Vorsitzende hat es nicht besonders eilig."

„Wie das?"

„Na, er macht kaum Einwände. Eigentlich gar keine bis jetzt …" Er stutzte. „Ja, wenn ich's genau überlege, hat er keine eigene Meinung verlauten lassen. Kein einziges Mal!"

„Streng rechtlich halt", sagte Peter und begann, die Kaffeemaschine vorzubereiten.

„Die erste persönliche Äußerung", setzte Liri fort, „war eben jetzt: Dass der gern einen Kaffee probieren würde. Erstaunlich …"

„Mich erstaunt vor allem, dass die Sitzung fortgesetzt wird, obwohl der Staatsanwalt gar nicht da ist …"

„Staatsanwalt dürfen Sie nicht sagen“, erklärte Werner Liri, „für welchen Staat sollte er Anwalt sein? Es heißt Anklagevertreter.“

„War das ein Thema?“

„Da haben sie sich eine Stunde gestritten, also Talsmann und Galmei mit dem Kategoros-Korowjew. Man darf auch Satán sagen, mit Betonung auf der Endsilbe, das ist wichtig, das heißt ‚Ankläger‘ in irgendeiner alten Sprache. Sátan mit Erstsilbenbetonung sei zu negativ besetzt. Das könnte die Geschworenen beeinflussen.“

„Bitte, wen?!“

„Die Geschworenen … ach so, das können Sie nicht wissen. Talsmann hat den Antrag gestellt, das Ganze als Geschworenenprozess ablaufen zu lassen. Darüber diskutieren die jetzt.“

„Ich versteh überhaupt nichts mehr! Geben Sie's zu, Sie nehmen mich auf den Arm!“

„Nichts läge mir ferner, verehrter Herr Gottlieb!“

„Das ist doch … ich weiß gar nicht, was ich sagen … wer sollen denn die Geschworenen sein?“

„Wie sonst auch. Ganz normale Menschen.“

„Und wie viele schlägt der Herr Talsmann vor?“

„Na, alle …“

„Ich versteh nicht – wie: alle?“

„Alle, die je gelebt haben.“ Peter Gottlieb begann zu lachen, Werner Liri grinste, fiel dann ins Gelächter ein; auf die etwas bemühte Art von Menschen, die einer sozialen Konvention folgen – obwohl sie den Witz, der eben in der Runde erzählt wurde, nicht gut finden. Oder nicht verstanden haben. Peter beruhigte sich wieder, wischte sich die Tränen aus den Augen. „Wie viel sind denn das, zahlenmäßig?“

„Sicher über achtzig Milliarden, so um den Dreh …“

„Jetzt mal im Ernst: Die haben im ‚Lamm‘ nicht alle Platz, das ist euch doch klar? Außerdem kann ich nicht für achtzig Milliarden Leute Gulasch kochen. Für *achtzig,* das geht eventuell, dann müsste ich noch einmal zum Großmarkt fahren, aber achtzig Milliarden …“

„Was gibt's?", tönte es von hinten, Peter roch die Bierfahne, die Hader, der aus der Küche kam, vor sich hertrug. Ein geübter Trinker braucht für ein Bier keine drei Minuten. Länger standen sie noch nicht auf dem Flur. Liri berichtete Hader von den Aktivitäten der Verteidigung, der glaubte ihm alles bis auf die achtzig Milliarden, so ein Blödsinn, rief der, nie und nimmer; sie begannen eine fruchtlose Streiterei über die Zahl. Das wäre ja eine Acht mit sieben Nullen, ereiferte sich der Mechaniker, sogar neun, rief Werner Liri, und Peter Gottlieb geriet in eine Sinnkrise. Sie wissen beide nicht einmal, wieviel Nullen die Zahl hat, ich verlang ja gar nicht, dass sie sich achtzig Milliarden von was auch immer vorstellen können, das kann kein Mensch, ich auch nicht, aber sie könnten sie nicht einmal korrekt hinschreiben. Dafür fließend Altgriechisch, das schon! Er schloss die Tür zum Garten.

„Schluss jetzt! Hört sofort mit diesem Scheiß auf. Das ist immer noch mein Gasthaus! Wenn ihr streiten wollt, geht raus!" Die beiden Kontrahenten verstummten.

„Sieht denn niemand, dass es so nicht weitergeht? Was soll das mit den Geschworenen? Wozu ist das gut? Seit wann sitzen die Angeklagten Gericht über sich selber, das ist doch absurd!"

„Was schreien Sie uns an?" Liri klang gekränkt. „Hätten Sie sich halt dagegen gewehrt! Wo waren Sie denn?"

„Er war einkaufen mit mir", verteidigte ihn Hader, „einer muss sich ja um den Betrieb kümmern."

„Sehr richtig!", rief Peter Gottlieb. „Ich kann nicht an zwei Orten gleichzeitig sein. Der Vorsitzende kann das sicher, unsere auferstandenen Freunde können es wahrscheinlich auch, aber ich als Normalsterblicher kann es nicht! Drum wär ich froh, wenn mich einer von den Herrschaften ab und zu informieren würde, wenn's nicht zu viel verlangt ist …"

„Das versteh ich doch alles", sagte Liri, „Sie glauben gar nicht, wie anstrengend das für uns ist, Herr Gottlieb! Allein vom Zuhören wird man irre. Die ganze Debatte spielt sich ja nicht im luftleeren Raum ab!"

„Inwiefern?“

„Na, die begründen doch alles mit Zitaten. Paulus hier, Matthäus da, Korintherbrief hin, Timotheusbrief her …“

„Sieh da, sieh da, Timotheus, die Kraniche des Ibykus!“, deklamierte Peter.

„Das war aber ein anderer Timotheus“, sagte Liri.

„Nur komisch, dass Schiller diesen Namen wählt – der angesprochene Timotheus aus der Ballade ist ja einer der Mörder des Ibykus. Und heißt wie ein Paulusschüler. Warum macht er das?“

„Wenn der Antrag mit den achtzig Milliarden durchgeht, können Sie ihn fragen …“

„Ibykus?“

„Nein, Schiller. Den Ibykus übrigens auch. Wie das wirklich gewesen ist mit dem Mord, mein ich. Dann erführe man auch, wie der andere heißt …“

„Welcher andere?“

„Der zweite Mörder, der den Ausruf tätigt! Der eine heißt Timotheus, über den anderen erfährt man kein Wort. Seltsam eigentlich …“

„Sollten wir nicht Kaffee machen?“, mischte sich Hader ein, der dem Dialog ohne Interesse zugehört hatte. Sie gingen in die Küche.

„Da könnt ihr sehen“, erklärte Werner Liri, „wie das zugeht: Man kommt vom Hundertsten ins Tausendste, und genauso läuft es da draußen.“

„Was sagt denn ER dazu?“, wollte Peter wissen.

„Fast nichts. Stieger, der Sprecher, schweigt meistens. ER hat nur verlauten lassen, er will die Sache nicht in eine vorgegebene Richtung steuern, so ähnlich wenigstens. Momentan ist sowieso formale Unterbrechung, weil der Kategoros nicht anwesend ist.“

„Und sonst? Macht er gar nichts? Sieht man ihm nicht an, was er sich denkt?“

„Er hört zu. Man sieht nur, dass er interessiert zuhört. Ja, interessiert. Gespannt, könnte man sagen. Das schon. Er hört zu.

Wenigstens jetzt. Das konnte man nicht immer sagen …" Das letzte hatte er leise gesprochen, Peter vermutete bei dem Studenten eine lang zurückliegende, bittere Enttäuschung bezüglich des Vorsitzenden und verdrängte es sofort, weil daraus, wie ihm in einem Blitzgewitter sich überschlagender gedanklicher Klarheit aufging, nur jener Elementarzweifel aufsteigen konnte, der Kategoros recht gab und alles vernichtete, das Gute wie das Böse, das Rechte wie das Unrechte. Dann konnten sie sich das Jüngste Gericht sparen, dann war das Wort schon gesprochen und alles verloren.

Er ließ die ersten vier Tassen Kaffee durch, stellte sie auf ein Tablett und ging damit in den Gastgarten hinaus.

***

Hagen spähte durch das Fenster in sein Büro. Niemand zu sehen. Dann stieg er auf eine leere Bierkiste, die schon Jahre hinter dem Zaun lag. Im Hof seiner Werkstatt war niemand zu sehen. Er stieg von der Kiste und lief zur Vorderseite des Grundstücks. Er hatte keine Wahl, aber Hunger und Durst. Der Wald mochte ein gutes Versteck sein, zu essen gab es dort nichts und zu trinken nur zweifelhaftes Wasser aus einem Bach. Hagen hatte es nicht so mit der Natur. Sie war unbequem und gefährlich. Worin die Gefahr bestand, hätte er nicht sagen können, es gab ja hier keine wilden Tiere oder so, aber ein Gefühl der Bedrohung. Das befiel ihn immer, wenn er etwas nicht total unter Kontrolle hatte. Von „total" konnte nun keine Rede sein, er hatte die Lage nicht einmal zur Hälfte unter Kontrolle, auch nicht zu einem Bruchteil, sondern überhaupt nicht.

Seine Geldtasche war in der Werkstatt, das heißt, wenn sie die nicht beschlagnahmt hatten. Oder überhaupt alles, was ihm gehörte. Deshalb war er auch gar nicht erst nach Hause gegangen. Er bewohnte ein altes Einfamilienhaus am Ortsrand. Großer Garten, sehr schön. Kirschbäume, Apfelbäume, eine richtige Obstplantage. Dort würden sie ihn zuerst suchen, dort warteten sicher zwei oder auch drei auf ihn.

Auf die Geldtasche war er gekommen, weil er essen gehen wollte. Im „Löwen" oder in der „Weißen Geiß", obwohl sie dort nicht gut kochten. Aber ohne Geld … Früher hätte ihn das nicht abgehalten, früher hätte er zu dem Typen von der „Weißen Geiß" gesagt: „Hör zu, Erkan, ich hab grad nichts dabei, schreib es auf, ich schick dir gleich den Hader rüber zum Bezahlen." Und Erkan hätte das akzeptiert. Er war ja kein Zechpreller, er war ein angesehener Mann. Er war nicht irgendwer, er war Hagen Bechtold mit eigener Werkstatt und hatte jedes zweite Auto in diesem Scheißkaff repariert, verdammt noch mal! Und jetzt traute er sich nicht mehr heim und wusste nicht, ob er sich in seine eigene Werkstatt trauen sollte. Wenn sie daheim auf ihn warteten, dann sicher hier auch. Aber es blieb nichts übrig, die Zunge klebte ihm am Gaumen, er musste etwas trinken. Essen auch. Er betrat das Gelände. Wenn sie ihn verhaften wollten, mussten sie ihm was zu essen geben, einen Wasserhahn gab es in der Zelle; es war ihm jetzt schon egal.

Die Werkstatt war leer. Niemand wartete mit vorgehaltener Pistole. Er nahm ein Bier aus dem Kühlschrank und trank es in zwei Zügen aus. Danach war ihm besser, aber der Hunger meldete sich wieder. Er machte sich auf dem Gasrechaud eine Dose Ravioli heiß, er hatte einen Vorrat an Dosen in der Werkstatt, manchmal kochte er hier. Seit Ilse gestorben war, blieb er nicht gern zu Hause. Dort war niemand, nur er selber. Um die Werkstatt herum waren immer Leute gewesen, nicht wie jetzt. Kunden, Angestellte, Zuschauer, Leute eben. Er konnte reden, sich ihren Quatsch anhören, sie auf den Arm nehmen, Streit anfangen, Streit schlichten, ab und zu einen rausschmeißen.

Das war alles weg. Und Hagen wusste: Für immer. Es würde nie mehr so sein wie früher. Weil er diesen Bullen umgebracht hatte, das heißt, er hatte ihn ja gar nicht umgebracht, sonst hätte ihm der doch nicht flott und kregel auf den Hof spazieren können; aber das war kein Trost. Weil: Mordversuch. Vorsatz.

Das reichte auch. Gut, ein paar Jahre weniger, aber das änderte nichts an der Tatsache, dass sie ihn am Haken hatten. Er würde alles verlieren.

Er machte nach den Ravioli noch ein Bier auf. Zwanzig Jahre? Keine Ahnung. Er hatte keinen Anwalt, er kannte nur ein paar. Immerhin. Diesen Doktor … wie hieß er gleich … Holländer? So ähnlich. War der Dr. Holländer gut? Darüber wusste er nichts. Es wäre besser, sich zu stellen, dachte er. Das machte einen guten Eindruck, das brachte Punkte, weil: Ein richtiger Mord war es ja nicht gewesen, das konnte jeder bezeugen, der den Stieger herumlaufen sah. Dann war es aber nicht einmal Totschlag, nur … ja, was eigentlich? Heikles Gelände, da kam es darauf an, sich nicht zu verplappern, sonst drehten die einem das Wort im Mund um … „Sie haben selber zu Protokoll gegeben, dass Sie …“ Und so weiter, das kannte man aus dem Fernsehen. Das hatte so keinen Zweck, er brauchte einen Rechtsbeistand. Nötiger, als wenn er den Stieger wirklich, also erfolgreich umgebracht hätte … daran konnte man schon sehen, wie vertrackt die Lage war. Andererseits: Wenn die Lage so unübersichtlich war, rechtlich, oder sagen wir gleich: so unklar! – dann könnte es doch auch zu seinen Gunsten ausgehen, der Prozess und alles. Mit einem guten Anwalt.

„Sie brauchen einen Anwalt?“ Hagen fuhr herum. Ein Mann stand in der Tür der Werkstatt. Der Typ mit dem BMW.

„Kategoros-Korowjew.“

„Ihr Wagen ist leider noch nicht fertig. Sie sehen ja, ich bin mitarbeitermäßig momentan beschränkt …“

„Das macht nichts, das kann warten. Ich bin aus einem anderen Grund hier. Ich muss etwas mit Ihnen besprechen, Herr Bechtold.“

„Was Geschäftliches?“

„So könnte man es nennen. – Setzen wir uns doch auf Ihre Campingstühle, die sind wirklich sehr bequem!“ Er ging voran auf den Hof. Hagen folgte mit zwei Bier aus dem Kühlschrank und nahm bei seinem Besucher Platz. Sie tranken einen Schluck, dann unterbreitete ihm Dr. Kategoros-Korowjew einen Vorschlag, den er noch nie einem Menschen unterbreitet hatte.

***

Als sie bei der Gerichtsstätte eintrafen, fanden sie einen missgelaunten Peter Gottlieb vor. Der Hausherr stand in der Küche der Gastwirtschaft und rührte in einem großen Topf um.

„Oh, das riecht aber gut!", rief Hagen, den nach dem vierten Bier der Heißhunger anfiel wie ein Tier.

„Das ist nur Dosengulasch", sagte Peter. „Wollen Sie eine Portion? Ist noch übrig. Sie auch?" Kategoros-Korowjew lehnte dankend ab, Hagen stürzte sich wie ein Verhungernder auf das servierte Gulasch. Vom Weißbrot riss er sich große Kanten ab.

„Die anderen haben schon gegessen?", erkundigte sich der Anwalt.

„Vor einer halben Stunde. Und dann wollten sie spazieren gehen."

„Sie wollten was?"

„Wie ich es sage: spazieren. Stieger sprach von ‚die Beine vertreten'. Wenn Sie Glück haben, sind sie noch da."

Der Anwalt stürmte in den Gastraum. Er kehrte nicht wieder. Peter schloss, dass er das Hohe Gericht noch vor der Pause erwischt hatte. Hagen, dessen gewaltiger Hunger fürs Erste gestillt war, fragte: „Versteh ich das richtig, die Teilnehmer am Jüngsten Gericht gehen spazieren, einfach so?"

Ehe Peter antworten konnte, erschien Werner Liri in der Küche, starrte Hagen an, dann Peter Gotlieb und setzte sich an den Tisch. „Ein Glas Wasser, bitte …" Seine Stimme klang leise und gepresst.

„Du siehst aus, als könntest du was Stärkeres vertragen!" Hagen Bechtold lachte. „Ehrlich gesagt, ist es das erste Mal, dass ich zugucke, wie du Wasser trinkst!"

„Die Herren kennen sich?“, fragte Peter.

Liri winkte ab. „Ja, ja, von früher halt … hier kennen sich alle.“

„Was glauben Sie denn, wo er das Zyankali herhatte?“, rief Hagen. „Für seinen – wie sagt man? – Heimgang! Sicher nicht aus der Apotheke. Aber wie heißt es in Holzgarten schon immer? Hast du ein Problem? Nicht verzagen, Hagen fragen!“ Er lachte aus vollem Hals. Werner Liri zeigte ein dünnes Lächeln, Peter wurde bleich.

„Sie haben ihm das Zyankali gegeben, damit er sich umbringt?“

„Ich hatte noch ein bisschen übrig von einem Projekt, das … äh … ist ja nicht so wichtig. Was hätt ich machen sollen? Das Zeug nicht rausrücken? Der arme Kerl hat's doch gebraucht! Ich helfe gern, wo ich kann …“ Hagen bemerkte, dass der Städter ein langes Schlachtermesser in der Hand hielt. Klinge nach oben. Das erzürnte Hagen Bechtold. Denn es war eine Beleidigung. Gewaltandrohung empfand er eben nicht so sehr als Gefahr, sondern als Herabwürdigung seiner Person. So etwas konnte nur mit Gegengewalt beantwortet werden. Mit ausgeübter, nicht angedrohter … aber daraus wurde nichts, weil Peter Gottlieb in der anderen Hand hinter dem Rücken verborgen eine Bratpfanne hielt, die er nun hervorschnellen und Hagen seitlich an den Kopf prallen ließ. Mit so großem Schwung, dass der noch sitzende Hagen vom Stuhl fiel, im Sturz seinen leergegessenen Gulaschteller mitriss, der am Boden zerbrach, was das typische, wohlbekannte Geräusch von zersplitterndem Porzellan hervorrief. Davon überdeckt wurde ein zweiter, dumpferer Ton, den Hagen Bechtolds Schädel von sich gab, als er, Opfer eines unglücklichen Zufalls, im Fallen mit der Ecke der Anrichte kollidierte. Hagen lag auf dem Küchenboden. Große, schwarz-weiße PVC-Karos. Eine dünne Blutlache kroch unter seinem Kopf hervor.

Peter legte die Pfanne beiseite, stützte sich am Tisch ab, kam langsam zur Ruhe. Er dachte an nichts, der nötige Apparat war in einen seltenen Stand-by-Modus gefallen; Werner Liri beugte sich zum darniederliegenden Hagen Bechtold hinab, legte Zeige- und Mittelfinger an dessen Kehle und spürte – nichts. Hagen hatte seine Lebenstätigkeit eingestellt. In der Küche war es nun sehr still. Die Wanduhr stand schon seit Jahrzehnten, Peter Gottlieb bewegte sich nicht, Liri bewegte sich nicht und Hagen erst recht nicht.

„Sie haben eben die Weltgeschichte verändert", sagte Werner Liri.

„Ich hab ihn erschlagen …"

Werner Liri sprach nach langer Pause. „Nein, das mein ich nicht. Das war ein unglücklicher Zufall. Sehen Sie das Blut an der Anrichte? Da ist er mit dem Kopf aufgeschlagen, direkt aufs Eck. Dumm gelaufen …"

„Aber ich bin schuld …"

„Glaubt Ihnen aber niemand. Ich bitte Sie, schauen Sie ihn an, schauen Sie sich selbst an! Wie soll denn ein älterer, nie durch sportliche Tätigkeit aufgefallener Buchhändler – wie soll denn so ein Individuum einen Kraftlackel vom Typus Hagen Bechtold totschlagen? Mit einer Pfanne? Dann müssen wir aber bei der Wahrheit bleiben und von einem *Pfännchen* reden, emailliertes Blech, ein Gerät für drei Spiegeleier, mehr haben keinen Platz. Kein Gusseisen! Und von der Seite, nicht etwa auf den Hinterkopf! Bewusstlosigkeit demgemäß sehr unwahrscheinlich – es dürfte sich, wenn man nur alles berücksichtigt, um eine kräftigere Watschen gehandelt haben, nichts weiter. Und warum fällt er dann um? Der Hagen fiel, bitte sehr, nicht *um*, sondern von einem schmalen, hohen *Hocker*, also einem Sitzmöbel mit hohem Schwerpunkt und schmaler Standfläche, bekanntlich ideale Voraussetzung zum Kippen. – Nicht einmal Totschlag, wenn Sie mich fragen …"

„Und was mach ich jetzt?"

„In Anbetracht der Umstände … sichern wir jetzt einfach die Leiche des unglücklich Gestürzten."

„Ich versteh nicht, was …"

„Jetzt denken Sie halt einmal ein bisschen mit, Herr Gottlieb! Sie haben in dem Gasthaus doch einen Kühlraum, einen Vorratskeller oder was Ähnliches …“

„Einen Kühlraum, aber der ist seit zwanzig Jahren abgeschaltet.“

„Dann schalten Sie ihn halt wieder ein!“

„Das ist doch eine Schnapsidee! Die Apparatur ist völlig hinüber, die hat keiner mehr gewartet, seit das Gasthaus zu ist …“

„Sie sind wahnsinnig negativ, wissen Sie das? Bei Ihnen ist das Glas nicht halbleer, sondern immer ganz leer! So werden Sie Ihre Probleme nicht lösen, das kann ich Ihnen versichern – los, packen Sie an!“ Er beugte sich zu Hagen hinunter und fasste das linke Bein. Peter verzichtete auf Widerspruch und erfasste das rechte. Zu zweit war der Transport leicht. Peter öffnete einen großen Vorreiber an einer schmutzigweißen Eisentür in der Rückwand. Als er aufmachte, waberte weißer Kältenebel in den Raum.

„Sie haben doch gesagt, es ist abgeschaltet?“, wunderte sich Liri.

„War auch so. Noch vor einer Stunde, würd ich sagen …“ Sie zogen Hagen Bechtold in die Mitte der Kühlkammer. Links und rechts standen Regale, im linken ein paar Styroporboxen.

„Was ist das?“, wollte Liri wissen.

„Ich habe keine Ahnung.“ Liri nahm einen der Behälter herunter. Darin lagen dicht an dicht silbrig bläuliche Fische. „Rheinanken“, sagte Liri, „damit dürfte Ihr Abendessen-Problem gelöst sein.“

„Ich hab die aber nicht hergebracht. Und ich hab auch nicht die Anlage eingeschaltet. Muss Talsmann gewesen sein. Mich wundert nur, wo er den vielen Fisch her hat.“

„Das ist jetzt nicht das Hauptproblem …“ Peter holte aus dem Keller eine Plane, wickelte Hagen ein und sicherte das Paket mit Klebeband. Dann säuberte er die Kante der Anrichte und den PVC-Belag von Blut und Scherben. Werner Liri hatte sich wieder gesetzt und trank Wasser in kleinen Schlucken.

Seine Hände zitterten. Wie die von Alkoholikern, fiel Peter ein, wenn der Spiegel abfällt. Er hatte früher auch gezittert. „Brauchen Sie was zu trinken?", fragte er. „Ich meine – was Richtiges?"

„Was? – Ach so, nein, nein … es ist nur wegen der Weltgeschichte …" Er lächelte, schüttelte den Kopf.

„Ja, Sie haben das vorhin erwähnt. Hagen Bechtold hatte Einfluss auf die Weltgeschichte? Kann ich mir nicht vorstellen. Noch dazu, wo die Weltgeschichte grad zu Ende geht …"

„Ja, *zu* Ende, ist aber noch nicht *am* Ende, nicht ganz. Und Hagen hätte da noch eine Rolle spielen sollen." Werner Liri schluckte. „Er war als Zeuge aufgerufen. Beim Jüngsten Gericht." Schweigen senkte sich auf die Küche. Nach einer Weile traute sich Peter Gottlieb zu fragen: „Wer hat ihn aufgerufen?"

„Der Ankläger."

„Was soll er denn aussagen?"

„Woher soll ich das wissen? Kategoros-Korowjew hat einfach den Antrag gestellt, den Zeugen Hagen Bechtold aufzurufen … dem Antrag wurde stattgegeben. Durch leichtes Kopfnicken, Sie verstehen? Begründet wurde das nicht. Auch nicht über den Sprecher, den Stieger."

„Und jetzt?"

„Hat sich das Gericht vertagt. Bis der Zeuge Bechtold auftaucht."

„Da gibt's aber ein Problem – wenn der Zeuge Bechtold nicht wieder aufersteht."

„Schauen wir nach." Der Zeuge Bechtold lag unbewegt in der Kühlkammer, wie sie ihn vor ein paar Minuten zurückgelassen hatten, und machte keine Anstalten, aufzuerstehen. Er machte auch sonst nichts. Er war tot. Peter schloss die Tür.

„Vielleicht", sagte Werner Liri, „ist diese Entwicklung nicht so tragisch …"

„Wie kommen Sie auf tragisch?", wollte Peter wissen. „Ich geh einfach rein und schildere den Vorfall. Wenn sie den Bechtold als Zeugen brauchen, soll ihn halt der Vorsitzende wieder auferwecken. Tragisch wäre es unter allen anderen Umständen, aber nicht unter diesen." Er wandte sich zur Tür.

„Warten Sie!" Werner Liri hielt ihn am Ärmel fest. „Machen Sie das nicht!"

„Wieso? Hab ich was übersehen? Wenn ja, bitte ich um Aufklärung, ich bin ja nur der Wirt …"

„Überlegen Sie doch selber: Welchen Zweck verfolgt die Anklage mit diesem Zeugen?"

„Na, die Argumente der Anklage zu stärken, zu beweisen, was weiß ich …"

„Ja, genau! Der Anklagevertreter will die ganze Menschheit ins Verderben stürzen – deutsch und deutlich: wir alle sollen in die Hölle. Wollen Sie, dass er damit durchkommt?"

Peter Gottlieb setzte sich. „Nein", sagte er dann, „natürlich nicht!"

„Dann wäre es unklug, das Hohe Gericht auf den Verbleib des Zeugen Bechtold hinzuweisen."

„Kategoros wird ihn suchen …"

„Na und? Soll er doch. In Ihrem Kühlraum wird er nicht nachschauen …"

„Was macht Sie so sicher?"

„Die Rheinanken!", rief Liri. „Schon vergessen? Das ist alles geplant, da läuft irgendeine ultrageheime Sache, was Gnostisches oder so … die Fische sind der beste Beweis. Es ist alles im Voraus festgelegt! Ein ironisches Zitat. Die Speisung der Fünftausend!"

„Wir sind bei Weitem nicht so viele …"

„Drum sag ich ja: Ironisch! ER hat die Fische hergebracht, nicht Talsmann. Und wahrscheinlich stammen sie auch nicht aus dem hiesigen See."

„Sondern?"

„Aus dem See Genezareth."

„Dann wären es aber keine Rheinanken …"

„Das ist doch jetzt nicht von Belang! Können Sie die Dinger überhaupt zubereiten?"

„Schon. Halt in Mehl gewälzt und rausgebraten. Das nennt man nach Müllerin Art, glaub ich … wir verzetteln uns, ist Ihnen das schon aufgefallen? Sie bringen mich dazu, darüber nachzudenken: Wie geht eigentlich ‚Müllerin Art', während wir grad eine Leiche verstecken!"

„Sichern, hab ich gesagt und sag es Ihnen nochmals: Sichern tun wir die Leiche. Von Verstecken hat keiner was gesagt! Wenn Kategoros nicht in den Kühlraum schaut, ist das sein Problem."

„Und warum soll er dort nicht reingehen?"

„Weil er nicht dort sein will, wo ER war, verstehen Sie? Nicht persönlich *war,* sondern geistig … wie sagt man … spirituell …"

„Ja, ich verstehe, was Sie meinen … was passiert aber, wenn der Zeuge nicht auftaucht?"

„Was soll groß passieren? Der Zeuge ist nicht da, basta. Die Verhandlung geht ohne ihn weiter. Außerdem ist das nicht unser Problem." Peter Gottlieb holte tief Luft. Ein leichter Schwindel erfasste ihn, er musste sich am Griff der Kühlraumtür festhalten. „Wie stellen Sie sich das vor? Wir müssen dann doch was sagen …"

„Wer ‚wir'? Etwa Sie oder ich? Was mich betrifft, ich bin Zuhörer, ich darf mich gar nicht äußern. Und Sie? Sie sind der Wirt vom ‚Lamm', Herr Gottlieb, Sie sorgen für das leibliche Wohl, wie das so schön heißt, Sie sind namentlich nicht einmal erwähnt. So leid es mir tut: Sie sind Personal, Sie haben mit dem Verfahren nichts zu tun."

„Verstehe, ein Lakai eigentlich, wie ein Möbelstück …"

„Wenn Sie es so negativ sehen wollen … aber es hat sein Gutes: Sie müssen sich zum Verbleib des Zeugen Bechtold nicht äußern. Es sei denn, jemand fragt offiziell … dann müssen Sie halt darauf hinweisen – entweder Zeugenaussage oder Abendessen, beides zugleich geht nicht."

„Sie hätten einen guten Anwalt abgegeben …"

Liris Stirn legte sich in Falten. Er seufzte. „Nicht nur einen guten Anwalt. Alles mögliche Gute wahrscheinlich … wenn die

Sauferei nicht gewesen wäre. – Aber das ist ja vorbei. Man muss nach vorn schauen."

„Aufs Jüngste Gericht, jawohl! Und aufs Abendessen. Fisch also."

„Ich helf Ihnen bei dem Fisch", sagte Werner Liri.

8

Das Holzgartener Seefest gehört nicht zu den Events mit überregionaler Bedeutung. Nachbargemeinden, die wir hier nicht namentlich erwähnen müssen, sprechen dem Fest sogar die regionale Bedeutung ab, aber das ist nur der Neid der Besitzlosen. Die haben halt keinen See und können mit ihren diversen Kirchweihfesten und Leopoldiumzügen, und wie das alles heißt, nicht mit dem Seefest von Holzgarten konkurrieren. Es findet auf einem großen Gemeindegrundstück auf der anderen, der Stadt abgewandten Seite des Sees statt. Dort ist der Boden fester als sonst in Seeumgebung und verwandelt sich unter den Fußtritten Tausender Besucher nicht in Matsch, wie das leider sonst überall der Fall wäre. Und Tausende Besucher sind es, weil die missgünstigen Nachbarn halt doch beim Seefest erscheinen, es gehört zu den Fixpunkten des Jahreslaufs.

An jenem Tag wurde das Holzgartener Seefest durch eine Besuchergruppe aufgewertet, die man im fünfzigjährigen Bestehen dort noch nie gesehen hatte. Die Mitglieder des Jüngsten Gerichts vollzählig bis auf den Zuhörer Werner Liri, der in der Küche bei Peter Gottlieb weilte, als der Beschluss gefasst wurde, das Seefest zu besuchen. Vorgeschlagen hatte es Lukas Hildmeyer. Er argumentierte, man könne doch die lästige Wartezeit auf den Zeugen Bechtold angenehmer auf dem Seefest verbringen, eine lokale Tradition immerhin und eine Attraktion, die einzige in Holzgarten, wenn man das Krippenspiel in der Pfarrkirche nicht dazurechne, aber jetzt sei ohnehin nicht Weihnachten; er wolle einfach sagen, man müsse dem Vorsitzenden doch etwas bieten, wo er doch das erste Mal in Holzgarten sei (vielleicht sogar das letzte Mal), und ob er denn überhaupt schon einmal auf einem richtigen alpenländischen Fest gewesen sei, das sei doch vielleicht auch interessant, wegen der Abwechslung, mal was anderes?

Der Vorsitzende ließ über Stieger ausrichten, nein, er sei auf so einem Fest noch nie gewesen und ja, das interessiere ihn durchaus. Also wurde aufgebrochen.

Als die Gerichtstruppe eintraf, war das Fest schon in vollem Gange. Bis auf Liri und den Ankläger, der seinen Zeugen suchte, waren alle dabei. Galmei, Stieger, Hildmeyer, Hader, Talsmann, Renate Sameder. Und der Vorsitzende. Inspektor Stieger hatte gewisse Bedenken wegen des Outfits, das auf die heimischen Proleten provozierend wirken könnte. Nachthemd, nahöstliche Gesichtszüge, vulgo Kameltreiber, Flüchtling, Islamist und was dergleichen Zuschreibungen mehr sind. Es kam aber zu keinen Zwischenfällen. Die Mitglieder des Gerichts bildeten eine Gruppe, die beieinander blieb. Bei ihren Erklärungen wechselten sie sich ab. Erklärungen deshalb, weil sie in den Zügen des Vorsitzenden schon bei den ersten Schritten aufs Festgelände ungläubiges Staunen zu entdecken meinten und sich bemüßigt fühlten, die Eigenheiten der lokalen Unterhaltungs- und Gastronomiekultur nahezubringen. Hader verstand das nicht.

„Er ist doch allwissend, oder?“, wandte er sich im Flüsterton an Matthäus Galmei, als Stieger vor einem Stand eben erläuterte, was es mit den *Käsfladen* auf sich habe. „Wieso erklärt ihm der Stieger das alles? Das ist doch … respektlos.“

„Sie könnten auch fragen: Warum geht er überhaupt hierher mit? Es ist diese Mensch-Gott-Dualität …“

„Was?“

„Er ist halt beides zugleich, und je nachdem, welchen Aspekt seiner … Natur er zeigen will, verhält er sich nach außen. So ungefähr …“

„Versteh ich nicht.“

Galmei gingen eine Menge Dinge durch den Kopf, das Konzil von Chalcedon, der Monophysitismus, der Nestorianismus; wie das alles zusammenhing, brachte er jetzt auf die Schnelle auch nicht heraus, er hatte darüber gelesen, natürlich, und sich, wie er sich nun voller Scham eingestand, amüsiert, worüber diese Kleriker im vierten Jahrhundert so erbittert gestritten hatten; aber jetzt, auf dem Holzgartener Seefest verschwand der aufgeklärte Snobismus wie Schnee an der Sonne vor einer einfachen Frage, die der Mechaniker Hader gestellt hatte. Wieso ließ sich ein Allwissender von Stieger erklären, dass der Käse, der zur Bereitung der Käsfladen verwendet wurde, aus silofreier Milch stamme? Was eine Erläuterung des Begriffs *Silo* nach sich zog, da Stieger davon ausging, die Grünfuttersilage sei im ersten Jahrhundert noch nicht verbreitet gewesen. Stieger redete ununterbrochen, der Vorsitzende hörte zu, weigerte sich aber eben jetzt, einen Käsfladen zu probieren, wie auch Renate Sameder, die verlauten ließ, ihr werde schon vom Geruch schlecht, während die anderen jeder einen kauften. Auch Hader, der immer noch auf Galmeis Antwort wartete. Den Streitereien der frühen Kirche, dachte der, liegt eine ganz einfache, berechtigte, sich aufdrängende Frage zugrunde: *Wer ist der Typ?*

„Allwissend schon", sagte er zu Hader, „aber vielleicht ist die Frage, ob er will. Alles wissen, meine ich. Er kann sicher ausschalten, was er weiß und hört lieber meinem Neffen zu, der es erklärt."

„Ah so. Das hat sicher mit der … wie heißt das … allumfassenden Liebe zu tun …"

„Wieso Liebe?"

„Dass er lieber dem Inspektor zuhört." Hader wendete sich mit seinem Käsfladen ab, und Galmei ärgerte sich über die Frechheit. Aber da war es schon wieder, dieses nagende Gefühl: Nicht zu wissen, woran man ist. Was bedeutete es, wenn der Vorsitzende den Genuss von geschmolzenem Käse auf Brot verschmähte? Dass kein Segen auf Schmelzkäse lag? Oder auf Käse überhaupt? Stieger wandte sich an ihn. „Du solltest nicht alles überinterpretieren, Onkel Matthäus. Er mag halt keinen Käse, hat aber nichts dagegen, wenn andere ihn mögen. Daran hängt gar nichts. Es ist eine Geschmacksfrage, im Wortsinn."

„Du selber isst aber auch keinen. Solidarität – oder Liebedienerei?“

„Quatsch! Ich hab das Zeug noch nie mögen. Vergiftet weit herum die Atmosphäre.“ Er wendete sich ab und ließ den Onkel mit seinem Käsfladen stehen. Der schmeckte dem Buchhändler nicht mehr, er entsorgte den Rest in einem Abfalleimer. Die Truppe war inzwischen zu einem Punschstand weitergezogen, wo der Vorsitzende auf Anraten Stiegers einen „Jagatee“ probierte und davon angetan war, wie sein Sprecher versicherte.

„Is des jetzt der Armenier?“ Die Stimme kam von hinten, Galmei drehte sich um. Robert Wolf, der Gemeinderat. Ein Berufstrottel. Galmei seufzte.

„Armenier? Welcher Armenier?“

„Der in dem weißen … wie sagt man … Kaftan?“

„Und wie kommst du auf Armenien?“

„Hab ich gehört. Ein Patriarch oder so. Ein Würdenträger halt. Wegen der Städtepartnerschaft.“

„Mit Holzgarten?“

„Na, mit Düsseldorf. Herrgott, Galmei, du wirst auch nicht gscheiter! Natürlich mit Holzgarten. Es gab auch ein Rundschreiben …“

„… das ich nicht mehr lese, solang dort drin steht: Wir gedenken dem Franz Oberhammer.“

„Was hast du gegen den Oberhammer? Der war einer von den besten …“

„… ich hab nichts gegen den Oberhammer, du Depp! Ich sprech vom zweiten Fall, es muss heißen ‚des Oberhammer‘ gedenken wir, nicht ‚dem‘, verstehst du? Na, wahrscheinlich nicht …“

„Schau, Matthäus, das ist wieder typisch für dich, dieses Abgehobene, das Weltfremde! Zweiter Fall! Sonst noch was, wen interessiert denn das?“

„Niemanden, du hast recht. Niemand*en.* Und nicht: Es interessiert niemand, wie ihr immer schreibt. Auch ein Grund, warum ich's nicht mehr lese.“

„Okay, okay!“ Wolf grinste. „Du bist unser Eierkopf, soll so sein. Dir entgeht halt viel, Matthäus …“

Galmei ärgerte sich. Wie jedes Mal, wenn er zwei Sätze mit dem Stadtrat Wolf wechselte. Oder einen.

„Und wieso überhaupt Armenier!“, rief er. „Hat er ein Schild um oder was? Könnte doch ein Araber sein, Ägypter, was weiß ich …“

„Geh, Matthäus, dann tät er doch kan Jagatee trinken! Und jetzt, schau, geht er rüber zur Wurstbraterei!“ Galmei antwortete nicht, sondern ging weg. Wie bei den meisten Auseinandersetzungen mit Robert Wolf. Jetzt ärgerte er sich noch mehr. Geistlicher Würdenträger aus Armenien, das war gar nicht schlecht. Amtstracht wie ein langes Nachthemd, pantoffelartiges Schuhwerk, langes Haar, trinkt Alkohol, isst Schweinswurst, warum nicht?

Inspektor Stieger hatte wegen der Würste Bedenken gehegt. Speisegebote. Aber da war gar nichts. Der Vorsitzende verspeiste eine St. Johanner mit Senf und einer scharfen Peperoni, als ob er das schon tausend Mal gemacht hätte. Die anderen taten es ihm gleich. Gesättigt zogen sie weiter. Der Vorsitzende betrachtete die Fahrgeschäfte und äußerte dann via Stieger den Wunsch, mit dem Kettenkarussell zu fahren. Das Karussell nahm die Mitte des Platzes ein, ein historisches Stück, über sechzig Jahre alt, die unbestrittene Hauptattraktion des Holzgartener Seefestes, beliebter als die neueren, magenhebenden Fahrkünste, sogar bei den Jungen. Stieger hatte sich eben bei der Kasse angestellt, als Dr. Kategoros-Korowjew auf dem Platz erschien. Hildmeyer prostete ihm mit seinem Punsch zu, Stieger nickte, Talsmann reagierte nicht auf den Ankömmling, weil er an der Schießbude neben dem Karussell mit hoher Konzentration versuchte, eine Papierblume nach der anderen zu treffen. Renate Sameder stand daneben und fieberte mit. Galmei überblickte das alles. Nur Hader reagierte auf den Anwalt. Sie sprachen miteinander. Dann sah er Hader zum Polizisten gehen, etwas mitteilen. Stieger sah verärgert aus. Er winkte dem Onkel zu, er solle herkommen. Stieger verschwand mit dem Vorsitzenden hinter dem Zelt des Karussellbetreibers, Hader und der Anwalt gingen ihnen nach. Als Galmei eintraf, war schon eine Debatte im Gang.

„… kann ich meine Arbeit unter diesen Bedingungen nicht fortführen“, verstand er. Kategoros sprach in erregtem Ton, unterstrich das Gesagte mit theatralischen Gesten; er sprach, wie man sagt, *zum Fenster hinaus*, das nützte nur nichts, weil hinter dem Zelt keine Menge lauschte, nur die Mitglieder des Gerichts und nicht einmal vollzählig.

„Was ist los?“, fragte Matthäus Galmei.

„Der Zeuge ist weg“, sagte Stieger. „Der Bechtold“, fügte er hinzu.

„Wie – weg?“

„Verschwunden!“, ereiferte sich Kategoros-Korowjew. „Wie vom Erdboden verschluckt. Ich kann nicht glauben, dass schon jetzt zu solchen Mitteln gegriffen wird …“

„Sie behaupten also, wir hätten etwas damit zu tun?“ Stieger sprach leise, aber alle hörten genau zu.

„Na, wer denn sonst? Mein Zeuge würde durch seine Aussage die Verteidigung zusammenbrechen lassen, wer hat also ein Interesse?“

„Die Verteidigung jedenfalls nicht!“ Talsmann gesellte sich zu der Gruppe, hinter ihm kam Renate Sameder mit einem riesigen schneeweißen Teddybären. Zum Tragen brauchte sie beide Arme. Ehe Kategoros antworten konnte, mischte sich Galmei ein. „Wo haben Sie ihn zuletzt gesehen?“

„Sind Sie jetzt der Polizist?“, fragte der Anwalt.

„Notgedrungen, da mein Neffe ja der Sprecher des Vorsitzenden ist. Aber wie Sie wollen – die Sache kann auch Inspektor Stieger untersuchen, wenn Ihnen das lieber ist …“ Kategoros verzog die Miene zu einem sardonischen Grinsen. „Nein, Herr Galmei, schon recht … gesehen hab ich den Bechtold im Gasthaus das letzte Mal.“

„Also hier scheint er nicht zu sein …“

„Der Wirt, dieser Gottlieb, hat ihn auch nicht gesehen, der Zuschauer Liri behauptet, Bechtold sei in den Wald gegangen …"

„Wieso *behauptet*? Was soll der Unterton? Trauen Sie ihm nicht?"

„Ach, kommen Sie! Seit Beginn des Verfahrens herrscht eine spürbare Voreingenommenheit bezüglich meiner Person! Glauben Sie, ich merk das nicht? Sie können mich nicht leiden, Sie alle!"

„Das wundert Sie?", sagte Renate Sameder. „Sie sind Ankläger beim Jüngsten Gericht. Kein Posten, um einen Beliebtheitswettbewerb zu gewinnen."

„Bitte, dafür kann ich nichts. Das ist alles … vorherbestimmt, dass ich das mache, mein ich. Und einer muss es schließlich machen …"

„Was ist denn hier los? Wo bleibt ihr denn alle?" Inspektor Stieger kam hinter das Zelt, in einigem Abstand folgte der Vorsitzende. Dessen weißes Gewand verunzierte ein dunkler Streifen auf der Brust. Das darf nicht wahr sein, dachte Galmei, der Vorsitzende hat sich mit Senf bekleckert! Aber irgendwie logisch, wenn er noch nie eine St. Johanner gegessen hat …

„Los jetzt!", befahl Stieger. „Alle aufs Karussell!"

„Ich hab keine Lust zum Karussellfahren!", rief Kategoros-Korowjew. „Abgesehen davon finde ich, es zeugt von erschreckender Unreife, die Zeit ausgerechnet jetzt mit billigen Vergnügungen zu vertändeln …"

„Na ja", antwortete Galmei, „Sie als Anwalt stehen wohl eher auf teure Vergnügungen, die ich mir auch vorstellen kann. Aber der Vorsitzende ist ein Mann des Volkes, bekanntlich immer gewesen, da braucht es keine …"

„Lass gut sein, Onkel Matthäus", unterbrach ihn der Inspektor, „da redest du mit einer Wand. – Sie können natürlich machen, was Sie wollen, Herr Doktor, aufs Gericht macht eine Absentierung keinen günstigen Eindruck, das muss ich Ihnen offen sagen. Wir sind ein Kollegialorgan …"

„Seit wann?“, rief Kategoros-Korowjew.

„Immer schon“, sagte Stieger. „Sagt er.“ Und deutete nach hinten.

„Das ist schlichte Erpressung“, sagte Kategoros mit leiser Stimme, „aber das bin ich von der Seite schon gewohnt. Also gut, ich fahre mit. Unter der Bedingung, dass ich nicht neben *ihm* sitzen muss.“ Der Vorsitzende nickte kaum merklich. Galmei fiel auf, dass die beiden sich nie direkt anschauten. Das heißt, der Anwalt vermied den Blickkontakt, der Vorsitzende nicht; der schaute aber, wenn er den Blick in seine Richtung schweifen ließ, nicht *auf* Kategoros, sondern durch ihn *durch* auf einen Punkt dahinter. Während Galmei noch darüber nachdachte, sagte der Anwalt. „Ich möchte neben Herrn Galmei sitzen, wenn's recht ist. Er ist von euch allen der am wenigsten Voreingenommene!“ Galmei wollte sich dazu äußern, aber seine Kehle war wie zugeschnürt. Die anderen machten kehrt und gingen zum Einlass des Karussells an der Kasse. Kategoros-Korowjew und Galmei stiegen als Letzte in den Doppelsitz. Zwischen ihnen führte die Kette zum Dach der Apparatur. Es gab keine Fußstütze, nur einen dünnen Metallbügel als Schutz vor dem Hinausfallen; Galmei fragte sich, wieso die altertümliche Einrichtung überhaupt noch zugelassen war. Dass Sicherheitseinrichtungen fehlten oder unzureichend waren, erkannte auch ein Laie.

Er blickte in die Runde. Direkt vor ihnen saß sein Neffe mit Talsmann, davor der Vorsitzende neben der Frau Sameder. Dann begann sich das Karussell zu drehen. Die Sitze schwangen sanft nach außen. Galmei war noch nie auf so einem Karussell gefahren, auch nicht als Kind. Er saß innen, Kategoros-Korowjew an der Außenseite. Wenn mir schlecht wird, fiel es Galmei ein, fliegt dem Anwalt die Kotze ins Gesicht. Besser so als umgekehrt.

Das Karussell nahm Fahrt auf. Dass etwas nicht stimmte, erkannte Galmei an der Musik. Nicht das übliche Geplärre der automatischen Orgel, die ihm schon die ganze Zeit auf die Nerven gegangen war, sondern etwas Klassisches mit vollem Orchester. Vielleicht hatte der Betreiber auf elektronische Beschallung umgeschaltet. Aber die Musik passte nicht zum Karussell. Galmei erkannte das „Dies Irae" aus dem Mozart-Requiem. Äußerst unpassend. Bald setzten die Singstimmen ein. Galmei blickte auf seinen Beifahrer. Dessen Miene war nichts anzumerken. Die Geräuschkulisse des Platzes verschwand hinter dem Klangrausch des Requiems, was in dieser Weise auch ungewöhnlich war. Besser: Unmöglich. Die akustischen Merkwürdigkeiten traten aber in den Hintergrund. Denn mit der Physik des Karussells stimmte etwas ganz und gar nicht; Matthäus Galmei hatte diese Empfindung, sicher war er sich nicht, weil er, lebenslang nur mit weichen Wissenschaften befasst, nicht einschätzen konnte, ob seine Eindrücke den Naturgesetzen entsprachen. Er hatte nämlich nicht das Gefühl, von der rotierenden Mittelachse immer mehr nach außen getragen zu werden und deshalb immer schräger zu sitzen – er saß aufrecht wie beim Einsteigen, dafür drehte sich die Mittelachse des Karussells nach außen und der Boden schien steil anzusteigen. Sie wurden immer schneller, spürbar am Gegenwind und erhöhten Körpergewicht, das sie in die Sitze presste.

„Das ist nur eine optische Täuschung", meldete sich der Anwalt von der Seite. Er war klar zu verstehen.

„Das ist doch nicht normal!", rief Galmei. „Die Kette wird reißen!"

„Ach was, die hält schon. Ich finde es ganz angenehm, wenn man aufrecht sitzen kann … ich meine, wenn es uns schon verwehrt ist, aufrecht zu stehen." Eine bemühte Überleitung, „aufrecht stehen" benutzte er als Metapher; Galmei konnte es nicht glauben. Es drohte ein entsetzlicher Unfall – Karussell und Welt drehten sich weiter nach oben – und der Anwalt suchte den Einstieg in eine philosophische Debatte!

„Stellen Sie das ab!", schrie Matthäus Galmei.

„Das Karussell? Das liegt nicht in meiner Macht. Geht es Ihnen zu schnell? Sie hätten das Schild lesen sollen. ‚Benutzung auf eigene Gefahr' …"

„Da war ein Schild?“

„Unübersehbar. Neben der Kasse.“

„Die Karten hat mein Neffe besorgt …“

„Dann hätte halt er das Schild … meine Güte, worüber reden wir hier? Banalitäten. Dabei sollten wir die Gelegenheit nutzen und uns über Wichtiges austauschen, wo wir so gemütlich nebeneinander sitzen.“ Gemütlich? Der Fahrtwind brannte in den Augen, von überall her dröhnte das Requiem, das Karussell spottete den physikalischen Gesetzen, die Kette, an der die Sitze hingen, der Materialwissenschaft. Sie hätte, davon war Matthäus überzeugt, längst reißen müssen. Aber sie war nicht gerissen. Er beruhigte sich. Ein Trick das Ganze, Taschenspielerei des Herrn Kategoros-Korowjew.

„Was meinen Sie?“, fragte er den Sitznachbarn. „Ich meine, Wichtiges. Die Verhandlung?“

„In der Tat. Was sagen Sie: Wie läuft es? Ihrer Meinung nach?“

„Schlecht. Für Sie, werter Herr Ankläger.“

„Und worauf beruht Ihre Einschätzung, verehrter Herr Galmei?“

„Der Vorsitzende ist gegen Sie. Ich meine, das ist offensichtlich und historisch erklärbar. Bei einem normalen Gericht würde man sagen, er ist befangen. Er hatte sich ja eindeutig auf die Seite der Verteidigung geschlagen, der Menschheit, meine ich, eindeutiger geht's ja kaum, er hat sich doch …“

„Ja, ja, ja!“, unterbrach ihn Kategoros-Korowjew. „Ich weiß! Diese Golgathageschichte. Was glauben Sie, wie oft ich das schon gehört hab! Wie bei Weltkriegsveteranen, die einem die Panzerschlacht im Kursker Bogen schildern. Interessant, durchaus. Aber nicht nach der x-ten Wiederholung. Es hängt mir zum Hals raus.“

„Das glaub ich Ihnen aufs Wort …“

„Wie wird es also ausgehen? Es wird zu keiner Verurteilung kommen. Von niemandem, glauben Sie mir! Alles Friede, Freude, Eierkuchen.“

„Davon gehen Sie aus?"

„Davon geh ich aus. Ich kenn ihn ja. Schon länger, meine ich, ich weiß doch, wie er tickt. Diese Anbiederung an den Pöbel …"

„Wie bitte?"

„Na, was tut er denn, der Herr *Vorsitzende* während des Jüngsten Gerichts? Fährt Karussell! Ja, ich weiß, hier ist des Volkes wahrer Himmel und so weiter, das kommt gut an, das bringt Punkte bei den *Menschen*!" Das letzte Wort sprach er aus, als handle es sich um eine besonders widerwärtige Kakerlakenart. Matthäus Galmei wusste nichts zu antworten. Er hatte Mühe, Luft zu bekommen, der Fahrtwind riss den Atem vom Mund. „Zu schnell!", keuchte er, „keine Luft …"

„Was? Ach so …" Das Karussell wurde langsamer. Prompt rutschte der seitlich aufgesteilte Boden wieder ein Stück nach unten, auf seine natürliche Lage zu.

„Ich weiß nicht", rief Galmei, „was Sie eigentlich von mir wollen! Ich bin nur der Schriftgelehrte, eine Art Sachbearbeiter …"

„Ich will, dass es aufhört", unterbrach ihn Kategoros-Korowjew.

„Das will ich auch, offen gestanden …"

„Was? Ja, warum machen Sie dann mit?"

„Wo mach ich mit?"

„Beim Jüngsten Gericht!"

„Ich spreche vom Karussell."

„Ach so. Es hat Sie keiner gezwungen, einzusteigen! Aber das ist wieder einmal typisch! Mitläufer! *Was hätt ich denn tun sollen?*" Er machte Matthäus Galmei so vollkommen nach, dass dem ein kalter Schauer über den Rücken lief. Das war keine Imitation mehr, das war seine eigene Stimme. Nur diesen bestimmten Satz hatte er, soweit er sich erinnern konnte, noch nie gesagt.

„*Nein*. Das hätten Sie sagen sollen!", rief Kategoros-Korowjew. Das Karussell nahm wieder Fahrt auf. „Oder ‚leck mich' oder ‚lass mich in Ruh', das wären alles mögliche Antworten gewesen. Aber ihr sagt alle nur ja, ja. Wie blökende Schafe!"

„Und warum, Meister, hätten wir uns weigern sollen? Damit Sie den Prozess nicht verlieren. Ausgerechnet *Sie?*"

Kategoros seufzte so tief, dass der Laut den Fahrtwind und das Requiem übertönte. „Sie denken einfach nicht weiter! Was wird denn geschehen? Ein neuer Himmel und eine neue Erde? Wie heißt es so schön in der Apokalypse: Und das Meer ist nicht mehr. Haben Sie sich einmal überlegt, was das eigentlich heißt: Das Meer ist nicht mehr? Und davor: Denn der erste Himmel und die erste Erde verging. Aus, futsch, weg. Da nützen auch keine exegetischen Verrenkungen, die ganze Schöpfung – ja, ich benutze bewusst dieses Wort – die ganze Schöpfung verdampft ins Nichts." Matthäus Galmei fiel das Atmen schwer. Er keuchte, seine Stimme klang wie ein heiseres Flüstern.

„Ich versteh nicht, worauf Sie hinauswollen, Herr Anwalt. Nach dem Jüngsten Gericht geht alles unter, okay? Das wollen Sie doch. Oder lieg ich falsch?" Kategoros-Korowjew drehte sich in seinem Sitz halb zur Seite und starrte Galmei an. Augenhöhlen von absoluter Schwärze. „Sie haben ganz recht, Herr Galmei", sagte er dann. „Ich war dagegen. Wir alle waren dagegen. Wir sind Legion, das wissen Sie ja …"

„Ja, allerdings."

„Diese Sache hätte nie geschehen dürfen …"

„Welche Sache?"

„Das alles hier." Er machte eine vage Rundumgeste. „Die Schöpfung, der Kosmos, nennen Sie es, wie Sie lustig sind! Es ist Pfusch. Unwürdig. Schlimmer als ein Verbrechen: ein Fehler!"

„Na prima, das wird ja in Kürze alles korrigiert, haben Sie selber gesagt. Totale Vernichtung! Danach etwas völlig Neues. Ein neuer Himmel und eine neue Erde … mit dem feinen Unterschied – unterbrechen Sie mich, wenn ich Blödsinn rede – dass Sie nicht mehr dabei sind. Sie und Ihresgleichen! Legion! Stimmt's?"

„Ja, ja, Gottes Hütte bei den Menschen, *he skené tou theou meta ton anthropon.* Der Schlüsselbegriff ist hier *skené*. Luther veredelt das zur ‚Hütte', weil es ihm buchstäblich windig vorkommt, eine Hütte ist wenigstens was aus Balken und Brettern, aber das Wort meint eher: Bude oder Zelt. Als Fachbegriff bezeichnet es ein aus Tüchern und Latten gebautes Gerüst, auf dem im alten Griechenland die Schauspieler auftraten, also unsere *Szene.* Man kann nicht einmal von einer Bretterbude sprechen, eher ist das eine Konstruktion aus Dachlatten und Plastikplanen …"

„Ja, aber …", wollte Galmei unterbrechen, aber der Anwalt ließ ihn nicht zu Wort kommen.

„Schauen Sie, ich bin sicher der Letzte, der sagt, man muss die Apokalypse wörtlich nehmen, die Engel und die Tiere und das alles … dann der Stil: unterirdisch! Ich hab das Ding nie komplett durchgelesen, geb ich offen zu. Der Johannes war schon eine eigene Nummer …" Er verstummte. Matthäus bekam wieder besser Luft, die Fahrt des Karussells hatte sich nicht verlangsamt, der Fahrtwind aber war mit einem Mal nicht mehr spürbar. Und nicht hörbar. Es herrschte Stille. Auch das Requiem war weg, was Matthäus erleichtert zur Kenntnis nahm, das Getöse war ihm auf die Nerven gegangen. Was dies betraf, reichte ihm sein Mitfahrer.

„Diese Sache mit der skené, dem Zelt, der Bude oder wie Sie wollen – das ist mir nie aus dem Kopf gegangen. Warum heißt es da nicht *Burg, Palast*, oder wenigstens *Haus*? Warum wohnt er unter den Menschen wie in einem Slum? Ist es das vielleicht – die neue Erde: ein Slum? Haben Sie sich das einmal überlegt?"

Matthäus Galmei sagte nichts mehr. Er ärgerte sich. Schon wegen der Spielchen mit dem Karussell. Wahnwitzige Geschwindigkeit, Aufhebung physikalischer Gesetze, und dann Mozarts Requiem. Ausgerechnet! Sollte ihn das beeindrucken? In einer Welt, wo Wein aus Wasserhähnen floss – und Tote an der frischen Luft herumspazierten … andererseits: Das mit dem Zelt … darüber musste er nachdenken. Wörtlich nehmen konnte man das, keine Frage. Konnte es aber auch lassen. Er wusste nicht, was er davon halten sollte.

Der Fahrtwind setzte wieder ein, das Karussell bremste seine wahnwitzige Bewegung auf Normalmaß, das Requiem verstummte, stattdessen erfüllte die quäkende Orgel die Atmosphäre, die wieder in allem der auf einem beliebigen Rummelplatz glich, einem in der Provinz. Alles im grünen Bereich. Kategoros-Korowjew sagte nichts mehr, stieg aus seinem Sessel, als die Maschine anhielt, deutete eine Verbeugung an und verschwand in der Menge, ohne eine Reaktion des Buchhändlers abzuwarten. Der arbeitete sich aus dem Sitz, achtete nicht auf die anderen, suchte den Anwalt im Getriebe, fand ihn aber nicht. Er hätte ihn ein paar Sachen fragen wollen. Und dann noch ein paar, und ein paar weitere. Im Ganzen waren es Dutzende Fragen, weil jede, wenn man nur ein wenig nachdachte, gleich weitere nach sich zog. Dies lag daran, dass in Galmei nun etwas lebte, was vor der Karussellfahrt nicht in ihm gelebt hatte: der Zweifel.

Man spricht oft vom Schatten des Zweifels. Der Zweifel ist aber etwas Lebendiges, und wie alles Lebendige hat es die Tendenz zu wachsen, sich zu entwickeln. Galmei wusste das nicht, aber Kategoros-Korowjew wusste es sehr wohl, denn es war ihm gelungen, dieses Lebendige in Matthäus Galmei einzupflanzen. Ein winziges Ding wie ein Senfkorn – das Sprachbild war gelungen, das musste er zugeben, auch wenn es nicht von ihm stammte, sondern von seinem Widersacher und sich nicht auf den Zweifel bezog, sondern auf das Gegenteil, den Glauben. Kategoros hätte sich allerdings nie zu solchen Propagandasprüchen verstiegen, wie sie auf der anderen Seite gang und gäbe waren. „Wenn ihr Glauben hättet wie ein Senfkorn, könntet ihr zu diesem Berg sagen: Hebe dich hinweg …“ oder so ähnlich. Das Paradoxe daran war, dass es vielleicht sogar stimmte. Nur hatte Kategoros-Korowjew in seiner langen beruflichen Laufbahn keinen einzigen Menschen getroffen, der über diesen Minimalglauben verfügt hätte. Denn niemandem war es je gelungen,

Berge zu versetzen. Entweder war der Satz reine Propaganda – oder der Glaube, der in den Menschen wohnte, nur von mikroskopischer Dimension, weit kleiner als ein Senfkorn. Das konnte auch sein. Jedes vernunftbegabte Wesen musste sich dann allerdings fragen: Wozu das Ganze? Wozu war das gut, diese Glaubenssache, wer hatte was davon? Das zu ergründen war ihm nie gelungen, es gab seit unvordenklichen Zeiten keine Gesprächsbasis mehr – „Hebe dich hinweg!" ist keine Grundlage für eine sinnvolle Diskussion. Manche dachten ja, es müsse ein geheimer Plan hinter alldem stecken, aber so verwickelt, dass kein Hirn eines Normalsterblichen jemals dahinterkommen würde. Bis zum Tag des Gerichts. Dann würde sich alles aufklären. Der Anwalt verstand bis zu einem gewissen Grad, wie man auf so einen schwächlichen Gedanken kommen konnte. Jeder nach seinen Fähigkeiten … Was er nicht verstand, war das Beharren der involvierten Personen auf diesem Sachstand. Heute war der Tag des Gerichts, und was hatte sich enthüllt, was war offenbart worden? Dass Tote auferstanden, na ja … und Wein aus Wasserhähnen. Und, ach ja, diese Himmelserscheinungen. Weitere Kabinettsstückchen durfte man sich noch erwarten, aber halt auf diesem Niveau. Jahrmarkt, die Dame ohne Unterleib. – Dass der andere sich nicht zu blöd dazu war!

Seine Hoffnung war jetzt der alte Galmei, der einzige Intellektuelle der ganzen Bande. Typisch. Die anderen – da lohnte sich nicht einmal der Versuch. Talsmann: ein Fischer, na klar, der wird nicht von der Fahne gehen; der Vorsitzende hatte eine begründete Vorliebe für diesen Berufsstand. Männer der Tat und so weiter, Handwerker halt, *im Leben verwurzelt.* Der Horizont genau da, wo sie von ihrem Bötchen aus hingucken konnten. Da war nichts zu befürchten, was auch nur im Ansatz die Bezeichnung *Gedanke* oder *Überlegung* verdienen würde.

Hader hätte alle Voraussetzungen mitgebracht, ein Durchschnittstyp, weder schlau noch besonders dumm, der Jedermann in seiner reinen Form. Mit Jedermännern aller Farben hatte der Anwalt die schönsten Erfolge erzielt. Sie waren schwach und neigten deshalb zur Vorsicht; sie machten im Leben eine Menge negativer Erfahrungen, die sich auf ihre Weltsicht auswirkten. Sie neigten zum Pessimismus, was sie sich oft nicht eingestanden; in ihnen allen schlummerte die Neigung zum Aufruhr, ein Keim des Chaos, der darauf wartete, von außen erweckt zu werden. Etwas in ihnen, von dem sie nichts wussten und nichts wissen wollten, sann auf Rache. Wenn es herausgerufen wurde, zeigten sie ihren Nachbarn bei der Staatspolizei an. Oder sie nagelten seine Zunge an den Esstisch. Alles schon vorgekommen, man würde es nicht glauben, wenn man es wie Kategoros-Korowjew nicht mit eigenen Augen gesehen hätte. Aber Hader, an sich der geeignetste Kandidat, war nur Zuschauer, konnte daher keinen Einfluss auf den Verlauf des Verfahrens nehmen. Ewig schade …

Stieger: schon ein anderes Kaliber. Dem würde es sauer aufstoßen, dass sein Vorbild der Sikarios war, der Messerstecher, Security. Dort hätte man ansetzen können, aber als zweimal Auferstandener und Sprecher des Meisters war er auf der anderen Seite einbetoniert, keine Chance. Ein Dümmerer als Kategoros-Korowjew hätte es bei dem Inspektor Stieger probiert – hatte ja bei seinem Vorbild schon einmal geklappt, dreißig Silberlinge ließen sich immer auftreiben. Aber Stieger war aus anderem Holz geschnitzt, als Amtsperson sowieso autoritätsgläubig; da fehlten die psychologischen und sozialen Voraussetzungen des Sikarios, die Ausgrenzung, die schwache gesellschaftliche Position. Diese äußeren Umstände, die zum Bösen führen. Menschen sind wie Hunde. Sie sind nicht böse, sie werden dazu gemacht. Keine Chance bei Stieger.

Und dann war da noch das Fräulein Sameder. An sich hatte Kategoros vorgehabt, es als Erstes bei ihr zu probieren. Aber durch das Anstehen beim Karussell hatte ihn der Zufall neben den Buchhändler gesetzt, und Kategoros hütete sich, den Zufall zu korrigieren, das führte immer nur zu Problemen. Der Zufall war sein mächtigster Verbündeter. So hatte er sich mit Matthäus Galmei begnügt und einen respektablen Erfolg errungen.

Einen weit größeren, vielleicht durchschlagenden erhoffte er nun von Renate Sameder. Weil sie Journalistin war. Denn er arbeitete am liebsten mit Personen, die sich besonders der *Wahrheit* verpflichtet fühlten, zum Beispiel Juristen und Künstlern. Und eben den Mitgliedern der Meinungszunft; denn sie alle waren von dem merkwürdigen Irrtum befallen, sie wüssten, was wahr ist. Das wussten sie meistens nicht, aber das war nicht die Hauptschwäche. Die bestand darin, dass sie sich nie Gedanken zum Wesen der Wahrheit machten, sich also die schlichte Frage stellten: Was ist Wahrheit? Obwohl der sattsam bekannte Politiker und Militär, der Ritter Pilatus ebendiese Frage schon vor geraumer Zeit gestellt hatte, worüber man sich gerade im abendländischen Kulturkreis ohne Mühe informieren konnte. Bei Johannes. Aber das galt ihnen nur als Sinnspruch ohne praktische Bedeutung. Denn was die Wahrheit ist, meinten sie zu wissen, und wenn sie sie noch nicht kannten, würden sie die Wahrheit herausfinden. Aus langer Erfahrung wusste der Anwalt, dass mit solchen Leuten am besten zu arbeiten war. Von daher bot Renate Sameder die schönsten Aussichten. Kategoros-Korowjew beschloss, es als nächstes bei ihr zu versuchen. Dazu bot sich bald Gelegenheit.

***

Gehriger wusste zuerst nicht, wo er sich befand. Er hatte das Gefühl, zu lang geschlafen zu haben. Zehn Stunden oder so, wo er normalerweise mit sieben auskam. Dann, als Zweites, wurde ihm die unbequeme Lage klar. Ringsum alles voller Dreck, Ruß und verbogenem Metall. Er wand sich aus dem ausgeglühten Wrack heraus, als er daneben stand, fiel ihm alles wieder ein. Die Fahrt in diesem Höllenauto, die Waschbox, die in rasender Schnelligkeit näher kam. Nur der letzte Augenblick war gelöscht. Gnädigerweise. Und die Verletzungen auch. Sozusagen. Er blickte an seinem Körper nach unten, Brust, Bauch, Beine, dann auf die Arme. Er betastete das Gesicht. Alles in Ordnung.

Nicht einmal eine Schramme, kein Blut, kein Gekröse, das irgendwo heraushing, keine Knochen, die aus zerrissenen Muskeln vorstanden, keine gebratene Haut. Weh tat auch nichts.

Das war ein Wunder.

Gehriger suchte schnurstracks das Büro seines Chefs auf, ohne weitere Überlegungen zu seinem neuen Zustand anzustellen. Alles in allem war er an die Bedingungen des Jüngsten Gerichts besser angepasst als die übrigen Betroffenen. Davon wusste er nichts, als er Hagens Büro betrat. Es war leer, niemand zu sehen. Er versuchte es mit dem Handy und wunderte sich nicht, dass es den Brand überstanden hatte. Das Handy war Teil seiner Person, warum also nicht? Frau Sameder und Konsorten hätten aus diesem Detail ein großes Palaver veranstaltet. Mit dem Ergebnis allgemeiner „Verunsicherung". Für Gehriger war das intakte Handy kein Problem. Er ließ es lang läuten, das war er von Hagen gewohnt, dass der erst nach ein paar Minuten dranging, die Mailbox-Funktion hatte er abgeschaltet.

„Ja?" Das war nicht Hagens Stimme. Gehriger war verwirrt. „Ich bin's, der Gehriger. Und wer sind Sie?"

„Peter Gottlieb. Sie wollen Ihren Chef sprechen? Das ist nicht gut möglich …"

„Wieso? Und wieso haben Sie sein Handy?"

„Lässt sich am Telefon schlecht erklären. Am besten kommen Sie her – ich meine, wenn Sie können. Sie hatten doch einen … äh … schlimmen Unfall?"

„Halb so wild, mir geht's gut."

„Schön. Dann kommen Sie, bitte, ins Lamm." Er legte auf.

Kurze Zeit später betrat der Mechaniker den ehemaligen Gasthof „Lamm". In der großen Stube stand Peter Gottlieb und winkte ihn nach hinten in die Küche. Peter ging voran und öffnete die Kühlraumtür. Auf den Regalen lagen Fische, in dichten Reihen übereinander. Sie bedeckten jede Ablagefläche vom Boden bis zur Decke. Auf dem Boden lag Hagen Bechtold. Peter zog die Plane weg. Gehriger betrachtete alles. Er brauchte eine Weile, bis er Worte fand.

„Für wen ist der Fisch?“

„Interessant, dass Sie als Erstes danach fragen und nicht nach Ihrem Chef …“

„Er ist tot.“

„Richtig erkannt“, sagte Peter. „Das wundert Sie nicht?“

„Das wundert mich bei ihm schon lang nicht … musste ja so kommen.“ Nach einer Pause erklärte er: „Blutdruck, verstehen Sie? Viel zu hoch. Und was tut er dagegen? Nichts, gar nichts. Von Ärzten hat er nichts gehalten.“ Seiner Miene konnte Peter ansehen, dass Gehriger diese Einstellung missbilligte. „Aber macht ja nichts“, fügte er hinzu. „Wann steht er wieder auf?“

„Wie kommen Sie auf diese Idee? Er ist tot, das sehen Sie doch!“ Peter Gottlieb vermied, den Angestellten des Verblichenen durch die Schilderung der wahren Umstände des Todesfalls zu verunsichern. Bei Leuten dieses Schlages war man nie sicher, wie sie reagierten.

„Ich bin ja auch auferstanden“, sagte Gehriger. „Und mich hat's schlimmer erwischt als den Hagen. Haben Sie das Wrack gesehen? Dagegen war der Unfall vom Lauda ein Parkschaden. – Und jetzt?“ Er drehte eine Pirouette. „Kein Kratzer, nirgends! Und nicht einmal ein Brandloch in der Montur!“

„Ja, ich seh schon, gratuliere, aber wieso glauben Sie …“

„Das ist doch so eine Zombiegeschichte, das sieht ja ein Blinder. Also wird's bei ihm auch nicht mehr lang dauern!“

„Herr Gehriger, ich muss Sie enttäuschen. Mit Zombies hat das alles nichts zu tun. Wenn Sie eine Minute darüber nachdenken, werden Sie mir zustimmen. Sie sehen ja auch nicht aus wie ein Untoter – keine Verletzungen, keine verdrehten Gliedmaßen, keine Brandwunden, die in Ihrem Fall massiv sein müssten.“

„Da haben Sie recht …“

„Und ich vermute, Sie haben keinen Appetit auf Menschenfleisch, meins zum Beispiel?“

„Gott bewahre! Natürlich nicht. Appetit hätt ich auf einen heißen Leberkäs …“

„Kann ich machen. Kein Fisch?"

„Ich bin nicht so der Fischtyp. Für wen ist der eigentlich?"

„Für die Mitglieder des Jüngsten Gerichts."

„Des ... des *was*?" Peter erläuterte das Konzept und gab eine kurze Übersicht der Ereignisse. Gehriger stand da und hörte mit halb offenem Mund zu. „Aha", sagte er dann. Das war alles. Peter Gottlieb staunte über die Seelenruhe des Besuchers. Sie irritierte ihn. Oder hatte der schlichte Mensch die Sachlage nicht verstanden? Er begann seine Erklärungen von vorn und verlor sich in Einzelheiten.

„Das ist mir alles klar", unterbrach ihn Gehriger. „Aber wofür ist der viele Fisch?"

„Ah so, ja ... die neueste Idee ist, dass man viel mehr Zeugen vorladen will als ursprünglich angenommen. Die müssen ja verköstigt werden, also kam irgendwie die Idee mit dem Fisch auf ..."

„Nicht irgendwie, Herr Gottieb! Die Speisung der Fünftausend. Steht in der Bibel!" Peter unterdrückte im letzten Moment die herablassende Frage: Woher wissen denn Sie das?

„Ich hätte nicht gedacht", sagte Gehriger, „dass der Metro so viel Fisch im Lager hat. Großmarkt, okay, trotzdem ..." Er war an eines der Regale getreten und schnupperte an den aufgeschichteten Fischleibern. „Fangfrisch!", behauptete er.

„Die sind nicht vom Metro", erklärte Peter. „Ich hätte auch nicht das Geld dafür. Ehrlich gestanden, hab ich keine Ahnung, wo der Fisch herkommt."

„Das sind alles Rheinanken, die kenn ich, die sind aus dem Holzgartener See. Kommen dort aber nicht in Massen vor. Ein Wunder also. War ja zu erwarten. Wie ich gesagt hab: Die Speisung der Fünftausend." Er wandte sich von dem Regal ab. „Wie wär's jetzt mit dem Leberkäs?"

„Dann müssen Sie warten, bis er heiß ist. Oder ich brat Ihnen ein paar Scheiben mit Spiegelei."

„Das wär schwer in Ordnung!" Sie verließen den Kühlraum.

„Was machen Sie mit der Leiche?", fragte Gehriger in der Küche. Peter Gottlieb seufzte. Er hatte gehofft, diese Frage nicht hören zu müssen. „Vorerst nichts", sagte er dann. „Sehen Sie, die Verhältnisse sind nun ein bisschen ungewöhnlich. Das Jüngste Gericht … die ganzen Umtriebe, die damit verbunden sind, schwierige Debatten, da will ich nicht auch noch mit einer Leiche reinplatzen. Läuft sowieso nicht rund momentan …" Er deutete mit dem Kinn in Richtung Gastraum.

„Machen Sie sich keinen Kopf, Herr Gottlieb, ich weiß von keiner Leiche, wenn einer fragt. Aber fragen wird eh keiner." Gottlieb nickte und lächelte. „Danke für Ihr Verständnis, Herr Gehriger. – Zwei Spiegeleier oder drei?"

***

„Ich will ganz ehrlich zu Ihnen sein", sagte Dr. Kategoros-Korowjew. Renate Sameder ging neben ihm her, den angebotenen Arm hatte sie mit der Bemerkung „kann ungeleitet nach Hause gehen" abgelehnt, was er mit pflichtschuldigem Gelächter quittierte. „Sie machen sich keine Vorstellung, wie oft ich das Zitat schon gehört habe!", sagte er zu Frau Sameder. „In den letzten paar Jahren lässt es allerdings nach, weil die Bildungsträger aussterben. Gott sei Dank!" Sie blickte ihn von der Seite an.

„Ironie, meine Liebe, reine Ironie!"

„Was ist Ihr Problem, Herr Anwalt?"

„Na, das Verfahren."

„Das werden Sie verlieren!"

„Hat mir der Kollege Galmei schon gesagt. – Ich frage mich nur, wie Sie annehmen können, dass ich etwas so Offensichtliches nicht merke!"

„Sie meinen …?"

„Dass ich den Prozess verliere! Glauben Sie denn, ich weiß nicht, dass der Vorsitzende gegen mich ist? Er spricht ja nicht einmal mit mir! Schon ziemlich lang. Wie blöd muss jemand sein, das nicht zu spüren?" Er zog ein blütenweißes Taschentuch heraus und schnäuzte sich ausgiebig. Renate war der Gefühlsausbruch des Begleiters peinlich. Sie hatten sich auf dem Heimweg zurückfallen lassen, sie waren die letzten, was ihr erst jetzt auffiel. Nach dem Karussell war die Stimmung in Richtung Heimgang umgeschlagen. Außer bei ihr, sie wär gern länger geblieben. An der Seite des schweigsamen Talsmann zum Beispiel. Den weißen Teddy, den er ihr an der Schießbude erkämpft hatte, trug nun der Anwalt. Das Ding war nicht schwer, aber groß. Kategoros-Korowjew hatte ihr angeboten, ihn zu tragen, da hatte sie sich schlecht weigern können, ihn als Begleiter zu dulden. Zumal der Herr Verteidiger mit Galmei dicht hinter dem Führungsduo ging, das aus Stieger und dem Vorsitzenden bestand. Typisch: Mann in der Nähe der Macht. Warum hatte er sie dann vorher an die Schießbude gelotst? Sie seufzte. Auferstanden, ja, schön und gut – aber sonst war so ziemlich alles beim Alten geblieben. Kategoros-Korowjew unterbrach ihre Gedanken.

„Ich werde den Prozess verlieren, meine Teure, das weiß ich seit … nun, schon sehr lang."

„Warum machen Sie dann mit?"

„Warum machen Sie denn mit, Frau Sameder?"

„Ich steh auf der Liste. Was hätte ich denn tun sollen?"

„Sehen Sie: Ich steh auch auf der Liste."

„Das ist mir schon klar … ich dachte nur, Sie hätten da … größere Möglichkeiten. In Ihrer Stellung, Sie sind doch immerhin …"

„Sie beschreiben das sehr schön, Frau Sameder!", unterbrach sie der Vertreter der Anklage, der nicht gern ausgesprochen hörte, wer er wirklich war. „*Immerhin*, das ist sehr treffend, gratuliere! Ich bin sozusagen der Inbegriff von *immerhin*. Man merkt halt gleich die Journalistin, den Umgang mit Sprache …" Sie fühlte sich geschmeichelt und ärgerte sich darüber. „Ich sehe, offen gestanden, nicht, worauf Sie hinauswollen!", sagte sie. Ihr Ton war schärfer als beabsichtigt. „Sie sagen, Sie müssen mitmachen, Sie sind nicht der Obermacher, der das Sagen hat. Na gut, dann ist das halt so! Was wollen Sie dann von mir, was wollen Sie von uns? Galmei haben Sie ja offensichtlich auch schon angebaggert!"

Er blieb stehen. „Das Ganze ist eine Farce!", sagte er mit leiser Stimme.

„Das mag sein. Aber warum sagen Sie das ausgerechnet mir? Ich teile Ihre Ansicht nicht. Und wenn ich sie teilen würde: Was sollte ich dann tun? Falsch protokollieren? Bei einem Gerichtshof mit einem allwissenden Vorsitzenden?"

„Nein, nein, nein!", rief er. „Sie missverstehen mich! Sie sollen kleine falschen Sachen aufschreiben. Sie sollen überhaupt nichts mehr aufschreiben ..."

„... Ich bin die bestellte Gerichtsschreiberin."

„... weil der Prozess geplatzt ist, verstehen Sie? Weil Ihre Tätigkeit ganz offiziell beendet ist. Ohne illegale Aktivitäten von irgendeiner Seite. Weder von Ihnen noch von sonst wem."

„Und wieso sollte der Prozess platzen?"

„Das weiß ich auch nicht. Ich bin mit meiner Weisheit am Ende ..." Sie waren am „Lamm" angekommen. Als sie eintraten, tönte ein Durcheinander aufgekratzter Stimmen aus der großen Wirtsstube. Gelächter. Peter Gottlieb empfing die beiden im Flur.

„Wie Sie hören können, herrscht heitere Stimmung", sagte er. „Es wird sogar gelacht beim Jüngsten Gericht! Das hätte ich nicht erwartet, offen gestanden."

„Ja, ich auch nicht!", rief Dr. Kategoros-Korowjew.

„Sie hätten wohl eher mit Heulen und Zähneklappern gerechnet ..." Renate Sameder konnte sich die Bemerkung nicht verkneifen.

„Frau Sameder, bitte, es besteht kein Grund, persönlich zu werden!", entfuhr es dem Anklagevertreter.

„Wie dem auch sei", sagte Peter Gottlieb, „in einer halben Stunde gibt's erst einmal Abendessen. Rheinanke nach Müllerin-Art, dazu Petersilienkartoffeln und glasierte Karotten, Pudding als Dessert."

„Wie hast du das allein hingekriegt?", wollte Renate wissen.

„Ich war gar nicht allein. Herr Liri hat mir geholfen. Und der Mechaniker Gehriger ist dann auch noch zu uns gestoßen."

„Gehriger ist auferstanden?", wunderte sich Kategoros-Korowjew. Jetzt war die Reihe an den beiden anderen, sich zu wundern. „Haben Sie das nicht gewusst?", fragte Renate.

„Zwar weiß ich viel, doch möcht ich alles wissen …"

„Ah ja … ich bin froh, wenn ich nicht alles weiß", sagte Peter.

„Und wo ist er jetzt?", fragte Kategoros-Korowjew.

„Da bin ich überfragt. Ich hab ihm einen Leberkäse gebraten, dann hat er sich bedankt und ist gegangen." Der Anwalt runzelte die Stirn, äußerte sich aber nicht.

„In dieser Causa wird dauernd über Essen geredet", sagte Renate Sameder, „ist Ihnen das aufgefallen? Kehren wir zu Ihrem Problem zurück …"

„Er hat ein Problem?", fragte Peter.

„Mit dem Verfahren, sagt er. Er will es platzen lassen."

„Wahrscheinlich weiß er, dass er verliert."

„Ja, das hab ich ihm auch gesagt, er sagt aber nein, das sei nicht der Grund …"

„Hallo, ich bin auch noch da!", rief Kategoros-Korowjew. „Ich steh direkt vor Ihnen."

„Das sehen wir, aber da Sie nichts über Ihre wahren Beweggründe von sich geben, müssen wir uns in Vermutungen ergehen."

Der Anwalt blickte von Renate zu Peter und wieder zurück.

„Wissen Sie, das Problem besteht darin, dass die Leute mich für ein bisschen beschränkt halten." Den von beiden aufbrandenden Widerspruch erstickte er mit einer herrischen Handbewegung. „Unterbrechen Sie mich nicht! Ich weiß, dass das so ist. Man hält mich für verbohrt, für unflexibel, ein Paragrafenreiter halt, typisch Jurist. Aber das bin ich gar nicht. Ja, ich gebe zu, anfangs waren wir dagegen, ich und meine Leute. Gegen die Erschaffung der Welt, des Kosmos, diesen Urknallkrawall, den ganzen Kokolores – Sie müssen doch zugeben, rein ästhetisch ist das doch alles aus einer der unteren Schubladen … Rabumm,

Rabamm, Riesenenergien, gigantische Entfernungen …" Er breitete die Arme aus und blies die Backen auf. „Alles megasuper, überdrüber, Sterne, Galaxien, schwarze Löcher, Gammablitze, alles XXL! Und wo führt es hin? Zu Ihnen, meine Lieben, zu Ihnen!" Er lächelte breit.

„Und das missfällt Ihnen", stellte Peter fest.

„Missfallen ist das falsche Wort. Es ist nur … wie soll ich das erklären … der Aufwand, das ganze Brimborium, dreizehn Milliarden Jahre, und dann kommen sozusagen *Sie* raus … Sie beide. Und circa achtzig Milliarden Artgenossen, überschlagsmäßig." Er musterte sie von Kopf bis Fuß. Erst sie, dann ihn. Peter fühlte sich extrem unwohl. „Ich will Ihnen ja nicht zu nahe treten", fuhr der Vertreter der Anklage fort, „aber finden Sie wirklich, hier sei die Verhältnismäßigkeit gewahrt?"

„Wieso denn nicht?" Renate war wütend. „Ist doch *seine* Sache, oder?"

„Na schön, ich will auf diesem Punkt nicht herumreiten, wenn Sie es nicht selber merken …" Er hob die Arme in resignierender Geste. „Ist auch nur ein Nebenthema. Sie sprachen von Missfallen, Herr Gottlieb. Nein, das war es nicht. Eher Fremdschämen, wenn Sie wissen, was ich meine …"

„Ich begreife es allmählich …"

„Schön. Und nun sage ich es Ihnen ganz offen: Ich hab mich dran gewöhnt!"

„Ans Fremdschämen?"

„Nein, an die Schöpfung, die Menschheit und den ganzen Kram, der dazugehört …"

„Moment, damit ich das richtig verstehe", unterbrach ihn Peter. „Sie wollen behaupten, Sie hätten sich mit der Schöpfung abgefunden? *Alles, was entsteht, ist wert, dass es zugrunde geht* – gilt nicht mehr?"

„Na ja, theoretisch … vom Standpunkt der reinen Lehre aus, des Nihilismus, wenn Sie so wollen, gilt das natürlich nach wie vor. Aber in meinem Alter … äh … macht man Abstriche.

Sehen Sie, das ganze Zeug wurde gegen unseren Willen gemacht, wir wurden nicht einmal gefragt, kein Hinweis, kein Rundschreiben, nix! Na schön, Allmacht und so, was wollen Sie tun? Und jetzt passiert das schon wieder … dieselbe Anmaßung, dieselbe Selbstherrlichkeit!"

„Wieso denn?", ereiferte sich Renate. „Alles geht gut aus, alle sind zufrieden, alle sind gerettet!"

„Gerettet?", fragte Kategoros-Korowjew. „Woher wissen Sie das?" Die beiden blickten ihn mit großen Augen an. Nach einer Weile sagte Renate Sameder: „Sie wollen behaupten, das sei … keine Rettung? Das müssten Sie aber begründen …" Kategoros-Korowjew lächelte. „Bleiben wir einfach beim Credo: … *von wannen er kommen wird, zu richten die Lebenden und die Toten …* so heißt es doch auf Deutsch, wenn ich mich nicht irre."

„Sie irren sich nicht", bestätigte Peter. „Und ich darf Sie bitten, Ihre Argumentation etwas zu beschleunigen, es interessiert mich wirklich, aber ich muss in die Küche, diese Rheinanken rausbraten …"

„Also schön, im Schnelldurchlauf: Auf Griechisch heißt es an dieser Stelle *krínein* für *richten*. Wenn Sie das in einem Wörterbuch nachschauen, werden Sie sehen, dass dieses Wort einen ganzen Haufen von Bedeutungen hat; die juristische ist nur eine davon. Andere sind *beurteilen*, *entscheiden, zuerkennen*. Von dort kommt unser Begriff *Kritik*. Kritik ist nicht dasselbe wie Richterspruch in einem Prozess. Wenn die Griechen das meinten, verwendeten sie das Verb *dikázein*."

„Na und?"

„Haben Sie nicht zugehört? Es könnte sich bei diesem Verfahren – ich nenn es jetzt einmal so – um eine Art … Evaluierung handeln, das ist etwas anderes als die Einteilung in Gute und Böse. Die hiesigen Begleitumstände, die Art der Inszenierung als – wie soll ich sagen …"

„Apokalypse für Arme", murmelte Renate.

„Treffender kann man es nicht sagen, gratuliere, meine Liebe! Nichts von den jüngsten Ereignissen passt zu der Art

Gericht, die wir uns alle vorgestellt haben. Ich auch, geb ich zu …“

„Na gut“, unterbrach ihn Peter Gottlieb, „wenn es nicht das Endgericht ist, was ist es dann? Evaluierung – wozu?“

„Ich habe keine Ahnung.“ Kategoros-Korowjew breitete die Arme aus. „Ehrlich, keinen Schimmer! Dieses *krínein* im Sinne von *Beurteilung*. Kriegt da jetzt jeder ein Zeugnis? Was sollen die Leute dann damit anfangen? Evaluierung, Beurteilung, egal, wie Sie es nennen wollen, hat nur einen Sinn, wenn es danach irgendwie weitergeht. Eine höhere Seinsform, so was in der Art. Würde zu *ihm* passen …“

„Aber Sie meinen, nicht für alle. Sondern für diejenigen …“

„… die bei der Evaluierung gut genug abschneiden, ja, das könnte sein.“

„Wissen Sie was, Herr Anwalt? Sie verschwenden meine Zeit. Was Sie hier ausbreiten, ist nur eine modernere Rede vom selben Thema: vom Jüngsten Gericht. Jetzt muss ich weitermachen …“ Peter drehte sich um und verschwand in der Gaststube. Kategoros-Korowjew blickte ihm nach. Nach einer Weile fragte er, ohne Renate anzusehen: „Sind Sie auch der Ansicht, das sei dasselbe?“

„Nein“, sagte sie mit leiser Stimme.

„Dann sind wir schon zwei. Was, glauben Sie, passiert mit denen, die durchfallen?“

„Die kommen in die Hölle …“

Er lachte. „Ja, sicher … Die Hölle ist leer, glauben Sie mir. Dieser Papst damals hat das Richtige geträumt. Und sie bleibt auch leer …“

„Ja, weil nämlich niemand durchfällt!“

„Ach ja? Wenn niemand durchfällt, wozu der ganze Aufwand? Man könnte doch eine Generalamnestie ausrufen, was heißt: *man* – ich meine: ER könnte sie ausrufen …“ Er wendete sich ihr zu. Seine Augen waren schwarz. Die Augen sind wirklich nicht schön, dachte sie. Unangenehm. Nicht einmal bedrohlich oder so … eher widerlich. Sie entzog sich seinem

Blick. Er beugte das Gesicht zu ihr. „Aber das hat er nicht getan, Frau Sameder, das mit der Amnestie. Nein, hat er nicht. Stattdessen veranstaltet er diesen Gerichtskokolores. In Holzgarten!"

„Ja, das wissen wir schon, dass es Ihren ästhetischen Ansprüchen nicht genügt, kriegen Sie sich wieder ein!" Er schien beleidigt und schwieg. „Hatten Sie nicht einen Zeugen angekündigt? Suchen Sie doch den erst mal, dann sehen wir weiter!" Sie drehte auf dem Absatz um und entfloh in die Gaststube. Dort war Peter am Aufdecken. Sie ärgerte sich über sich selbst, dass sie dem Anwalt überhaupt zugehört hatte. Ich sollte als Gerichtsschreiberin nicht mit den Parteien reden, dachte sie. Und schon gar nicht mit ihm. Das kommt halt davon, wenn man diese amikale Atmosphäre schafft. Holzgartener Seefest ... als ob wir nicht das Jüngste Gericht wären, sondern eine Buchhaltungsfirma beim Betriebsausflug. Nun fiel ihr der Teddy ein. Sie biss sich auf die Lippen, rannte in den Flur zurück. Aber Kategoros-Korowjew, der ihr den weißen Teddy bis ins „Lamm" getragen hatte, war verschwunden. „Essen fertig!", rief Peter von hinten. Sie ging zurück, setzte sich auf einen Platz am unteren Ende des langen Tisches. Sie hatte das Bedürfnis, weit weg von *ihm* zu sitzen. Denn sie hatte mit dem Gegner gesprochen und einen Verrat begangen. Ja, genau, einen Verrat. Nicht mit Absicht, nicht geplant, nicht für dreißig Silberlinge, sondern aus purer Blödheit. Ein Verrat war es trotzdem. Renate Sameder, die in ihrem Leben oft verraten worden war (das sah sie so), hatte ein feines Gespür für das Thema. Peter stellte ihr einen Teller mit gebratener Rheinanke hin, dazu gab es Petersilienkartoffeln und Salat. Neben ihr saß niemand, alle suchten die Nähe des Vorsitzenden am Kopfende des Tisches. Zwischen Renate und dem nächsten Nachbarn, Werner Liri, gab es eine Lücke von mehreren Stühlen. Das schien aber niemandem aufzufallen, niemand forderte sie auf, näher zu rücken. Ich bin eine Außenseiterin. Der Vorsitzende blickte in eine ungewisse Ferne jenseits der Außenmauer des Gasthofs. Er weiß es schon, dachte sie, er blickt mich nicht an. Gut, hat er bisher auch nicht während der Verhandlung. Aber, als er mich aus dem Wasser gezogen hat. Da war ich noch … wie sagt man … *rein*? Jetzt bin ich's nicht mehr.

Dann hakten sich ihre Gedanken beim Wort *Verhandlung* fest. Sie wollte sich auf das Essen konzentrieren, die Rheinanke in ihrem Mantel aus bratbraunem Mehl zerlegen, richtete aber mit Messer und Gabel nur Chaos an. Schade um den Fisch. Früher hatte sie das perfekt gekonnt. Sie zupfte ein paar Gräten aus der Fischmasse, in die sie die Rheinanke verwandelt hatte. Fisch hatte es in ihrer Kindheit nur im Italienurlaub gegeben. Ihre Mutter fürchtete die Gräten, sie kannte tragisch ausgegangene Fischessen, wo der eine oder die andere an den Gräten erstickt war. Vom Hörensagen halt. Jetzt ist keine Gefahr mehr, Mama! Deine Tochter kann nicht mehr an den Fischgräten ersticken, sie ist schon tot. Braucht überhaupt nichts mehr zu essen, schon gar keinen Fisch … sitzt aber da und mampft brav mit den anderen. Konvention.

Tränen traten in ihre Augen. Neben ihr nahm jemand Platz. Peter Gottlieb mit seinem Teller. Sie beobachtete, wie er den Fisch zerteilte. Fachgerecht. Als er fertig war, gab er ihr ein Taschentuch. Sie wischte sich die Augen trocken.

„Ich hätte nicht mit ihm reden sollen", sagte sie. Er antwortete nicht, widmete sich seinem Fisch. Ja, die Lebenden müssen essen, dachte sie. Keine Konvention, sondern Notwendigkeit. Sie blickte sich um. Kategoros-Korowjew war nicht im Raum. „Wo ist überhaupt der Anwalt?"

„Einen neuen Zeugen suchen."

„Weißt du was darüber?"

„Das fragst du mich? Ich nehme an der Verhandlung nicht teil. Ich bin nur der Wirt. Und der Koch. Und der Hausdiener. *Du* sitzt doch drin die ganze Zeit und schreibst mit. Na, er wird schon wen finden." Peter aß weiter. Mit Genuss, kam ihr vor. Sie probierte ein paar Bissen. Schmeckte nach Fisch und brauner Butter, die Kartoffeln nach … Kartoffeln, der Salat nach Salat, ja doch, aber sie hätte es sich auch sparen können, die ganze Esserei. So war das … Sie schob den Teller weg.

„Deine Meinung, Peter, jetzt gleich, spontan, denk nicht drüber nach, antworte sofort: Deine Meinung zum Prozess!" Peter lächelte. Sie war ein Kind ihrer Zeit. Spontan! Das war so ein Schlüsselwort gewesen, unheimlich wichtig, das sagte heute keiner mehr. Nun ja, sie war tot gewesen.

„Es ist kein Prozess", antwortete er.

„Was dann?"

„Eine Verhandlung …"

„Wo ist der Unterschied?"

„Keine Verhandlung wie in dem Satz: ‚Die Verhandlung findet im großen Schwurgerichtssaal statt.' Nichts Gerichtliches, eher wie eine Bauverhandlung."

„Eine was?"

„Du weißt schon. Bevor was gebaut wird, macht die Behörde so eine Bauverhandlung. Der Bauherr wird dazu gebeten, die Nachbarn, verschiedene Behördenvertreter, dann wird palavert, Einwände werden erhoben, alles kommt ins Protokoll."

„Eine Bauverhandlung? Das Jüngste Gericht? Machst du Witze?"

„Nein, keine Bauverhandlung! So ähnlich *wie* eine solche, das hab ich gemeint. Das ganze Ambiente passt auch eher dazu. Findet in einem Gasthaus statt, alles ist eher leger. Es gibt Zeugen, ich weiß nur nicht, ob die korrekt so heißen, Leute halt, die zu den Sachen ihre Aussagen machen. Ich weiß nicht, wo genau jetzt der Unterschied liegt zu einem Prozess, ich bin ja kein Jurist."

„Bis auf den Kategoros ist niemand Jurist …"

„Siehst du? Es ist eine Verhandlung, wie ich gesagt hab."

„Und wie endet das?"

„Die Behörde trifft eine Entscheidung, die dann den Parteien zugestellt wird. Entweder darf gebaut werden oder eben nicht. Oder mit Auflagen. Dann kann noch dagegen berufen werden, glaub ich … so ähnlich halt." Sie schob den Teller von sich. Er blickte sie an. „Renate, das ist nur so eine Idee von mir, ist mir halt eingefallen …“

„Nein, nein, lass nur – du hast den Blick von außen, du bist unvoreingenommen. Wir anderen sind wie in einer Blase, betriebsblind wahrscheinlich … entschuldige mich, ich muss an die frische Luft, ehe es weitergeht.“ Sie stand auf und verließ den Raum. Peter Gottlieb überlief es heiß, seine Wangen röteten sich, Schweiß brach aus. Appetit hatte er auch keinen mehr. Er hätte das doch wissen müssen! Wie sie reagiert und alles. Er kannte sie doch … Jetzt hatte er durch sein Gerede den Keim des Zweifels in ihre Seele gepflanzt. In die Seele der Protokollantin des Jüngsten Gerichts! Dabei hatte er nur etwas Beruhigendes sagen wollen – was war denn so schlimm an einer Bauverhandlung? Bitte, es wird danach gebaut oder auch nicht, oft sind die Nachbarn angefressen wegen der verbauten Aussicht … aber hinterher wird keiner erschossen, oder? Nicht einmal Gefängnis steht an. Eine bürokratische Sache, langwierig, lästig. Und langweilig im Grunde, das ist es doch. Er stand auf und trug seinen Teller in die Küche. Was regt sie sich auf? Was ist denn schlimm daran, wenn das Jüngste Gericht *langweilig* ist? Was denn, bitte!? Das wäre doch noch das Beste, was uns passieren kann!

Peter ließ den Teller fallen, der zerschellte auf dem Küchenboden. Er stützte sich am großen Tisch ab. Alles schwankte. Nach einer Minute war es vorbei. Er schenkte sich einen Cognac ein, setzte sich. Er war entsetzt, wie sie ihn nach so vielen Jahren immer noch aus der Fassung bringen konnte. Er hatte überregiert, das sah er nun ein, als der Alkohol durch seine Adern strömte. Er hatte überreagiert, weil sie überreagiert hatte. Alles genau wie damals, alles, wie gehabt! Er fühlte sich müde. Ich muss mich hinlegen, dachte er. Nur ein paar Minuten. Er kehrte noch die Scherben des Tellers zusammen, dann stieg er mit schwerem Schritt in den ersten Stock. Ein Sofa gab es auch in der Gaststube, aber dort tagte ja die Versammlung. Die Bauverhandlung. Er lächelte. Ich bin überarbeitet. Ich hab es übertrieben. Hauswirt und Koch, alles gleichzeitig, das ist zu viel. In einem der vielen Zimmer stand ein Sofa. Er legte sich auf den Rücken und schlief sofort ein.

Als er erwachte, fühlte er sich gut wie lang nicht mehr. Er hatte auch kein Verlangen nach einem zweiten Cognac. Obwohl der vor seinem Nickerchen nicht der erste Alkohol gewesen war, den er seit seiner Ankunft in Holzgarten getrunken hatte, fiel ihm das erst jetzt auf. Er hatte getrunken, aber in Maßen, das konnte man sagen ohne zu beschönigen; die Ärzte in der Anstalt hätten nie geglaubt, dass ihm das möglich wäre. Er ging hinunter. Aus dem Gastraum tönte altgriechisches Stimmengewirr. Alles wie gehabt. Werner Liri kam heraus.

„Ah, Herr Gottlieb! Ausgeschlafen?"

„Ich hab mich nur ein paar Minuten hingelegt …"

„Sie haben den Rest des Abends durchgeschlafen und die Nacht! Aber keine Sorge, Sie waren überarbeitet, man versteht das – höheren Orts." Liri trat durch die Eingangstür ins Freie. Peter Gottlieb folgte ihm. Draußen war es kalt, nicht so, dass man einen Mantel gebraucht hätte, Jackett reichte aus. Aber kein T-Shirt-Wetter, Mittelwert. Wie die meisten Tage des Jahres in Holzgarten. Inbegriff des gemäßigten Klimas. Hohe Bewölkung. Von der Nordlichtfärbung war nichts mehr zu sehen.

„Es wird Regen geben", sagte Liri.

„Woher wollen Sie das wissen?"

„Instinkt." Was sollte er auf diesen Blödsinn antworten? Der abgebrochene Geschichtsstudent Liri hatte zu Lebzeiten wohl nie freiwillig einen Fuß ins Freie gesetzt, und jetzt kam er daher mit Instinkt fürs Wetter wie ein Bergfex? Und was sollte das Gerede über Regen? Hatten sie keine anderen Probleme?

„Ich erwähne den Regen, weil es eine Debatte gab, ob man draußen weiter verhandelt oder drin", erklärte Liri. „Man würde nicht glauben, wie da die Meinungen aufeinander prallen …"

„Darüber streiten die sich?“

„Nicht nur, natürlich. Der Vorsitzende wäre gern in den Garten gegangen, da hab ich darauf hingewiesen, dass meiner bescheidenen Meinung nach mit Regen zu rechnen sei, dann müssten wir mitten in der Verhandlung wieder umziehen und …“ Weiter kam er nicht. Peter Gottlieb packte ihn am Kragen und drehte ihn zu sich.

„Hören Sie auf mit dem Quatsch, Herrgott noch mal! Was geht da drin vor? Was ist mit den Zeugen? Kommen die jetzt oder was?“ Er hatte die Stimme erhoben, den Liri gepackt, jetzt ließ er ihn los, murmelte eine Entschuldigung. Peter Gottlieb setzte sich auf die Bank neben der Eingangstür.

„Bitte, bitte, ich bitte Sie inständig, hören Sie mit diesem Gerede auf …“

„Was haben Sie denn? Ist Ihnen nicht gut?“

„Nein, mir ist nicht gut! Ich kenn mich nicht aus, mir sagt keiner was, ich hab einen Kühlraum voll Rheinanken, das ist keine Tiefkühlung, falls man das *höheren Orts* angenommen hat, das ist nur ein großer Kühlschrank, und diese Fische halten sich dort nicht ewig, verstehen Sie, was ich meine? Ich sollte also wissen, was damit wird …“ Er war kurz davor, in Tränen auszubrechen. Liri spürte das, hörte es aus der fast brechenden Stimme, er setzte sich neben den Wirt und tätschelte ihm den Rücken; mechanisch. Er hatte keine Übung im Trösten und auch keine Erfahrung mit körperlicher Nähe, denn er hatte das zu seinen Lebzeiten noch nie bei jemandem gemacht.

„Na, na, beruhigen Sie sich doch, Herr Gottlieb! Sie nehmen sich das alles viel zu sehr zu Herzen …“

„… was glauben Sie denn, wie das in zwei Tagen stinkt, so ein Haufen Fisch! Ich habe ja nichts dagegen, ihn zu machen, dann brat ich halt Fisch für achtzig Milliarden Menschen, ein paar weitere Wunder, soll sein, wieso denn nicht, aber ich meine, die ganze Art, wie das gehandhabt wird, dieses Unorganisierte, Beliebige, heute so, morgen so, das geht mir dermaßen …“ Er verstummte. Mit einem Mal kam ihm, was er da von sich gab, dumm und beschränkt vor. Kleinhäusler, Pedant, der sich über Details erregte.

„Sehet die Lilien auf dem Felde und die Vögel unter dem Himmel, sie säen nicht, sie ernten nicht, und dennoch ernährt sie der himmlische Vater!“ Liri hatte einen salbungsvollen Ton angeschlagen.

„Echt jetzt?“, murmelte Peter Gottlieb.

„Ja, bitte, was soll ich sonst sagen? Bietet sich doch an in dieser Situation. – Wissen Sie was? Ich geh jetzt wieder rein und berichte Ihnen, was vorgeht! Regelmäßig. Dann können Sie sich darauf einstellen, was halten Sie davon?“

„Das ist sehr freundlich von Ihnen, Herr Liri, das wäre nett, da hätte ich was, woran ich mich halten kann …“ Liri klopfte ihm auf die Schulter und ging hinein.

Er hat recht, dachte Peter. Was zerbrech ich mir den Kopf? Darüber, wie das Jüngste Gericht organisiert wird! Geradezu lächerlich … als ob ich es einberufen hätte! Wenn man ein bisschen pingelig ist, könnte man das sogar eine unzulässige Einmischung nennen, in diesem Kontext wäre das – eine Lästerung! Er stand auf. Ich muss mir die Beine vertreten. Spazieren gehen. Ja, spazieren gehen. Kein Mensch hat mir gesagt, was ich als Nächstes tun soll. Und auch sonst niemand.

Er nahm die Straße Richtung See. Ich mach es jetzt einmal so, dachte er. Wenn sie mich brauchen, sollen sie mich holen. Telepathisch. Oder mit einem Engel, was weiß denn ich?

9

„Ich habe die Art Kaff immer gehasst!", rief sie, als der Wagen zwischen den ersten Häusern von Holzgarten hindurchfuhr. Sie gehörten zu dem bescheidenen Speckgürtel, der die Gemeinde umgab. Einfamilienhäuser in locker eingezäunten Gärten.

„Schau Dir bloß die Häuser an", sagte sie, „wie sie sich bemühen, *ja* anders zu sein als die anderen. Da war sicher überall ein Architekt am Werk. Oder irgendein Cousin, der sogar auf der HTL war!"

„Wenn wir mit den hiesigen Honoratioren sprechen müssen, dann unterlass solche Bemerkungen", sagte Dr. Hintergschwandtner mit kalter Stimme. „Mein Rat als Anwalt. Verschlechtert das Klima, glaub mir."

„Ja, ja, keine Angst, ich sag schon nichts!" Sie verfiel in Schweigen. Jetzt war sie beleidigt. Beleidigt war sie im Schnitt drei Mal am Tag. Es war schwer mit ihr. Er hätte sie nie als Mandantin akzeptiert, aber er hatte keine Wahl. Sie war seine Cousine. Für die Sache hätte man nicht unbedingt einen Anwalt gebraucht, dachte er. Ein Gedanke, den er noch nie gegenüber irgendeinem Menschen geäußert hatte.

„Da vorn links", sagte sie. Am Tonfall merkte er, dass sie einlenkte. Sie näherten sich dem Ortszentrum. Auf dem Kirchplatz bogen sie ab und parkten kurz danach vor dem Gasthaus.

„Sieht genauso aus wie vor einem halben Jahr", sagte sie beim Aussteigen. Die Fenster bedeckte Straßenstaub, er trat näher, rieb mit einem Papiertaschentuch ein Guckloch frei und schaute hinein. Es war wenig zu sehen, ein Sammelsurium gestapelter alter Stühle. Sie rüttelte an der Tür.

„Wahrscheinlich Ruhetag!", rief sie und lachte. „Schauen wir nach hinten!" Sie lief voran ums Haus herum. Das Gartentor war nicht verschlossen, auch nicht verschließbar, weil der linke

Flügel fehlte, der war aus den verrosteten Angeln gefallen. Im Hof stapelte sich Gerümpel, vom Regen derangierte Wirtshausmöbel, alter Holzherd, Autoreifen und zerbeulte Dachrinnen. Dazwischen wucherten Brennnesseln. Von den Metalltischen und -stühlen war nichts zu sehen, die hatten wohl Altmetallverwerter abgeholt. Die Hintertür erwies sich als unversperrt. Sie traten ein.

„Peter!", rief sie ins Halbdunkel. Niemand antwortete. In der Küche, in die durch die dreckblinden Fenster nur schwaches Licht fiel, gab es ein paar Anzeichen menschlicher Besiedlung. Eine Menge leerer Pizzakartons und leere Dosen. Ravioli, serbische Bohnensuppe. Wer hier wohnte, war ein Freund von Fertiggerichten.

„Fehlen bloß die Flaschen!", rief sie.

„Nur Mineralwasser …"

„Ach was, den Schnaps hat er sicher irgendwo versteckt, du kennst ihn doch!"

„Bitte, müssen wir das jetzt erörtern?" Er war laut geworden, er ärgerte sich. Über sie, über ihren verrückten Ex-Mann, über sich selbst. Er hätte ihr diese ganze Sache ausreden sollen, Verwandtschaft hin oder her, was ging ihn das an?

„Worauf wartest du?", fragte sie.

Er ging zum Auto, holte die Kamera heraus und machte ein paar Aufnahmen von allen Seiten des verwahrlosten Hauses, vom Gerümpel im Garten, dann vom Inneren. Ihre Laune, das konnte er sehen, besserte sich. Sie lächelte vor sich hin. Das war ihm unheimlich. Sogar als Scheidungsanwalt. Als solcher hatte er heftige Rosenkriege miterleben müssen, aber die folgten in aller Regel einem ökonomischen Kalkül: Je mehr Geld im Spiel war, desto heftiger wurde gestritten. Natürlich gab es auch einen unökonomischen Antrieb: reinen Hass. Diese Verfahren erreichten aus Geldmangel nicht ihre volle Blüte, meistens war das so; sie hinterließen die Kontrahenten mit einem Gefühl tiefer Verbitterung. Die Verlierer sowieso, aber, was wenig bekannt war, auch die Gewinner, weil sie sich viel mehr erhofft, als sie bekommen hatten. Nur wenn ausreichend Geld für einen langen Prozess sich mit aufgestautem Hass paarte, erlebte man als Anwalt die wahre Potenz einer Scheidung. Vor allem finanziell.

Das Verfahren zwischen seiner Cousine und diesem Unglücksraben, ihrem Mann, gehörte in keine seiner Kategorien. Er verstand nicht, was sie eigentlich wollte. Das alte Gasthaus war doch nichts wert. Worin lag der Sinn, es ihm wegzunehmen? Nach dem, wie es drinnen aussah, schien er zu hausen wie ein Landstreicher; in jedem Asyl war er besser aufgehoben als hier. Nun, er war verrückt. Oder verrückt gewesen, dafür gab es Beweise. Vielleicht war er es immer noch oder schon wieder. Dem Anwalt war auch nicht klar, was dieser komische Verein, dem seine Cousine vorstand, mit der Bruchbude anfangen sollte …

***

„Was wollen die hier?" Hildmeyer beobachtete die Ankömmlinge durch das Fenster links vom Eingang. Neben ihm standen Werner Liri und der Mechaniker Hader. Sie hatten sich das leere Zimmer als Rauchraum ausgesucht, es war hier schon geheizt, während es im Freien letzte Nacht empfindlich kühl geworden war. Die beiden Personen fielen Hildmeyer erst jetzt auf, als sie von der Rückseite des Hauses um die Ecke bogen. „Was haben die hier zu suchen?", fragte er mehr sich selbst als seine Kameraden. Er öffnete das Fenster.

„Suchen Sie jemand?", rief er. Keine Reaktion. Sie standen keine fünf Meter weg, blickten aber nicht einmal in seine Richtung. Liri winkte, rief: „Hallo, Sie da!" Ohne Ergebnis. Dann sagte die Frau zu ihrem Begleiter: „Ich geh noch einmal rein!"

„Wieso denn?", wollte der wissen, im Tonfall mühsam unterdrückten Ärgers.

„Darum!", sagte sie und verschwand wieder hinter dem Haus.

„Keine gute Beziehung“, sagte Werner Liri. Sie dämpften die Zigaretten aus verließen das Rauchzimmer. Im selben Augenblick betraten die Fremden den großen Hausflur durch die Hintertür. Am vorderen Ende standen Hildmeyer, Liri und Hader. Die Frau würdigte sie keines Blicks, machte die Tür zum Gastraum auf. Altgriechisches Stimmengewirr tönte heraus.

„Da warst du doch schon!“ Der Mann klang genervt. Sie schaute kurz in den Raum, zog die Tür wieder zu.

„Die hat nichts gesehen“, flüsterte Liri.

„Sie können normal reden“, sagte Hildmeyer mit lauter Stimme, „die sehen nichts und hören nichts.“

„Warum?“, wollte Hader wissen.

„Ich schau mir nur kurz alle Räume an“, erklärte die Frau und verschwand durch die Tür, die vom Flur in die Küche führte. Der Mann seufzte und folgte ihr.

„Erstaunlich!“, begeisterte sich Werner Liri. „Das Haus voller Leute, und die merken nichts!“ Sie gingen den beiden nach. Die Frau schaute sich in der Küche um, öffnete die Tür zur Vorratskammer. Nach einem Blick machte sie die Tür wieder zu. Der Mann war in der Küche stehen geblieben.

„Er ist mit den Nerven runter“, bemerkte Liri in normalem Tonfall. „Muss eine Art Seelenblindheit sein.“

„Eine was?“, fragte Hader.

„Das ist, wenn man bestimmte Dinge nicht wahrnimmt, obwohl die Augen gesund sind …“

„Verrückt?“

„So ähnlich. Es ist …“ Er verstummte, denn die Dame kam aus dem kurzen Flur in die Küche gelaufen. „Gehen wir!“, rief sie. Die drei Beobachter traten zur Seite, denn die Besucherin stürmte auf sie zu, an ihnen vorbei zur Tür. Der Begleiter folgte ihr. Zu hören war, wie die hintere Tür zugeschlagen wurde.

„Was haben die denn?“ Hildmeyer war die Empörung anzuhören.

„Erst neugierig wie sonst was, und dann raus, als ob der Teufel …“ Werner Liri vollendete nicht, was er sagen wollte, rannte in den kleinen Flur, als sei ihm eben etwas eingefallen. Die Tür zum Kühlraum stand offen. Darin lag die wieder eingewickelte Leiche von Hagen Bechtold. Von ihm zu sehen waren nur die Beine bis zu den Knien, den Rest von Hagen verdeckte die Plane.

„Das ist der Chef“, sagte Hader.

„Woher wissen Sie das?“, staunte Liri.

„Die Schuhe, ich kenn seine Treter. Hat er schon seit zwanzig Jahren.“ Hader machte einen ruhigen Eindruck, er schien nicht einmal überrascht zu sein. Liri kam der Gedanke, das Klima in der Bechtoldschen Autowerkstätte könne nicht von gegenseitiger Achtung und Zuneigung geprägt gewesen sein.

„Ja“, sagte er dann, „das ist Hagen Bechtold.“

„Drum ist die auch so rausgerannt, weil sie das Paket gesehen hat.“ Hildmeyer spähte über ihre Schultern in den Raum.

„Logisch, dass sie erschreckt ist, wenn sie sowas sieht“, erklärte Hader.

„Erschrocken“, berichtigte Werner Liri. „Sie ist erschrocken.“

„Sag ich doch.“

Liri kam ein unangenehmer Gedanke. Und Hildmeyer war eben dieser Gedanke auch gekommen.

„Wenn sie uns nicht sieht“, sagte er, „warum sieht sie dann die Leiche?“

„Weil sie tot ist?“, fragte Hader.

„Wer, die Frau?“

„Nein, die Leiche.“

„Ja, natürlich ist die Leiche tot, drum heißt sie ja so, das muss man nicht dazusagen, ein Pleonasmus …“

„Was?“

„Vergessen Sie's …“ Liri seufzte. „Tot sind wir auch, und uns sieht sie nicht!“

„Ihr seid aber auferstanden, das ist schon ein Unterschied, glaub ich. Und ich bin überhaupt lebendig, ganz normal halt …“

„Wir haben keine Zeit für philosophische Debatten!", rief Werner Liri. „Die Dame wird das melden. Dann kommt die Polizei …"

„Na und?" Hader schüttelte den Kopf. „Dann kommt sie halt. Wenn die zwei uns nicht gesehen haben, werden uns die Bullen auch nicht sehen! Sie transportieren die Leiche ab und basta. Hier geht alles weiter …" Werner Liri tat das mit einer Handbewegung ab. „Wir sagen das dem Gericht", bestimmte er und verließ die Küche. Hildmeyer folgte.

Es war wieder einmal Verhandlungspause; alle tranken Kaffee, den allerdings nicht Peter Gottlieb zubereitete, sondern Inspektor Stieger, denn der Wirt war unauffindbar. Besonders der Vorsitzende hatte ein Faible für das Getränk entwickelt, er trank im Laufe des Tages mindestens acht Tassen. Liri nützte die Gelegenheit, den Polizisten bei der Kaffeemaschine anzusprechen. Der ließ alles stehen und liegen, informierte den Vorsitzenden, auf dessen Anordnung auch die übrigen Anwesenden. Es erhob sich Stimmengewirr, und zwar ausschließlich auf Deutsch, das Griechische wurde verlassen, daran konnte man erkennen, dass sich die Gesamtlage in einem einzigen Augenblick verändert hatte, nicht nur die Sprache. Stieger schlug vor, das Gasthaus unverzüglich zu räumen. Der Vorschlag wurde begrüßt. Hildmeyer meldete sich; er kenne da ein Ausweichquartier, schön ruhig, halt ein bisschen außerhalb.

Man durchquerte den Gastgarten. In der Nebenstraße blieben sie stehen. Stieger besprach sich mit dem Vorsitzenden, der in geringem Abstand von den anderen an einem Zaun stand. Renate sah, wie der Inspektor auf einen Pickup deutete der fünfzig Meter weiter unten geparkt war. Die Gruppe näherte sich dem Fahrzeug, der Vorsitzende diesmal ganz vorn. Am Pickup angekommen, ließ er Inspektor Stieger vor, der machte ohne Umstände die Tür auf, lief auf die andere Seite, öffnete die Beifahrertür. Der Vorsitzende folgte ihm und stieg ein. Dann ließ Stieger die anderen auf die offene Ladefläche klettern. „Setzt euch hin und haltet euch an den Seiten fest!", befahl er, stieg ein und fuhr los.

„Ist das nicht verboten?“, fragte Renate den neben ihr sitzenden Liri. Der antwortete nicht, seine Blässe hatte sich über das den Auferstandenen eigene Maß hinaus vertieft.

„Was haben Sie denn?“

„Mir wird beim Autofahren immer schlecht …“

„Die Auferstehung hat da nichts geändert?“

„Glaub nicht …“

„Fixieren Sie den Horizont!“, riet sie. Er blickte in die Ferne. „Hoffentlich ist es nicht zu weit“, murmelte er, „ein paar Kilometer geht schon.“

„Und wir sind an der frischen Luft, das ist sicher auch besser …“

„Ja, aber illegal, glaub ich. Personen dürfen auf so einer Ladefläche nicht mitfahren.“

„Ich frag mich, wo der Stieger so schnell den Schlüssel her hatte.“

„Der hat doch keinen Schlüssel!“ Liri lachte. „Er fährt einfach los …“

Liri würgte ein bisschen, Renate rückte ein Stück von ihm ab. „Schauen Sie möglichst in Fahrtrichtung“, sagte sie.

Die Fahrt dauerte dann doch einige Zeit. Der frische Fahrtwind und die strikte Befolgung von Renate Sameders Empfehlung, nur in Fahrtrichtung zu schauen, halfen Werner Liri, den Brechreiz bis zum Ziel zu unterdrücken. Aber der Ausflug hatte ihn schwer mitgenommen, er torkelte vom Pickup und sah zum ersten Mal seit seiner Auferstehung aus wie eine richtige Leiche. Sie standen in einer Wald- und Wiesenlandschaft, die letzten zwei Kilometer hatten sie auf kaum halb zugewachsenen Holzfällerschneisen im Wald zurückgelegt, nur die letzten hundert Meter auf einem schmalen Weg, der zu einer Hütte am Feldrain führte. Hildmeyer ging voran, holte aus einem Versteck den Schlüssel und sperrte auf. Ein großer, länglicher Raum, rechts ein großer Schrank, links ein Arbeitstisch mit allerhand Gerätschaften. An der einen Seite gegenüber der Tür stapelten sich hölzerne Kästen in zwei Reihen übereinander, darüber lief ein niederes Fenster über die ganze Länge. Am Boden ähnliche Kästen, neben einer Tür ein breiter Tisch.

„Ein Bienenhaus“, flüsterte Werner Liri Renate zu. Auf den paar Metern vom Auto zur Hütte war etwas Farbe in sein Gesicht zurückgekehrt.

„Warum flüstern Sie?“, flüsterte sie zurück.

„Ich weiß nicht …“ Das Bienenhaus, erfuhren sie von Inspektor Stieger, gehöre einem Imkerkollegen von Herrn Hildmeyer; der Besitzer habe sicher nichts dagegen, wenn die Behausung der Bienen vorübergehend vom Jüngsten Gericht vereinnahmt werde.

„Da bin ich nicht so sicher“, meinte Talsmann, „ich kenn den Harald, der ist furchtbar pingelig!“ Gemurmel erhob sich.

„Der Harald ist nicht pingelig!“, protestierte Hildmeyer. „Er hält nur alles gut in Schuss, das seht ihr ja!“ Er hatte recht. In der Hütte herrschten Ordnung und Sauberkeit.

„Nehmt auf den Kästen Platz!“ Stieger bemühte sich, einen optimistischen Tonfall anzuschlagen.

„Und was ist, wenn er doch herkommt?“, wollte Renate wissen.

„Dann macht das auch nichts“, erklärte Stieger, „der Vorsitzende hat mir versichert, wir sind dann unsichtbar wie für die beiden Eindringlinge von vorhin. Es handelt sich um ein Problem verschiedener Realitätsebenen … so ungefähr. Ganz verstanden hab ich’s nicht.“

„Das verlangt ja auch keiner von dir“, sagte Matthäus Galmei. „Ich frag mich nur, warum wir dann überhaupt hierher gefahren sind. Wären wir dort geblieben, könnte uns die Polizei doch auch nicht sehen, oder?“

„Stimmt, könnte sie nicht, aber wir sie, verstehst du? Und hören würden wir sie auch. Wie soll man eine Verhandlung führen, wenn dauernd die Tatortgruppe durch den Saal rennt? Vor allem diese Verhandlung …“

„Was meinst du damit?“ Dem alten Buchhändler war der aggressive Tonfall seines Neffen aufgefallen.

„Nun, wenn du schon davon anfängst“, antwortete der, „wir zeichnen uns nicht grad durch berauschende Performance aus – das ist sicher nicht nur mir aufgefallen. Hoff ich wenigstens. Wir treten auf der Stelle, es geht nichts weiter. Ja, schaut mich nur mit großen Kulleraugen an, so ist es doch!“

„Ist das seine Ansicht?“, fragte Renate. „Wo ist er überhaupt?“

„Nein, das ist *meine* Sicht der Dinge“, sagte Stieger. „Der Vorsitzende hat sozusagen eine Engelsgeduld, die hab ich nicht. Ich will damit sagen …“

***

Im Auto versuchte Ilse Gottlieb, ihre Gedanken zu ordnen. Das gelang ihr immer am besten, wenn sie die Dinge in zwei Kategorien einteilte – was war sicher, was nicht? Sicher war erstens: Im Kühlraum des heruntergekommenen Gasthofs „Lamm“ lag ein Toter. Überprüft hatte sie das nicht, in den Kriminalfilmen sagen sie, man soll bloß nichts anfassen, auf keinen Fall „die Leiche bewegen“, wie das immer hieß. Also schön, die Leiche hatte sie nicht bewegt. Sicher war weiter: Ihr Cousin hatte nichts gesehen, er war ihr nicht in den Kühlraum gefolgt, wusste von keiner Leiche. Das gab ihr Handlungsspielraum. Aber damit war die Zahl der feststehenden Dinge schon erschöpft, sonst gab es nur Annahmen. Zum Beispiel wusste sie nicht, wer der Tote war. Gesehen hatte sie nur seine Beine aus der Plane herausragen. Das konnte Peter sein oder jemand anderer. Wie dieser jemand (oder Peter) zu Tode gekommen war, wusste sie nicht. Was bedeutete das für ihr Vorhaben? Wie sollte sie sich jetzt verhalten? Eine Entscheidung war die dringendste. Den Cousin einweihen oder nicht? Ilse erkannte, dass sie ihre Analyse an dieser Stelle schon abbrechen musste. Zu tieferen Überlegungen blieb keine Zeit. Sie waren auf dem Weg zur Polizei. Und bald da. Sie selbst hatte darauf bestanden, den Zustand des Gasthauses dort zu melden und sich als vermutliche Neubesitzerin vorzustellen. Hintergschwandtner verstand das nicht, das lag an seiner abgehobenen Juristenperspektive; das Amtsgericht müsse verständigt werden, sonst niemand, hatte er behauptet. Aber ihr Vater war dreißig Jahre Postenkommandant gewesen. In einem Ort wie Holzgarten; sie wusste, welche Bedeutung der „Posten" in so einer Gemeinde hatte, auch wenn es heutzutage „Inspektion" hieß. Das war etwas Atmosphärisches, man konnte es schlecht an konkreten Umständen festmachen. Sie entschloss sich, nichts von der Leiche zu sagen. Nicht sie hatte sie entdeckt, sondern jemand anderer würde das tun. Am besten die Polizei selbst. Das, so dachte sie, minimierte die Wahrscheinlichkeit, in Scherereien hineingezogen zu werden.

Zur selben Zeit näherte sich Dr. Kategoros-Korowjew dem Gasthof „Lamm". Neben ihm schritt der auferstandene Mechaniker Gehriger. Auf der linken Seite, denn rechts trug der Ankläger immer noch den großen, weißen Teddybär, den Talsmann auf dem Seefest für Renate Sameder erlegt hatte. Er wollte ihn zurückgeben, er brauchte sie noch. Gehriger hatte über den Bären kein Wort verloren, als sie sich in den Trümmern der Bechtoldschen Werkstatt begegneten. Kategoros-Korowjew hatte den Mechaniker so eingeschätzt, dass sich der nach dem Zwischenstopp im „Lamm" wieder an seine frühere Wirkungsstätte begeben würde. Weil ihm nichts Besseres einfallen würde. Menschen wie Gehriger waren in ihren Handlungen beschränkt, die Auferstehung änderte daran nichts. Also ging er, sobald er von der Auferstehung des Mechanikers erfahren hatte, zur Bechtoldschen Autowerkstatt und fand Gehriger im leeren Gebäude vor.

„Sie haben mein Auto ruiniert!", sagte er statt einer Begrüßung. Gehriger sagte nichts, zeigte auch keine innere Bewegung. „Ich stelle keine Regressansprüche", fuhr der Ankläger fort, „Sie müssen mir aber einen kleinen Gefallen tun und vor Gericht aussagen."

„Wegen … wegen … der Versicherung?", wollte Gehriger wissen.

„Nicht direkt. Aber so ähnlich. Es ist eher eine Formalität."

„Ja, sicher, mach ich gern! Wo ist das?"

„Im Gasthof ‚Lamm'. Jetzt gleich."

„Ach, Sie meinen das Jüngste Gericht?", fragte Gehriger ehrfurchtsvoll. Kategoros-Korowjew nickte.

Sie gingen durch Holzgarten. Kein Mensch war auf der Straße. Das war Gehriger schon vorher aufgefallen, am Hinweg; er vermied aber, sich Gedanken darüber zu machen. Gedanken führten nur zu neuen Gedanken, die wieder zu anderen, und herauskommen tat dabei gar nichts.

Beim „Lamm" fanden sie alles leer und verlassen vor. Im Gastraum deutete ein gewisses Durcheinander auf plötzlichen Aufbruch. Gehriger sah nach dem Leichnam, der war noch da. Kategoros-Korowjew äußerte massiven Ärger.

„Diese Schweinsmägen haben das die ganze Zeit gewusst! Und mich lassen sie durch dieses Scheißkaff rennen. Aber das ist wieder typisch für ihre Methoden …"

„Ich misch mich sonst nicht in so was ein", sagte der Mechaniker, „aber ich glaub, da liegen Sie falsch. Von dem toten Hagen hat nur der Gottlieb gewusst. Und den anderen soll ich nichts sagen, das wär ihm recht gewesen …"

„Ah, sieh einer an, der Gottlieb! Na, der Name passt ja …" Dr. Kategoros-Korowjew versank in Gedanken, wurde aber von Gehriger darin gestört. „Wo ist denn jetzt das Jüngste Gericht?", fragte er.

„Das würde ich auch gern wissen! Wahrscheinlich wieder eine Verhandlungsunterbrechung. Kann sein, die sind wieder auf dem Seefest."

„Das Jüngste Gericht ist auf dem Holzgartener Seefest?"

„Wenn man es ausgesprochen hört, klingt es verrückt, aber es ist wahr." Er berichtete summarisch vom Festbesuch. Gehriger äußerte Zweifel, dass die Mitglieder des Gerichts noch einmal dahin gegangen waren.

„Das Seefest … nun ja", sagte er, „Sie waren ja selber dort. Es ist nicht der Europapark oder so …"

„Fürwahr!", sagte der Anwalt.

„Was machen wir jetzt?"

„Es hat wenig Zweck, im Ort herumzulaufen und die Leute zu suchen. Glauben Sie mir, das ist nicht das erste Mal, dass die sich so erratisch verhalten …" Gehriger kannte die Bedeutung des Wortes „erratisch" nicht, vermutete aber etwas Negatives. Er wollte nicht, dass die Stimmung kippte.

„Mir macht das Warten nix aus", sagte er, „ich bin froh, dass ich hier bin. Am Leben, meine ich. Ich könnte ja inzwischen was machen, bis die wieder auftauchen."

„Was wollen Sie denn tun?"

„Heizen zum Beispiel. Hier drin ist es ziemlich frisch."

„Sie wollen gut Wetter machen? Punkte sammeln für Ihren eigenen Fall? Ich will Sie nicht dran hindern, bin aber sicher, es ist nicht nötig. Der Prozess platzt sowieso …" Gehriger war schon weg. Dr. Alexandros Kategoros-Korowjew blieb allein in der verwaisten Gaststube zurück. Er ging eine Weile umher, betrachtete die vergilbten Drucke aus dem 19. Jahrhundert an den Wänden. Jagdszenen. Eine Menge Hirsche.

Dann bekam er Durst. Er trat hinter die Theke, öffnete den Kaltwasserhahn. Klar und frisch strömte das Wasser. Er hielt ein Glas drunter. „Interessant", sagte er zu einem imaginären Publikum. „Nicht wahr? Kein Wein mehr. Normales Wasser!" Kategoros-Korowjew, Vertreter der Anklage beim Jüngsten Gericht, trank das Glas Wasser in einem Zug aus. Gehriger kam wieder, wollte etwas sagen, aber der Anwalt ließ ihn nicht zu Wort kommen.

„Sie müssen mir als Zeuge aussagen."

„Gegen wen?"

„Gegen die Menschheit."

„Was?"

„Nein, das ist etwas verkürzt dargestellt. Eigentlich gegen den Verteidiger der Menschheit und noch ein, zwei andere Bürger von Holzgarten."

„Ich verstehe nicht. Verteidiger der Menschheit – wer soll das denn sein?"

„Der Fischer, dieser Talsmann."

„Aha. Gegen wen noch?"

„Inspektor Stieger. Buchhändler Galmei."

„Na schön. Und was soll ich sagen?"

„Das kann ich Ihnen doch nicht mitteilen, sonst heißt es gleich, ich hab Sie beeinflusst!"

„Dann weiß ich nicht…"

„Lieber Herr Gehriger, das ist doch nicht so schwer! Diese Leute sind doch wohl keine Engel, oder?"

„Wie meinen Sie das?" Der Anwalt seufzte. „Die sind normale Menschen, würden Sie dem zustimmen?" Gehriger nickte.

„Und das heißt?" Kategoros-Korowjews düsterer Blick bohrte sich in Gehrigers Antlitz. „Was sind denn normale Menschen, was haben sie gemein?" Die leise, intime Stimme ließ ein warmes Gefühl der Vertrautheit erwachen. Allmählich kam er auf die richtige Spur.

„Nun", raunte der Anwalt, „normale Menschen sind …?"

„… schlecht?", flüsterte Gehriger. Kategoros richtete sich auf. „Ganz recht, schlecht. Sie haben es erfasst, Herr Gehriger, gratuliere. Es ist die Wahrheit. Und genau das sollen Sie zu Protokoll geben beim Gericht. Die Wahrheit!"

„Das kommt alles ein bisschen plötzlich", sagte Gehriger und machte sich ein Bier auf. „Ich meine – Jüngstes Gericht, da sollte man doch annehmen, dass da vorher eine Benachrichtigung kommt oder so …"

„Von wem denn? Was erwarten Sie? Das ist nicht die Nationalratswahl, wo man hingehen kann oder auch nicht. Die Teilnahme ist sozusagen: obligatorisch. Man hat keine Wahl. Gar keine." In Gehrigers Gehirn begannen sich bestimmte Gedanken zu formen. Das dauerte eine Weile, weil ihm Gedanken über solche Materien noch nie gekommen waren, überhaupt noch nie, sein ganzes Leben lang, nicht einmal ähnliche. Tod und Jenseits und das ganze Zeug lagen ihm fern wie die Rückseite des Mondes, also in diesem religiösen Sinn – Zombies, Vampire und so, das war was anderes, Unterhaltung. Und jetzt wollte ihn dieser Anwalt in so eine heikle Kiste reinziehen …

„Woran denken Sie?“, wollte Kategoros-Korowjew wissen.

„Ich hab mir grad überlegt, was an Ihrer Geschichte nicht stimmt. Der Prozess – er läuft doch schon?“

„Das Jüngste Gericht? In der Tat, das ist im Gange, es wurde nur unterbrochen, weil ich nicht da war. Ich war ja unterwegs, um einen Zeugen aufzutreiben. Nämlich Sie, Herr Gehriger. Sobald ich Sie als Zeugen anbringe, geht die Verhandlung weiter.“

„Aha. Und danach ist Schluss, finito?“ Der Anwalt nickte.

„Geben Sie mir auch ein Bier“, verlangte er dann. Gehriger stand auf. „Sagen Sie mir eins, Herr Anwalt: Seh ich besonders blöd aus?“

„Nein, wie kommen sie da drauf?“

„Weil Sie mit mir reden, als ob ich besonders blöd wär! Ich soll beim Jüngsten Gericht aussagen und die ganze Menschheit in die Scheiße reiten? Sind Sie bekloppt, oder was?“

„Lieber Herr Gehriger, beruhigen Sie sich, bitte! Nichts liegt mir ferner als jemanden … in die Scheiße zu reiten – um Ihren plastischen Ausdruck zu verwenden. Meine Ansicht ist das genaue Gegenteil: Ich will alle retten!“

„*Was* wollen Sie?“

„Retten, alle Menschen retten.“

„*Sie*?“

„In der Tat …“

„Okay, vielleicht bin ich jetzt wirklich ein bisschen blöd. Sie sind doch der, wo man sagt, wenn man von ihm spricht, kommt er?“

„Ich kenne diesen Ausdruck, darf Sie aber korrigieren: Ich komme durchaus nicht immer, wenn man meinen Namen nennt. Nicht annähernd. Manchmal aber schon …“

„Soll sein, ist aber jetzt kein Thema.“ Gehriger schluckte. „Sie sind doch gegen uns, die Menschheit, immer schon gewesen! Warum wollen Sie uns jetzt retten? Klingt nicht glaubwürdig, entschuldigen Sie schon!“

Kategoros-Korowjew trank sein Bier aus. „Was glauben Sie", sagte er dann, „was hinterher passiert?"

„Keine Ahnung … Himmel, Hölle?"

„Also, wegen der Hölle muss ich Sie enttäuschen. Da ist nichts vorbereitet. Gar nichts …"

„Die gibt's nicht, die Hölle? Glaub ich nicht. Das sagen Sie so … Sie lügen doch dauernd, heißt es …"

Kategoros seufzte. „Ja, ja, so heißt es, ich weiß. – Hören Sie, ob Sie's glauben oder nicht, ich hab da nichts vorbereitet! Und jetzt will ich Ihnen sagen, was ich glaube: die andere Seite auch nicht!"

„Keinen Himmel?"

„Nada."

Gehriger schwieg eine lange Zeit und starrte in die enge Öffnung der Bierflasche. Endlich sagte er: „Dann ist hinterher alles weg?"

„Weg, dahin, futsch, gewesen! Und zwar restlos. Das ist ein Punkt, der erstaunlicherweise immer übersehen wird. Das Ende der Welt ist mit nichts vergleichbar, dazu fehlt uns die Vorstellungskraft. Die Leute gruseln sich vor Schwarzen Löchern, in denen alles verschwindet, ich bitte Sie, das sind doch Kindereien! Schwarze Löcher, sonst noch was! Was da verschwindet, ist ja im Loch noch vorhanden, jedes Milligramm Masse – drum sind die Dinger ja so dick … nein, was uns bevorsteht, ist etwas ganz anderes. Die rückstandslose Aufhebung von allem, was ist. Es gibt kein Recycling, keine Verwandlung, keine Läuterung oder was immer man sich da zusammenfantasieren mag. Es ist weg. So radikal weg, als ob es nie gewesen wäre. Und wenn Sie länger darüber nachdenken, kommen Sie drauf: Es ist dann *nie gewesen.* Nicht ‚als ob', sondern real. Nichts wird dann je gewesen sein. Nichts." Er schwieg. Gehriger schaute zu Boden. Ihm war unbehaglich. Er verstand nicht alles, was der Anwalt da von sich gab. Lag vielleicht an den Bieren, die er intus hatte. Einen Teil verstand er aber doch. Das war nicht angenehm. Er hätte schneller trinken sollen, dann hätte er gar nichts verstanden.

„Die Frage ist nun“, fuhr Kategoros-Korowjew fort, „wollen Sie das?“

„Was?“

„Dieses radikale Ende. In den ältesten Mythen der Menschheit kommt es schon vor: Die Sache hat ein Ablaufdatum. Warum war das von Anfang an eingeplant?, frage ich. Warum?“

„Keine Ahnung …“ Gehriger fühlte sich unangenehm berührt. Er wurde hier mit Dingen konfrontiert, die ihm fremd waren. Er bekam nur mit, dass es dem komischen Anwalt gar nicht um den Prozess ging. Da lief noch was anderes im Hintergrund, der hatte eine eigene Agenda. Weil der Mechaniker Gehriger mit einer kreatürlichen Schlauheit gesegnet war, kam er nun auch drauf, was für eine.

„Sie klagen gar nicht die Menschen an“, sagte er, „Sie klagen eigentlich *ihn* an. Weil er das ganze Zeug erschaffen hat.“

Kategoros-Korowjew blickte ihn lang an, dann sagte er: „Ich hab gleich gewusst, dass Sie der Richtige sind. Ein Mechaniker. Blick fürs Wesentliche.“

„Wenn Sie das alles Scheiße finden, sollten Sie doch froh sein, wenn es vorbei ist, finito, basta. Warum wollen Sie dann den Prozess platzen lassen, Herr Anwalt?“

„Wegen der Menschen. Sie tun mir leid. Wissen Sie, ich liebe alle Menschen. Ich bin Humanist!“

„Ah ja, Humanist … Wenn aber alles aus wäre, dann wär es mit Ihnen auch aus, nicht wahr?“ Darauf antwortete Kategoros-Korowjew nicht. Nach einer Weile sagte er mit leiser Stimme: „Es lässt sich jedenfalls nicht ausschließen …“

„Gut, dass das geklärt ist. Mir sind Leute, die alle Menschen lieben, unheimlich. Ich denk dann zuerst, die sind irgendwo entsprungen. Wer weiß, was denen noch alles einfällt. Ich hab’s lieber, wenn die Leute … normal sind.“

„Rational.“

„Wie Sie wollen. – Ich soll also gegen diese Hampelmänner aussagen, und dann platzt der Prozess? Da sind Sie sicher?“

„Hundertprozentig.“

„Sie mögen ihn nicht."

„Nein, ich mag ihn nicht. Bitte, ich kenn ihn schon lang, sehr lang, und je länger ich ihn kenne, desto mehr geht er mir auf die Nerven. Und diese Sache jetzt mit dem Jüngsten Gericht …"

„Reklame?"

„Nein, das meint er ernst, glauben Sie mir! Aber da hat er sich selber reintheatert mit seinen Sprüchen. Und den Sprüchen seiner Anhänger, das muss man leider sagen, die Personalpolitik war und ist verheerend, da hat praktisch jeder verzapft, was ihm grade eingefallen ist, und das war dann alles gültig, Evangelien, Schriften, Kirchenväter und so fort."

„Schon gut, Herr Anwalt, ich hab's kapiert, er ist schon eine Nummer für sich … aber gleichzeitig ist er immer noch er. Ich meine – ER! Und kann machen, was er will. Wenn er diesen Prozess durchziehen will – wie soll denn ich das ändern?" Auf die Bemerkung bezüglich der Allmacht des Vorsitzenden ging Kategoros-Korowjew nicht ein. Das tat er nie, das hatte er sich schon vor langer Zeit abgewöhnt. Es brachte nichts, weil es stimmte, das mit der Allmacht. Kein Grund, bei jeder Gelegenheit darauf rumzureiten; das machte nur die Stimmung kaputt.

„Sie machen einfach Ihre Aussage", beschied er seinem widerspenstigen Zeugen. „Bezeugen die Wahrheit bezüglich des Stieger, des Galmei und des Talsmann. Stieger ist, wie erwähnt, der Sprecher des … Vorsitzenden, Talsmann …"

„… Ich bin nicht beschränkt, ich hab's begriffen. Ich sage frei heraus, was das alles für Lumpen sind. Ich versteh nur nicht …"

„Moment!", unterbrach ihn Katgegoros-Korowjew, „das sollten wir vorher klären: Was genau können Sie gegen die Herrschaften vorbringen?"

„Stieger begünstigt seinen Clan, wo er nur kann. Hat auch Einfluss im Rathaus. Umwidmungen, Grundstücksgeschäfte, die ganze Litanei. Er ist einfach ein korruptes Arschloch."

„Korrupt also", sagte Kategoros-Korowjew, „sehr schön. Was ist mit den anderen?"

„Matthäus Galmei betrügt das Finanzamt. Seit Jahren. Ich weiß es von seinem Steuerberater. Dem haben wir einmal das Auto repariert … Unfallwagen, Sie verstehen? Da hat er es erzählt.“

„Verstößt schon mal gegen Matthäus zweiundzwanzig. Gebt dem Kaiser, was des Kaisers ist und so weiter. Macht sich nicht gut, wenn ausgerechnet so einer die Schrift interpretiert! Wie steht's mit Talsmann?“

„Der verwendet illegale Netze. Zu enge Maschen und so. Außerdem verkauft er Rheinanken als Biofische, die gar nicht aus dem See stammen, sondern aus einer Zucht in Italien.“

„Sieh an, sieh an, was für eine raffgierige, kleine Bande! Das reicht mir schon …“

„Und was soll das bringen?“

„Mit diesem Personal kann er die Verhandlung nicht weiter führen. Sein Sprecher, der Verteidiger und der Schriftsachverständige sind in kriminelle Machenschaften verwickelt! Aus und vorbei!“

„Aber das muss er doch gewusst haben! Wieso hat er dann …“

„… diese Leute ausgesucht? Berechtigte Frage. Hängt mit seinem Faible für die Sünder zusammen. Die *Sünder*, verstehen Sie?“ Kategoros-Korowjew verdrehte ironisch die Augen.

„Na schön, das ist seine Sache. Aber dann ist es ihm wahrscheinlich egal …“

„Ja, ihm schon. Aber mir nicht. Ich bin der Ankläger. Die Einwände der Anklage müssen berücksichtigt werden. Er kann natürlich sagen: Okay, alles vergeben, alles vergessen, ihr kommt alle in den Himmel. Dann braucht es aber auch kein Jüngstes Gericht. In dem Fall hätte es gar nicht angefangen. Hat es aber!“

Gehriger war froh, dass sich die Sache geklärt hatte. Blieb noch das andere Problem.

„Die Heizung“, sagte er. „So ein neumodischer Holzvergaser. Ich krieg das Ding einfach nicht an …“

„Dann will ich mir das mal ansehen!“, verkündete der Anwalt leutselig.

„Sie, Herr Doktor?“ Der Zweifel stand Gehriger ins Gesicht geschrieben.

„Ja, ich weiß schon, ihr glaubt alle, diese Intellektuellen können keinen Nagel grade in die Wand schlagen, aber seien Sie versichert: Mit Feuer kenn ich mich aus!“ Gehriger folgte dem Anwalt, der sich mit Feuer auskannte, in den Heizungskeller.

***

Ilse Gottlieb und ihr Cousin fuhren zur Inspektion Holzgarten, wo sie ein gewisser Mittenwald empfing. Sie stellten sich vor, was beim Inspektor nur mäßiges Interesse hervorrief, aber Dr. Hintergschwandtner, der sehr wohl wusste, wie „solche Orte funktionieren“, bezog das nicht auf sich oder seine Cousine; es war einfach die gewöhnliche Art solcher Amtsstellen. Das Wichtigste war die Routine, die Aufgabe der Exekutive bestand darin, alle außerordentlichen Ereignisse wie auch immer in die Routine zurückzuführen, was am besten gelang, wenn keine außerordentlichen Ereignisse vorkamen. Wenn doch, musste man durch Anwendung der richtigen Vorschriften und Verfahren das Adverb „außer“ eliminieren, sodass aus außerordentlichen Vorgängen wieder ordentliche Vorgänge wurden, also Routineangelegenheiten. Darin bestand der Job.

„Der Großonkel meines Ex-Mannes hat ihm das Gasthaus ‚Lamm‘ hinterlassen“, begann sie. „Hier in Holzgarten.“

„Das ist aber kein Gasthaus mehr“, erwiderte Mittenwald, „es ist zu. Schon seit Jahren.“

„Eben darum handelt es sich ja! Mein Ex-Mann erbt nur unter einer bestimmten Klausel, das heißt, wenn er diese Klausel …“

„… Es ist im rechtlichen Sinn kein Erbe“, mischte sich Dr. Hintergschwandtner ein, „sondern ein Legat. Der Begünstigte Peter Gottlieb darf das Gasthaus nur übernehmen, wenn er eine

Auflage erfüllt." Nun lächelte Mittenwald. „Ein Legat?", sagte er. „Typisch. Der alte Gottlieb war schon eine Nummer …"

„Wie meinen Sie das?", wollte sie wissen.

„Exzentrisch halt." Mittenwald verschloss sich wieder. Auswärtigen Details der Ortsgeschichte preiszugeben, kam nicht in Frage. Dr. Hintergschwandtner unterdrückte ein Seufzen. Mit diesen Provinzlern war es immer dasselbe. Seine Begleiterin hatte dafür kein Gespür.

„Wie er auch gewesen sein mag", begann sie, „der Onkel hat nun eben diese Klausel hinterlassen …" (Sie benutzte, wie der Anwalt registrierte, absichtlich den falschen Begriff). „Und sie besteht darin – also die Klausel –, dass Peter das Gasthaus nur erbt, wenn er es nach Antritt des Erbes wieder aufmacht."

„Das ‚Lamm'?", fragte Mittenwald.

„Genau! Innerhalb von vier Wochen. Nun waren mein Cousin, also der Dr. Hintergschwandtner, und ich gerade dort. Das Haus ist in einem desolaten Zustand, davon abgesehen ist es zu, ich meine: geschlossen, also jedenfalls nicht wieder eröffnet …" Sie war dabei, sich zu verzetteln; Dr. Hintergschwandtner beobachtete das oft bei Leuten, die privat reden konnten wie ein Buch, in jeder offiziellen Redesituation aber abstürzten. Besonders bei Gericht war das enervierend.

„Ja, da haben Sie wohl recht", sagte Mittenwald. „Er wohnt dort, der Herr Gottlieb, aber aufgesperrt hat er nichts. Ich weiß jetzt bloß nicht, was ich für Sie tun kann, Frau Gottlieb … Bei uns sind Sie an der falschen Stelle. Sie müssen zum Amtsgericht …"

„Das weiß ich, das weiß ich doch! Ich wollte Sie nur informieren, dass wir, das heißt, der Verein, im Fall, dass er nichts macht, also …"

„Ein Verein?"

„Der Tierschutzverein ist der Begünstigte", mischte sich der Anwalt ein, „wenn Gottlieb die Auflage der Wiedereröffnung des Gasthofs ‚Lamm' innerhalb von vier Wochen nicht erfüllen sollte, das ist die testamentarische Verfügung."

„Und dann muss der Tierschutzverein das Gasthaus aufmachen?“ Mittenwald konnte sich ein Lachen nicht verbeißen.

„Nein, in diesem Fall kann der Verein damit machen, was er will. Geplant ist natürlich ein möglichst lukrativer Verkauf der Immobilie.“

„Alles andere hätte auch wenig Zweck“, sagte der Inspektor. „Von dieser Auflage hab ich natürlich nichts gewusst, ich muss aber sagen, sie sieht dem alten Gottlieb ähnlich …“ Ah so, dachte Dr. Hintergschwandtner, jetzt taut er auf, denn am Horizont erscheint die goldene Sonne eines Immobiliendeals, in den, wir wissen noch nicht wie, aber ja doch, der Postenkommandant verwickelt sein wird!

„Haben Sie schon einen Makler?“, fragte Mittenwald.

„Für das Haus? Nein, sehen Sie, da dachten wir, vielleicht könnten Sie uns jemanden empfehlen, von außerhalb ist das immer so umständlich …“

„Meine Cousine ist die Schatzmeisterin des Vereins“, erklärte Dr. Hintergschwandtner, „deshalb sind wir eigentlich da, um Erkundigungen einzuholen, wie die örtlichen Bedingungen sind, gibt es etwas, worauf man besonders Rücksicht nehmen müsste …“

„Das ist erstaunlich, dass Sie deswegen zur Polizei kommen, an sich wäre ja die Gemeinde zuständig …“

„Es ist, ehrlich gesagt, einfach so, dass mein Ex-Mann mir die Inspektion Holzgarten empfohlen hat!“, sagte sie. „Man hat ihm jemanden vermittelt wegen der Heizung, hat er gesagt.“

„Ja, der Schwager vom Stieger“, murmelte Mittenwald; um wen es sich beim Schwager vom Stieger handelte, wollte er offenbar nicht mitteilen. „Der Kollege Stieger ist … war mein Stellvertreter“, setzte er hinzu.

„Das heißt er ist …“

„Ist jetzt ein Vierteljahr her. Herzinfarkt. Manchmal geht’s schnell …“

„Das tut mir leid.“

„Darf auch ich mein Beileid aussprechen“, sagte Dr. Hintergschwandtner, „Sie sind jetzt allein hier?“

„Vorläufig schon. Versprochen ist Ersatz, aber es herrscht Sparzwang …“

Der Anwalt beeilte sich, seinen Unmut über Einsparungen bei der Exekutive (ausgerechnet!) auszudrücken, Mittenwald nahm es mit beifälligem Nicken zur Kenntnis.

„Wenn Sie einen Makler brauchen, gehen Sie doch zu Kos und Bilgeri, das ist die zweite Querstraße links, ein Neubau, können Sie nicht verfehlen. Und wegen der Sache mit dem ‚Lamm‘, wie gesagt, da ist das Amtsgericht zuständig.“ Er stand auf, denn hinter seinen Besuchern hatte jemand das Büro betreten. Jemand Wichtiges also, konstatierte Dr. Hintergschwandtner und drehte sich um. Ein kleiner Mann mit wildem, schwarzen Haarschopf; auch was er anhatte, war alles schwarz, Hose, Jackett, krawattenloses Hemd. Nur das Gesicht war bleich. Mittenwald stellte die Besucher vor. Der Mann war Mag. Werner Liri, seines Zeichens Gemeindesekretär von Holzgarten. Er hatte eine Dokumentenmappe mitgebracht, ließ sich aber gleich über Wunsch und Begehr der beiden Städter informieren.

„Ah, der Herr Gottlieb!“, sagte er. „Ja, das ist so ein Fall … diese Auflage im Legat vom alten Gottlieb, ich weiß, ich weiß …“ Er seufzte.

„Sie sind darüber informiert?“, wunderte sich Ilse Gottlieb.

„Natürlich, was denken Sie denn? So was muss ich schon wissen … nun ja, de mortuis nihil und so weiter, aber mit dieser Auflage – das war eine Schnapsidee vom Erwin Gottlieb, ich sag Ihnen das ganz offen, Frau Gottlieb … Das wäre nie und nimmer gegangen, dieses Wirtshaus wieder aufzumachen. Ich bedaure das! Von der Gemeinde her, verstehen Sie? Aber die Zeiten haben sich auch in Holzgarten geändert … Wer, bitte, geht denn noch ins Gasthaus? Die Jungen gehen nicht einmal mehr in die Diskothek, was ich so hör, die haben alle zu kämpfen … Gasthaus? Ausgeschlossen. Das hat der Erwin nicht einsehen wollen … schon damals nicht.“ Er schüttelte den Kopf.

Lebt für die Gemeinde, dachte Dr. Hintergschwandtner, sitzt in mindestens zehn Vereinen und ist keinen Abend zu Hause.

„Ich möchte bloß wissen, was Peter dann hier getan hat“, wunderte sich Ilse Gottlieb, „ich mein, drei Monate! Gesagt hat er, er ist am Renovieren …“

„Mir ist nichts über Ihren Ex-Ehemann bekannt. Außer, dass er sehr zurückgezogen gelebt hat, im ‚Lamm‘, meine ich. Und spazieren ist er gegangen, viel spazieren. Das hab ich gehört. – Habt’s ihr was?“ Er wandte sich an Mittenwald.

„Nix. Nur ganz am Anfang eine komische Unfallmeldung, das war gleich, wo er angekommen ist, vor drei Monaten. Das war eine der letzten Sachen, die der Stieger noch gemacht hat …“

„Ah ja … der Stieger … furchtbar …“ Er schüttelte den Kopf, bot ein Bild tiefer Bekümmerung. Dann fasste er sich. „Was war denn mit dem Unfall?“

„Er hat sich eingebildet – also der Gottlieb – er hat jemanden überfahren. Schon auf der Herfahrt. Im Wald. Haben wir untersucht. Keine Hinweise auf einen Unfall. Nur Bremsspuren. Wurde auch nichts bekannt von einem Verletzten oder so.“

„Dann ist ihm wahrscheinlich ein Reh reingelaufen“, sagte der Gemeindesekretär. „Was haben Sie denn mit dem ‚Lamm‘ vor?“

Ilse erklärte es, Dr. Hintergschwandtner wunderte sich nicht mehr. Dieser Liri wusste von der Auflage im Testament des alten Gottlieb und von den Konsequenzen für Peter Gottlieb, falls der sie nicht erfüllte. Dr. Hintergschwandtner drängte zum Aufbruch und unterbrach damit den Sermon seiner Cousine, die sich in Details der Vereinsinterna verlor, was vom Gemeindesekretär mit großer Geduld angehört wurde. Sogar mit Interesse, denn er stellte Zwischenfragen. Auch Gemeindesekretär Liri empfahl die Agentur Kos und Bilgeri, woraus Dr. Hintergschwandtner schloss, dass entweder Kos oder Bilgeri mit der halben Gemeinde versippt und verschwägert war. Vielleicht wollte man auch nur verhindern, dass so ein Trottel aus der Stadt das Immobiliengeschäft abwickelte. Das „Lamm“ würde man abreißen; die Fläche im Ortszentrum war doch ein Sahnestück für jeden Interessenten. Zum Beispiel für die Gemeinde Holzgarten selbst. Sicher lauerte im Hintergrund schon ein örtlicher Bauunternehmer, der Schwager vom Bürgermeister oder von sonst weiß Gott wem ... die Mappe, die Liri unter den Arm geklemmt hatte, was enthielt die, was war so wichtig, dass es der Gemeindesekretär höchstselbst zur Polizei tragen musste? Wahrscheinlich nichts. Die Mappe war nur der dürftige Vorwand, die Ankömmlinge in Augenschein zu nehmen.

„Vielleicht wäre es gut, wenn Sie einen Blick auf das Objekt werfen könnten“, sagte Ilse Gottlieb an den Sekretär gewandt, „ich meine, als Vertreter der Gemeinde, ich will nicht, dass da ein falscher Eindruck entsteht, von wegen, ich wollte den Gottlieb anschwärzen ...“

Dr. Hintergschwandtner unterbrach sie: „Ilse, ich bin sicher, der Magister Liri hat Besseres zu tun als dieses Gasthaus zu begutachten ...“

„Aber nicht doch!“, rief der Gemeindesekretär, „das mach ich doch gern!“ Inspektor Mittenwald bedauerte, wegen dienstlicher Obliegenheiten nicht mit zu können, Liri versprach, ihm zu berichten. Die drei verließen das Polizeigebäude und machten sich auf den kurzen Weg zum Gasthof „Lamm“. Sie bemerkten die Rauchsäule. Ilse und Liri begannen zu laufen, der Cousin blieb zurück. Er hätte nie hierher kommen dürfen, das sah er jetzt ein. Menschen strömten zusammen, die Feuerwehr war da, als er beim „Lamm“ eintraf. Das Haus stand im Vollbrand. Der Branddirektor Swoboda sagte später, in seiner fünfundzwanzigjährigen Dienstzeit als Kommandant sei ihm ein solches Brandereignis nicht untergekommen. Das „Lamm“ brannte nicht wie ein normales Haus, bei dem die Flammen aus den Fenstern und dem Dachstuhl schlagen – diese Flammen hüllten das Gebäude ein wie eine riesige, gelbglühende Blume; die Umrisse des Gebäudes waren darin nur als dunkle Schemen zu erkennen. Die flammende Hülle reichte bis zur dreifachen

Firsthöhe über das Haus. Die Hitze war so gewaltig, dass sich dem Brand niemand mehr als zehn Meter nähern konnte. Die Feuerwehr Holzgarten hatte Schläuche gelegt und löschte. Das Wasser verschwand in der riesigen Lohe ohne irgendeine Wirkung zu erzielen, das blieb auch so, als weitere acht Wehren aus den Nachbargemeinden eintrafen. Man bemühte sich dann, die Gebäude in der Nähe vor der Brandglut zu schützen, zur Überraschung des Einsatzleiters gelang das auch, die Häuser blieben unversehrt, was in Anbetracht der Hitzeentwicklung nicht hätte sein dürfen, die Holzfassaden hätten nach aller feuerwehrtechnischer Erfahrung von der Hitzestrahlung des Brandes entzündet werden müssen, bevor noch der erste Löschzug eingetroffen war. Alle Fachleute waren sicher, dass es hier um Brandstiftung ging; allerdings in einem bis dato nicht aktenkundig gewordenen Maß. Swoboda äußerte später die Ansicht, der oder die Brandstifter hätten das Feuer nicht irgendwo am oder im Objekt gelegt, sondern selbiges mit einem Brandbeschleuniger gleichsam durchtränkt, dann angezündet. Diese Substanz konnte aber nicht aus dem Feld der üblichen Kohlenwasserstoffe und Lösungsmittel stammen, die allein hätten ein so ein brachiales Feuer nicht zustande gebracht. Die Experten vermuteten Phosphor in Verbindung mit feinverteilten Metallen; es deutete alles auf einen militärischen Brandsatz. Bis zur Untersuchung der Rückstände am Brandort. Dort fand man nur Asche, geschmolzene Installationsrohre, geschmolzenes Glas, sogar geschmolzenes Mauerwerk, was auf Temperaturen weit über tausend Grad hinwies. Was man nicht fand, waren Elemente, die von einem Brandsatz stammen könnten. Die Temperatur im Zentrum des Geschehens konnte überhaupt nur durch eine nukleare Reaktion erreicht worden sein; dagegen sprach das Fehlen radioaktiver Strahlung. Der Brand des Gasthofs „Lamm" in Holzgarten blieb ein Rätsel.

Ilse und ihr Cousin standen ganz hinten, wo die Menschenmenge schon ausfranste. Von hier konnten sie nur die hochlodernde Flamme sehen, nichts mehr vom „Lamm".

Dr. Hintergschwandtner zu ihrer Linken, ein hochgewachsener, gut aussehender Herr, der ihr vage bekannt vorkam, hatte sich rechts postiert. „Nehmen Sie es nicht tragisch“, sagte der, „das Grundstück bleibt ja erhalten.“ Sie drehte sich zu ihm.

„Was … woher wissen Sie …?“

„Das ist ein Dorf, gnädige Frau, da spricht sich alles blitzschnell herum. Gestatten: Kategoros-Korowjew!“ Er verbeugte sich.

„Waren Sie nicht schon im Fernsehen?“, fragte Dr. Hintergschwandtner. „In so einer Gesundheitsdoku …“

„Ich kann es nicht leugnen.“ Kategoros-Korowjew lächelte Ilse an. Ilse spürte, wie ihr das Blut ins Gesicht schoss. Das war ihr seit der sechsten Klasse nicht mehr passiert, als sich der seit Langem angehimmelte Peter Gottlieb ihr gegenüber erklärt hatte. Damals konnte sie noch nicht wissen, welches egoistische Arschloch noch aus ihm werden würde.

„Was machen Sie hier?“, fragte sie ohne Atem.

„Geschäfte.“

„Er vertritt die Anklage beim Jüngsten Gericht“, erklärte Gehriger im Umdrehen. Er stand einen halben Meter von Ilse Gottlieb entfernt, genau vor ihr. Sie reagierte nicht.

„*Sie kann Sie nicht hören*“, sagte Kategoros-Korowjew. „*Sehen auch nicht.*“

„*Ah so … aber sie hört doch, wenn Sie mit mir reden. Wundert sie das nicht?*“

„*Zweimal nein. Sie wundert sich nicht, eben weil sie nicht hört, wie wir zwei uns unterhalten.*“ Gehriger sah ihn fragend an.

„*Es ist eine Überlagerung zweier … wie soll ich sagen … zweier Wirklichkeiten*“, sagte der Anwalt. „*Wie zwei Bilder, die man im Computer übereinanderlegt … so ähnlich halt…*“

„*Also mehrere …*“

„*In der Tat! Manche sagen, sogar unendlich viele. Aber das ist sowieso alles Kokolores. Sieht ihm wieder mal ähnlich …*“ Gehriger verzichtete darauf, zu fragen, wer mit „ihm“ gemeint war, weil er es sich ungefähr denken konnte. Gehriger war mit amerikanischen Fantasy- und Horror-TV-Serien aufgewachsen; für die ist die Existenz mindestens einer anderen Wirklichkeit hinter der gewöhnlichen konstitutiv – ein Jüngstes Gericht war für ihn nicht unglaubwürdiger als irgendein Setting aus dem Computer eines Drehbuchschreibers, und seine eigene Auferstehung nur eine weitere Volte in einem Videogame. Es tat ihm nichts weh, er spürte weder Durst noch Hunger; was er erlebte, war allemal interessanter als die Einstellung der Spurstangen an einem alten Benz.

Kategoros-Korowjew unterhielt sich mit Ilse und ihrem Cousin. Er vermute, sagte er, die Ursache des Feuers sei unsachgemäße Hantierung am Scheitholzvergaser, den Peter Gottlieb habe einbauen lassen.

„Sie kennen meinen Ex-Mann?" Ilse war überrascht.

„Vertreten Sie ihn etwa?", mischte sich Dr. Hintergschwandtner ins Gespräch. „Sie sind doch auch Anwalt? Hab ich jedenfalls gehört."

„Nein, seien Sie unbesorgt, Herr Kollege, meine Bekanntschaft mit Herrn Gottlieb ist rein privater Natur. Außerdem übernehme ich keine hoffnungslosen Fälle."

„Wissen Sie vielleicht, wo er ist?", fragte Ilse.

„Tut mir leid, ich – weiß es nicht." Er schaute sie an. Sie wandte sich ab. Sein Blick war unangenehm. Nun fiel ihr ein, wer der Tote in der Kühlkammer gewesen sein konnte. Wenn das Peter war, hatte ihn jemand umgebracht und dann das Haus angezündet, um die Spuren zu verwischen. Wer? Ein Obdachloser, dem Peter Unterschlupf gewährt hatte. Sähe ihm ähnlich, er zog solche Typen an. Motiv? Ein Streit um Drogen oder schlicht um Alkohol. Oder ein bisschen Geld … war ja gleich, sie mochte es sich gar nicht vorstellen. Oder: Der Tote war der Obdachlose, das Ganze anderes herum, Peter Gottlieb auf der Flucht. Beide Varianten … nun ja, gleich. Für sie eigentlich gleich.

„*Warum kann die Sie sehen, mich aber nicht?*", wollte Gehriger wissen, den das Geplauder inhaltlich nicht interessierte.

„Ich bin in jeder Wirklichkeit sichtbar“, sagte Dr. Kategoros-Korowjew. *„Nur glauben das die Wenigsten.“*

„Was machen wir jetzt? Ich meine, was ist mit dem Prozess, wo doch die Bude abgebrannt ist?“

„Wir müssen die Kollegen halt suchen. Weit können die nicht sein. – Gehen wir. Hier ist sowieso nicht mehr viel los.“ Er hatte recht. So schnell, wie das Feuer entstanden war, erlosch es nun. Die Riesenflamme fiel in sich zusammen und verschwand. Zurück blieb ein Haufen nachglühender Schlacke in einer annähernd rechteckigen Vertiefung, wo der Keller gewesen war. Die Glut hielt noch lang, wandelte sich von strahlendem Weiß über helles Gelb, nach Stunden zu verglimmendem Rot. Die Wehren hatten ihre Pumpen abgestellt; das Löschwasser bewirkte nichts außer eine hundert Meter aufsteigende Dampfwolke; knapp wurde es außerdem. Der Einsatzleiter Swoboda entschied sich, die Aktion abzubrechen, um nicht das Bild einer völlig wirkungslosen Brandbekämpfung zu bieten und die Bevölkerung zu beunruhigen.

Peter Gottlieb näherte sich dem Brandherd, als schon alles vorüber war. Er hatte die aufschießende Rauchwolke gesehen, dann die hohe Flamme, aber zu diesem Zeitpunkt befand er sich außerhalb Holzgartens auf einer Wiese am Waldrand. Er hatte einen ausgedehnten Spaziergang gemacht, um den Kopf frei zu bekommen, wie er sich sagte, die Gedanken zu ordnen. Was das betraf, war die Wanderung ein kompletter Reinfall gewesen; es war ihm nicht gelungen, sich auf die anstehenden Fragen zu konzentrieren. Warum das Jüngste Gericht ausgerechnet jetzt stattfand, noch dazu in Holzgarten; was der Ankläger bezweckte, was es mit den Zeugen auf sich hatte. Wieso der Vorsitzende in dieser unglaublichen Weise die Zügel schleifen ließ. Ein Spruch aus seiner Jugend fiel ihm ein: „Wenn wir jetzt nicht vorwärts machen, sitzen wir am Jüngsten Tag noch da!“ Nun, jetzt war der Jüngste Tag, aber niemand bemühte sich, das dazugehörige Gerichtsverfahren voranzubringen. Der Ankläger nicht, der Verteidiger nicht, der Vorsitzende auch nicht.

Das wunderte ihn am meisten. Es gab keine Geheimniskrämerei, die Verhandlung war gleichsam öffentlich – niemand wurde daran gehindert, das Gasthaus „Lamm" zu betreten, die Haustür war nicht abgeschlossen. Jeder hätte zuhören können. Vorausgesetzt, er verstand Altgriechisch. Es war aber keiner da, der sich darüber gewundert hätte. Denn es war niemand gekommen.

Das alles ging ihm im Kopf herum, aber jedes Mal, wenn er sich bemühte, seine Gedanken auf eine Frage oder nur einen Aspekt einer Frage zu fokussieren, fiel ihm irgendetwas auf. Ein Blatt an einem Strauch, ein Stein am Wegrand, ein alter Zaun, ein Haus; diese Dinge absorbierten alle Aufmerksamkeit und brachten ihn von den Problemen ab. Wenn er sich ihnen dann aufs Neue zuwandte, stand er wieder am Anfang. Er kam mit der Denkerei nicht voran, keinen Millimeter.

Zuerst verstand er nicht, was er sah. Es hatte gebrannt, das ja, das war nicht zu leugnen, da gab es eine breite Lücke zwischen den Häusern, aber wo war der Gasthof „Lamm"?

„Ist Ihnen nicht gut?" Eine Dame fragte ihn das. „Sie sind ja ganz blass!" Die Dame legte ihm die Hand auf den Arm, eine nette Geste, aber wenn ihm hier und jetzt der Kreislauf kollabierte, würde sie ihn nicht am Umfallen hindern können.

„Setzen Sie sich hin!", befahl ein Herr, der irgendwie zu der Dame gehörte. „Einfach auf den Boden setzen, dann hinlegen." Das klang klar und bestimmt, der Mann schien Bescheid zu wissen. Peter tat, wie ihm geheißen. Als er auf dem Rücken lag, ging es schon besser. Die beiden kauerten neben ihm, der Mann sagte, er gehe Wasser holen, jemand rief nach einem Arzt, im selben Augenblick tönte eine wohlbekannte Stimme: „Ich bin Arzt!", und Dr. Kategoros-Korowjew beugte sich über ihn, legte die Finger an Peters Hals. Die Finger waren eiskalt. „Normaler Puls", sagte er, „nur der Kreislauf. Herr Gottlieb, wie fühlen Sie sich?"

„Gottlieb?", rief die Dame, ehe Peter antworten konnte. „Er heißt Gottlieb?"

„Ja, Peter Gottlieb“, bestätigte Dr. Kategoros-Korowjew.

„Mein Mann heißt so“, sagte sie, „mein geschiedener Mann ...“

„Aber das ist er nicht?“ Der Arzt und Anwalt lachte, auch auf dem Gesicht der Dame zeigte sich ein verlegenes Lächeln. „Nein“, sagte sie, „das ist er nicht ... obwohl ...“ Für Peter wurde die Sache noch verwirrender, weil sich Werner Liri, der herangetreten war, bemüßigt fühlte, die Umstehenden über die erstaunliche Häufung der Familiennamen „Gottlieb“ und „Stieger“ aufzuklären. Das war der Student, Peter Gottlieb hatte keine Zweifel, das war der Student vom Friedhof, der auferstandende, nur dreißig Jahre älter. Das schwarze Haar ergraut. Deutlich dicker war er auch. Neben Liri stand der Mechaniker Gehriger.

„*Nix reden*“, sagte der. „*Ist besser für Sie, Herr Gottlieb. Gibt sonst nur Stress.*“

„*Er hat recht*“, sagte Dr. Kategoros-Korowjew. „*Sie erholen sich gleich, bleiben Sie ruhig, ich erklär Ihnen alles.*“ Peter nickte. Die Stimmen klangen wie die der Sprecher bei Dokumentationen im Fernsehen, die Stimmen der anderen wie die der interviewten Personen. Live. Die Dame und ihr Begleiter reagierten nicht auf diese Reden, der gealterte Liri auch nicht. „Diesen Herrn Gottlieb kenn ich nicht“, erzählte er, „ich kann aber natürlich nicht jeden ...“

„Herr Gottlieb ist nur auf Besuch hier“, erklärte Kategoros-Korowjew, „er ist ein Patient von mir. – Geht's wieder?“ Peter nickte. Mit seiner anderen, der Off-Stimme sagte der Anwalt: „*Stehen Sie einfach auf und sagen nichts. Die Dame heißt Ilse Gottlieb und war mit Ihnen verheiratet, soll heißen: mit einer zweiten Version Ihrer Person.*“ Peter wollte etwas sagen, aber Kategoros-Korowjew schnitt ihm das Wort im Mund ab: „*Schsch! Sagen Sie nichts, Sie machen nur alles schlimmer und helfen niemandem dabei!*“ Peter hörte die Rede, die Lippen des Anklagevertreters bewegten sich nicht. Er ließ sich aufhelfen.

„Sie haben eine gewisse Ähnlichkeit mit meinem geschiedenen Mann“, sagte die Dame. „Sie müssen verwandt sein, anders kann ich mir das … wie heißt denn Ihr Vater, wenn ich fragen darf?“

„Konrad“, antwortete Peter Gottlieb. Das war gelogen.

„*Bravo!*“, rief Dr. Kategoros-Korowjew.

„*Langsam hat er den Bogen raus*“, sagte Gehriger.

„Mein Schwiegervater hieß Alois“, sagte die Dame. Das war richtig, Peters Vater hatte so geheißen. Er war schon lange tot.

„Wir müssen jetzt langsam“, sagte der Begleiter, Dr. Hintergschwandtner.

„Sie können sich jederzeit an mich wenden“, sagte der Gemeindesekretär zu den beiden. „So erschreckend dieser bedauerliche Vorfall auch ist, das Grundstück bleibt Ihnen ja, nicht wahr?“

„Man hätte die Bude ohnehin abreißen müssen“, sagte Dr. Kategoros-Korowjew, „der Zustand war ja miserabel, das hat man schon von außen sehen können. Gibt es eine Versicherung?“

„Keine Ahnung“, sagte Ilse Gottlieb. „Daran hab ich noch nie gedacht …“

Nun trat der Kommandant Mittenwald zu der Gruppe und wandte sich an die Besucher. „Ich muss Sie bitten, mit auf die Inspektion zu kommen, wir müssen Ihre Aussage protokollieren. Wegen der Erhebung der Brandursache.“ Dr. Hintergschwandtner nickte seiner Cousine beruhigend zu, sie entfernten sich mit Mittenwald vom Brandort.

„Was ist hier los?“, wollte Peter Gottlieb wissen. „Wer war die Frau? Und warum ist das Gasthaus abgebrannt?“ Kategoros-Korowjew wiederholte seine Erklärung mit den Realitätsebenen, die er dem Mechaniker Gehriger gegeben hatte. Gottlieb schüttelte den Kopf. „Was soll der Blödsinn? Wozu ist das gut?“ Kategoros-Korowjew holte tief Luft, die Frage ging ihm sichtlich auf die Nerven. „Wozu ist das gut, wozu ist das gut?“ Er äffte Peters Stimme nach, so gekonnt, dass der vor Schreck zusammenzuckte. „Wieso glaubt alle Welt, dass ich das weiß? Ich bin mit diesen Dingen nicht vertraut! Ich habe, gerade hier in Holzgarten, aber auch schon früher, bei zahllosen Gelegenheiten darauf hingewiesen, dass ich nicht, ich betone: nicht in die Konstruktion eingeweiht worden bin!“

„Was für eine Konstruktion?“

„Die von der Welt“, erklärte Gehriger. „Er meint, wie die Welt funktioniert.“

„Entschuldigung“, sagte Peter Gottlieb, „ich dachte, Sie als zweifacher Akademiker …“ Wenn das eine Spitze war, hatte Kategoros-Korowjew sie überhört oder ignoriert. „Es passiert halt manchmal“, erklärte er in ruhigerem Ton. „Ein unerklärliches Phänomen, wenn Sie so wollen.“

„Wie Kugelblitze?“, fragte Peter, der darüber eine TV-Doku gesehen hatte.

„Der Vergleich ist gar nicht schlecht, Chapeau, Herr Gottlieb!“

„Keiner weiß, wie die Dinger entstehen“, meldete sich Gehriger, „da war vor Kurzem was im Fernsehen.“ Peter Gottlieb wunderte sich, dass Gehriger solche Dokumentationen anschaute und schämte sich gleichzeitig seiner Vorurteile. „Wer war die Frau?“, fragte er. „Warum … ich meine, sie schien mich zu kennen.“

„Sie war mit Ihnen verheiratet“, sagte der Anwalt.

„Wieso kenn *ich* sie dann nicht?“

„Weil Sie, mein Bester, nicht mit ihr verheiratet waren!“

„Äh … das ist, mit Verlaub, doch absoluter Blödsinn!“

„Nein, ist es nicht!“, rief Gehriger. Er war genervt ob der offensichtlichen intellektuellen Minderleistung des Buchhändlers Gottlieb. Dieselbe Wut hatte ihn befallen, wenn ihm der Lehrling statt des geforderten Achter-Schlüssels einen Zwölfer reichte. Das war schon keine Blödheit mehr, sondern Desinteresse. Wenn es die Fratzen nicht interessiert, warum werden sie dann Automechaniker?

„Es gibt zwei von Ihnen“, sagte er, sichtlich um Ruhe bemüht. „Zwei Gottliebs. Klar?“

„Okay, zwei. Ich will das einmal so stehen lassen. Ich bin also verdoppelt. Wann ist denn das passiert?“

„Irgendwann in Ihrer Vergangenheit“, mischte sich Kategoros-Korowjew ein. „Die eine Version hat diese Ilse geheiratet, die andere eine andere Frau. Wie heißt Ihre Gattin?“

„Hildegard.“

„Na, sehen Sie! Das ist die Erklärung …“

„Moment. Wieso erkennt sie mich dann nicht? Ich meine, sie war sich nicht sicher, ich seh ihrem Mann nur ähnlich, hat sie gesagt.“

„Weil es eben so ist! Ihre Version, so wie Sie jetzt neben uns herlaufen, hat ein anderes Leben geführt, ein anderes Schicksal erfahren.“ Er lachte auf, als sei ihm etwas Lustiges eingefallen. Es mochte, dachte Peter, mit dem Wort „Schicksal“ zusammenhängen. „Das Leben verändert die Menschen, auch ihr Äußeres. Ein weiteres Beispiel ist dieser Liri. In Ihrer Welt hat er sich zu Tode gesoffen und ist auferstanden, in dieser anderen Welt hat er offenbar, wie man so sagt, die Kurve gekriegt und ist jetzt Gemeindesekretär von Holzgarten. So spielt das Leben!“

„Es sind zwei Parallelwelten“, fügte Gehriger hinzu, der unbedingt das Wort „Parallelwelten“, das ihm sehr gefiel, noch anbringen wollte. „Sie überlagern sich kurz, dann trennen sie sich wieder. Jetzt zum Beispiel. Können Sie selber sehen …“

Gehriger hatte recht. Sie waren im Gespräch vom Brandort weggegangen, standen nun zwei Straßen weiter. Gehriger deutete nach hinten. Die Menschenmenge vor dem „Lamm“ war verschwunden, das abgebrannte Gasthaus aber wieder da. Peter Gottlieb spürte Erleichterung. „Dann war das alles nur eine Episode?“, fragte er.

„Ich bin nicht sicher“, sagte Kategoros-Korowjew. „Sehen wir nach.“ Sie gingen zurück und fanden das Gasthaus leer vor. Alles deutete auf fluchtartiges Verlassen. Auf dem großen Tisch standen Weingläser und Kaffeetassen. Am Kopfende am Platz des Vorsitzenden eine ganze Kanne; er hatte im Lauf der Sitzung eine gewisse Vorliebe für das Getränk entwickelt.

Er bevorzugte schwarz ohne Zucker. Notizblöcke lagen herum, das Gekritzel darauf konnte Peter nicht lesen, griechische Buchstaben. Er erkannte Alpha, Beta und Gamma.

„Wo sind die alle hin?", fragte er.

„Keine Ahnung." Der Anwalt seufzte. „Ich habe keine Betriebsanleitung für die Welt, verstehen Sie?"

„Was soll denn das alles?", wollte Peter wissen.

„Ich muss mich wiederholen", sagte Kategoros-Korowjew, „ich habe keine Ahnung! Wenn ich eine Vermutung äußern sollte, hängt diese ontologiche Abweichung mit dem Verfahren zusammen, mit dem Jüngsten Gericht."

„Oh, danke, geniale Idee", rief Peter, „da wär ich jetzt nie drauf gekommen! Herrgott nochmal, natürlich hängt das am Jüngsten Gericht! Ich frage aber: Warum?"

Kategoros blieb stehen, erhob den rechten Zeigefinger und erinnerte Peter auf einmal an den Lehrer Lämpel von Wilhelm Busch.

„Du sollst den Namen des Herrn, deines Gottes, nicht unnützlich führen!", zitierte der Anwalt in salbungsvollem Ton. „Oder so ähnlich – Luthers kleiner Katechismus, wenn ich mich recht erinnere, das zweite Gebot. Sonst kann man zu der Causa nicht viel mehr sagen, als man in solchen Fällen schon seit Jahrtausenden gesagt hat – in bestimmten Kulturen wenigstens – und auf den sogenannten unerforschlichen Ratschluss rekurrieren, wissen Sie, was ich meine?"

„Vielleicht kommt es ja durch das Feuer", sagte Gehriger. Die beiden anderen blickten ihn an. Gehriger schien das nicht angenehm zu sein. Er hatte nur etwas gesagt, damit es nachher nicht wieder heißt, ihn interessieren nur seine Comics, wie es in der Schule gewesen war, dauernd eigentlich. Er war Science-Fiction-Fan, schon immer gewesen und zweimal auf eine Convention gefahren; das durfte in Holzgarten aber niemand wissen, weil man ihn sonst jahrelang damit aufgezogen hätte, die waren ja alle hinter dem Mond in dem Scheißkaff. Das alles ging ihm nun durch den Kopf. Er riss sich zusammen. „Das Feuer in dem

Gasthaus“, sagte er, „das könnte doch sein, oder? Als Auslöser für den Sprung in die P-Welt …“

„In die was?“, wollte Peter wissen.

„Parallelwelt, P ist die Abkürzung … ich mein ja nur. Das Feuer war doch auch nicht normal. Ich weiß, wie Benzin brennt, können Sie ruhig glauben, Benzin war das keins!“ Peter überlegte, woher der Mechaniker Kenntnis von Benzinfeuern haben sollte. In Werkstätten versucht man Brände zu vermeiden.

„Das sind doch alles Spekulationen!“ Dem Anwalt gefiel die Richtung der Diskussion nicht, das konnte er nicht verbergen.

„Moment“, sagte Peter, „Sie beide waren am Brandherd?“

„Also ich nicht!“, rief Gehriger. „Ich war oben. Das heißt, erst war ich unten bei der Heizung …“

„Wo, bitte!?“

„Bei der Heizung, es war ja saukalt in der Bude. Aber ich hab mich nicht ausgekannt und den Herrn Doktor gebeten, ob er vielleicht …“

„Ich hab nichts gemacht“, beeilte sich Kategoros-Korowjew zu versichern, „das Feuer war ausgegangen, ich wollte nicht an der Apparatur herumpfuschen, da ist so ein Display …“

„Ich weiß, ich hab die Anlage installieren lassen. Was haben Sie gemacht?“

„Nichts. Nur ein bisschen geblasen …“

„Was? Wo?“

„Na unten, bei der Feuertür.“

„Sie haben da reingeblasen? Ausgerechnet Sie?“

„Sprech ich spanisch, oder was? Ja, ich! Ich hab ein bisschen reingeblasen … dann … nun, dann ist die Sache wohl ein wenig aus dem Ruder gelaufen.“

„Die Bude ist total abgebrannt“, stellte Gehriger fest. Er neigte dazu, bei Streitereien anderer, die er miterleben musste, unstrittige Fakten zu wiederholen, so stellte er sich gegen keine Seite.

„Es ist ja nichts passiert, Herr Gottlieb, Ihr ererbtes Gasthaus steht wieder – an dem Ihnen so viel zu liegen scheint, ich verspreche auch, ich kümmere mich nie mehr um Ihre Heizung, Ehrenwort!" Er hob die Hand zum Schwur und begann zu lachen. Es klang haargenau wie das Gemecker einer Ziege. Oder eines Ziegenbocks, dachte Peter Gottlieb.

„Das haben Sie doch absichtlich gemacht!", rief er voller Zorn.

„Wieso sollte ich?" Kategoros-Korowjew fiel wieder in seine gewohnte Sprechweise. Er klingt, als sei er immer ein bisschen beleidigt, dachte Peter. Warum fällt mir das erst jetzt auf? Und wenn es stimmt, weshalb ist er beleidigt?

„Diese haltlosen Vorwürfe sind wirklich enervierend!", klagte der Anwalt. „Unterstellungen! Als ob ich mit allem, was ich tue, unlautere Absichten verbände. Das ist kränkend. Als ob ich überhaupt wissen könnte, dass so ein harmloser Hauch solche Folgen zeitigt! Der Apparat ist eine Fehlkonstruktion, wenn Sie mich fragen …"

„Hauchen Sie einmal!"

„Wie bitte?"

„Hauchen Sie in diese Richtung!", forderte Peter Gottlieb. Er deutete in einen Garten neben der Straße. Gemüsebeete und zehn Meter weit weg eine Holzhütte mit Pultdach. Man sah nur die Rückseite. Dahinter ein Einfamilienhaus aus den Sechzigerjahren des zwanzigsten Jahrhunderts.

„Ich soll was?", fragte Kategoros-Korowjew.

„Sie haben schon verstanden. Also, hauchen Sie in diese Richtung! Herr Gehriger, gehen Sie von dem Zaun weg!" Gehriger machte einen Satz zur Seite und Kategoros-Korowjew hauchte.

Zuerst flog der Zaun weg, dann löste sich die Hütte in ihre Bestandteile auf, die gegen die Hausfront wirbelten und mehrere Fenster einschlugen. Die nicht vom Holz getroffenen platzten vom Sturmwind. Ein wütendes Brausen erfüllte die Luft, eine schwarze Wolke sammelte sich über den Trümmern der Hütte, dehnte sich über den Garten aus. Peter begann zu rennen, Gehriger hinterher, als Letzter folgte Kategoros-Korowjew. Er rannte nicht. „Und wer ist jetzt schuld!", schrie er den beiden nach. „Sie haben doch gesagt, ich soll blasen! Woher soll ich wissen, dass es ein Bienenhaus ist?“ Peter wagte nicht, stehen zu bleiben. Er lief weiter, Gehriger holte auf. „Schauen Sie!“, rief er. Peter drehte sich um. Kategoros-Korowjew war keine zehn Meter hinter ihnen und kaum zu erkennen. Er steckte in einer wirbelnden Wolke aus zigtausenden Bienen. Zwei oder drei Meter im Durchmesser, außerhalb keine einzige. Der Anwalt hob den linken Arm, der Schwarm folgte der Richtung, die er wies und verschwand nach oben, stieg immer höher, bis er sich im Himmelblau verlor. Kategoros-Korowjew kam auf sie zu.

„Alles in Ordnung?“, fragte Peter.

„Natürlich. Was soll sein?“

„Sind Sie nicht gestochen worden?“

„Ich bin noch nie gestochen worden.“ Kategoros-Korowjew grinste. „Weder von einer Biene, noch von einem anderen Insekt.“

„Das glaub ich sofort“, versicherte Gehriger.

„Dieser kleine Zwischenfall wird uns zugutekommen!“, rief der Vertreter der Anklage. Er hatte offenbar neuen Mut geschöpft. „Die fleißigen Kerbtiere werden uns den Weg zu unseren Kollegen weisen …“

„Die … was?“, fragte Gehriger.

„Er meint Insekten“, erklärte Peter. „Hat man früher so gesagt.“

„Und warum redet er dann so …?“

„Altmodisch?“, fiel ihm Kategoros-Korowjew ins Wort. „Weil er alt ist! Ich bin älter als ich ausschaue. Hab mich gut gehalten. Werdet genau so alt, dann versteht ihr mich auch!“

„Ja, ja, schon gut!“ Peter Gottlieb seufzte. Ihm ging die Selbstdarstellung des Anwalts auf die Nerven. „Bevor Sie mir erklären, wieso und wie die Bienen uns zu den anderen führen, interessiert mich, wieso die anderen überhaupt weg sind! Das ‚Lamm‘ ist ja auch wieder da!“

„Weil“, dozierte Kategoros-Korowjew und sah noch mehr aus wie der Lehrer Lämpel, „die Kollegen das Haus schon vor der Überlagerung der Realitätsebenen verlassen haben. Warum, wüsste ich selber gern." Der Anwalt hatte weitergesprochen, Peter Gottlieb aber nicht zugehört. Es fiel ihm immer schwerer, sich zu konzentrieren.

„… also werden sie uns melden, wo sich die Versammlung aufhält", schloss Kategoros-Korowjew.

„Wer?", fragte Peter.

„Die Bienen", sagte Gehriger. „Er meint die Bienen."

„Ich habe das Gefühl, es hört mir überhaupt niemand zu", klagte der Anwalt, „ich kann sagen, was ich will …"

„Schon gut", beschwichtigte Peter, „Sie haben einen gewissen Einfluss auf die Bienen, okay, soll sein, regen Sie sich nicht auf … ich hätte nur gedacht, es wäre eher was mit Fliegen …"

„Das liegt nur an diesem blöden Buch und dem noch blöderen Film!", rief Kategoros. „Alles Halbwahrheiten … es geht nicht um Fliegen oder Bienen, es geht um Kerbtiere überhaupt. Die mögen mich einfach, ich weiß auch nicht, warum."

„Wie auch immer, ich frage mich nur, was ich damit noch zu tun hab. Ich bin der Wirt vom ‚Lamm'. Wenn das Gasthaus nicht mehr als Verhandlungsort genutzt wird, bin ich doch nicht mehr zuständig, oder?"

„Wenn Sie es so sehen …" Der Anwalt machte eine indignierte Miene, als habe er eben eine rechtspopulistische Äußerung gehört – von einer Person, der er so etwas nicht zugetraut hatte. Peter Gottlieb ärgerte sich. Gehriger spürte die schlechte Stimmung. „Was machen wir", fragte er, „wenn die Bienen die anderen … äh … gefunden haben?"

„Dann begeben wir uns dorthin", dozierte Kategoros, „und setzen das Gericht fort. So lange müssen wir hier eben warten." Er begann, die Straße hinunterzulaufen, drehte aber nach zwanzig Metern wieder um, kam auf die beiden anderen zu, Hände auf dem Rücken verschränkt, kehrte erneut, als er sie erreicht hatte. Auf- und Ablaufen also, dachte Peter. Auf diese Weise deutet er an, dass er nicht mehr reden will. Das war neu bei einem Typen, der sich so gern reden hörte wie Dr. Kategoros-

Korowjew. Reden, dachte Peter Gottlieb, bringt die Leute zusammen, wie man sagt; Schweigen brächte sie demgemäß auseinander? Wenn man den Vertreter der Anklage mit dem Vorsitzenden verglich, dann redete der eine ohne Unterlass, der andere hatte bis jetzt überhaupt noch nichts gesagt. Was war in dieser Hinsicht mit dem Verteidiger Talsmann? Nun ja, der Mann war Fischer im Hauptberuf, das sind schwer arbeitende Menschen, warum sollten die besonders viel reden? Kategoros-Korowjew war Anwalt, die reden, wenn sie gut sind, alle wie ein Buch, das fordert der Job. Die Waffen waren ungleich verteilt. Peter konnte nicht verstehen, wieso alle davon ausgingen, dass die Anklage den Prozess verlieren würde, nicht zuletzt schien der Ankläger selber dieser Ansicht zu sein. Einen Sinn ergab das nur unter der Annahme, dass der Vorsitzende voreingenommen war – für die Verteidigung. Dann ergab auch die Wahl Talsmanns als Verteidiger einen Sinn: der Vorsitzende hatte ja mit Fischern keine schlechten Erfahrungen gemacht. Früher … allerdings war damals diese Sache mit dem Heiligen Geist gewesen, was die Beredsamkeit der Versammlung stark erhöht hatte, sogar in mehreren Sprachen. Davon war jetzt nur Altgriechisch übrig geblieben, aber bitte … Eine darüber hinaus gehende Eignung hatte Peter nicht feststellen können. Wenn man nicht den Gewinn eines großen, weißen Teddybären auf das Wirken des Heiligen Geistes zurückführen wollte, das wäre ja fast blasphemisch! Eben diesen Bären trug Kategoros-Korowjew immer noch bei sich, es schien ihn nicht zu behindern, der Bär war Teil seines Outfits wie eine Krawatte. Er trug ihn nun unter dem linken Arm, aus der Ferne erkannte man die Form nicht richtig; der Bär ragte aus der Seite des Anwalts wie eine monströse Geschwulst.

10

Der Anwalt kam mit dem Teddybär auf Peter zu. Gehriger stand abseits und rauchte.

„Es ist etwas weiter, als ich gedacht hatte“, verkündete Kategoros-Korowjew. „Wir müssen fahren.“ Nun bemerkte Peter die Bienen, die den Kopf des Anwalts umschwirrten. Den Kopf des Bären aber auch. „Schicken Sie die Biester weg!“, rief Gehriger, „ich bin allergisch!“ Der Anwalt hob die rechte Hand; die Bienen verschwanden.

„Es ist ein Bienenhaus“, sagte er dann, „ziemlich außerhalb. Dort tagt das Gericht.“ Peter fing an zu lachen.

„Was ist so erheiternd?“

„Ich bitte Sie! Ein Bienenhaus? Da passen die doch gar nicht rein!“

„Es ist ein großes“, sagte der Anwalt mit pikierter Miene. Peter Gottlieb fiel sein Besuch im Bienenhaus eines gewissen Harald ein. Hildmeyer hatte ihn dort hingelotst wegen der Wabe für den Vorsitzenden. Hundert Jahre schien das her …

„Wir nehmen Ihren Wagen“, ordnete Kategoros-Korowjew an. Das Auto stand in der Nähe des Gasthauses. „Ich geh nur mit, wenn er fährt!“ Gehriger deutete auf Peter. Der Anwalt seufzte. „Ja, von mir aus, der Herr Gottlieb fährt!“

„Ich werde also gar nicht gefragt“, stellte Peter fest.

Sie fuhren los. Als das Schweigen drückend wurde, fragte Kategoros-Korowjew: „Woher wissen Sie die Richtung?“

„Ich kenne so ein Bienenhaus. Sobald ich falsch abbiege, melden Sie sich!“ Schweigen. „Ich werde dort den Herrn Gehriger als Zeugen präsentieren“, sagte Kategoros-Korowjew, „er wird an der moralischen Integrität des Verteidigers Talsmann und des Sachverständigen Galmei begründete Zweifel erwecken, besonders aber an jener des Übersetzers, Adjutanten … oder

Jüngers Stieger." Er lachte laut auf wie nach einem gelungenen Witz. Peter Gottlieb hatte sich beim Einsteigen vorgenommen, in Hinkunft jede Einmischung zu vermeiden, der Vorsatz hielt aber nur ein paar Minuten. „Und was ist dann eigentlich?", fragte er. „Nach seiner Aussage?"

„Ganz einfach." Kategoros-Korowjew lehnte sich zurück. „Das Gericht ist diskreditiert, muss aufgelöst werden. Damit hat die Farce ein Ende."

„Was ich an Ihrer Strategie, Herr Doktor, nicht verstehe", erwiderte Peter Gottlieb: „Sie haben doch mehrfach die Voreingenommenheit des Gerichts Ihrer Person gegenüber angeprangert. Wie kommen Sie darauf, dass eben dieses Gericht in eben dieser Zusammensetzung Ihrer Argumentation folgen wird? Wieso sollten die dem Zeugen Gehriger Glauben schenken?"

„Was heißt hier Glauben schenken? Was die glauben oder nicht glauben, ist mir doch wurst! Wenn man meinem Auflösungsantrag nicht folgen will, wird man etwas anderes unternehmen müssen. Es gibt in diesem Verfahren bis auf Aussagen der Zeugen keine Beweismittel, ist Ihnen das nicht aufgefallen?"

„Das hat mir niemand gesagt …"

„Es gibt nur Zeugen. Und Gegenzeugen."

„Noch nie gehört. Die behaupten das Gegenteil, versteh ich das richtig?"

„Sie haben es erfasst! Man braucht aber mehr. Eins zu drei."

„Um den Gehriger als Zeugen zu neutralisieren, muss die Verteidigung drei Zeugen aufbieten?"

„So ist es."

„Versteh ich nicht: Die Zeugen werden doch vereidigt, wieso muss ich dann …"

„Nein", unterbrach ihn Kategoros-Korowjew. „Werden sie nicht."

„Was?! Wieso denn? Bei jedem Gericht der Welt …"

„… ja, ja, aber nicht beim letzten, beim Jüngsten. Es wäre ja auch komisch, wenn ausgerechnet da geschworen werden müsste …"

„Wieso denn?"

Kategoros-Korowjew seufzte. „Weil er es verboten hat! Meine Güte, man sollte doch annehmen, dass das irgendwie bekannt ist. Und das nennt sich christliches Abendland!"

Peter Gottlieb überhörte die Herablassung, denn ihm fiel etwas ein: „Da war doch was mit … du sollst nicht schwören oder so. Meinen Sie das?"

„Ja, ich meine das!", rief der Anwalt. „Ich zitiere ihn ungern, aber wenn es sein muss: Matthäus fünf, Vers vierunddreißig. *Ego de légo hymín, mä omósai hólos.* Ich aber sage euch: Überhaupt nicht schwören."

„Also schön", gab Peter Gottlieb zu, „das lass ich einmal so stehen. Zeugen, Gegenzeugen, soll sein, ich versteh's nicht, bin aber kein Jurist. Dann nehmen wir einmal an, Sie kommen damit durch, Herr Doktor, es gibt nicht genügend Gegenzeugen – Stieger, Galmei und Talsmann sind diskreditiert, das ganze Verfahren platzt, muss aufgegeben werden – was ist dann?"

„Was fragen Sie mich?" Die Stimme des Anwalts war leise geworden. „Ich weiß es nicht. Woher soll ich das auch wissen? Immer fragen mich alle: Herr Anwalt, was ist, wenn dies und das passiert, und was, wenn nicht? Einfach, weil ich da bin, zur Verfügung stehe, verstehen Sie? Weil ich *Antwort* gebe. Ich gebe immer Antwort. Im Gegensatz zu gewissen anderen Personen, die sich hinter einem großen Schweigen verstecken. Ich gebe Antwort, wenn ich gefragt werde. Sogar, wenn ich nicht gefragt werde. So gut ich es halt verstehe! Kann sein, dass meine Antworten nicht immer gefallen. Oder falsch sind. Ich bin nicht unfehlbar." Nach einer Weile fragte Peter: „Das Jüngste Gericht könnte abgesagt werden? Oder aufgeschoben?"

„Möglich …" Kategoros-Korowjew klang gedankenverloren, die Redelust hatte ihn verlassen. Peter blickte zur Seite. Der Anwalt war in seinem Sitz nach vorn gerutscht. Er sieht alt aus, dachte Peter. Richtig alt. Auf dem Land lag Dämmerung. Er schaltete das Licht ein. Die Straße führte in den Wald.

„Aber er könnte doch … ich meine … aufgrund seiner, wie soll ich sagen …“

„Allmacht“, sagte Kategoros-Korowjew. „Das Wort, das Sie suchen, ist Allmacht.“ Peter hatte mit leiser Stimme gesprochen, auch der Anwalt hatte die seine gesenkt.

„Also“, setzte Peter fort, „er könnte doch einfach … äh … weitermachen. Alles, was Sie vorbringen, ignorieren. Als ob gar nichts wäre, verstehen Sie?“

„Natürlich könnte er das.“ Kategoros-Korowjew klang nun müde.

„Wenn ich sage *er*, meine ich *ihn*.“

„Schon klar. *Er.* Er könnte das, sicher. Könnte auch alles in die Luft sprengen. Oder einfrieren. Oder Schweine fliegen lassen.“ Der Anwalt lachte leise. Es klang wie das Gemecker einer Ziege, gedämpft durch die Wand ihres Stalls. „Er hätte auch dieses idiotische Setting nicht machen müssen …“

„Sie meinen …“

„… na, Holzgarten mit diesen Figuren, mit Ihnen, Verehrtester, den Auferstandenen, wie viel sind es jetzt?“

„Fünf.“

„Tatsächlich? Warten Sie: Hildmeyer, Liri, Stieger und der hinten …“

„Und Renate Sameder.“

„Ach ja, die Frau … *eine* Frau. Merken Sie was? Das ist wieder dieses Männerbündlerische … wie am Anfang. Mit Frauen konnte er nicht viel anfangen … im Gegensatz zu mir. Ich bin ein großer Verehrer des zarten Geschlechts.“ Ein zwitscherndes Pfeifen erfüllte das Wageninnere. Peter Gottlieb kannte den Ton aus einer Natur-Doku im Fernsehen. Fledermäuse. Ihm wurde schlecht, er holte tief Luft. Hier gab es keine Fledermäuse. Kategoros-Korowjew hatte nur gekichert. „Aber lassen wir das“, setzte der fort. „Er könnte, aber er hat nicht. Wieso? Keine Ahnung. Ich stehe nicht auf dem Verteiler für betriebsinterne Mitteilungen. Ich hab mich nur auf das anstehende Verfahren vorbereitet. Lang vorbereitet. Inzwischen glaube ich, ich bin sowieso der einzige, der sich vorbereitet hat!“ Kategoros-Korowjew wurde lauter. „Das Jüngste Gericht also, okay? Die Lebenden und die Toten werden gerichtet, nicht schwer zu verstehen. Jeder Mensch weiß, was das heißt …“

„Nun ja …“

„Also, jeder hat eine Vorstellung davon. Die einen kommen durch, die anderen nicht. So ist es doch. Meine Auffassung war bisher: Keiner kommt durch. Gar keiner.“

„Aber dann würde die Hölle ziemlich voll …“

„Ach, hören Sie mir doch mir diesem Scheiß auf! Ich kann das nicht mehr hören! Ich bin Anwalt. Und Arzt. Ich habe kein Interesse an …“

„Schon gut, ich wollte Ihnen nicht zu nahe treten …“ Kategoros-Korowjew beruhigte sich. „Mein Plan war: Wenn alle verurteilt werden, ist das ganze Unternehmen gescheitert.“

„Das Unternehmen?“

„Der Mensch. Als solcher. Ein Fehlschlag. Also: Kommando zurück, alles auf Anfang!“

„Und die Leute?“

„Die würden ins Nichts vergehen. Ohne Umstände. Ohne großes Trara. Ist sowieso das, was die meisten glauben …“

„Meiner laienhaften Meinung nach gibt es nur drei Möglichkeiten. Gewinnen, verlieren – oder das Verfahren wird abgeblasen, eingestellt, ich weiß nicht, wie man da korrekt sagt …“

„Sie haben es begriffen, gratuliere! Er wird nicht zugeben, dass er sich geirrt hat – mit dieser Menschensache. Das hätte ich, ehrlich gesagt, nicht geglaubt, dass er so hinterhältig … es ist einfach nicht fair …“ Peter glaubte, sich verhört zu haben, blickte zur Seite. Aber es war so: Die Miene des Anwalts hatte sich zu einer weinerlichen Grimasse verzogen, seine Stimme war erstickt, Husten war zu hören – oder ein Schluchzen? Peter war das peinlich, er sah weg. Kategoros-Korowjew schnaufte. Ich kann dem kein Taschentuch anbieten, nicht *dem*, dachte Peter Gottlieb. Der Anwalt beruhigte sich. „Ich war zu gutgläubig, das ist es! Hab ich das grad selber gesagt? Aber es hilft ja nichts. Ich war zu gutgläubig. Ich hatte nie damit gerechnet, dass es hier um Tricks geht. Ich war immer offen. Zu allen. Ich bin der Ankläger! Wenn Ihnen das zu pompös klingt, sagen Sie halt: Kontrolleur. Wie bei Lebensmitteln, verstehen Sie? Das Produkt Mensch enthält nach meiner fachlichen Meinung zu viel …"

„Bosheit?"

„Nennen Sie es, wie Sie wollen. Es überschreitet den Grenzwert. Ums Vielfache! Das Produkt ist nicht verkehrsfähig. Etwas anderes kann und werde ich niemals sagen." Für den Rest der Fahrt hüllte sich der Vertreter der Anklage in Schweigen.

Als sie beim Bienenhaus ankamen, tönte Stimmengewirr heraus. Kategoros-Korowjew öffnte die Tür und trat ein. Es wurde ruhig. Hinter ihm sein Zeuge Gehriger, dann der Wirt Peter Gottlieb. Dem fiel auf, dass an der Hütte etwas mit den Proportionen nicht stimmte. Sie war größer, als er sie in Erinnerung hatte. Außerdem quadratisch und nicht rechteckig. Das bot jetzt auch Platz für die leeren Bienenkästen, die weit zahlreicher waren als bei seinem Besuch am ersten Tag seines Aufenthalts in Holzgarten. Alle saßen nun auf diesen Kästen an der einen Wand. Alle bis auf den Vorsitzenden. Der hatte gegenüber Platz genommen, wo sich die belegten Bienenbeuten in drei Reihen übereinander stapelten. Er saß davor auf einer Art erhöhtem Sitz, den Stieger mit Hildmeyers Hilfe aus drei leeren Behausungen gebastelt hatte, er lehnte an einer der Kastentüren in der zweiten Reihe. Kategoros-Korowjew begann sofort zu sprechen. Er habe einen zweiten Zeugen aufgetrieben, sagte er, nachdem sein erster *abhandengekommen* sei – Letzteres sprach er mit einem sarkastischen Unterton, aus dem man wohl heraushören sollte, dass er die ganze Versammlung für das Verschwinden des Hagen Bechtold verantwortlich machte – das ging Peter Gottlieb als Erstes durch den Kopf, als er es hörte, dann als Zweites, *dass* er es hören konnte. *Hören* im Sinne von *Verstehen.* Geläufiges Deutsch, kein Griechisch. Peter stellte sich neben die Tür. War die Verhandlung jetzt öffentlich? Der

Sprachwechsel schien dies anzudeuten. Er erntete keine befremdeten, geschweige denn erzürnten Blicke, von seiner Anwesenheit nahm niemand Notiz, also war das wohl in Ordnung so. Er hätte nur vorgezogen, dass ihn jemand über die neue Richtlinie informiert hätte. Darin zeigte sich aufs Neue das erratische Verhalten dieses Gerichts, einmal so, dann wieder so ... Als er mit seinen Gedanken so weit gekommen war, erstarb das Gemurmel der Anwesenden, Kategoros-Korowjew trat in die Mitte und begann zu sprechen.

„Ich will als Vertreter der Anklage keine weitere Zeit vergeuden" – Gemurmel im Saal – „und deshalb gleich zur Sache kommen. Ich präsentiere dem Gericht hiermit den Zeugen Gehriger ..."

„... Vorname?", unterbrach Renate, deren Stenofinger mit derselben Leichtigkeit über das Papier flogen wie sie dies beim hellenistischen Griechisch getan hatten.

„Anton", sagte Gehriger, der hinter dem Ankläger stand und nun von diesem nach vorn geschoben wurde. Seine Stimme klang leise und gepresst.

„Anton Gehriger", fuhr der Ankläger mit genervter Attitüde fort, „wird eine Aussage über verschiedene Personen machen, die von diesem Gericht in verschiedenen Funktionen bestellt sind ..." Lautes Gemurmel, einzelne Äußerungen des Unwillens.

„Wieso, was soll das bringen?", rief Talsmann.

„Das wird, um den Ausdruck des Herrn Verteidigers aufzugreifen, Einsicht *bringen* – die Einsicht nämlich, dass mindestens drei der hier anwesenden Mitglieder des Gerichts aufgrund schwerer Verfehlungen ihre Funktion gar nicht ausüben dürfen." Tumult, nach geraumer Zeit Ruhe, die Inspektor Stieger mit lauter Stimme hergestellt hatte. Etwas leiser sagte er: „Der Vorsitzende fordert den Zeugen auf, seine Aussage zu machen." Kategoros-Korowjew klopfte seinem Zeugen auf die Schulter und setzte sich auf einen Bienenkasten neben der Tür. Und neben Peter Gottlieb. Gehriger begann seine

Aussage. „Also, es heißt wegen dem Stieger, dem Galmei und dem Talsmann …"

„… wegen des Stieger, des Galmei und des Talsmann", murmelte Renate Sameder schreibend, aber so laut, dass es jeder in der Hütte verstand.

„… also, dass die gewissermaßen moralisch … wie sagt man da … also Gaunereien … äh … gemacht haben, und zwar der Stieger schikaniert die Leute vom Hagen. Einfach so, obwohl sie gar nix gemacht haben. Mit Inspektionen und so. Am Auto …" Er stockte. Es fiel ihm ein, dass der Vorsitzende mit den Bedingungen und Problemen der Fahrzeughaltung nicht so vertraut war. Dann fasste er Mut: Der Vorsitzende sah gar nicht so schlimm aus, wie er befürchtet hatte. Gehriger trat einen Schritt vor. Er begann eine umständliche Erklärung, was alles polizeiliche Schikanen auf den Gebiet der Kraftwagenkontrolle sein konnten. Der Vorsitzende hörte zu, es schien ihn zu interessieren. Dann fiel dem Zeugen Gehriger ein wichtiges Detail ein: „Das machte er nicht nur bei den Freunden vom Hagen, sondern auch bei denen, wo seinem Schwager keine Holzheizung abgekauft haben, also, die eine brauchen, aber eine Wärmepumpe hertun zum Beispiel. Denen pickt er dann Strafzettel …"

„Ja, ja, Gehriger", rief der Ankläger, „das brauchen Sie nicht zu erklären, der Vorsitzende weiß, was Strafzettel sind. Kommen Sie zu den anderen!"

„Es heißt, der Galmei betrügt die Finanz. Also mit der Steuer."

„Wie?", entfuhr es Peter Gottlieb, der liebend gern gewusst hätte, wie man als Buchhändler Steuern hinterzieht – ohne wegen der Geringfügigkeit der möglichen Beträge nicht jede Selbstachtung zu verlieren. Der Zwischenruf blieb ungehört. „Und der Talsmann verkauft Fische aus dem Großmarkt und behauptet, sie sind aus dem See. Also unserem. Bio und so." Gehriger verstummte. Stieger fragte: „Und das ist wahr?"

„Keine Ahnung", antwortete Gehriger ohne zu zögern.

„Aber Sie haben doch eben all diese Dinge vorgebracht – haben Sie die selber beobachtet?“ Gehriger überlegte. Er war nun viel ruhiger, diese Gerichtssache war nicht so schlimm. Niemand brüllte ihn an, keiner schikanierte ihn, und keiner machte ihn runter. Jedenfalls bis jetzt. Und der Stieger sagte „Sie“ zu ihm, was er bisher im ganzen Leben noch nicht getan hatte. Lag sicher am Vorsitzenden, weil sie sich alle ein bisschen am Riemen reißen müssen, wenn der da ist.

„Zeuge Gehriger?“, fragte Stieger. „Sie haben verstanden, was wir wissen wollen?“

„Ja, klar, kein Thema. Also gesehen hab ich das nicht, das erzählen nur alle. Über … Sie, Herr … äh … Inspektor, dass Sie solche Sachen machen. Und über deinen … Ihren Onkel, den … Herrn Galmei … und den Herrn Talsmann. Das mit der Steuer und den Fischen. Also der Galmei das mit der Steuer und der Talsmann – die Fische …“

„Sind Sie wahnsinnig?“, schrie aufspringend Kategoros-Korowjew. „Was erzählen Sie denn da für einen Blödsinn! Sie haben doch behauptet, Sie können das alles bezeugen!“

„Ich … ich habe gar nichts … Sie haben doch nur gefragt…“ Der Rest blieb unverständlich.

„Herr Anwalt, mäßigen Sie Ihren Ton!“, rief Stieger mit seiner polizeilichen Zusammenrottungsauflösungsstimme. „Wenn Sie hier Propaganda machen, ist es klar, dass der Zeuge sich so aufregt! Ich stelle fest, dass der Zeuge Gehriger zugibt, die Anschuldigungen gegen Stieger, Galmei und Talsmann nicht aus eigener Anschauung bestätigen zu können. Oder?“

„Ja, kann ich nicht – ich meine, beschwören, ob's stimmt!“

„Das nehmen wir ins Protokoll. Haben Sie das, Frau Sameder?“ Renate bestätigte durch Kopfnicken. Kategoros-Korowjew stand auf. „Dann bleibt mir nichts übrig, als drei weitere Zeugen aus Holzgarten aufzurufen!“ Einen Augenblick blieb es still, dann erhob sich erregtes Gemurmel. Peter beobachtete den Vorsitzenden. Der blickte zur Decke, während des verbalen Aufruhrs drehte er sich zur Seite, öffnete einen der Kästen und betrachtete die Bienen hinter dem Abschlussgitter. So sah es jedenfalls von Peters Standplatz an der Tür aus.

„Der Richter scheint kein Interesse an dem ganzen Ding zu haben", flüsterte Gehriger, der sich auf Zehenspitzen an die Tür zurückgezogen und neben ihn gestellt hatte.

„Außer uns fällt das aber keinem auf", flüsterte Peter zurück. So war es. Alles konzentrierte sich auf den Ankläger und den Sprecher. Der sagte nun: „Bevor der Antrag angenommen oder abgelehnt wird, möchte das Gericht gern erfahren, welche Erkenntnisse die Anklage daraus zu gewinnen hofft – worüber sollen die drei Holzgartener befragt werden? Der Aufwand so einer Maßnahme ist beträchtlich."

„Blödsinn", anwortete der Ankläger mit gemütlichem Lächeln. „Das ist das Jüngste Gericht. Der Aufwand ist gleich Null. Wein aus der Wasserleitung, Fische von buchstäblich: weiß Gott woher, jedenfalls nicht aus dem See von Holzgarten – haben Sie das schon vergessen? Aber so seid ihr eben alle. Es kostet sie keinen einzigen Heller, aber sie wollen sparen! Eine Krankheit ist das, wenn ihr mich fragt, eine Krankheit eurer verrotteten Seelen!" Bei den letzten Worten hatte sich der Vorsitzende wieder der Versammlung zugewandt. Peter glaubte, den Anflug eines Lächelns auf seinem Manoppello-Antlitz zu erkennen.

„Abgesehen von den sattsam bekannten Provokationen der Anklage beinhaltet diese Äußerung noch keine Antwort auf die Frage: Was ist der Zweck der Befragung dreier zusätzlicher Zeugen?"

„Der Zweck ist", sagte Kategoros-Korowjew in ruhigem Ton, „drei Zeugen respektive drei Zeuginnen zu ermitteln, die jene Beschuldigungen, die wir schon vom Zeugen Gehriger vernommen haben, juristisch sauber bestätigen werden. Denn Gehriger hat sich das ja nicht ausgedacht. Dazu fehlen ihm neben Fantasie alle Voraussetzungen. Vor allem der böse Wille, jemandem zu schaden." Niemand sprach. Talsmann kritzelte etwas auf einen Zettel. Dann stand er auf und sagte: „Ich schließe mich dem Antrag der Anklage an!"

„Sie tun was?“, rief Renate Sameder. Der Zuschauer Liri rief „Hört, Hört!“, der Zuschauer Hildmeyer rief „Alle Achtung!“ Der Vorsitzende nickte. Damit war der Antrag angenommen. Der Sprecher verkündete bis zum Eintreffen der neuen Zeugen eine Verhandlungspause. Man erhob sich von den Bienenkästen und strömte ins Freie. Alle bis auf Kategoros-Korowjew. Peter Gottlieb blieb wie betäubt neben der Tür stehen. Er konnte nicht glauben, was er eben erlebt hatte. Der Ankläger hatte sich einem Bienenkasten zugewandt, eben jenem, dem der Vorsitzende Minuten zuvor seine Aufmerksamkeit gewidmet hatte.

„Wieso stimmt der Verteidiger Ihrem Antrag zu?“, fragte er.

„Weil er hofft, unter all den Holzgartenern drei mal drei Leute zu finden, die den armen Gehriger der Lüge bezichtigen.“

„Ja, das ist mir klar, aber was hat er davon? Ich meine, wenn ihm das gelingt, geht das Ganze doch einfach weiter – keine Auflösung des Gerichts.“

„So wäre das, jawohl.“ Kategoros-Korowjew öffnete die kleine Tür an dem Bienenkasten. Peter war irritiert sowohl von der Antwort als auch der Handlung des Anwalts.

„Aber das ist doch riskant! Wenn der Prozess platzt, hätte er doch wenigstens das Schlimmste verhindert. Wenn der Prozess nicht platzt – könnte er ihn ja auch verlieren …“

„Wodurch die ganze Menschheit ausgelöscht würde; Sie haben das schön zusammengefasst, mein Lieber!“

„Warum macht er es dann? Warum wählt er nicht die sichere Seite?“

„Weil er gewinnen will. Gewinnen, verstehen Sie? Nicht einfach mit einem faulen Kompromiss rauskommen, sondern *gewinnen*. Talsmann möchte den Prozess zu einem triumphalen Ende bringen. Die Menschheit wird freigesprochen, total. Alle. Also unterstützt er meinen Antrag, der dazu führt, dass der Prozess fortgeführt wird.“ Er wandte sich den Bienen zu, die nun ein paar Zentimeter vor seinem Gesicht auf der hintersten Wabe herumliefen. Peter wich einen Meter zurück. Dieses Hantieren mit so wehrhaften Insekten war ihm unheimlich.

„Ist das nicht gefährlich?“, fragte er. „Was soll das eigentlich, was machen Sie da?“

„Ich lade meine Zeugen vor.“ Er schien etwas zu flüstern, denn Peter sah, wie sich die Lippen bewegten, aber er hörte keinen Ton. Die Bienen auf der letzten Wabe verschwanden, zogen sich in die Tiefe des Stocks zurück.

„Sehen Sie, Herr Gottlieb, Sie fragen mich nach der Handlungsweise des Kollegen Talsmann, warum eigentlich? Näher hätte es doch gelegen, ihn danach zu fragen, meinen Sie nicht?“ Peter antwortete nicht. Kategoros-Korowjew hängte das Gitter wieder ein und schloss die kleine Tür. „Sie fragen ihn nicht, weil Sie wissen oder ahnen, dass Sie von ihm keine befriedigende Antwort bekommen werden. Er verhält sich unklug. Er ist dabei, einen gewaltigen Schnitzer zu machen. Das sagt Ihnen Ihr Gefühl. Sie wissen bloß noch nicht, worin der Fehler besteht. Also fragen Sie mich. Ich kann es Ihnen noch nicht sagen, aber schon bald werden Sie es selbst herausfinden. Ich gebe Ihnen einen Hinweis: Talsmann ist der Sünde des Hochmuts erlegen.“ Er lächelte und verließ das Bienenhaus. In der Tür begegnete er Werner Liri, der auf Peter zukam. „Der Stieger lässt fragen, ob Sie nicht so gut wären, einen Imbiss zu besorgen für alle. Braucht nichts Besonderes zu sein, kalte Platte, Wurst und Käse, saure Gurken, Mayonnaise, so was alles halt. Und zu trinken. Bier. Man wünscht jetzt Bier …“

„Wenn’s weiter nichts ist …“

„Warten Sie“, rief Liri, „ich helf Ihnen tragen.“ Peter antwortete nicht; sie gingen zum Auto und fuhren los. – Im „Lamm“ war alles beim Alten, die Gläser standen auf den Tischen, Notizen lagen herum, Bleistiftspitzkringel von Renates Stenostiften auf dem Fußboden. Nur im Kühlraum gab es einige gravierende Veränderungen. Auf den Regalen lagen keine Fische mehr, sondern in Butterbrotpapier gewickelte Pakete. Es gab einen Senftopf, ein Fünfliter-Glas saure Gurken (mit Borretsch), eine Menge Weißbrot. Alles fürs Picknick. Was es nicht gab, war Hagen Bechtold auf dem Fußboden. Hagen war verschwunden, nur die alte Plane lag noch da. Wie war das möglich? Peter Gottlieb musste sich setzen.

„Ihr kleines Problem hat sich gelöst, wie's scheint!", sagte Werner Liri. „Der verblichene Herr Garagist ist verschwunden."

„Das scheint Sie zu freuen …"

„Ich freu mich doch für Sie, Herr Gottlieb! Leiche weg, Vorwürfe weg, eine Sorge weniger!"

„Ja, Sie haben recht." Sie begannen, die Lebensmittel ins Auto zu laden. Peter fiel ein, dass Liri vom Brand des Gasthofs nichts wissen konnte. Nichts von der Parallelwelt-Anomalie, in der Werner Liri keinen Selbstmord begangen hatte und Gemeindesekretär von Holzgarten geworden war. Sollte er ihm davon erzählen? Würde er sich freuen, es in einer anderen Welt zu etwas gebracht zu haben? Wobei: Gemeindesekretär in Holzgarten – Peter kannte Leute, die bei dieser Aussicht schreiend davongelaufen wären. Vielleicht gehörte Werner Liri dazu … er beschloss, dem Studenten nichts von dem Brand zu sagen. Er würde das Verschwinden Hagens mit dem Mechaniker Gehriger besprechen. Denn es beunruhigte ihn, er brauchte jemanden, der eine einfache Erklärung beisteuerte; eine so einfache, dass er nicht selber draufkommen konnte. Verkopfter Intellektueller, der er war.

Sie fuhren zurück. Bei der Bienenhütte packten sie die Picknickbeutel aus. Sie enthielten kaltes Brathuhn mit Kartoffelsalat, Schinken und verschiedene Käse, sogar Obst. Äpfel, Birnen und Orangen. Die Lieferung wurde begeistert aufgenommen. Peter hatte mit Liris Hilfe aus ein paar leeren Bienenbeuten im Freien einen Tisch improvisiert. Alle freuten sich auf das Essen. Die Lebenden sowieso, aber auch die Auferstandenen, die gar nichts essen mussten. Bei ihnen schien die gute Laune nostalgisch verursacht zu sein. Man lagerte sich auf der Wiese vor dem Bienenstand. Die Sonne schien, es war für die Jahreszeit zu warm, aber die Luft roch frisch. Eine Ahnung von Herbst, das letzte Picknick, das man auf traditionelle Art genießen konnte. Dass es das letzte Essen überhaupt sein konnte, schien niemandem einzufallen. Peter Gottlieb hatte keinen Appetit. Er absentierte sich, trat hinter das Bienenhaus, er brauchte Ruhe zum Nachdenken. Daraus wurde nichts, denn Gehriger bog um die Ecke, eine Hähnchenkeule in der einen Hand, die Bierflasche in der anderen.

„Nun, wie steht's?", fragte er. Gehriger grinste dabei.

„Sie sind offenbar gut drauf … wie kommt das? Vorhin in der Hütte haben Sie ja keine glückliche Figur gemacht …"

„Ach was, alles halb so wild. Der Anwalt sagt, das passt schon. Ich soll mir keine Gedanken machen."

„Ah so. Na ja, ich mein ja nur – bald wird hier ein Haufen Leute auftauchen. Talsmann muss nur drei mal drei darunter finden, die nicht gut auf Sie zu sprechen sind. Die brennen Sie dann hin …"

„Na und? Dann bringt halt der Koroljow für jeden von denen drei andere …"

„Korowjew …"

„Ja, schon gut – also für jeden wieder drei weitere, die für mich aussagen, also dass das alles wahr ist, was ich gesagt hab."

„Das sind dann schon siebenundzwanzig …"

„Komisch, nicht? Der Anwalt sagt, es geht immer so weiter, also siebenundzwanzig, dann … warten Sie … einundachtzig und so fort!"

„Das ist doch Wahnsinn! Wo soll das enden?"

„Bis einem die Zeugen ausgehen. Wer als Erster die Dreierquote nicht erfüllt, hat verloren." Peter Gottlieb starrte den Mechaniker an wie eine Erscheinung. Konnte es sein, dass er sich verhört hatte? Oder dass Gehriger etwas Entscheidendes missverstanden hatte? So ein hirnrissiges Konstrukt konnte in der Praxis nicht funktionieren. Was sollte einen Bewohner, eine Bewohnerin von Holzgarten dazu veranlassen, für die eine oder andere Seite auszusagen? Es hieß zwar, auf dem Land kennen sich alle, aber zweifelhaft war doch, ob auch nur ein Bruchteil der Einwohner die Herren Galmei, Stieger und Talsmann persönlich kannten. Vom Sehen, na gut, aber woher sollten sie wissen, ob Talsmann seine Fische falsch deklarierte, Galmei Steuern hinterzog und Stieger seinen Clan bevorzugte? Bei Letzterem war noch am ehesten anzunehmen, dass es ein paar Leuten aufgefallen war. Ein paar, aber keinen einundachtzig, oder, wenn man der Logik folgte, zweihundertdreiundvierzig im nächsten Schritt. Die überwältigende Mehrheit würde sich doch der Aussage entschlagen. Mit der einfachsten Begründung: „Das weiß ich nicht." Dazu brauchte es keine einundachtzig Zeugen, nicht einmal siebenundzwanzig, das System würde schon bei neun zusammenbrechen …

„Es kommt auch darauf an, wer angefangen hat", sagte Gehriger. Gottlieb schreckte aus seinen Gedanken hoch. „Was meinen Sie mit ‚angefangen'? Wer hat was angefangen?"

„Mit dem Spiel. Es ist nämlich wie ein Spiel, sagt der Korowljew … Korojew. Ist ja auch wurst, ich geh wieder rein!" Er verschwand. Peter folgte ihm. Der Platz vor der Hütte war leer, alle hatten sich ins Bienenhaus zurückgezogen. Peter begann, die aufgerissenen Picknickpakete mit den Essensresten und die Bierflaschen einzusammeln.

„Ist das hier, wo man sich melden soll?" Er fuhr herum. Hinter ihm stand eine junge Frau. Sie trug Flip-Flops, ein Top und Jeans. Für die Jahreszeit war sie zu leicht bekleidet. Zu frieren schien sie nicht.

„Wie meinen Sie das: melden? Wer hat gesagt, Sie sollen sich melden?" Die junge Dame schüttelte den Kopf. „Ich weiß es einfach, beim Bienenhaus melden, hat es geheißen. Wegen der Registrierung …"

„Dann wird das wohl stimmen. Gehen Sie da rein." Die Frau verschwand im Bienenhaus. Als Peter Gottlieb den gesammelten Picknickabfall im Auto verstaute, traten aus dem Wald zwei Leute auf die Wiese. Ein älterer Mann und eine Frau… Sie war unauffällig gekleidet, der Mann überhaupt nicht. Er war nackt. Das schien ihn aber nicht zu stören, er bewegte sich mit alterstypischer Bedächtigkeit, die Frau ging neben ihm. Sie unterhielten sich, sie nahm offenbar keinen Anstoß an seiner nicht vorhandenen Bekleidung. Diese beiden fragten nichts, sie betraten die Bienenhütte. Der akustische Aufruhr, den Peter erwartet hatte, blieb aus. Er stieg ein und fuhr zurück nach Holzgarten.

Als er vor dem „Lamm" ausstieg, füllte ein Summen die Luft. Dann sah er die Bienen. Sie flogen überall herum, Tausende. Er lief durchs Haus in den Garten, dort gab es keine Bienen. Mit Nektarsuche hatte das nichts zu tun. Die Bienen hielten sich auf der Straße auf, umschwirrten die Häuser.

„Komisch", sagte jemand hinter ihm. Ein Mann mittleren Alters mit dem Gesichtsausdruck falscher Leutseligkeit, wie er nur von Berufspolitikern in jahrelanger Übung erreicht wird. „Wolf", stellte er sich vor, „Stadtrat. Sie sind der Herr Gottlieb, der neue Besitzer?"

„Ja", sagte Peter, gab dem anderen die Hand. Sie fühlte sich kalt an. Er wollte noch etwas sagen, zögerte aber einen Sekundenbruchteil zu lang, was in der Sphäre des Stadtrates Wolf der Aufforderung gleichkam, weiter zu reden. „Dass die Bienen jetzt noch so fliegen, ist schon seltsam, im Herbst, meine ich. Ich hab meinen Schwager angerufen, der ist Imker. Ein Schwarm ist das nicht, hat er gesagt. Unmöglich. – Eine hat mich gestochen." Er wies auf eine Stelle am Oberarm. Jetzt fiel Peter die Adjustierung des Stadtrates auf. Er trug Jogginghosen und ein T-Shirt, aber keine Laufschuhe, sondern Pantoffeln.

„Wollen Sie joggen?", fragte Peter.

„Nein, ach wo, ich war daheim am Fernsehen, eine Doku über Kroatien, weil wir da vielleicht hinwollen, diesen Urlaub. Meine Frau und ich … da fliegt plötzlich eine Biene durchs Fenster – und sticht mich in den Arm!"

„Sie sollten was drauftun zum Kühlen …"

„Ach was, ich hab's kaum gespürt, das ist auch komisch, weniger als ein Mückenstich. Blieb auch kein Stachel hängen. Es heißt ja, sie gehen ein nach dem Stich. Die hier jedenfalls nicht. Flog zum Fenster raus …" Seine Stimme erstarb, es schien ihm etwas einzufallen. „Ich muss zu einem Treffen“, sagte er, „ein bisschen außerhalb. Es geht wohl um diesen Armenier …“

„Welchen Armenier?“

„Der Würdenträger vom Seefest, der mit den Schnittlauchlocken, weißes Gewand, vergoldete Schuhe, ein Pope oder wie man da sagt – waren Sie nicht dort?“

„Nein“, sagte Peter, „aber ich weiß, wen Sie meinen. Worum geht's denn bei diesem Treffen?“

„Um eine Aussage, glaub ich …“ Er fiel in Schweigen.

„Ich glaube, ich weiß, wo Sie hinmüssen“, sagte er. „Ich fahr Sie hin, Herr Stadtrat, muss nur noch schnell das Zeug verstauen.“ Ohne ein weiteres Wort half Stadtrat Wolf beim Ausladen des Picknickmülls und der leeren Flaschen. Er stellte auch keine Fragen nach dem Fest, das stattgefunden hatte. Er war nun sehr in sich gekehrt. Wahrscheinlich das erste Mal in seinem Leben. Peter Gottlieb begann zu verstehen, wie die Zeugenakquirierung durch Bienen nach der Methode Kategoros-Korowjew funktionierte. Auf dem Rückweg fuhren sie an kleinen Gruppen vorbei, die alle in dieselbe Richtung marschierten. Zum Bienenhaus. Dort hatten sich schon hundert oder mehr Personen versammelt. Sie standen auf der Wiese vor der Hütte herum. Manche gingen auf und ab. Es war still. Das Gesprächsrauschen, das jede größere Menschenansammlung begleitet, fehlte. Sie redeten nicht miteinander. Sie würden reden, wenn sie dazu aufgefordert wurden. Vor dem Jüngsten Gericht. Aus der Hütte trat Werner Liri.

„Es läuft gut, Herr Gottlieb!“, rief er. „Jetzt geht endlich etwas voran! Momentan werden die einundachtzig Talsmann-Zeugen … äh … gezählt.“

„Gezählt? Was soll das heißen? Müssen die keine Aussage machen?“

„Ach, woher denn! Würde doch viel zu lang dauern. Außerdem würden sie sowieso alle das Gleiche sagen.“

„Mir fehlt ein bisschen der Kontext … wieso würden die das Gleiche sagen?“

„Weil es Talsmann-Zeugen sind.“

„Und Talsmann-Zeugen sagen für Talsmann aus, Kategoros-Zeugen für Kategoros!“ Das war der Buchhändler Matthäus Galmei, der sich ihnen zugesellte.

„Werden Sie nicht mehr gebraucht?“, fragte Peter.

„Momentan nicht. Diese Zählerei braucht keine exegetische Unterstützung, es sind Zahlen, weiter nichts, das ist ja der Vorteil.“ Peter Gottlieb holte tief Luft. „Sagen Sie, hören Sie sich eigentlich selber zu, wenn Sie reden? Was soll dieser Mist mit Talsmann-Zeugen und Korowjew-Zeugen?“

„Das ist durchaus kein Mist, sondern alter Rechtsbrauch nach Art der Femegerichte. Dort gab es keine Beweisaufnahme, sondern nur Zeugenaussagen, sogenannte Eideshelfer …“

„Aber Eide dürfen hier ja gar nicht geleistet werden!“, rief Peter Gottlieb. „Und was soll dieser Scheiß mit der Feme? Seid ihr alle verrückt?“

„Nun beruhigen Sie sich doch, Herr Gottlieb, Sie haben mit der Sache ja gar nichts zu tun, also, was regen Sie sich auf?“ Galmei klang gekränkt. Peter holte tief Luft, zwang sich zur Ruhe. Vielleicht hatte er etwas falsch verstanden.

„Es ist eher eine technische Frage“, fuhr Galmei fort. „es verkürzt den Ablauf. Beide Parteien überbieten sich mit steigenden Zahlen von Zeugen, immer mit der dreifachen Menge, verstehen Sie?“

„Das leuchtet mir vom Technischen her ein, auch wenn ich nicht verstehe, was es mit der Wahrheitsfindung zu tun haben soll.“ Die beiden blickten ihn interessiert an. Wie man jemanden anschaut, der etwas erzählen will und den Faden verloren hat. Hatten sie ihn nicht verstanden?

„Die einen Zeugen zählen zu Talsmann, die anderen zu dem Griechen“, wiederholte Liri. „Sie können gar nicht anders, sie sagen für den aus, der sie aufgerufen hat, das heißt, sie sagen eben deswegen gar nichts, weil ohnehin klar ist, was sie sagen würden, also zählt man sie bloß, ob die dreifache Menge stimmt. Ungeheuer praktisch, Frau Sameder ist wahnsinnig erleichtert wegen des Protokolls, das geht jetzt viel einfacher – fragen Sie sie!“ Peter sagte nichts mehr. Es gab auch nichts zu sagen. Diese Leute hatte allesamt der Verstand verlassen, das war klar. Zu große Verantwortung, psychischer Schock, Zusammenbruch, Flucht in den Irrsinn. Das war plausibel, das hätte man mit ein bisschen Überlegung aber vorher wissen können. Das kam eben heraus, wenn man das Endgericht mit Bürgerbeteiligung durchführte. Er fühlte sich mit einem Mal sehr müde.

„Machen die Zeugen keine Einwände?“, fragte er.

„Keinen einzigen!“ Galmeis Gesicht hellte sich wieder auf. „Das ist noch so ein Vorteil. Bis jetzt haben wir uns wahnsinnig verzettelt. Je weniger die Leute reden, desto besser.“

„Da staun ich jetzt aber! Es gibt doch überall Querulanten, die sonst alles infrage stellen …“

„Es liegt wahrscheinlich daran, dass sie tot sind“, bemerkte Werner Liri.

„Bitte?“

„Wegen des Gifts von den Bienen. Kategoros hat gesagt, es sei geringfügig modifiziert und stärker als normales …“

„… circa Faktor Hunderttausend oder so“, erklärte Galmei. „Sie müssen nur eine winzige Menge einspritzen.“

„Sie sind alle tot? Ah so, ja dann …“ Peter Gottlieb begann zu lachen. Die beiden anderen blickten sich an. Der Heiterkeitsausbruch des Wirtes irritierte sie. Peter beruhigte sich. Jetzt halten sie *mich* für verrückt, dachte er. Das nennt man wohl geschlossenes System. Wie bei diesen Sekten, die jahrelang vor sich hin … bis es dann zur Katastrophe kommt. Er zwang sich zu einem unbefangenen Tonfall.

„Ich versteh nur eines nicht: Wenn das immer so weitergeht mit dem Faktor drei – Holzgarten ist doch nicht so groß …“

„Das ist kein Problem!“, rief Werner Liri. „Das System wird ausgeweitet. Erst die nähere Umgebung, dann die weitere …“

„… und morgen die ganze Welt!“ Matthäus Galmeis Augen leuchteten, als er diesen Satz in die klare Herbstluft schleuderte.

„Sie meinen damit …?“

„Alle. Alle lebenden Menschen“, sagte Werner Liri.

„Alle lebenden Menschen werden … äh … von Bienen totgestochen und kommen dann hierher, wo sie abgezählt werden.“

„So ist es!“

Ah ja … was sollte man da noch weiterfragen? Die Tür der Hütte ging auf, ein Menschenstrom ergoss sich ins Freie. Wie hatten die in der kleinen Bienenhütte Platz gehabt? Peter war versucht, diese Frage zu stellen, unterließ es aber, angesichts des welthistorischen Unternehmens, das hier im Gange war, kam ihm die Frage kleinkariert vor. Ein weiteres Wunder halt. Ebenso überflüssig die Frage, ob überhaupt die Bienen ausreichen, und wie sie weiter weg kommen, sagen wir nach Kapstadt – und wie schnell … sind halt besondere Bienen.

Die Gruppe marschierte schweigend und geschlossen ab. Das interessierte ihn aber doch.

„Wo gehen die jetzt hin?“

„Wo sie hergekommen sind. Und sind wieder tot.“

„Moment: Die sind doch alle auferstanden, sonst könnten sie doch nicht …“

„Nein, nur vorübergehend, also nicht wie wir.“ Werner Liri straffte sich und wurde einen Zentimeter größer.

„Aha. Es gibt also zwei Kategorien von Auferstandenen …“

„So ist es.“

„Wirkliche wie der wirkliche Hofrat in Österreich und … äh … andere.“

„So können Sie das durchaus sehen.“ Das Gespür für Ironie hat ihn verlassen, dachte Peter. Schade.

„Wenn ihr damit durch seid, sind alle Menschen tot?“

„Na ja … was heißt schon tot in diesen Zeiten“, murmelte Matthäus Galmei. „Sie gehen nach der Zählung jedenfalls wieder heim … der Kategoros hat es so erklärt.“

„Ah, der Kategoros, alles klar. Apropos: Was sagt eigentlich der Vorsitzende zu dem Prozedere? Hatte er keine Einwände?“

„Sind uns nicht bekannt. Direkt sagen tut er ja gar nichts. Er ist auch gar nicht da …“

„Wie bitte?"

„Er nimmt eine Auszeit, hat es geheißen, also sein Sprecher, der Stieger, hat das verkündet", erklärte Werner Liri. „Bei der Zählerei braucht er auch nicht unbedingt dabei zu sein, oder?"

„Nein, sicher nicht … gibt's noch Aufträge für den Wirt?"

„Nichts bekannt momentan. Sie haben frei sozusagen!" Peter Gottlieb simulierte ein Lächeln, stieg wieder ins Auto und fuhr los. Er musste hier weg. So schnell wie möglich. Er wollte mit der ganzen Sache nichts mehr zu tun haben. Und er wollte nicht sehen, was sich abspielte. Den sichtbaren Folgen zu entgehen, gelang ihm nicht; dazu wäre er besser beim Bienenhaus geblieben. Denn dort waren die jüngst Verstorbenen noch munter, wenn auch nicht gesprächig. Sie betraten die Hütte, verließen sie kurze Zeit später. Peter fuhr an kleinen Gruppen vorbei, die sich auf den Heimweg machten. Beim „Lamm" stellte er den Wagen ab und machte eine Runde durch den Ort. Bleierne Stille lag auf den Straßen, es gab keine Geräusche mehr. Kein Fahrzeuglärm, kein Radio, keine Maschinen, auch nicht die früher allgegenwärtigen Motorsägen, die den Herbst in Holzgarten begleitet hatten. Auch die Bienen waren verschwunden. Und Menschen schien es auch nicht zu geben. Nach einer Viertelstunde Fußmarsch war er noch keiner Seele begegnet. Er betrat den Garten eines Einfamilienhauses in der Balthasar-Straße. Die Eingangstür angelehnt, von drinnen kein Laut. Er trat ein. Im Wohnzimmer traf er die Bewohner an, ein Ehepaar. Es wurde klar, was mit den Gezählten geschah, wenn sie ihre Ausgangsbasis wieder erreicht hatten.

Sie waren tot. Ganz normal tot. Die Frau lag auf dem Sofa, der Mann seitlich auf dem Fußboden. Aus seinem Mundwinkel war ein bräunlicher Saft ausgeflossen, hatte eine kleine Lache unter dem Kopf gebildet. Es stank nach Erbrochenem.

„Tja, das ist leider eine Nebenwirkung …" Peter drehte sich um. Dr. Kategoros-Korowjew stand in der Tür.

„Was machen Sie denn hier?", fragte Peter. „Sollten Sie nicht bei der Zählung der Zeugen dabei sein?"

„Also, wenn der Vorsitzende sich eine Auszeit nimmt – genau dieser Ausdruck wurde verwendet – dann darf der Ankläger nicht dahinter zurückstehen …“

„Ach so, eine Prestigesache! Hätt ich auch selber draufkommen können … haben Sie keine Angst, dass Sie betrogen werden, beim Auszählen, meine ich?“

„Ich vertraue meinen Kollegen vom Gericht voll und ganz. Außerdem spielt es sowieso keine Rolle.“

„Versteh ich nicht, Sie waren doch bisher voller Misstrauen …“

„Kommen Sie mit, ich erklär es Ihnen am Weg, ich hab noch was zu erledigen.“ Sie verließen das Haus. Neben der Tür saß der große Teddybär, den Kategoros-Korowjew unter den Arm nahm wie einen Regenschirm. Peter Gottlieb verzichtete auf eine Frage zu dem Stofftier. Im Vergleich mit den weltzerstörerischen Absurditäten, deren Zeuge er wurde, war die mit dem Teddybären der Frau Sameder eine Lappalie. Der Ankläger machte große Schritte, Peter musste sich anstrengen, mitzuhalten.

„Also, was steckt hinter dieser Zählerei?“, fragte er atemlos.

„Nichts“, sagte Kategoros-Korowjew. „Nichts, was Sie nicht schon wissen. Verdreifachung der Zeugen bei jedem Schritt …“

„Ja, ja, das hab ich begriffen, ich bin ja nicht blöd! Aber wo führt das hin? Irgendwann gehen euch doch die Menschen aus – man kann sich doch ausrechnen, was dann sein wird, auf welcher Stufe, meine ich!“

„Schön beobachtet. Berechnet hab ich das natürlich längst. Bei Stufe zwanzig ist Schluss – wenn meine ersten drei Zeugen Stufe eins sind. Bei zwanzig werden dann schon über drei Milliarden aufgeboten, das kann nicht mehr überboten werden, weil es ja nur acht Milliarden gibt.“

„Und wer gewinnt dann?“

„Nun ja … Talsmann. Drum war er ja dafür. Er hat das ganz am Anfang, noch während der Diskussion, schnell auf einem Zettel ausgerechnet. Erstaunliches Talent. Ich meine, für einen Fischer …“

„Ah, ja, der akademische Dünkel. Ist mir schon abgegangen … Talsmann gewinnt also. Und das geben Sie so einfach zu? Sie hätten doch auch rechnen können – oder haben zwei Doktortitel nicht ausgereicht für diese doch eher schlichte Überschlagsrechnung?“

Kategoros-Korowjew seufzte. „Talsmann gewinnt doch nur die erste Runde! Hätte ich gewonnen, wär das Ganze erledigt, das Gericht aufgelöst … wir sind da.“ Er bog in einen Vorgarten ein. Peter Gottlieb kannte das Haus, er war schon einmal dagewesen. Hier wohnte Inspektor Stieger, wenn er nicht, wie in letzter Zeit, als Sprecher des Vorsitzenden des Jüngsten Gerichts unabkömmlich war. Die Haustür stand einen Spalt offen, was nichts Gutes ahnen ließ. Sie traten ein.

„Was machen wir hier?“, fragte Peter mit gedämpfter Stimme.

„Sie machen gar nichts, ich schau mich um … wo war ich stehen geblieben? Ach ja, Talsmann gewinnt. Mein Versuch, das Verfahren zu beenden, ist gescheitert. Es geht also weiter …“

„… da liegt jemand!“, unterbrach ihn Peter, der einen Blick in die Küche geworfen hatte. Er hatte die Dame damals nur kurz gesehen, erkannte sie aber. Stiegers Frau.

„Ah ja …“ Kategoros-Korowjew beugte sich über die Gestalt, die zur Seite gedreht, auf dem gefliesten Boden lag. „Sie ist tot. – Na dann. Stieger hat mich gebeten, nachzuschauen, ob sie da ist. Er selber ist ja unabkömmlich, überwacht die Zählung.“

„Wieso ist die hier? Sie hat ihn doch verlassen!“

„Die Menschen kehren an den Ort zurück, wo der Mittelpunkt ihrer Lebensinteressen lag … das sagt man doch so?“ Er begann zu lachen. Es klang schauderhaft wie immer. Peter rannte aus dem Haus, der Ankläger folgte. „Wie gesagt“, nahm er den Faden wieder auf, „das Verfahren geht weiter – aber alle Menschen sind tot. Das ist doch etwas, das muss man auch einmal sagen!“

„Das genügt Ihnen?“

„Meine Einstellung ist antikosmisch, das hatte ich Ihnen bereits ausgeführt …“

„Sie haben gesagt, Sie hätten sich an uns gewöhnt."

„Sicher, aber *gewöhnt* heißt ja nicht, dass ich gleich in Begeisterung ausbreche! Wenn ich sage, ich hab mich an den Geschmack von, sagen wir: Pilzen gewöhnt, werden die dadurch auch nicht zu meiner Leibspeise. Verstehen Sie? Ich bin ein Vertreter des Chaos, nach wie vor. Die Menschen sind alle tot, das ist zumindest ein Anfang. Nicht mehr, aber auch nicht weniger!"

„Ja, ja, das ist mir klar! Aber wie geht denn das Gericht weiter?" Kategoros-Korowjew blieb stehen. „Was fragen Sie mich? Ich habe keine Ahnung. Sie sollten das den Verteidiger fragen. Ich bin in seine Pläne nicht eingeweiht. Wenn ich eine Vermutung wagen soll: Er hat gar keine. Pläne nämlich. Keinen Plan B und auch keinen Plan A. Ich bin selber gespannt, was er macht …" Mit diesen Worten drehte sich der Ankläger um und ließ Peter Gottlieb stehen.

Der ging zum Auto zurück, stieg ein und fuhr los. Er nahm die Straße, auf der er vor ein paar Tagen nach Holzgarten gekommen war. Diesmal in der anderen Richtung. Er fuhr weg. Er hatte genug. Von Holzgarten, seinen Bewohnern, dem „Lamm". Ganz besonders genug hatte er vom Jüngsten Gericht. Er brauchte keine Auszeit. Er war fertig mit der Sache. Er würde nicht zurückkehren.

Nach ein paar Minuten eintöniger Fahrt auf der Waldstraße wurde er müde. Er lenkte den Wagen in einen Seitenweg und hielt an. Er musste sich ausruhen. Er war etwas Besonderes, das fiel ihm nun ein: ein lebender Mensch. Eine bedrohte Spezies. Er wollte nicht riskieren, in dieser Lage, sein einzigartig gewordenes Leben durch einen Sekundenschlaf zu gefährden. Das würde Kategoros-Korowjew amüsieren, und das gönnte er ihm nicht. Er stellte die Rückenlehne, so weit es ging, nach hinten und schloss die Augen. Fragen bedrängten ihn. Wie ging es weiter mit dem Jüngsten Gericht, wenn ihm alle Menschen zum Opfer gefallen waren? Wie lang konnte das dauern? Er wusste nicht, wie schnell Bienen fliegen konnten – sie mussten sich doch über die ganze Welt ausbreiten, dann mussten die Toten alle nach Holzgarten pilgern und gezählt werden … schon das Zählen ohne die Anreise würde Monate dauern … oder Jahre? Und wo war überhaupt Hagen Bechtold abgeblieben? Hatte er die Realitätseben gewechselt? Das war alles so schwierig … woher kam dieser Blödsinn mit dem Faktor drei? Aus der Apokalypse, fiel ihm ein. Da hieß es doch immer: der dritte Teil! Der dritte Teil der Menschen, der Flüsse? War da nicht was mit Flüssen? Darauf kam es gar nicht an. Der gute Johannes hatte nur Zähler und Nenner verwechselt. Es ging nicht um den *dritten Teil*, sondern ums *Dreifache* … kann vorkommen bei Visionen …

Er schlief ein.

II

Peter konzentrierte sich auf die Straße, die durch den Wald führte. Keinen Augenblick zu früh. Dieses Mal bremste er zur rechten Zeit. Einen Meter vor der weißgekleideten Gestalt kam er zum Stehen. Sie, die Gestalt, war wie Lukas Hildmeyer aus dem Wald heraus auf die Straße getreten. Mit großen Wanderpredigerschritten. Er trug das knöchellange Gewand mit violetten Borten, die goldbestickten Schuhe, die zum Wanderprediger weniger passten. Peter Gottlieb überlief ein kalter Schauer, er kuppelte aus, zog die Handbremse an und begann am ganzen Körper zu zittern. Er hätte um ein Haar den Vorsitzenden überfahren. Wenn das überhaupt möglich war. Vielleicht wäre in dem Augenblick, als seine Stoßstange das weiße Gewand berührte, das ganze Universum explodiert. Oder so was Ähnliches.

Er stellte den Motor ab und stieg aus. Was sollte er jetzt sagen? Nichts?

„HERR", sagte Peter Gottlieb, „möchtest du, dass ich dich mitnehme?" Der Vorsitzende nickte. Peter rannte um das Auto herum und öffnete die Beifahrertür. Der Vorsitzende stieg ein, Peter setzte sich ans Steuer, wendete den Wagen und fuhr los.

Gesprochen wurde nichts. Peter Gottlieb wagte keinen Seitenblick, konzentrierte sich auf die Straße, hielt sich an die Geschwindigkeitsbegrenzung. Es wurde warm im Auto. Peter schaltete die Heizung aus. Das nützte nichts. Der Schweiß begann ihm übers Gesicht zu laufen und vom Hinterkopf in den Nacken. Die Hitze kam nicht von seinem Passagier, der strahlte sie nicht ab, das hätte Peter an seiner rechten Seite gespürt: die Hitze kam von innen. Als sie Holzgarten erreicht hatten, hielt er es nicht mehr aus und hielt an. Er stieg aus, lehnte sich an die Mauer, vor der er zum Stehen gekommen war. Er atmete schwer, es wurde dunkel vor seinen Augen. Ein Herzanfall, dachte er. Na, macht ja nichts … niemand in der Geschichte des Automobils hatte je einen Beifahrer gehabt, der für rasche Hilfe kompetenter gewesen wäre als ER, dachte Peter Gottlieb. Der Gedanke beruhigte ihn. Tatsächlich war jemand ausgestiegen, er hörte die Tür, dann noch eine.

Er spürte die Hand auf der Schulter, SEINE Hand. Sie drückte ihn weg von der Wand, sehr sanft, fast unmerklich, an der Mauer entlang. Sie begannen zu gehen, beide nebeneinander. Peter atmete tief durch. Sie kamen zu einem Tor, das Tor des Friedhofs von Holzgarten, und traten ein. Inzwischen war der Mond aufgegangen, er stand halb schräg über der Kirche. Peter Gottlieb und sein Begleiter schritten zwischen den Gräbern auf die Rückseite.

„Ich hätte schon viel früher herkommen sollen“, erklärte Peter. „Obwohl, das Grab ist ja aufgelassen, schon lang. Das war damals so üblich, weißt du, der Friedhof ist ja nicht groß, also irgendwie verständlich, wegen einem Kind … nur hab ich es nie verstanden, eigentlich nie, ich hab nur nichts gesagt, aber es hat mich gestört …“ Warum erzählte er das alles? Ausgerechnet IHM, der es nach allgemeinem Konsens doch sowieso wusste? Aber er konnte nicht aufhören, ein Redestrom brach sich Bahn. Von der Seite kam keine Hinderung, nicht der geringste Hinweis, dass es nun genug sei, weder in Worten, noch in Gesten, auch nicht telepathisch oder so.

„Veronika“, sagte Peter Gottlieb, „sie hieß Veronika, sie war vier, als sie starb, woran, hab ich nie richtig rausgekriegt, irgendwas mit Leukämie oder so; daheim wurde nicht darüber gesprochen, weil Mama anfing zu weinen, wenn ich davon sprach, das lernt man schnell zu vermeiden, das Fragen meine ich, das Erwähnen. Ich war zwei Jahre älter.“

Er blieb stehen. „Hier war es“, sagte er, „hier direkt an der Mauer von der Kirche. Ein ganz kleines Grab. Und eines Tages war es weg.“ Der Begleiter deutete auf eine Stelle in der Nähe. Peter Gottlieb erstarrte. Da war das Grab. Klein wie ein Kindergrab, ungepflegt. Eine krautige Pflanze überwucherte die Fläche, die Steinbegrenzungen waren halb im Boden versunken. Am oberen Ende, an die Kirchenmauer gelehnt, etwas schief, ein kleiner Grabstein, schmutziggrau von jahrzehntelanger Verwitterung. Ganz oben die Darstellung eines Engelskopfes, wie man damals eben Kindergräber verzierte. Darunter stand VERONIKA GOTTLIEB, dann die Daten, aus denen hervorging, dass die kleine Veronika sehr jung gestorben war.

Peters Knie wurden weich, er sank in sich zusammen wie ein schlaffer Sack. „Ich … ich versteh das nicht“, stammelte er. „Ich hab das gesucht, HERR, du weißt es, ja, natürlich weißt du es, entschuldige, wer denn sonst … jetzt hab ich den Faden verloren.“ Es würgte ihn in der Kehle, dann begann er zu weinen. Er hatte, seit er Kind war, nicht mehr geweint. Nicht, als die Eltern gestorben waren, schon gar nicht bei anderen Verwandten, nicht, als ihn seine erste Freundin verlassen hatte, nicht während des Entzugs und nicht danach. An das letzte Mal konnte er sich nicht erinnern. Er hatte in seinem Leben gelacht, im Suff rumgebrüllt, geredet (am meisten hatte er wohl geredet), aber geweint hatte er nicht. Und jetzt … das Weinen stand in keinem Verhältnis zum Anlass. Er hatte das Grab der kleinen Schwester wiedergefunden, an die er sich kaum erinnern konnte, eine zierliche Person mit braunen Locken, auf die sie stolz gewesen war, daran erinnerte er sich noch, aber sonst an fast nichts, nicht an ihre Stimme, nicht an ihre Art zu gehen, etwas zu tun. Er war nur zwei Jahre älter gewesen. Woran er sich erinnerte, waren seine vergeblichen Versuche, dieses Grab zu finden. Jedes Mal, wenn er nach Holzgarten kam, ging er auf den Friedhof. Er suchte schon lang nicht mehr danach, weil er ja wusste, dass es sinnlos war, er ging nur zu der Stelle, wo es gewesen sein musste, das Grab der Veronika Gottlieb, das man nach wenigen Jahren aufgelassen hatte. Großes Unrecht, das war es, was er immer damit verbunden hatte, und ein Gefühl nagender Schuld. Aber er hatte das nie fassen oder analysieren können. Seine Schwester war tot, als Kind gestorben, sie hatte so wenig von einem Grab wie eine beliebige andere Tote, ganz egal, welche Ansichten über die Toten jemand präferierte. Wenn sie tot waren, wie es die nichts Glaubenden ansahen, dann war es sowieso egal, wenn sie aber weiterlebten – in welcher Form auch immer – dann an einem schöneren Ort als zwei Meter unter der Oberfläche.

Und nun war das verschwundene Grab sogar wieder aufgetaucht aus dem Orkus des Vergessens, sah so aus, wie es aussehen würde nach einem halben Jahrhundert. Das war natürlich ein Wunder. Aber nicht das Bemerkenswerteste unter denen, deren Zeuge er in den letzten Tagen geworden war. Es hatte, um mit dem Simpelsten zu beginnen, die Verwandlung von Leitungswasser in Wein (rot und weiß) gegeben, dann, um einiges komplexer, die Auferstehung von Toten, das Erscheinen von theologischen VIPs, und endlich als Höhepunkt Realitäts-Parallel-Dingsbums-Verschiebung oder wie immer man das nennen wollte. Da erschien das Auftauchen eines verschollenen Grabes eher schlicht. Dann fiel ihm ein, dass der Vorsitzende aufgrund seiner speziellen Beziehung zum Thema *Grab* das Ganze vielleicht anders sah; er kam sich blöd vor, unsensibel.

Aber warum hatte er ihn, Peter Gottlieb, dieses Wunder erleben lassen? Was sollte er jetzt tun? Geweint hatte er schon, alles, was darüber hinausging, erschien ihm übertrieben, theatralisch. Das war es auch nicht, das wurde ihm allmählich klar, das war es nicht, das Grab seiner Schwester war es nicht, worum es hier ging. Sondern etwas anderes, klar, es hatte mit ihm zu tun, mit ihm und nur mit ihm. Er musste sich, das sah er ein, zusammenreißen, dauernd kam er vom Thema ab, verhedderte sich auf Nebenschauplätzen, aber was war das Thema? Immerhin: Es gab ein Thema, so weit war er, die Sache mit dem Grab sollte ihm etwas sagen, auf etwas aufmerksam machen, eine Botschaft, jawohl, es gab eine Botschaft! Immerhin. Eine persönliche Botschaft für ihn, Peter Gottlieb. Also Veronikas Grab als symbolische Geste, deutende Gebärde …

Der Vorsitzende hatte sich, unbemerkt von Peter, zwischen die anderen Grabreihen zurückgezogen. Dort stand er, schien auf das Grab der Veronika Gottlieb zu schauen, aber sicher konnte man nicht sein. Er stand noch in der Nähe, interessiert, das schon, aber auch ein wenig distanziert, so kam es Peter vor. Wie der Professor Schmidt bei jener Prüfung, mit einem Mal sah er ihn vor sich, auf Antwort wartend. Schmidt auf seinem Stuhl, er selbst vorne an der Tafel, aber mit dem Gesicht zur Klasse, das Griechischbuch in Händen, dritte Klasse, er sollte einen kurzen Text übersetzen, einen Übungstext, lachhaft im Grunde. Und er konnte nicht. Denn das erste Wort begann mit einem großen „H“, es gibt aber kein gottverdammtes „H“ im Altgriechischen; wenn die alten Griechen ein „H“ ausdrücken wollten, machten sie einen kleinen Haken über den ersten Vokal, nach rechts offen, das hieß, der Vokal war „behaucht“ zu sprechen, das Ding hieß spiritus asper, wenn er nach links offen war, spiritus lenis, das hieß dann: Vokal ohne Behauchung. Den hätten sie ja auch weglassen können, der asper als Behauchungszeichen hätte ja genügt, aber die Griechen liebten es, ihr archaisches Alphabet mit allerlei Krikelkrakel zu verzieren wie die Franzosen es noch heute tun. Peter hatte es gehasst, es erschien ihm als reine Angeberei, nur half das nichts in der Situation in der dritten Klasse, beim Versuch, einen watscheneinfachen Satz zu übersetzen, der zudem nur aus zwei Worten bestand. Man wird einwenden: Er hätte doch die nächsten Buchstaben lesen können, oder hat er die auch nicht gewusst? Natürlich hat er die gewusst, nur den ersten nicht, weil das nämlich ein Großbuchstabe war, dieses „H“, dass das kein deutsches „H“ sein konnte, war ihm schon klar, er war ja nicht blöd, das Problem lag darin, dass er vergessen hatte, welcher Großbuchstabe im griechischen Alphabet wie ein deutsches „H“ ausschaut. *Vergessen.* Jetzt ist es nicht so, dass dieses Altgriechische eine besonders schwierige Schrift wäre, vierundzwanzig Buchstaben, du meine Güte, kein Chinesisch, beileibe nicht! Nur halt in zwei Formen, groß und klein, zusammen also achtundvierzig, die meisten großen sowieso nur größer geschriebene Formen der kleinen, nur halt eben nicht alle. Wofür dieses „H“ stand, hatte er vergessen, das Unglück nahm erst jetzt seinen Lauf, als ihm diese unglaubliche Tatsache klar wurde. Er stand vor der Klasse und konnte den Satz, den alle anderen in ihren aufgeschlagenen Büchern vor sich hatten, *nicht vorlesen.* Das Wort war damals in Mitteleuropa noch nicht gebräuchlich: Blackout. Man sagte *Filmriss*. Der totale Absturz, die Unfähigkeit, einen einzigen, klaren Gedanken zu fassen.

Neben ihm an seinem Pult Professor Schmidt. Peter schaute hin, nicht hilfesuchend, wie das so schön heißt, er suchte keine Hilfe. Wenn man auf dem Niveau der nicht gekannten Buchstaben angekommen ist, kann es keine Hilfe mehr geben, da hört sich alles auf. Er suchte den Blick des Professors wie unter Zwang, er konnte nicht anders. Dieser Blick war anders, als er erwartet hatte. Er war so wie jetzt der Blick des HERRN. Nicht zornig, nicht enttäuscht, nicht entsetzt; überhaupt war damals wie heute keine gesteigerte Emotion in diesen Blicken. Sondern Sachverstand. Wie beim Hautarzt, wenn er dieses unheimliche Ekzem zum ersten Mal zu Gesicht bekommt. „Ah ja, ein …“ – (es folgt lateinisch). „Gar nicht soo selten. Aber harmlos. Ich verschreibe Ihnen eine Salbe.“ Alles löst sich auf in Wohlgefallen. Was bleibt, ist leichte Scham über die eigene Hypochondrie, hatte man sich doch schon … nun ja. Genau so war es bei Professor Schmidt gewesen. Und genau so war es jetzt beim Vorsitzenden des Jüngsten Gerichts. Es war ihm damals, in der dritten Klasse, wieder eingefallen, dass das große „H“ im Griechischen das große Eta bedeutet. Er wusste auch noch den Zwei-Wörter-Satz, der von dem Eta eingeleitet wurde. *Äleutherosa hymas.* Ich habe euch befreit.

Ganz einfach. Ein Satz zum Einüben des Aorist, einer vertrackten Vergangenheitsform.

Er wurde ruhig. Das Grab seiner Schwester war nicht so leicht zu dekodieren wie das große Eta, aber auch nicht viel schwerer, das wusste er. Noch nicht, was es bedeutete. Dass er aber dahinterkommen würde. Recht bald. Der Blick sagte das.

Peter Gottlieb überlegte, wurde aber durch die Ankunft mehrerer Personen auf dem Friedhof unterbrochen. Der Fischer Talsmann tauchte am Tor auf, hinter ihm der Buchhändler Galmei, der Anwalt Kategoros-Korowjew und sein Zeuge Gehriger, am Schluss der Polizist Stieger mit Renate Sameder. Als Talsmann die weiße Gestalt des Vorsitzenden aufleuchten sah, fiel er in Laufschritt. Die anderen keuchten hinterher.

„Was machen Sie denn hier?", fragte Talsmann. „Wo sind Sie die ganze Zeit gewesen?" Und, etwas leiser, mit einem Seitenblick auf den Vorsitzenden: „Hat ER …? Was ist passiert?", wollte er von Peter wissen. Galmei und der Ankläger waren nun auch am Grab der Veronika Gottlieb angekommen, der Vorsitzende hatte sich etwas weiter zwischen die Grabsteine zurückgezogen, als wolle er die freie Rede nicht durch seine übermächtige Präsenz behindern. Peter Gottlieb gab eine kurze Zusammenfassung der Ereignisse. Danach sprach niemand. Man hörte nicht einmal jemanden atmen. Die Auferstandenen taten das sowieso nicht; von den Lebenden war kein Lebenszeichen zu vernehmen. In diese Stille drang nun die Stimme des Anwalts, die einen quengeligen, nervigen Ton angenommen hatte. Der sonore Moderatorenklang seines Organs war dahin. Diese neue, höhere Lage mit dissonanten Obertönen – das war die echte Stimme des Dr. Kategoros-Korowjew. Das wurde allen klar, die sie nun zum ersten Mal hörten. Ein verzogener Bengel, dachte Peter Gottlieb, der übelste, der je existiert hat; man möchte ihn hauen, bis er das Maul hält, für immer verstummt. Er erschrak bei dem Gedanken.

Durch die neue Stimme fiel alles Überlegene von Kategoros-Korowjew ab, mit jedem seiner Sätze verschwand ein Stück Gewandtheit, Luzidität der Rede; der gefeierte Anwalt wandelte sich zum schäbigen Winkeladvokaten, der nicht mehr weiterwusste. Es kam schon nicht mehr darauf an, was er sprach, zum ersten Mal hörte ihm Peter Gottlieb nur noch mit halbem Ohr zu, schämte sich wegen der Fehler, die er hören musste. Der Anwalt verhedderte sich, brachte Sätze nicht zu Ende, versuchte, die Dürftigkeit der Rede mit sprachlichem Schwulst auszugleichen, so ungeschickt, dass es jeder merkte. Hader stand mit offenem Mund neben ihm; er schien nicht glauben zu können, was er da hörte.

Peter Gottlieb hörte nicht mehr zu, auch nicht mit halbem Ohr, denn Kategoros-Korowjew begann nun, sich zu wiederholen, alles Gesagte noch einmal aufzubereiten, aber nicht besser, nein, nicht besser. Allmählich verstummte der Anwalt, er hatte wohl gemerkt, dass ihm niemand zuhörte. Alles blieb still, niemand reagierte. Niemand, das fiel Peter nun auf, blickte auf den Vorsitzenden. Nur Peter tat das. Der Vorsitzende hatte während der Rede des Anwalts auf einem umgestürzten Grabstein Platz genommen, der an der Kirchenmauer lehnte. In der Hand hielt er einen Weihwasserwedel von einem der Gräber in der Nähe, er saß nach vorn gebeugt und zeichnete mit dem unteren Ende Figuren in den Friedhofskies.

Es begann zu regnen.

Peter Gottlieb ging in die Knie.

„Herr“, sprach er, „als ich ein Kind war, da habe ich alles nur wie ein Kind verstanden. So habe ich manchmal gebetet, du könntest Dinge ungeschehen machen. Also wichtige Dinge, nicht einen Fünfer bei der Schularbeit oder so, sondern wenn mein Vater nicht nach Hause gekommen ist und wir gedacht haben, meine Mutter und ich, er hatte einen Unfall – da hab ich gebetet, dass du den Unfall rückgängig machst. Bitte, mach dass ihm nichts passiert ist! Das weiß ich noch genau ..." Er verstummte. An diese Sache hatte er Jahrzehnte nicht mehr gedacht. Er merkte, dass er laut gesprochen hatte. Die anderen, nur ein paar Meter weg, kamen näher. Die schien die Geschichte zu interessieren. Talsmann, Kategoros-Korowjew, Galmei und Gehriger. Sie bildeten einen Halbkreis.

„Ich habe das nicht so gemeint, dass er alles gut überstehen soll", setzte Peter Gottlieb fort, „nein, ich habe gemeint, dass nicht geschehen soll, was schon geschehen ist. Verrückt, nicht?" Er wandte sich halb um. „Mir erschien das völlig logisch, versteht ihr? Ich hab geglaubt, er kann das! Ich hab nicht danach gefragt, geht das überhaupt? Ist das möglich, führt das nicht auf innere Widersprüche oder so ..."

„Wir verstehen das sehr gut", sagte Matthäus Galmei, „die Aufhebung der Vergangenheit gewissermaßen als Minimalvoraussetzung für Göttlichkeit!"

Gehriger fragte: „Hat es funktioniert?"

„Woher soll er das wissen?", antwortete der Anwalt. „Wenn die Korrektur von Ereignissen erfolgt, erlischt die Erinnerung daran, nein, falsch ausgedrückt: Es hat diese Erinnerung nie gegeben, der tödliche Unfall des Vaters hat sich nie ereignet ..."

„Sogar, wenn er sich ereignet hätte", fiel ihm Talsmann ins Wort, „der Unfall, meine ich, und Peter davon gewusst hätte, würde durch die Allmacht dieses Wissen verschwinden, wenn die Korrektur erfolgt ist."

„Das kann andauernd passieren", sagte Galmei, „jede Sekunde, aber wir merken es nicht. Niemand kriegt es mit."

„Das ist nicht ganz richtig", sagte Kategoros-Korowjew. Er klang leise und heiser. Wie ein sehr alter Mann. Peter blickte zu ihm auf. Die Gestalt des Anwalts war in sich zusammengesunken, schien sich kaum auf den Beinen halten zu können; tiefe Falten liefen ihm von den Mundwinkeln herab, seine Stirn zerfurcht und wächsern. „Worauf wollen Sie hinaus? Hört er Ihnen überhaupt zu? Momentan scheint er was in den Boden zu kritzeln. Macht er immer, wenn er ausweichen will.“ Der Vorsitzende hob den Blick. Er sieht wirklich aus wie dieser Kevin James, der Comedian, dachte Peter, warum ist das noch niemandem aufgefallen? Seine Miene drückte nichts aus. Er blickte Peter an. Er schien zu warten. Peter holte tief Luft. „Mir ist da … etwas eingefallen. Wegen meiner Schwester. Veronika …“ Er verstummte.

„Na und?“ Die Quengelstimme des Anwalts. „Was hat die Schwester mit uns zu tun? Was faseln Sie eigentlich herum …?“ Er verfiel in Schweigen. Denn der Vorsitzende hatte die linke Hand gegen den Ankläger erhoben und ihm die Stimme geraubt. Er blickte Peter an.

„Es ist ja so“, begann Peter Gottlieb. „Die Dinge stehen nicht gut. Diese Sache mit den Zeugen. Die ganze Menschheit, und alle tot. Der Anwalt meint, er gewinnt den Prozess. Gegen die ganze Menschheit. Der Verteidiger meint, er gewinnt den Prozess.“ Peter stand auf. Er sah jetzt klarer. Seine Stimme klang fester, als er weitersprach. „Ich bin kein Jurist, aber ich halte die Wahl der Mittel für … übertrieben.“

„Hört, hört!“, rief Kategoros-Korowjew, aber so leise, dass nur ein heiseres Flüstern in seiner Nähe zu vernehmen war.

„Ich meine, nein: Ich glaube, du bist dagegen, Herr. Dass er gewinnt.“ Der Vorsitzende nickte. „Wir alle hier fragen uns also, wieso du es dann angesetzt hast, das Verfahren, meine ich. Den Jüngsten Tag.“ Der Vorsitzende schwieg, wandte seinen Blick dem Buchhändler Galmei zu. Der räusperte sich und sagte: „Das ist einfach. Von der Schrift her, wisst ihr … Markus dreizehn, zweiunddreißig. Niemand weiß den Tag und die Stunde, nicht einmal die Engel im Himmel, nicht der Sohn, nur der Vater. Also, von da her …“

„Okay, schon verstanden, hätte ich auch selber draufkommen können … wenn das so ist, haben wir eine seltsame Situation. Du willst alle retten.“ Der Vorsitzende nickte. „Soweit ich den Ankläger verstanden habe, will er nicht unbedingt gewinnen, es genügt ihm schon, wenn der ganze Prozess platzt.“

Der Ankläger krächzte Zustimmung. „Andererseits muss das Gericht aber stattfinden, weil es … so lang angekündigt worden ist. Mit allen Implikationen." Der Vorsitzende lächelte. „Also haben wir eine ausweglose Lage …"

„Also, ich möchte schon gewinnen", unterbrach ihn Talsmann. „Nur, damit das klar ist. Wenn allerdings ein Weg gefunden würde, die Verurteilung zu umgehen, ohne das alle lebenden Menschen … vorgeladen werden …"

„… ausgelöscht werden, meinen Sie!", unterbrach ihn Renate.

„… würde ich mich natürlich nicht dagegenstellen."

„Ihr werdet euch fragen", sprach Peter Gottlieb und drehte sich zu den anderen um, „was das Ganze mich angeht. Ich bin doch nur der Wirt. Matthäus Galmei hat mich aber dankenswerterweise darauf aufmerksam gemacht, dass schon einmal ein Wirt eine unterschätzte Rolle gespielt hat. So auch jetzt bei diesem Verfahren. Man hätte das Gericht ja auch im Freien abhalten können. Unter einer Linde oder so. Aber das wurde nicht gewollt. Es musste ein Gasthaus sein. Mein Gasthaus. Vielleicht liegt es ja daran, versteht ihr, an einem Detail."

„Am Gasthaus?", fragte Talsmann.

„Eher an mir", antwortete Peter. „Ich will sagen, es hat ja schon nicht so toll angefangen. Ich hab den Hildmeyer überfahren, damit hat es angefangen." Gemurmel erhob sich.

„Sie plädieren für einen Neustart?", rief Matthäus Galmei. „Was soll sich dadurch ändern?"

„Alles", sagte Peter. „Alles kann sich ändern."

„Das ist doch Blödsinn!", ereiferte sich Galmei. „Was geschrieben steht, das steht geschrieben. Da ändert auch das Gasthaus nichts …"

„Aber der Wirt. Die kleinste Verschiebung der Ereignisse kann riesige Auswirkungen haben."

„Welche denn?", wollte Galmei wissen.

Nun meldete sich Dr. Kategoros-Korowjew, der Klügste unter ihnen. „Wenn wir das wüssten, könnten wir es ja gleich richtig machen! Das sollte doch klar sein … und so was haben wir als Schriftgelehrten … wenn man keinen Ausweg hat, muss man quer denken und das Unsinnige tun! Da hat er recht, der Herr Gottlieb."

„Und wie soll das gehen?", fragte Gehriger, der sich bis jetzt zurückgehalten hatte. „Alles auf Anfang, oder wie?"

„Ja", sagte Peter Gottlieb, „alles auf Anfang. Aber eine Änderung muss natürlich sein. Eine kleine …" Er schaute auf das Grab seiner Schwester.

Äleutherosa hymas. Das hatte er geflüstert. Nur zwei Personen mit sehr feinem Gehör verstanden die Worte. Die eine Person schrie, aber kaum vernehmbar und heiser: „Tun Sie das nicht, bei den Pforten …"

Der Rest ging unter in einem lauten Brausen. Wind hatte sich erhoben, eine Bö raste über den Friedhof, wirbelte schweren Kies durch die Luft, der prasselte an die Kirchenmauer.

Der Vorsitzende stand auf. Er blickte über die Versammlung hinweg. Ein Dröhnen erfüllte den Raum. Er öffnete den Mund.

Und sprach.

Und dann

***

Man muss zugeben, die Straße war kurvig, lief durch den Wald und es war dunkel. Außerhalb der Scheinwerfer pechschwarz. Für diese Verhältnisse fuhr sie zu schnell, fand Hildegard, aber sie hütete sich, der Freundin etwas zu sagen. Beim Autofahren war die empfindlich (sie hatte beim Führerschein drei Anläufe gebraucht).

„Freust du dich?", fragte sie.

„Ja", kam die Antwort, sonst nichts. Hildegard fragte nicht nach, die Fahrerin war angespannt. Sie kannten sich seit der ersten Klasse. Sie hatten ihre jeweiligen Leben parallel geführt, sich zum Glück nicht in denselben Mann verliebt, waren Freundinnen geblieben, auch als Hildegard geheiratet hatte und die Freundin nicht. Die hatte Architektur studiert, Hildegard ein paar Semester Germanistik bis zum ersten Kind. Bald darauf hatte sie drei. Und einen guten Mann in einer guten Position. Beamter. Die Freundin hatte niemanden.

Auf dem Kirchplatz hielten sie an. „Ist es hier?", fragte Hildegard.

„Ganz in der Nähe …" Sie stiegen aus. Hildegard sah sich um. Sie war noch nie hier gewesen. Und verstand nicht, dass jemand hier herziehen konnte. Nur, weil man ein Haus geerbt hatte. Ihre Begleiterin ging aber nicht auf eines der Häuser zu, sondern an der Mauer entlang, betrat den Friedhof durch ein Gittertor. „Wo willst du hin?", fragte sie.

„Nur was nachschauen …"

In der Mittelstadt, in der Hildegard mit ihrer Familie wohnte, blieben die Friedhöfe über Nacht geschlossen. Schon wegen der Jugendlichen, die nur Blödsinn im Kopf hatten. Und wegen der Obdachlosen. Hier war das nicht so. Wahrscheinlich nicht nötig. Obdachlose gab es wohl keine. Jugendliche auch nicht. Hildegard seufzte. Schon daraus konnte man die Tiefe der Provinz ableiten, in die sie hier geraten waren.

Die Freundin beleuchtete den Kiesweg mit einer Taschenlampe. Sie ging um die Kirche herum auf die Rückseite. Dort blieb sie stehen.

„Das ist es", sagte sie, richtete den Lichtkegel auf einen kleinen Grabstein an der Mauer. Ein kleines Grab. Die Inschrift noch gut zu entziffern. Peter Gottlieb. Und die Lebensdaten. Vier ist er geworden, dachte Hildegard. Leukämie.

Veronika hatte selten über ihren Bruder gesprochen. Sie war auch jünger, sie hatte nur einmal erwähnt, keine Erinnerung an ihn zu haben. Es war seltsam, nun an seinem Grab zu stehen, mehr als fünfzig Jahre nach seinem Tod. Es fröstelte Hildegard. Sie dachte an ihre eigenen Kinder, die erwachsen und gesund waren und sie zur dreifachen Großmutter gemacht hatten. Ihr war unwohl bei dem Gedanken, die Freundin werde ihr Leben von nun an im Dunstkreis einer längst vergangenen Familientragödie fristen. Was wollte sie nachts um halb zehn beim Kindergrab des Bruders? Das war doch krank …

„Man wollte es auflassen“, sagte Veronika. Ihre Stimme klang nüchtern. Gott sei Dank …

„Was auflassen?“

„Das Grab. War damals so üblich, glaub ich. Aber es ist nicht dazu gekommen. Die Eltern haben die Grabpflege bezahlt, all die Jahre. Und danach ich.“

„Okay. Und was willst du jetzt hier?“

Hildegard war nicht wohl in ihrer Haut. Nicht, dass sie sich gefürchtet hätte; sie stellte sich nur vor, wie das auf etwaige Passanten wirken musste, wenn Taschenlampenlichter nächtlicherweise auf dem Friedhof herumgeisterten. Sie wollte so schnell wie möglich weg, aber Veronika machte dazu keine Anstalten. Ihr schien es auf dem Friedhof zu gefallen. Sie schritt zwischen den Gräberreihen durch und beleuchtete jeden einzelnen Stein.

„Hier“, sagte sie zu ihrer Begleiterin, „den hab ich gekannt.“

Talsmann, las Hildegard. „Der war Fischer. Am See, weißt du … ist ertrunken, tragischer Unfall. Wart mal, da müsste doch …“ Sie wechselte die Reihe. „Ah, hier! Siehst du?“ *Stieger*, konnte Hildegard entziffern. Ein pompöser Grabstein, recht neu, großes Bronzekreuz, Blumen. Der Name sagte ihr nichts. Sie kannte keinen Menschen dieses Namens, ihr fiel aber ein, dass der halbe Ort so hieß. Hatte Veronika erklärt.

„Der war Polizist hier im Ort“, erklärte Veronika. „Ein Freund meines Vaters.“

„Alt ist der aber nicht geworden“, sagte Hildegard, die eben die Jahreszahlen der Inschrift subtrahiert hatte.

„Ein Horrorunfall. Nasse Straße, mit mehreren Autos, vier Tote, glaub ich. Die Zeitungen waren voll davon.“ Hildegard bezweifelte das. Eine Karambolage in diesem Kaff schaffte es vielleicht zu einer halben Spalte in der Abteilung „Chronik“ der überregionalen Zeitung, die sie las, wenn überhaupt. Lokale Blätter las sie nicht, warum auch? Sie war eine Stadtpflanze und sah mit Bangen, wie ihre Freundin den – wie sollte man das nennen? – Lockungen des Landlebens erlag. Nur wegen dieser blöden Erbschaft. Dabei war sie im Alter von acht Jahren weggezogen; in der Mittelstadt aufgewachsen und nur in den Ferien hier gewesen. Mit der ganzen Familie beim Onkel in seinem Gasthaus. Hildegard kannte die Erzählungen auswendig.

„Es ist ziemlich spät, und ich bin müde. Könnten wir nicht …“

„Okay, okay!“ Veronika klang verstimmt, aber nur ein bisschen.

Im ehemaligen Gasthaus „Lamm“ nahmen sie noch einen Schlummertrunk. Veronika hatte das vorgeschlagen, sie fühlte eine gewisse Verlegenheit wegen des unpassenden Ausflugs auf den Friedhof. Sie hatte sich hinreißen lassen, das wusste sie wohl. Vom Duft dieses Ortes, von der Atmosphäre, ein Fenster war aufgestoßen worden ins Land der Erinnerung, bekanntlich das einzige, aus dem man nicht vertrieben werden kann. Sie saßen über Eck an dem großen Wirtshaustisch. Es war warm in der ehemaligen Gaststube, Veronika hatte beträchtliche Mittel in die Renovierung gesteckt. Es gab jetzt Heizkörper, isolierte Fenster. Als erfolgreiche Architektin konnte sie sich das leisten. Sie tranken Merlot.

„Wegen des Grabs von meinem Bruder“, sagte die Erbin und jetzige Herrin des Hauses, „das kommt dir komisch vor, das weiß ich doch, das kannst du ruhig zugeben. Weiß du … es ist … es ist einfach … ein Ritual. Jedes Mal, wenn ich herkomme, geh ich zuerst auf den Friedhof.“

„Um zu sehen, ob’s noch da ist?“ Hildegard hatte sich bei der Frage nichts gedacht. Sie erschrak über die Reaktion der Freundin. Die begann zu weinen. Fast lautlos. „Was hast du? Um Gottes Willen, was hab ich denn gesagt? Ich wollte doch nicht …“

„Lass nur …“ Veronika fing sich wieder. „Es ist nur … alles ein bisschen viel auf einmal.“ Sie suchte nach ihrem Taschentuch. Draußen hatte sich ein Wind erhoben, es rauschte in den Kronen der Bäume.

„Es ist so traurig“, sagte Veronika mit leiser Stimme.

„Das mit deinem Bruder? Natürlich, so jung …“

„Nein, das meine ich gar nicht. Ich meine etwas anderes. Stell dir vor, man hätte das Grab aufgelassen. Dann wüsste niemand mehr, dass er gelebt hat!“

„Aber du wüsstest es doch!“

„Ja, bis ich auch sterbe. Und dann?“ Sie blickte auf. Die Augen glänzten immer noch tränenwässrig. Um den Mund hatte sie diesen verschmollten Kleinmädchenzug, den Hildegard Schultheiß an der Freundin nicht ausstehen konnte. Veronika war manchmal … exaltiert. Dann musste man sie auf den Boden holen.

„Ja, das stimmt. Niemand würde sich an ihn erinnern. Das gilt aber für Millionen, was sag ich: für viele Milliarden anderer Menschen auch. Ich denke oft an meine verstorbenen Eltern. Manchmal an meine Großeltern, väterlicherseits. Die anderen beiden hab ich nie gekannt. Aber an die Urgroßeltern? An die denk ich nie. Weiß nicht einmal, wie sie geheißen haben. Steht irgendwo, müsste ich nachschauen …“ Ein Windstoß fuhr durchs offene Fenster in die Gaststube und brachte Hildegard aus dem Konzept. Was hatte sie sagen wollen?

„Du meinst, es ist normal?“, fragte Veronika.

„Ja … ja, so ungefähr. Ich will sagen, das ist der Lauf der Dinge. Banal, ich weiß, aber so ist es doch. Wir leben und dann … sterben wir eben. Alle. Ich meine …“ (jetzt fiel ihr das Argument wieder ein) „… dein Bruder – er merkt es doch nicht, ob sich jemand an ihn erinnert. Er ist tot. Diese ganze Erinnerungssache machen wir doch für uns selbst, also für die Lebenden, nicht für die Toten …“ Veronika antwortete nicht. Ihr fiel keine Antwort ein. Sie wusste nur, dass das, was ihre Freundin da von sich gab, reiner, unverdünnter Blödsinn war.

Aber sie hätte das nicht begründen können. Sie fühlte es einfach. Und sie beruhigte sich. Sie hätte nicht sagen können, warum.

Da hörte sie etwas. Mit ihrem dritten Ohr, von dem sie nichts wusste. Man macht viel Aufhebens um das dritte Auge, dabei ist das dritte Ohr bedeutsamer. Denn damit hören die Menschen die Stimmen der Toten. Sie klingen in jedem wehenden Wind. Wie in jenem, der durch das offene Fenster in das Gasthaus „Lamm" in Holzgarten fuhr. Die Stimmen von Hildmeyer, Liri, Stieger, Galmei und Talsmann. Die von Gehriger und Hader. Und von Renate Sameder. Sogar die von Hagen Bechtold. Viele Menschen hören auch die Stimme von Dr. Kategoros-Korowjew. Das ist kein Wunder, da er am meisten redet, es ist nur bedauerlich. Und ja, es sind auch die Stimmen von Lebenden dabei. Denn anderswo sind die Toten lebendig und die Lebenden tot. Alle diese Stimmen sind in jedem Wind auf der Welt und sie sagen mit verschiedenen Worten, in allen Sprachen, bekannten wie unbekannten, alle dasselbe: *Wir sind!*

***

Sie waren an diesem Tag spät ins Bett gegangen und am nächsten erst gegen Mittag aufgestanden. Zu viel Rotwein, beide verkatert. Beim Frühstück kamen die Lebensgeister zurück. Es klopfte an der Tür. Hildegard ging aufmachen. Veronika hörte sie mit jemandem reden, der sich gleich wieder verabschiedete.

„Man hat etwas für dich abgegeben", sagte Hildegard. Sie hielt ein Papier in der Hand.

„Was denn?", fragte Veronika. „Und wer hat's abgegeben?"

„Ein gewisser Hagen Bechtold." Sie legte das Blatt vor Veronika auf den Tisch. „Scheint eine Namensliste zu sein … kennst du einen Bechtold?"

„Nein", sagte Veronika.

Dann begann sie zu lesen.